Tödliche Kristalle

Stefanie Mohr, geboren 1972, liebt ihre Heimatstadt Nürnberg, in der sie (fast) jeden Winkel kennt. Sie wohnt und arbeitet als freiberufliche Autorin und Fotografin im Nürnberger Norden. Nähere Informationen: www.stefanie-mohr.com.

Stefanie Mohr

Tödliche Kristalle

- Hackenholts siebter Fall -

Nürnberg Krimi

Edition Gelbes Sofa

Redaktion: Dr. Petra Kirsch und Susanne Wengrzik
Umschlagfoto & -gestaltung: Stefanie Mohr
Verlag: Edition Gelbes Sofa,
Inh. Stefanie Mohr, Nordring 125, 90409 Nürnberg
Herstellung: CreateSpace Independent Publishing Platform
ISBN: 978-3-9816768-0-8
Originalausgabe

Für
Susanne Wengrzik & Dr. Petra Kirsch

I have not broken your heart – you have broken it;
and in breaking it, you have broken mine.

Emily Brontë, »Wuthering Heights«

Montag

Lautes Krachen hallte durch den Flur. Eine Wand zitterte. Irgendetwas musste dagegengeknallt sein. Hackenholt zuckte zusammen und riss alarmiert den Kopf hoch. Wünnenberg, der ihm gegenübersaß, lauschte ebenfalls. Gedämpfte Rufe. Unverständliche Worte. Glas klirrte. Sekundenbruchteile später knallte eine Tür. Schnelle Schritte im Flur.

Plötzlich schrie jemand laut und deutlich: »Stehen bleiben!«

Die beiden Beamten sprangen von ihren Stühlen auf. Mit wenigen Schritten waren sie an der Tür und spähten vorsichtig hinaus.

Einige Meter von ihnen entfernt stürmte ein großer, korpulenter Afrikaner den Gang entlang in Richtung des hinteren Treppenhauses. Er trug einen weißen Schutzanzug. So einen, wie ihn die Kollegen von der Spurensicherung benutzten. Die Füße steckten in blauen Plastiküberziehern.

Komisch, dass er damit rennen kann, ging es Hackenholt durch den Kopf.

Wünnenberg sprang zur Tür hinaus, hastete dem Flüchtenden hinterher. Im selben Moment betraten zwei Personen am entgegengesetzten Ende den langen Flur. Saskia Baumann und ein neuer Kollege.

»Stehen bleiben!«, brüllte der Beamte, der schon einmal gerufen hatte.

»Festhalten!«, rief Wünnenberg in Baumanns Richtung.

Sofort musste Hackenholt an die Szene damals auf dem Parkplatz denken, als bei einer Personenkontrolle auf die junge, schmale Beamtin geschossen worden war.

Sie hatte auch jetzt keine Chance gegen den Koloss von einem Mann. Er würde sie überrennen und verletzen, wenn sie sich ihm in den Weg stellte.

Doch Hackenholt kam nicht mehr dazu, sie zu warnen, denn einen Wimpernschlag später griff der neue Kollege, der frisch vom SEK zu ihnen gewechselt war, den Mann an.

Obwohl der Dunkelhäutige anderthalb Köpfe größer war, über dreißig Kilo mehr auf die Waage brachte und zwanzig Jahre weniger auf dem Buckel hatte, trat ihm der ehemalige Zugriffsbeamte mit einem gekonnten Taekwondo-Sprung hart gegen die Brust.

Der Körper des Afrikaners hatte das ausgetretene Linoleum kaum berührt, da war der Beamte schon über ihm, drehte ihn auf den Bauch, drückte ihm ein Knie auf den Kopf und das andere zwischen die Schulterblätter.

Der große Mann stöhnte, aber er wagte es nicht, sich zu rühren. Baumann griff nach seinen Handgelenken und ließ die Handschellen einrasten.

Alles hatte nur Sekundenbruchteile gedauert. Die beiden Polizisten wirkten wie ein eingespieltes Team, das solche Situationen regelmäßig bewältigte.

Erst jetzt lösten sich die anderen aus ihrer Starre.

»Was ist passiert?«, fragte Hackenholt seinen Kollegen von der zweiten Mordkommission, während sie zu viert den Afrikaner auf die Füße zerrten.

»In der Lagebesprechung heute Morgen habe ich doch von einem Mann berichtet, der in der Nacht in seiner Wohnung niedergestochen und lebensgefährlich verletzt wurde.«

Hackenholt nickte.

»Wie sich vorhin herausgestellt hat, haben Kollegen von der PI Mitte zur selben Zeit einen Besoffenen entdeckt, der nackt durch die Innenstadt torkelte. Das war der Afrikaner. Zum Glück haben sie ihn zum Ausnüchtern mit in die Zelle genommen. Unsere bisherigen Ermittlungen legen nahe, dass er der Täter ist.«

»Was habt ihr gegen ihn in der Hand?«

»Zeugenaussagen und Fingerabdrücke am Tatort. Außerdem gibt es Klamotten in der Wohnung, die von ihm stammen sollen.«

»Habt ihr die Tatwaffe gefunden?«

»Ein Zeuge will gesehen haben, wie er etwas in die Pegnitz warf. Wir haben die Taucher von der Bereitschaftspolizei angefordert. Sie suchen die Flusssohle ab.«

»Keine schöne Arbeit bei dem Wetter. Hatten wir schon jemals einen derart kalten und verregneten September?«

»Besser jetzt als im Januar.« Damit drehte sich der Kollege um und ging hinter dem Beschuldigten zurück in das Zimmer, aus dem dieser geflohen war.

»Wähnsinn, wäi der Maddin den umghaud hodd, gell?« Baumann

stand neben Wünnenberg und wartete darauf, dass der Kaffee durchlief. »Vo den kenner mer nu ersu einiches lerner.«[1]

»Na, wohl eher er von uns«, murmelte Wünnenberg. »Der hat in seinen zwanzig Jahren beim SEK doch alles verlernt, sofern er überhaupt einmal gewusst hat, wie man ordentliche Ermittlungen durchführt.«

Plötzlich stand der Leiter der zweiten Mordkommission in der Tür. »Frank?«

Hackenholt blickte auf.

»Meine Kollegin hat gerade angerufen: Die Taucher haben in der Pegnitz offenbar ein bisschen mehr zutage gefördert als erwartet.« Er verzog das Gesicht. »Ein Toter in einem Sack. Könnt ihr den übernehmen? Der hat mit Sicherheit nichts mit der Messerstecherei zu tun.«

»Wo genau sind die Taucher?«

»Beim Nägeleinsplatz.«

»Bitte, wo?«

»Wenn du durch den Eingang Schlotfegergasse aus dem Präsidium rausgehst, dann runter zum Unschlittplatz. Links hinter der Maxbrücke ist der Nägeleinsplatz.«

»Also gegenüber vom Weinstadel?«, fragte Hackenholt unsicher.

Der Kollege nickte.

»Habt ihr die Staatsanwaltschaft informiert?«

»Nein. Die Bergung läuft noch – das scheint nicht ganz so einfach zu sein.«

Während Wünnenberg den Dienstwagen langsam über das holperige Kopfsteinpflaster des Unschlittplatzes steuerte, sah Hackenholt, dass die Maxbrücke für Verkehr und Schaulustige gesperrt worden war. Ein Streifenwagen blockierte die Fahrbahn, ließ sie jedoch passieren. Zügig überquerte Wünnenberg die Brücke entgegen der Einbahnregelung. Auf dem schmalen Grünstreifen, der sich entlang der Pegnitz von der Brücke bis zum Wehr erstreckte, hatten die Einsatzkräfte eine kleine Wagenburg gebaut, um ihre Arbeit vor neugierigen Blicken zu schützen.

Nachdem die Kriminaler ausgestiegen und an den Sichtbarrieren

1 »Wahnsinn, wie Martin den umgenietet hat!« (...) »Von dem können wir noch so einiges lernen.«

vorübergegangen waren, sahen sie als Erstes mehrere Biertische, auf denen Kisten mit diversen Ausrüstungsgegenständen lagen. Sie nickten einem Taucher zu, der gerade mit einer Pressluftflasche hantierte, und gingen weiter in Richtung Pegnitz. Kurz vor dem Nägeleinswehr trafen sie auf Christine Mur von der Spurensicherung, die sich mit einer Kollegin unterhielt.

»Gut, dass ihr da seid«, begrüßte Mur die Neuankömmlinge. Sie hatte den Jackenkragen hochgestellt, doch der bot wenig Schutz gegen den feinen Sprühregen. »Im Augenblick warten wir auf die Feuerwehr. Ohne schweres Gerät können wir die Leiche an dieser Stelle nicht bergen.«

»Ich habe die Staatsanwaltschaft informiert. Wie schaut es mit einem Arzt aus? Habt ihr jemanden von der Rechtsmedizin angefordert?«, fragte Hackenholt.

»Dr. Puellen ist schon unterwegs«, erklärte die Beamtin von der anderen Mordkommission. »Wenn ihr die Sache ab jetzt übernehmt, kümmere ich mich wieder um die Suche nach dem Messer.«

»Tu das.« Dann wandte er sich an Mur. »Was haben die Taucher gesagt?«

»Eine Leiche in einem Sack. Ein Jutesack. Wahrscheinlich beschwert, denn er liegt auf dem Grund im Schlamm. Wird ein ziemlich ekliger Anblick.«

»Können die Taucher das alles trotz ihren dicken Handschuhen ertasten?«

»Sie können unter Wasser rund einen halben Meter weit sehen. Kaum zu glauben bei der trüben Brühe, was? Offenbar hat sich die Wasserqualität verbessert.«

»Nein. Die Wasserqualität war nie so schlecht, wie Sie glauben«, sagte plötzlich eine freundliche Stimme hinter ihnen. »Außerdem kommt es auf den Untergrund und die Wassertiefe an.«

Überrascht drehten sich die drei Beamten um.

»Mein Name ist Vieweger, ich komme vom Wasserwirtschaftsamt. Eine Frau Mur hat bei uns angerufen.«

»Na, das ging ja flott. Danke, dass Sie so kurzfristig Zeit für uns haben.«

Schlussendlich sollte es noch gut zwei Stunden dauern, bis der Leichnam mithilfe einer Seilwinde geborgen werden konnte. Als schließlich die Plane, mit der die Bahre abgedeckt worden war, zurückgeschlagen wurde, sah man im ersten Moment nicht viel von dem Toten. Kopf und Rumpf steckten in einem Sack. Darauf saßen mehrere veritable Käfer, deren Rücken olivfarben schimmerten. Hackenholt verzog angewidert das Gesicht.

Vieweger streckte enthusiastisch den Zeigefinger aus. »Was Sie hier sehen, ist eine große Seltenheit. So viele Gelbrandkäfer habe ich noch nie an einer Stelle angetroffen. Der Rekord lag bislang bei sechs Stück – auf einem toten Reh. Sie heißen so, weil Halsschild und Flügeldecken gelb umrandet sind. Die Käfer ernähren sich von Kaulquappen, kleinen Fischen oder Aas.«

Hackenholt war sich nicht sicher, ob er die Begeisterung des Spezialisten teilen wollte.

»Der Körper muss schon eine Weile im Wasser gelegen haben.«

»Wie kommen Sie darauf?«, fragte Hackenholt.

»Wie Sie sehen können, haftet der Hose an manchen Stellen ein grünlicher Schimmer an. Algen. Wasserpflanzen gibt es in dieser Tiefe jedoch kaum noch, und durch die schrägstehende Sonne im Herbst nimmt das Algenwachstum rapide ab. Da dauert es eine Weile, bis eine Hose so aussehen kann.«

»Wie lange?«

»Keine Ahnung.« Der nette Mitarbeiter des Wasserwirtschaftsamts zuckte mit den Schultern. »Das müsste ich anhand diverser Daten überprüfen.«

Nachdem ein Beamter Fotos gefertigt hatte, begannen Dr. Puellen und Christine Mur vorsichtig, den Sack zu öffnen.

Die Leiche war stark aufgedunsen, und die Oberhaut hatte sich an einzelnen Stellen schon zu lösen begonnen. Aber immerhin waren die sonst üblichen Treibverletzungen an Kopf und Händen ausgeblieben; man konnte erkennen, dass es sich bei dem Toten um einen Mann handelte.

Er war knapp einen Meter neunzig groß und sehr schlank. Die etwas zu langen Haare waren blond, der Vollbart eine Nuance dunkler. Das Alter ließ sich nur schwer schätzen: zwischen vierzig und sechzig.

»Zumindest haben ihn die Aale und Ratten in Ruhe gelassen«, murmelte Vieweger.

Behutsam löste Mur den Gurt des Rucksacks, der immer noch

über der Brust der Leiche festgezurrt war, dann kappte sie mit einem Messer die beiden Trageriemen und zog den Rucksack unter dem Körper hervor. Neugierig ging Hackenholt neben ihr in die Hocke und öffnete den Reißverschluss. Das Innere war randvoll mit nassem Sand. Murs Waage zeigte achtzehn Komma drei Kilo.

»Dann wissen wir jetzt auch, warum die Leiche auf der Flusssohle lag und keine Verletzungen aufweist: Die Fäulnis hat noch nicht so viele Gase freigesetzt, dass sie das Gewicht des Sands ausgeglichen hätte. Aber das wäre schon noch gekommen«, erklärte Puellen. »Wenn sie weit genug fortgeschritten ist, dann hält in einem so verhältnismäßig flachen Gewässer kein Gewicht den Körper für immer am Grund.«

»Bei Ihren Berechnungen müssen Sie bedenken, dass die Wassertemperatur im Augenblick nur ungefähr zehn Grad beträgt«, merkte Vieweger an.

»Wie tief ist die Pegnitz an der Stelle?«, wollte Hackenholt wissen.

»Direkt am Nägeleinswehr sind es knappe zwei Meter. Hier, ein Stück oberhalb, dürften es etwas mehr sein.«

»Die Obduktion muss noch heute stattfinden – schaffen wir das?«, wandte sich der Hauptkommissar an Puellen.

»Selbstverständlich. Wenn wir dem Gerichtsmediziner gleich Bescheid sagen, können wir in zwei Stunden loslegen. Je früher desto besser. Wasserleichen beginnen extrem schnell zu faulen und sich zu verändern, sobald man sie an die Luft geholt hat.«

»Denkst du, du kannst von ihm noch brauchbare Fingerabdrücke nehmen?« Hackenholt sah Mur fragend an.

»Das werde ich sofort versuchen.«

Sie zog einen ungefähr vierzehn Zentimeter langen, mattierten Edelstahlhalter aus einem ihrer Koffer, der einem Miniaturschuhlöffel glich, und an dessen Ende man den Teststreifen für die Fingerabdrücke einlegte. Er ersetzte die Abrollbewegung, die lebende Personen bei der Sicherung ihres Fingerabdrucks von Nagelkante zu Nagelkante machen mussten.

»Sollte sich schon zu viel Oberhaut von der Lederhaut gelöst haben, können wir die Finger nachher separieren und in eine Formaldehyd-Alkohol-Lösung einlegen. Nach achtundvierzig Stunden kann man dann die gereinigten Fingerkuppen mit Silikonkautschuk abformen«, hob Dr. Puellen hilfreich hervor.

»Bevor wir ihm die Finger abschneiden, versuchen wir es erst noch mit Klebestreifen«, blaffte Mur ihn an.

Plötzlich hatte Hackenholt eine Vision, wie sich die privaten Gespräche der beiden anhören mochten, wenn kein Kollege in der Nähe war. Grinsend wandte er sich ab. Er dankte dem Mitarbeiter vom Wasserwirtschaftsamt und notierte sich dessen Telefonnummer für weitere Rückfragen.

Knapp zwei Stunden später trafen sich die Ermittler im Obduktionssaal am Westfriedhof wieder.

»Die Fotos, die ihr zum Herumzeigen braucht, habt ihr alle im Kasten?«, fragte Dr. Puellen in die Runde.

»Natürlich«, knurrte Mur. »Jetzt wären wir ein bisschen zu spät dran, meinst du nicht?« Sie nickte zu dem Leichnam, der sich in der kurzen Zeit bereits stark verfärbt hatte.

»Gibt es schon etwas Neues hinsichtlich der Fingerabdrücke?«, ging Hackenholt schnell dazwischen. Obduktionen waren per se anstrengend genug – auch ohne dass sich zwei der Teilnehmer gegenseitig die Augen auskratzten.

»Eine Kollegin gleicht sie gerade mit der Datenbank vom LKA ab. Bis ich losgefahren bin, gab es keinen Treffer.«

»Dann müssen wir wohl eins der Fotos mittels Bildbearbeitung so präsentabel machen, dass man es an die Öffentlichkeit herausgeben kann.«

»Heißt das, du bist die Vermisstenmeldungen schon alle durchgegangen?«

»Nur die lokalen. Ralph kümmert sich um die Liste beim BKA. Aber nachdem –« Das Kreischen einer Säge übertönte sekundenlang alle Worte und zwang Hackenholt zum Schweigen. »Aber nachdem der Tote schon länger in der Pegnitz gelegen und ihn offenbar niemand vermisst hat, wird es wohl auf eine Öffentlichkeitsfahndung hinauslaufen. Du musst den Medienrummel bedenken, der über uns hereingebrochen ist: Heute Morgen waren mindestens vier Fotografen da, die die Taucher bei der Suche nach dem Messer ablichten wollten. Von dem Team vom Franken Fernsehen mal ganz zu schweigen. Wir müssen spätestens morgen Vormittag eine Pressekonferenz abhalten. Es wäre sehr hilfreich, wenn wir bis dahin ein Foto präsentieren könnten. Möglichst eins, auf dem der Tote nicht allzu tot aussieht. Du weißt doch, wie die Leute –« Ein metallenes Klirren ließ Hackenholt innehalten und sich zu dem Rechtsmediziner umdrehen.

»War das ein Projektil?«

Dr. Puellen nickte und deutete auf eine kleine Metallschale, in der bereits zwei stark verformte Bleiklumpen lagen. »Das kommt davon, wenn man lieber mit seiner Kollegin schwatzt, anstatt sich die Röntgenbilder anzusehen, Herr Hauptkommissar.«

Hackenholt ignorierte die milde Zurechtweisung. »Er ist also erschossen worden?«

»Er hatte keinen Schaumpilz in der Luftröhre, keine Paltauf-Flecken unter dem Brustfell, kein Emphysema aquosum, kein septales Ödem, keine Zerreißungshöhlen, keine hydropische Zellschwellung, kei–«

»Was genau erzählst du mir da eigentlich?«, unterbrach Hackenholt, der kein Wort des medizinischen Kauderwelschs verstanden hatte.

»Die Gründe, weshalb ich zu dem Schluss komme, dass der Mann bereits tot war, als er ins Wasser geworfen wurde. Einen Ertrinkungstod schließe ich aus.«

»Und die Projektile? Wo waren die?«

»Eins in der Schulter und eins im Oberschenkel«, sagte Puellen.

»Und eins in der Leber«, ergänzte der Gerichtsmediziner, der an einem separaten Tisch das entnommene Organ bearbeitete. »Das hier war die Todesursache.«

Hackenholt ging zu ihm hinüber und besah sich das Präparat.

»Kannst du etwas darüber sagen, seit wann er tot ist, Maurice?«, fragte Mur. »Oder gibt es Anzeichen dafür, dass er vorher irgendwo gelegen hat, bevor er in der Pegnitz versenkt wurde?«

»Du meinst, ob zum Beispiel Schmeißfliegen Eier auf dem Körper abgelegt haben?«

»Ja.«

»Wenn das der Fall gewesen wäre, wurden sie weggespült, bevor die Maden geschlüpft sind. Ich habe keine entsprechenden Fraßspuren gefunden. Und nachdem die erste Besiedlungswelle an einem Leichnam bereits wenige Minuten bis Stunden nach Todeseintritt erfolgt, kann er nicht signifikant lange irgendwo gelegen haben.«

»Wie lang war er im Wasser?«

»Das einzugrenzen wird ziemlich schwer werden. In einem Körper, der sich vollständig unter Wasser befindet, läuft der Fäulnisprozess wesentlich langsamer ab als an der Luft. Es kommt maßgeblich auf die Wassertemperatur an. Im Winter zum Beispiel passiert monatelang nichts.«

»Was hat der Mann vom Wasserwirtschaftsamt gesagt?«, wandte sich Hackenholt an Mur.

»Ich habe die Temperatur selbst gemessen!« Sie musterte ihn aus zusammengekniffenen Augen, die deutlich sagten, dass sie etwas derart Wichtiges nie vergessen würde. »Sie betrug elf Grad am Grund.«

»Daneben kommt es auch auf den Bakteriengehalt des Gewässers an«, dozierte Dr. Puellen ungerührt weiter. »Zur genauen Bestimmung müssen wir einen Fachmann hinzuziehen. Er muss Wasseranalysen erstellen, um seine Berechnungen vornehmen zu können. Was ich allerdings jetzt schon grob sagen möchte, ist: Aufgrund der Ausbildung der Waschhaut und des Fäulnisgrads muss die Leiche länger als drei Tage im Wasser gelegen haben. Gleichzeitig ist es aber noch zu keiner Fettwachsbildung gekommen, die setzt üblicherweise nach einigen Wochen ein. Ein weiteres Indiz: Nach drei bis sechs Wochen kann man an Händen und Füßen die Oberhaut mit Nägeln handschuh- beziehungsweise sockenartig von der Lederhaut abziehen. Das ist hier ebenfalls noch nicht der Fall. Und die Kopfhaare lassen sich auch nicht sehr leicht ausreißen. Andererseits beginnt beim Aufenthalt im Wasser nach einigen Tagen ein Algenbewuchs. Den haben wir sehr wohl festgestellt. Alles in allem, würde ich sagen, er lag zwischen einer und drei Wochen in der Pegnitz.«

»Vor drei Wochen hatten wir Hochsommerwetter. Sicher war das Wasser in der Zeit wesentlich wärmer«, widersprach Mur.

»Wir müssen uns vom Wasserwirtschaftsamt die Temperaturen geben lassen.« Puellen schürzte die Lippen. »Vielleicht waren es nur ein bis zwei Wochen.«

Als Hackenholt um kurz vor sechs ins Kommissariat zurückkehrte, saß Wünnenberg nach wie vor an seinem Computer.

»Hast du eine Vermisstenmeldung gefunden, die auf unseren Toten passt?«

»Nein. Ich bin sämtliche Einträge der letzten acht Wochen durchgegangen.«

»Dann hör auf. Selbst wenn der Mann nicht sofort nach seinem Verschwinden getötet wurde, ist es ziemlich unwahrscheinlich, dass er zuvor zwei Monate lang durchs Land gereist ist, ohne vermisst zu werden.«

»Was kam bei der Obduktion heraus?«

In möglichst knappen Worten fasste Hackenholt die Fakten zusammen. »Nachdem die Leiche nicht abgetrieben wurde, müssen wir morgen die Anwohnerschaft abklappern und fragen, ob sie im Zeitraum zwischen Mitte August und Anfang September etwas Auffälliges bemerkt haben.«

»Na, da werden wir sicher ganz großes Glück haben!«, meinte Wünnenberg sarkastisch. »Mitten in der Urlaubszeit – und von den Studenten, die im Weinstadel wohnen, war mit Sicherheit auch keiner da, weil alle in den Semesterferien sind.«

»Die Innenstadt ist ein belebter Ort, irgendjemand muss etwas gesehen haben.«

»Hast du mal überlegt, warum der Täter solch ein enormes Risiko eingegangen ist?«

»Er hat wahrscheinlich eine Waffe mit Schalldämpfer verwendet.«

»Aber das passt doch alles hinten und vorne nicht zusammen! Jemand, der einen Schalldämpfer verwendet, verpackt sein Opfer anschließend nicht in einen Sack, und er wirft es auch nicht in die Pegnitz.«

»Apropos Tatwerkzeug: Was ist mit dem Messer, das die Taucher ursprünglich suchen sollten?«

»Keine Ahnung, darum habe ich mich nicht gekümmert.« Wünnenberg zuckte mit den Schultern. »Was wissen wir über die Kleidung unseres Toten?«

»Jeans und Hemd waren von Wrangler, Unterziehshirt und Unterhose von Schiesser, Socken unbekannt, Schuhe von Timberland und der Rucksack von Jack Wolfskin.«

»Also Massenware, die uns nicht weiterhilft.«

Hackenholt nickte. »Mehr hatte er nicht bei sich: Keine Uhr, keinen Ring, keine Halskette, keinen Geldbeutel, kein Handy. Nichts.«

»Wenn du das so sagst, klingt es fast nach einem Raubüberfall.«

»Ein Räuber mit einer schallgedämpften Waffe?«

»Siehst du, genau das sage ich doch: Nichts passt zusammen!«

»Ich glaube, da wollte jemand, dass man das Opfer in erster Linie nicht so schnell findet und es anschließend nicht identifizieren kann. Deswegen gehen wir gleich morgen an die Presse und geben ein Bild von ihm heraus. Das Wichtigste ist erst einmal herauszubekommen, wer der Mann war. Alles Weitere sehen wir danach.«

Hackenholt war hundemüde, als er am Abend nach Hause kam. Am liebsten hätte er die Schuhe ausgezogen und sich auf direktem Weg zu seinem Sofa begeben, um ein kleines Nickerchen zu halten. Doch Sophie erwartete ihn schon ungeduldig. Sie drückte ihm Ronja in die Arme und verschwand anschließend hastig in Richtung Küche, um sich den Vorbereitungen für das Abendessen zu widmen.

Hackenholt nahm seine kleine Tochter mit ins Wohnzimmer, setzte sich aufs Sofa und legte sie auf seine ausgestreckten Beine. Dann hielt er ihren Stoffhasen mit dem Knickohr über sie und begann, ihr von seinem Tag in der Arbeit zu erzählen.

Augenblicklich streckte sie ihre kurzen Arme nach dem Stofftier aus und versuchte, es mit ihren winzigen Fingerchen zu greifen. Hackenholt war immer wieder verwundert, wie rund ihre Bewegungen schon waren – verglichen mit den ruckartigen Arm- und Beinbewegungen eines Neugeborenen.

Nach einer Weile hob er Ronja hoch. Sie guckte ihn direkt an. Plötzlich verzog sie das Gesicht. Aber nicht wie sie es sonst tat, bevor sie zu schreien anfing, stattdessen verformten sich ihre Mundwinkel zu einem unglaublich breiten, zahnlosen Grinsen.

Sie erkennt mich!, dachte er. Und alles andere war ihm in dem Augenblick egal.

Er merkte nicht, wie ein langer Speichelfaden von ihrem Mundwinkel auf sein Kinn tropfte und sich ihre kleinen, aber deshalb nicht minder scharfkantigen Fingernägel in seine Nase krallten. Solange sie ihn anlachte, stand die Zeit still. Unendliche Freude durchströmte Hackenholt.

Schließlich stand er auf und ging in die Küche.

»Stell dir vor, sie hat mich gerade eben richtig angelacht!«

Sophie drehte sich zu ihm um. Aus ihren Augen blitzte der Schalk. »Freu dich, so lange sie es tut – in ein paar Jahren wird sie uns auslachen.«

»Bis dahin gibt es aber noch jede Menge zu entdecken«, murmelte Hackenholt, während Ronja ihm über die Schulter schaute und fasziniert die bunten Tassen auf dem Regal bestaunte. »Ich habe heute übrigens auch etwas Neues entdeckt: den Nägeleinsplatz.«

»Was hast du denn dort gemacht?«

»Kurz vor dem Wehr haben Taucher einen Toten in der Pegnitz gefunden.«

»Heißt das, du bist in nächster Zeit wieder rund um die Uhr im Dienst?«

»Ich versuche, es nicht zu übertreiben, okay?«

Anstatt darauf hinzuweisen, dass ihm das bislang noch nie gelungen sei, sagte Sophie: »Ein historisch hochinteressanter Ort. Ich habe neulich erst einen Artikel dazu übersetzt. Weißt du, warum der Platz so heißt?«

»Nein.«

»Die Nägeleinsmühle wurde im 15. Jahrhundert vom Rat der Stadt Nürnberg ungefähr hundertfünfzig Meter westlich der Trödelmarktinsel am Nordufer der Pegnitz gebaut, um die Versorgung der Bevölkerung mit Mehl zu gewährleisten. Genau gegenüber lag die Dürrenmühle. Nägelein war früher übrigens ein anderes Wort für Gewürznelken – wegen ihrer nagelähnlichen Form.« Sophie strich sich nachdenklich die Haare aus dem Gesicht. »Warte mal schnell, ich hab den Artikel noch nicht abgeheftet.«

Sie verschwand in Richtung Arbeitszimmer. Wenige Augenblicke später kehrte sie mit einem Blatt Papier zurück, überflog den Text und fasste für Hackenholt die wichtigsten Fakten zusammen: »Die Nägeleinsmühle betrieb zwölf Mühlräder: acht Getreideräder, ein Schleifrad für die Ahlenschmiede, ein Polierrad und ein Walkrad für die Weißgerber. Im 17. Jahrhundert wurde dann noch die Sägemühle angefügt. Und Ende des 18. Jahrhunderts kam für die Münze noch ein Streckwerk für Silber hinzu.«

»Was ist mit den Mühlen passiert?«

»Sie wurden immer wieder durch Brände zerstört. Auch die Nägeleinsmühle ist mehrfach abgebrannt. Am schlimmsten war das Feuer vom 17. Juni 1851: Dem ist nämlich nicht nur die Mühle selbst zum Opfer gefallen, sondern auch der Wasserturm des im Haus Nägeleinsplatz 5 betriebenen Wasserwerks und acht weitere Häuser der Gasse. 1852 hat man dann einen steinernen Wasserturm gebaut – und der hat den nächsten Brand vierundzwanzig Jahre später fast unbeschadet überlebt.« Sophie machte eine kurze Pause. »Schlussendlich wurde die Mühle dann 1943 bei einem Luftangriff zerstört.« Damit drückte sie ihm den Artikel in die Hand und wandte sich wieder dem Herd zu.

Dienstag

Sowohl die Nürnberger Nachrichten als auch die Nürnberger Zeitung hatten im Regionalteil ein Foto der Leichenbergung abgedruckt. Auf dem einen sah man die Taucher und die Einsatzkräfte der Feuerwehr in einem Schlauchboot, während sie mit vereinten Kräften die abgedeckte Bahre an den Seilen des Bergungskrans befestigten. Das andere Foto zeigte die Bahre, als sie auf halber Höhe zwischen Fluss und Brücke schwebte.

Hackenholt fragte sich, wo der Fotograf gestanden haben könnte, um derartige Bilder zu schießen. Die Beamten hatten doch das Gelände weiträumig abgesperrt.

Immerhin hielten sich die Journalisten mit Spekulationen zurück. Es wurde lediglich berichtet, wie es zu dem Leichenfund gekommen war und dass man den Leser auf dem Laufenden halten werde. Anschließend folgte die Geschichte über das gesuchte – und gefundene – Messer.

Gerade als Hackenholt die Zeitung zur Seite legte, kam Christine Mur in sein Büro. In der Hand hielt sie zwei Ausdrucke. Das erste Foto zeigte den unbekannten Toten, wie er tatsächlich ausgesehen hatte. Auf dem zweiten hingegen waren seine Haare frisiert, die Hautverletzungen retuschiert und das vom Wasser aufgedunsene Gesicht war schmaler gemacht worden.

»Ein Hoch auf die Technik. Danke schön, Christine. Jetzt müssen wir nur noch hoffen, dass ihn jemand erkennt.«

»Ich wollte heute noch einmal zum Nägeleinsplatz fahren. Neben dem kleinen Häuschen am Wehr habe ich gestern einen Sandhaufen gesehen. Von dem will ich eine Probe nehmen. Und wer weiß, vielleicht gibt es in der Nähe noch eine weitere Sandquelle.«

»Das ist eine gut Idee, wenn du dich dort ein bisschen umschaust.« Hackenholt erinnerte sich an sein gestriges Gespräch mit Wünnenberg. »Hast du mal darüber nachgedacht, wie der Tathergang abgelaufen sein könnte?«

»Ich habe nichts anderes getan. Aber ich komme immer wieder an ein totes Ende.«

»Inwiefern?«

»Niemand geht irgendwohin, ohne etwas bei sich zu haben. Man steckt immer zumindest einen Schlüssel oder einen Geldbeutel ein. Die Taschen unseres Toten waren leer. Natürlich könnten die Sachen beim Sturz ins Wasser herausgefallen sein. Das halte ich allerdings für ziemlich unwahrscheinlich. Es spricht also vieles für einen Raub. Dem steht entgegen, dass der Mann erschossen wurde. Das ist atypisch. Warum sollte ein Räuber sein Opfer töten? Weil es ihn erkannt hat? Oder war es ein kaltblütiger Mord? Aber dafür würde man einen weniger öffentlichen Ort wählen.« Gedankenverloren nagte sie an ihrer Unterlippe. »Und wie passt der Rucksack ins Bild? Der Täter wollte die Leiche loswerden und zwar so, dass man sie nicht so schnell findet. Deshalb hat er sie mit dem Rucksack beschwert. Aber woher stammte der? Hatte ihn der Täter bereits fertig präpariert bei sich? Warum hat er dann Sand und keine Steine genommen? Oder trug ihn das Opfer? Wo ist dann der ursprüngliche Inhalt?«

»Denkst du, der Täter hatte wirklich die Nerven, sein Opfer niederzuschießen, ihm den Rucksack abzunehmen, auszuleeren und anschließend nach geeignetem Füllmaterial zu suchen?«

»Das passt alles nicht zusammen, und das macht mir Sorgen. Das andere ist: Wo hat er die Leiche in die Pegnitz geworfen? Wenn die Strömung die Lage nicht verändert hat, müsste er es von der Maxbrücke aus getan haben. Vom Ufer könnte niemand einen Körper so weit werfen. Er lag ja fast in der Flussmitte. Ich habe das die halbe Nacht mit Maurice diskutiert.«

»So romantisch geht es bei euch im Schlafzimmer zu, *Schnurzelchen*?« Wünnenberg kam ins Zimmer und grinste Mur breit an. Die Beamtin wurde tief rot, hielt sich aber entgegen ihrer sonstigen Gepflogenheiten mit einer bösen Antwort zurück.

»Ich bin dann mal beim Sand buddeln«, murmelte sie stattdessen und wandte sich eilig zum Gehen.

»Für den Stadtstrand bist du ein bisschen spät dran. Der wurde schon Mitte Juli abgebaut – und außerdem ist der auf der Insel Schütt«, rief Wünnenberg ihr hinterher.

Hackenholt warf ihm einen warnenden Blick zu. »Übertreib es nicht.«

»Ach, das muss sie aushalten, wenn sie langfristig mit unserem Leichenfledderer zusammenbleiben will«, feixte Wünnenberg und griff nach der Kaffeekanne, um frisches Wasser zu holen.

»Morng«, gähnte Baumann herzhaft. »Is des der Moo aus der Bengerdz?«[2] Sie deutete auf das bearbeitete Foto, das Mur auf Hackenholts Schreibtisch liegengelassen hatte.

»Die geschönte Version.« Hackenholt schob das obere Bild zur Seite. »Und das ist die Realität.«

»Ned ganz a su ådli.« Baumann zog die Nase kraus. »Hosd du scho Kobien gmachd?«[3]

»Nein. Christine hat die Fotos gerade eben erst gebracht. Kannst du das bitte übernehmen?«

Bevor Baumann antworten konnte, trat Hans-Jürgen Dorschner, der Kommissariatsleiter, ins Büro. »Hast du einen Augenblick Zeit, Frank?«

»Ich bin gerade auf dem Weg zur Pressekonferenz. Danach?«

Dorschner sah auf seine Armbanduhr. »Sagen wir elf dreißig?«

»Das sollte zu schaffen sein.«

Hackenholt ließ seine Augen über die besetzten Stuhlreihen schweifen. Für seinen Geschmack waren viel zu viele Journalisten anwesend. Wäre es nach ihm gegangen, hätte es lediglich eine schriftliche Pressemitteilung mit der Bitte um Veröffentlichung des Fotos gegeben. Aber dafür hatte der spektakuläre Leichenfund zu hohe Wellen geschlagen.

Zumindest sah man am fehlenden polizeilichen Aufgebot, dass das Treffen allein der Presse wegen durchgeführt wurde. Weder hatte sich die Staatsanwaltschaft noch einer von Hackenholts Chefs zu einem persönlichen Erscheinen bemüßigt gefühlt.

Hackenholt ging zum Podium und nahm neben der Pressesprecherin Platz. Nachdem die Journalisten ihre in Diktafone verwandelten Handys auf dem Tisch vor den beiden Beamten platziert hatten, eröffnete die Kollegin das Treffen mit einer freundlichen Begrüßung. Dann leitete sie auf den gestrigen Tag über, auf die Suche nach dem Messer. Schließlich übernahm Hackenholt das Wort. Er schilderte den Leichenfund und das bisherige Vorgehen der Kripo.

Während er sprach, konzentrierte er sich darauf, möglichst entspannt in die Kameras zu blicken, da er in der Zeitung immer wieder Bilder von Kollegen zu sehen bekam, auf denen die Beamten wie

---

2 »Guten Morgen«, (...). »Ist das der Mann aus der Pegnitz?«
3 »Nicht ganz so hübsch.« (...) »Hast du schon Kopien gemacht?«

Zombies wirkten: mit gefletschten Zähnen, das Weiß des Augapfels hervorstechend, und mit einer Mimik, als wolle der Kriminaler sich jeden Moment auf seine Zuhörer stürzen, um sie zu zerfleischen.

Auf einmal nahm Hackenholt aus den Augenwinkeln eine Bewegung wahr, die ihn erschrocken den Kopf herumreißen ließ. Ein junger, rothaariger Mann, den er noch nie zuvor in der Pressemeute gesehen hatte, war mit seiner Kamera auf einen Stuhl gestiegen, dessen hölzerne Sitzfläche ein gefährliches Knacken von sich gab. Er knipste nun im Stehen von oben herab. Hackenholt versuchte, sich auf das zu konzentrieren, was er sagen wollte; es gelang ihm nur schlecht. Immer wieder bemerkte er am Rande seines Gesichtsfelds die Verrenkungen des Fotografen.

Plötzlich ertönte ein: »Wenn Sie vielleicht beim Sprechen auch mal hierher schauen könnten?«

Hackenholt sah direkt zu dem Mann hoch. Ein Blitz flammte auf. Hackenholt fühlte sich für Sekundenbruchteile geblendet. Automatisch kniff er die Augen zusammen und holte Luft. Bevor er etwas sagen konnte, ergriff die Pressesprecherin das Wort.

»Entschuldigen Sie bitte, aber es ist bei uns nicht üblich, auf die Stühle zu steigen. Wenn Sie sich vielleicht ein Vorbild an Ihren Kollegen nehmen könnten?«

»Deswegen sehen deren Fotos immer so langweilig aus. Neue Blickwinkel, das ist mein Motto. Schließlich muss man dem Zeitungsleser heutzutage etwas bieten. Stichwort: Eventfotografie.«

»Dafür würde ich Ihnen einen Besuch im Tiergarten nahelegen«, antwortete die Pressesprecherin trocken, wofür sie einiges Gelächter von den anwesenden Journalisten erntete. Offenbar war der Neue unter den Kollegen nicht sonderlich beliebt.

Hackenholt nahm den verlorenen Faden wieder auf. »Wir würden Sie daher bitten, dieses Foto«, er hielt das bearbeitete Bild des unbekannten Toten in die Luft, »zu veröffentlichen, zusammen mit der Frage, wer den Mann kennt. Wohnt er in der Region? Oder war er ein Tourist?« Ein Handy vor ihm begann zu klingeln. Hackenholt ignorierte es. »Der Mann trug eine hellblaue Jeans, ein weißes Unterziehshirt und ein kurzärmeliges kariertes Hemd der Marke –« Ein jäher Rums ließ ihn innehalten.

Der rothaarige Fotograf war vom Stuhl gesprungen und hatte dabei einen anderen umgerissen. Jetzt spurtete er zum Podium, griff nach dem klingelnden Handy und meldete sich mit einem knappen »Ja?«, um dann lautstark kundzutun, wo er sich befand.

Hackenholt musste sich darauf konzentrieren, dass ihm seine Gesichtszüge nicht entglitten.

»Wenn Sie Ihr Gespräch bitte vor der Tür fortführen wollen?«, sagte die Pressesprecherin energisch.

Der Mann zuckte mit den Schultern, packte seine Kamera ein und verließ telefonierend den Raum. Es dauerte mehrere Minuten, bis das allgemeine Gemurmel nachließ und Hackenholt fortfahren konnte.

»Wer hat im Bereich Maxbrücke in den vergangenen drei Wochen etwas Auffälliges gesehen und kann sachdienliche Hinweise geben?«, nahm er den Faden ein weiteres Mal auf. »Insbesondere würde uns interessieren, ob –«

Es klopfte an der Tür. Der Dienstgruppenleiter des Kriminaldauerdienstes steckte seinen Kopf herein. »Gehört dieser Herr zu euch?« Er wies auf den Rothaarigen, den er am Ellbogen festhielt. »Er ist nämlich gerade bei uns durch die Büros spaziert, um sich umzuschauen.«

»Jetzt ist er fällig!«, murmelte die Pressesprecherin leise.

»Wenn ich schon mal hier bin, wollte ich die Gelegenheit nutzen«, verteidigte sich der Mann.

»Hat er irgendetwas fotografiert?«, fragte Hackenholt.

Der Beamte schüttelte den Kopf.

»Dann genügt es, wenn du den Herrn bitte vor die Tür eskortierst. Danke schön.« Hackenholt hätte gerne ein paar deftigere Worte verwendet, aber er war sich der vielen, jeden Mucks aufzeichnenden Handys nur allzu bewusst.

Nachdem der offizielle Teil der Pressekonferenz vorüber war, musste Hackenholt einen Großteil des Gesagten zunächst noch einmal vor der Fernsehkamera und dann auch noch einmal für zwei Radiosender wiederholen, da deren Mitschnitte durch die ständigen Unterbrechungen unbrauchbar waren.

So kam es, dass er erst mit zwanzigminütiger Verspätung zu dem Termin bei seinem Vorgesetzten erschien.

»Ich dachte schon, du hättest mich vergessen«, begrüßte Dorschner ihn.

Hackenholt winkte ab und berichtete kurz von den Eskapaden des Pressefotografen.

Der Kommissariatsleiter schüttelte den Kopf. »Irgendwie gibt es in Nürnberg immer mehr Spinner. Ich bin wirklich froh, wenn ich in ein paar Monaten zurück in die Oberpfalz wechseln kann. Dort geht es hoffentlich noch nicht ganz so verrückt zu.«

»Steht der Termin jetzt fest?«

»Ich gehe zum 1. März. Du kannst also schon mal deine Bewerbung auf meine Stelle schreiben.« Er hielt kurz inne. »Aber das ist meines Erachtens sowieso nur noch eine Formsache. Die Chefetage wird sich in den nächsten Wochen mit dir in Verbindung setzen. Und nachdem die Mitarbeitervertretung unter der Hand schon grünes Licht signalisiert hat ...« Er ließ den Satz in der Schwebe. »Aber darüber wollte ich jetzt gar nicht mit dir sprechen, Frank.« Seine Stimme war mit einem Mal ernster geworden. »Es geht ... um die Schweinsbergers.«

Wie immer, wenn der Name der Männer, die ihn entführt hatten, unvermutet auftauchte, fühlte Hackenholt schlagartig ein Unwohlsein in sich aufsteigen. »Was ist mit ihnen?« Seine Stimme klang ein wenig atemlos. Szenarien eines Knastausbruchs schoben sich ihm vor Augen. War er wieder in Gefahr?

»Das Gericht hat einen Prozesstermin festgelegt. Mitte November geht es los.«

Hackenholt fühlte sich, als habe man ihm in den Magen geboxt.

»Ich wollte es dir persönlich sagen und dir die Ladung nicht einfach so auf den Schreibtisch legen.«

Alles, was Hackenholt zustande brachte, war ein mechanisches Nicken.

»Wenn du willst, könntest du in der Zeit Urlaub nehmen. Oder wenn es dir nicht gut geht, kannst du dich selbstverständlich auch krankschreiben lassen«, fügte er schnell hinzu.

Noch einmal nickte Hackenholt, murmelte etwas, von dem er hinterher nicht mehr hätte sagen können, was es gewesen war. Dann erhob er sich und ging wie ferngesteuert in sein Büro zurück.

Natürlich hatte er gewusst, dass irgendwann der Augenblick kommen würde, in dem er den Tätern vor Gericht gegenübertreten musste. Aber er hatte es verdrängt.

Er ließ sich schwer auf seinen Bürostuhl fallen, kippte die Lehne zurück, verschränkte die Arme hinter dem Kopf und starrte in den grauen Himmel vor dem Fenster. Wenn wenigstens die Sonne geschienen hätte. Er fühlte ein Ziehen in der Brust. Das körperliche Unwohlsein von damals war wieder da, doch er wollte es nicht zulassen. Er wollte nicht dorthin zurück, wo er sich nach seiner Entführung befunden hatte: in einem Zustand seelischer Erschöpfung. Das konnte er Sophie und Ronja nicht antun. Am besten wäre es, auf der Stelle gegenzusteuern. Er sollte den Psychologen anrufen, den ihm die Reha-Ärztin empfohlen hatte, und einen Termin für ein Gespräch vereinbaren.

Ohne es zu wollen, schoben sich ihm Sequenzen vor Augen, die sich während seiner Entführung in sein Hirn eingebrannt hatten. Immer wieder versuchte er, sie mit solchen zu überlagern, die er sich während der Therapie antrainiert hatte. Er war so sehr in seine Gedanken versunken, dass er nicht merkte, wie die Zeit verging. Plötzlich stand Wünnenberg im Büro.

»Was ist denn mit dir los?« Er musterte ihn kritisch. »Du siehst aus, als ob dir ein Gespenst begegnet wäre. War die Pressekonferenz so schlimm?«

»Nein, da ist alles gut gelaufen.« Die Episode mit dem nervigen Fotografen hatte Hackenholt längst vergessen. »Wir haben die Informationen wie besprochen rausgegeben.« Abrupt stand er auf. »Ich mache heute früher Schluss.« Noch während er das sagte, nahm er seine Jacke vom Haken.

»Willst du denn nicht wissen, was –«

Doch Hackenholt hatte das Büro schon verlassen.

Zuhause angekommen, stellte er erleichtert fest, dass der Kinderwagen nicht vor der Tür stand. Sophie musste mit Ronja spazieren gegangen sein. Eilig lief er ins Schlafzimmer, zog Krawatte, Anzug und Hemd aus. Dann schlüpfte er in seine Joggingsachen, setzte sich ins Auto und fuhr über Buchenbühl hinaus Richtung Kalchreuth.

Kurz bevor die Straße den Forst verließ, bog er rechterhand auf einen kleinen Parkplatz ein, stellte den Wagen ab und lief los. Immer der Nase nach den Waldweg entlang Richtung Osten. Nach einer Weile gabelte sich der Pfad, Hackenholt hielt sich rechts.

Er merkte, wie er sich während des Laufens zu entspannen begann – aber es stellte sich nicht dasselbe Gefühl ein wie im Frühsommer in Bad Bocklet. Ein Teil der Beklemmung blieb. Vielleicht lag es an der fehlenden Sonne, die ihm nicht wie seinerzeit ihre Wärme und Strahlen entgegensandte. Vielleicht lag es aber auch daran, dass ihm die verschiedenen Therapien gutgetan hatten und er sie hier in vereinfachter Form hätte fortführen sollen. Er würde sich darum kümmern. Gleich morgen.

Mittwoch

Als Hackenholt das Kommissariat betrat, sah er Licht in seinem Büro. Er seufzte. Sicher hatte Wünnenberg am Abend vergessen, es auszuschalten. Doch plötzlich ging die Tür zum Sozialraum auf und der Kollege kam mit seiner mit Wasser gefüllten Kaffeekanne heraus.

»Was tust du denn so früh schon hier?«, fragte der Hauptkommissar perplex.

»Nachdem das Foto des Toten heute in der Zeitung ist, sollte doch wohl jemand da sein, der die Hinweise der Anrufer entgegennimmt. Du hast gestern irgendwie krank ausgesehen. Ich habe befürchtet, dir ist der Nieselregen nicht bekommen.«

»Nein, nein«, sagte Hackenholt schnell. »Mir geht es gut.« Trotzdem wandte er sich eilig ab und hängte seine Jacke auf. Obwohl er seit langem mit Wünnenberg befreundet war, konnte er ihm nicht erzählen, dass es der anstehende Gerichtstermin war, der ihm so zusetzte. Nicht bevor er mit Sophie darüber gesprochen hatte, denn auch ihr hatte er seine Sorgen verschwiegen. »Was ist gestern bei euch herausgekommen?«, fragte er und ging mit gesenktem Blick zu seinem Schreibtisch.

»Nichts. Rein gar nichts. Das war der berühmt-berüchtigte Griff ins Klo. Keiner der Anwohner hat Schüsse wahrgenommen. Einige haben grölende Betrunkene gehört, die sich lautstark gestritten haben – aber das ist in der Ecke offenbar an der Tagesordnung, und die Studenten scheinen sich auch nicht sonderlich leise zu verhalten. Andere wollen ein Feuerwerk gesehen haben – Kanonenschläge inklusive. Aber jemanden, der einen Mann ins Wasser warf, hat niemand bemerkt. Hoffentlich kommt bei der Öffentlichkeitsfahndung etwas Brauchbares heraus.«

Wünnenbergs Telefon klingelte. Er meldete sich, lauschte, dann zog er seinen Schreibblock heran. »Ich bräuchte als Erstes mal Ihren Namen ... Können Sie das bitte buchstabieren? ... Aha ... Ja ... Und Sie haben den Mann in der U-Bahn gesehen? ... Wann und wo war das? ... Aha ... Ja ... Nein ... Es war absolut richtig, dass Sie sich bei uns gemeldet haben. Wenn wir noch weitere Fragen haben, werden wir uns mit Ihnen in Verbindung setzen. Danke für Ihren Anruf.« Er legte auf und sah Hackenholt an. »Wie ich es liebe! Der Herr hier will unseren Toten öfter in der U-Bahn gesehen haben.«

»Der Tote ist mit der U-Bahn gefahren? Das ist ja ganz was Neues. Wenn er das wirklich gemacht hat, wirst du noch eine ganze Reihe solcher Anrufe bekommen. Tote fallen in der U-Bahn dann doch irgendwie auf«, kommentierte Mur von der Tür. Baumann stand neben ihr und kicherte.

Wünnenberg streckte den beiden Kolleginnen die Zunge raus und wandte sich demonstrativ wieder Hackenholt zu. »In unregelmäßigen Abständen, nachmittags in der U2, Richtung Röthenbach. Wobei er an der Haltestelle Rothenburger Straße ausgestiegen ist.«

»Hom mier er Gligg, dass däi VAG däi Ieberwachungsfideos vo derer U-Båhn ned ersuu lang aufhebbd, sunsd mäisserdn mer amend di neggsdn Dåch vuurn Bildschirm verbringer.«[4]

»Ich glaube nicht, dass uns das weiterbringen würde. Er wird nicht gerade mit einem Schild um dem Hals herumgelaufen sein, auf dem er Name und Adresse notiert hatte«, brummte Wünnenberg.

»Was gibt es von deiner Seite Neues?«, wandte sich Hackenholt an Christine Mur. »Bist du gestern bei der Suche nach Sand fündig geworden?«

»Ja, ich habe zwei mögliche Stellen entdeckt, an denen sich der Täter bedient haben könnte. Die Proben sind schon auf dem Weg ins Labor. Daneben habe ich allerdings etwas festgestellt: Man kann einen Rucksack nicht einfach so mit bloßen Händen randvoll mit Sand füllen; man braucht eine Schaufel oder etwas Ähnliches. Außerdem ist gestern Nachmittag ein erster Befund hinsichtlich der Projektile aus dem Labor gekommen: An keinem einzigen wurde Gummiabrieb festgestellt.«

»Das heißt, der Täter hat keinen Schalldämpfer verwendet?«, fragte Hackenholt erstaunt.

»Richtig.«

»Wer weiß, ob die Kanonenschläge, die einer der Anwohner gehört haben will, wirklich zum Feuerwerk gehört haben«, mischte sich Martin Groß, der neue Kollege, ins Gespräch. Er lehnte an der Verbindungstür zu Stellfeldts Zimmer.

---

4 »Haben wir ein Glück, dass die VAG die Überwachungsvideos von der U-Bahn nicht so lange aufhebt, sonst müssten wir am Ende die nächsten Tage vor dem Bildschirm verbringen.«

»Wann war das?«, fragte Hackenholt.

»Das konnte er nicht genau sagen«, antwortete Wünnenberg. »Vielleicht vor zwei Wochen, vielleicht aber auch nicht.«

»Können wir das nachprüfen? Feuerwerke müssen doch beim Ordnungsamt angemeldet werden. Kümmerst du dich darum, Martin?«

Der Kollege nickte.

»Darüber hinaus hat das Labor mitgeteilt, dass es sich bei den Geschossen um ein handelsübliches Neun-Millimeter-Kaliber handelt«, fuhr Mur fort.

Wünnenbergs Telefon klingelte erneut.

»Es wäre zu schön, wenn es etwas Ausgefallenes gewesen wäre«, sagte Hackenholt mit gesenkter Stimme, um den Kollegen nicht zu stören.

»Abwarten, vielleicht kann uns der Ballistiker trotz allem etwas Hilfreiches dazu sagen. Möglicherweise ist die Waffe schon mal in Erscheinung getreten. Ich werde heute jedenfalls noch einmal mit einem Kollegen und dessen Leichenspürhund zum Nägeleinsplatz zurückkehren. Vielleicht schnüffelt er etwas. Ansonsten müssen wir Meter für Meter absuchen. Sollte das Opfer wirklich dort erschossen worden sein, werden wir die Stelle finden.«

»Ich glaube einfach nicht, dass man mitten in der Stadt einen Menschen erschießen kann, und niemand hört es.«

»Aber wer wäre denn so dumm, jemanden weiß Gott wo zu töten und anschließend an einer derart zentralen Stelle in die Pegnitz zu werfen?«, hielt Mur dagegen.

»Wer weiß, was in einem kranken Hirn vorgeht?«

Mur erhob sich. »Wir werden sehen. Sobald ich etwas entdecke, rufe ich dich an.«

Wünnenberg legte den Telefonhörer auf. »Das war jemand, der den Mann in einem Internetcafé gesehen haben will.«

»Wo?«

»In der Rothenburger Straße.«

»Dann lass uns dort hinfahren und den Inhaber befragen. Mit etwas Glück kann er die Aussage nicht nur bestätigen, sondern kennt sogar den Namen des Toten.«

»Und wer kümmert sich ums Telefon?«

»Saskia natürlich.« Hackenholt erhob sich, um im Geschäftszimmer den Schlüssel für einen Dienstwagen zu holen.

»Hältst du das für eine gute Idee?«, fragte Wünnenberg leise.

»Da so gut wie alle Anrufer Franken sein werden, sehe ich keine Probleme. Außerdem hat sie ja Martin zur Unterstützung.«

Das Internetcafé in der Rothenburger Straße war im Erdgeschoss eines unscheinbaren Neubaus untergebracht. An den Schaufenstern aus Milchglas prangte in großen Buchstaben »Internet« und »1 € pro Std«. Hackenholt stieß die Tür auf und ging in den L-förmigen Laden hinein.

Das Erste, was er sah, war eine blaue Eistruhe. Ein Blick hinein zeigte ihm, dass Eiscreme im Moment nicht der Verkaufsschlager war. Unmittelbar hinter der Truhe befand sich ein drei Meter langer Tresen, auf dem sich Boxen mit Gummibärchen, Lollies und anderen Süßigkeiten auftürmten.

Dem Mann inmitten dieser Kinderträume blieb nur ein schmaler Schlitz zum Hindurchschauen. Rechts hinter dem Tresen stand ein Kopierer, daran schlossen sich helle Holztische an, auf denen Computerbildschirme thronten. An den Trennwänden hingen Kopfhörer. Drei der anwesenden Kunden saßen auf bequem aussehenden Bürostühlen. Einer holte sich gerade einen Kaffee aus dem Automaten an der Stirnseite. Alles in allem machte der Laden einen heimeligen Eindruck.

»Kann ich Ihnen helfen?« Der junge Mann hinter dem Tresen erhob sich, um über die Süßigkeitenboxen sehen zu können.

Hackenholt zeigte seinen Dienstausweis. »Sind Sie der Inhaber?

»Ja, ich bin Francesco Montanari.«

»Haben Sie diesen Mann schon einmal gesehen?« Er hielt ihm ein Foto der geschönten Version des Toten entgegen.

Der junge Mann mit den kurzen schwarzen Haaren streckte überrascht die Hand aus und nahm das Blatt.

»Ja«, sagte er nach einem Augenblick. »Der ist manchmal hier.« Mit einem Ruck sah er Hackenholt an. »Was hat er getan? Ist er der, den die Polizei sucht, weil er die Bäckereien überfällt?«

»Sie haben heute noch keine Zeitung gelesen, nicht wahr?«

»Das tue ich nie.« Montanari grinste. »Mein Medium ist das Internet, da erfährt man alles viel schneller.«

Oder gar nicht!, dachte Hackenholt. Denn wer behält schon die Geschehnisse vor der eigenen Haustür im Auge, wenn er die Möglichkeit hat, die absurdesten Nachrichten aus aller Welt zu konsumieren. »Der Mann ist tot. Wissen Sie, wie er hieß?«

»Nein, tut mir leid. Eigentlich weiß ich gar nichts über ihn. Er war alle ein bis zwei Wochen hier und hat immer eine Stunde gesurft. Manchmal hat er dabei einen Kaffee getrunken.«

»Wann war er zum letzten Mal bei Ihnen?«

»Das ist schon eine Weile her.« Montanari dachte nach. »Drei oder vier Wochen, würde ich sagen.«

»Wie hat er bezahlt?«

»Bar natürlich. Eine Stunde kostet doch nur einen Euro.«

»Wohnte er in der Nachbarschaft?«

»Ich weiß es beim besten Willen nicht. Ich frage die Leute nicht aus, die zum Surfen hierherkommen, und ich schaue ihnen auch nicht heimlich über die Schulter.«

Hackenholt merkte, dass er nicht mehr erfahren würde. Er bedankte sich bei dem jungen Mann und verließ den Laden.

»Weißt du, was interessant ist?«, fragte Wünnenberg auf dem Rückweg zu ihrem Dienstwagen. »Der Anrufer, der unseren Unbekannten öfter in der U-Bahn gesehen haben will, hat gesagt, er wäre stets an der Haltestelle Rothenburger Straße ausgestiegen. Und in derselben Ecke befindet sich das Internetcafé, das er besucht hat. Er wird wohl kaum aus der Innenstadt extra hierher gefahren sein.«

»Immerhin scheint es sich bei dem Toten nicht um einen Touristen zu handeln. Dadurch steigt die Wahrscheinlichkeit, dass sich früher oder später jemand melden wird, der ihn gekannt hat.«

Hackenholts Handy piepte.

»Gerade eben hat eine Frau angerufen. Sie hat gesagt, dass sie den gesuchten Mann im Jobcenter gesehen hat.« Hackenholt hörte Papierrascheln, dann redete Martin Groß weiter. »Das war am 20. August, um viertel elf. Sie hatte einen Termin bei ihrem Sachbearbeiter, einem Herrn Liedel, Raum 209. Der Mann ist vor ihr aus dem Zimmer herausgekommen, unmittelbar bevor sie aufgerufen wurde.«

»Du meinst das Arbeitsamt am Richard-Wagner-Platz, oder?«

»Nein. Ich spreche nicht von der Agentur für Arbeit, sondern vom Jobcenter West, also dem ehemaligen Sozialamt in der Nicolaistraße.«

Hackenholt notierte sich den Namen des Sachbearbeiters und die genaue Adresse der Behörde. Im Stillen fragte er sich, warum man den Dingen in Deutschland regelmäßig eine neue Bezeichnung geben musste. Warum machte man aus Sozialämtern Jobcenter und verwendete damit wieder einen Anglizismus für etwas Urdeutsches?

»Das, was wir heute machen, erinnert mich an eine Schnitzeljagd«, meinte Wünnenberg, während er den Dienstwagen in eine illegale Parklücke in der Muggenhofer Straße quetschte und eine Kelle mit der Aufschrift POLIZEI hinter die Windschutzscheibe legte.

»Wenn die Anruferin recht hat, werden wir gleich wissen, wie der Tote heißt.« Der elektrische Türöffner summte, während sich die Tür vor Hackenholt öffnete. »Zimmer 209 sollte im zweiten Stock liegen. Wollen wir die Treppe nehmen?«

Doch bevor sie den Aufgang zum Treppenhaus erreichten, rief jemand in ihrem Rücken: »Hallo? Kann ich Ihnen helfen?«

Hackenholt wandte sich um. Eine junge Frau stand hinter einer Art Tresen und musterte ihn skeptisch. »Wir möchten gern mit Herrn Liedel aus Zimmer 209 sprechen«, sagte er und legte seinen Dienstausweis vor.

»Haben Sie einen Termin?«

»Nein.«

»Das habe ich mir gedacht. Herr Liedel ist derzeit nämlich nicht im Haus.«

»Wann kommt er wieder?«

»Worum geht es denn? Vielleicht kann ich Ihnen weiterhelfen?«, antwortete die junge Frau ausweichend.

»Um Mord!«, sagte Wünnenberg, dem das Vorzimmerdamengeplänkel auf die Nerven ging.

Die Mitarbeiterin erbleichte.

»Kennen Sie diesen Mann?«

»Ist das –?«

»Kennen Sie ihn?«, unterbrach Hackenholt sie.

»N ... nein.«

»Wann erwarten Sie Herrn Liedel zurück?«

»Er ist im Urlaub.«

»Dann möchte ich mit jemand sprechen, der sich in seiner Abwesenheit um seine Kunden kümmert. Und mit seinem Vorgesetzten.«

»Wir betreuen Klienten, keine Kunden.«

»Wie auch immer. Wo finden wir jemanden, der uns weiterhelfen kann?«

»Versuchen Sie es bei Frau Tanasescu. Zimmer 211. Sie ist Herrn Liedels Vertretung.«

Während Wünnenberg auf den Hacken kehrt machte und zum Treppenhaus ging, sah Hackenholt, wie die Empfangsdame zum Telefonhörer griff und ein paar Tasten drückte. Wahrscheinlich wollte sie ihre Kollegin warnen.

Im zweiten Stock angekommen, sah Wünnenberg kurz den langen Flur mit den vielen Türen rauf und runter, dann deutete er nach rechts. Das dritte Zimmer trug die Nummer 211. Davor stand eine Sitzgelegenheit mit drei Plastikschalen. Alle waren besetzt. Obwohl die zwei wartenden Frauen und der Mann sie mit bösen Blicken musterten und eine rote Leuchtschrift neben der Tür »Nicht Eintreten« anzeigte, klopfte Hackenholt und öffnete, noch bevor er zum Eintreten aufgefordert worden war.

»Wenn Sie –«, begann die Frau hinter dem Schreibtisch.

»Kriminalpolizei Nürnberg.« Hackenholt sprach laut und deutlich, während er seinen Ausweis hochhielt – auch wenn ihn die Sachbearbeiterin auf diese Entfernung unter keinen Umständen lesen konnte.

»Ich weiß. Sie müssen aber bitte trotzdem noch einen Augenblick draußen warten. Es wird nicht lange dauern. Sobald ich fertig bin, werde ich mich um Ihr Anliegen kümmern.« Sie hatte eine freundliche, resolute Stimme.

Hackenholt nickte und verließ das Zimmer.

»Was denkst du, wie lange so eine Beratung dauert?«, murmelte Wünnenberg leise.

»Keine Ahnung. Wollen wir mal zu Zimmer 209 schauen?«

Wünnenberg nickte. Auf einem Schild stand außer der Zimmernummer nur Liedels Name. Nach einem energischen Klopfen drückte der Ermittler die Klinke hinunter, aber die Tür war verschlossen.

»Offenbar sind das alles Einzelzimmer.«

»Worum geht es denn?«, fragte Silke Tanasescu, sobald sie die Tür hinter sich geschlossen und den Beamten zwei Stühle angeboten hatte.

»Kennen Sie diesen Mann?« Hackenholt legte einmal mehr das Foto vor.

»Das ist der Tote aus der Pegnitz. Ich habe das Bild heute Morgen in der Zeitung gesehen.«

»Kennen Sie ihn?«

»Nein. Sonst hätte ich doch bei Ihnen angerufen.«

»Er soll am 20. August um zehn Uhr fünfzehn bei Herrn Liedel gewesen sein.«

»Wirklich? Ich kenne nicht alle Klienten meines Kollegen. In seiner Abwesenheit kümmere ich mich nur um die Notfälle. Diesen Mann habe ich aber definitiv nie hier gesehen.«

»Gibt es jemanden, der alle seine Klienten kennt?«

»Wissen Sie was? Lassen Sie mir das Foto da, und ich frage bei meinen Kollegen herum. Frau Smolka, die Amtsleiterin, ist diese Woche ebenfalls nicht im Haus. Ich vertrete sie. Falls etwas herauskommt, rufe ich Sie an.«

»Können Sie nicht einfach in Liedels Agenda nachsehen, wer zum fraglichen Zeitpunkt einen Termin bei ihm hatte?«

Frau Tànasescu schüttelte den Kopf. »Datenschutz.«

Die beiden Ermittler waren gerade wieder auf den Bürgersteig getreten, als Hackenholts Handy erneut piepte.

»Der Doude hassd efenduell Josef Walch«, rief Baumann aufgeregt.[5]

»Woher weißt du das?«

»A Richard Mahler hodd oogrufn. Derer wohnd in der Zweigschdrass im Hinderhaus un hodd sein Nachbarn seid über drei Wochn nimmer gseeng.«[6]

»Gut, wir fahren hin und schauen, was an der Sache dran ist. Hier im Jobcenter hat ihn nämlich niemand erkannt.«

Wünnenberg seufzte. »Auf zu unserem nächsten Schnitzel.« Rasch entriegelte er die Autotür und stieg ein.

»Irgendwie kommt mir das hier sehr bekannt vor!«, murmelte er, als er ein paar Minuten später wieder die Rothenburger Straße entlangfuhr und schließlich gegenüber des Theaters Mummpitz in eine Sackgasse einbog.

»Stimmt«, pflichtete Hackenholt ihm bei. »Herrn Montanaris Internetcafé ist wirklich nur einen Katzensprung entfernt.«

Sie parkten den Dienstwagen in zweiter Reihe, weil in der kleinen

5 »Der Tote heißt möglicherweise Josef Walch«, (...).
6 »Ein Richard Mahler hat angerufen. Er wohnt in der Zweigstraße im Hinterhaus und hat seinen Nachbarn seit mehr als drei Wochen nicht mehr gesehen.«

Stichstraße nicht einmal der Hauch einer Parklücke vorhanden war, und gingen durch das offenstehende Metalltor in den Hof. Im Gegensatz zur sandsteinernen Fassade des Vordergebäudes wirkte das hellgelb gestrichene Hinterhaus schmucklos.

Richard Mahler, der Nachbar, der bei der Polizei angerufen hatte, war Anfang dreißig und lebte in der rechten Mansardenwohnung. Auf dem Wohnzimmertisch hatte er bereits Fotos vom letztjährigen Hausfest bereitgelegt, die er nun den beiden Ermittlern gab. Lang musterte Hackenholt das Bild eines blonden Mannes, der gerade eine Bierflasche ansetzte. Es bestand eine große Ähnlichkeit mit dem Toten. Aber mit letztendlicher Sicherheit konnte er nicht sagen, dass die Personen identisch waren. Dazu war der Leichnam zu aufgedunsen gewesen.

»Könnte Ihr Nachbar derzeit möglicherweise einfach nur im Urlaub sein?«

»Theoretisch schon, zumal er viel gereist ist. Trotzdem bin ich mir sehr sicher, dass er der Mann aus der Zeitung ist. Er war ein Einzelgänger und nicht sonderlich gesprächig. Man ist ihm auch im Treppenhaus nicht oft begegnet. Es war keine Seltenheit, dass ich ihn längere Zeit nicht gesehen habe.«

»Was macht Herr Walch beruflich?«

»Unsere Vermieterin hat mal gesagt, er wäre arbeitslos.«

»Wohnt sie hier?«

»Ihr gehört das Restaurant im Vorderhaus.« Mahler sah auf die Uhr. Halb zwei. »Mittags hat sie meistens alle Hände voll zu tun. Aber sie wird bestimmt ein paar Minuten Zeit für Sie finden.«

Wie sich herausstellte, handelte es sich bei dem Restaurant um einen Griechen, und die Chefin hieß Sophia Tsibikaki. Sie war eine kleine Frau, Ende fünfzig, mit pechschwarzen Haaren und aufgeweckten Augen.

»Hast du Freunde mitgebracht, Richard?«, fragte sie fröhlich an die Dreiergruppe gewandt.

»Heute ist doch nicht Freitag, Sophia. Ich bin nicht zum Essen gekommen«, antwortete Mahler rasch. »Es geht um etwas Geschäftliches, sozusagen.«

»Das passt mir jetzt gar nicht.« Frau Tsibikaki runzelte die Stirn.

»Kennen Sie diesen Mann?« Hackenholt hielt ihr das Foto des Toten hin.

»Aber das ist doch ...« Unruhig glitt ihr Blick zwischen Hackenholt und ihrem Mieter hin und her.

»Wir sind von der Kriminalpolizei. Handelt es sich bei dem Mann auf dem Bild um einen Ihrer Mieter?«, fragte Hackenholt freundlich.

Die Griechin nickte. »Das ist Josef Walch.« Hinter ihr schoben körperlose Hände zwei mit Gyros und Reis beladene Teller durch eine Durchreiche, dann schlug die rechte Hand lässig auf eine Serviceklingel. Die Wirtin wandte sich ab. »Setzen Sie sich einen Moment«, rief sie über die Schulter, während sie die Teller nahm und an einen Tisch brachte. Dann ging sie zu einem anderen und schrieb die Bestellung auf. Am Tresen schenkte sie die Getränke ein und servierte sie. Wieder wurde die Klingel geschlagen. Diesmal standen drei Vorspeisenteller in der Durchreiche. Erst nachdem sie auch diese zu den Gästen gebracht hatte, kam Frau Tsibikaki zu Richard Mahler, Hackenholt und Wünnenberg zurück.

»Was ist mit Josef?«, fragte sie an Hackenholt gewandt.

»Sofern es sich bei dem Mann wirklich um Herrn Walch handelt, ist er tot.«

»In der Pegnitz ertrunken«, ergänzte Mahler.

»Oh mein Gott, wie schrecklich!«

»Wann haben Sie Herrn Walch zum letzten Mal gesehen?«, fragte Hackenholt, ohne richtigzustellen, wie der Mann tatsächlich zu Tode gekommen war.

»Das ist bestimmt schon vier Wochen her.« Sie warf dem Hauptkommissar einen entschuldigenden Blick zu. »Ich habe mit dem Restaurant viel um die Ohren. Außerdem überwache ich die Leute nicht, die bei mir wohnen. Und Josef war eher ein zurückgezogener Typ. Er kam auch nicht zum Essen hierher; obwohl meine Hausbewohner mittags einen Sonderpreis bekommen.«

»Wissen Sie etwas über seine Familie?«

»Nein, davon hat er nie gesprochen. Auch nicht von Freunden.«

»Haben Sie einen Schlüssel für die Wohnung?«

Sie zögerte kurz. »Ja, in einem versiegelten Kuvert. Für alle Fälle. So handhabe ich das mit allen Mietern.«

»Holen Sie ihn bitte. Wir müssen nachsehen, ob wir in den Räumen Hinweise darauf finden, dass es sich bei dem Toten tatsächlich um Herrn Walch handelt.«

Die weiß lackierte Holztür war penibel abgeschlossen. Zweimal musste Hackenholt den Schlüssel umdrehen, bis der Bolzen zurückschnappte. Dann glitt die Tür geräuschlos auf. Die Luft, die ihnen entgegenschlug, roch abgestanden, allerdings nach Staub, nicht nach Ausdünstungen, die üblicherweise Gardinen, Teppichböden und Möbeln anhafteten. Und dafür gab es einen einfachen Grund: Außer der Küchenzeile in einer Nische und einem Einbauschrank im Flur befand sich nichts in der Wohnung.

»Was ...?«, rief Frau Tsibikaki und drängte sich an Hackenholt vorbei in die Diele. »Das kann doch nicht sein!« Entgeistert drehte sie sich in dem Einzimmerappartement um die eigene Achse. »Hier ist ja alles ... leer.«

Wünnenberg streifte sich ein paar Einweghandschuhe über und öffnete die Türen des Einbauschranks. Er war ausgeräumt. Auch in den Küchenschränken war nichts zu finden. Hackenholt zückte sein Handy, rief Christine Mur an und bat sie, in die Zweigstraße zu kommen.

»Ich verstehe das nicht«, stammelte Frau Tsibikaki noch immer völlig entgeistert. »Es war doch kein Umzugswagen da, der etwas abgeholt hat.«

»Sind Sie sicher? Eine Wohnung räumt man nicht so mir nichts, dir nichts aus. Ein Bett oder Sofa, ein Tisch, Stühle, Geschirr, Besteck, Bilder, Kleidung. Jeder Mensch besitzt massenhaft Gegenstände.«

»Ich ... nein. Ich habe nichts bemerkt.«

»Besaß Herr Walch ein Fahrzeug?«

»Nicht dass ich wüsste. Er war immer zu Fuß unterwegs.«

»Und er hat auch nicht erwähnt, dass er umziehen will?«

»Nein.«

Erneut zückte Hackenholt sein Handy, diesmal, um Saskia Baumann über die aktuellen Erkenntnisse zu informieren, doch er erwischte Martin Groß. Hackenholt zog sich in eine Ecke des Raumes zurück und bat ihn, die Personalien von Josef Walch zu überprüfen.

Es dauerte ein paar Minuten, dann rief der Kollege zurück. »Er ist am 7. April 1965 geboren und nach wie vor in der Zweigstraße gemeldet. Fahrzeuge sind keine auf ihn zugelassen.«

»Gut. Danke. Wir sind hier noch eine Weile beschäftigt. Sag bitte Saskia Bescheid.«

»Ich muss zurück in die Wirtschaft«, murmelte Frau Tsibikaki kopfschüttelnd. »Kann ich Sie allein lassen?«

»Natürlich. Den Schlüssel müssen wir sowieso einstweilen sicherstellen.«

»Was glaubst du, was hier passiert ist?«, fragte Wünnenberg, nachdem die Griechin das Appartement verlassen hatte.

»Das ist die große Frage. Im Moment fallen mir nur zwei Möglichkeiten ein: Entweder er ist heimlich ausgezogen, oder der Täter hat die Bude leergeräumt.«

»Ich habe noch nie von einem Mörder gehört, der die Wohnung seines Opfers besenrein ausgeräumt hat. Selbst wenn es ein Raubüberfall gewesen wäre, hätte er nur Wertgegenstände wie Fernseher oder Computer mitgenommen, aber nicht das Bett oder die Klamotten.«

»Wobei es fraglich ist, ob Herr Walch überhaupt etwas besessen hat, das sich zum Wiederverkauf eignete. Aber ein anderes Szenario könnte sein, dass er hier getötet wurde.«

Wünnenberg musterte die Wände. »Denkst du, deswegen wurde gestrichen?«

»Warten wir ab, ob Christine etwas findet, das uns Aufschluss darüber gibt, ob Josef Walch überhaupt unser Mann ist.«

Es wurde drei Uhr, bis Mur mit einer Kollegin in der Wohnung eintraf.

Sie berichtete kurz von ihrer Suche nach Spuren rund um die Maxbrücke. Der Hundeführer war mit seinem Leichenspürhund das nördliche Pegnitzufer und die Brücke abgegangen. Doch die einzige Stelle, an welcher der Hund anzeigte, war die, an der die Leiche nach der Bergung gelegen hatte.

Trotzdem hatten Murs Leute vor allem das Gelände rund um den Rasenstreifen am Nägeleinsplatz gründlich in Augenschein genommen und nach Blutspuren untersucht. Aber auch das förderte nichts zutage.

Als Hackenholt Mur schließlich erklärte, warum er sie in das kleine Appartement in der Zweigstraße gerufen hatte, war sie wie elektrisiert und machte sich sofort an die Arbeit. Sie warnte ihn allerdings, dass es mehrere Stunden dauern werde, bis sie sich durch die Wohnung gearbeitet hatte. Denn wenn die Räume sorgfältig gereinigt worden waren, dann ließen sich allenfalls in Ritzen und an schwer zugänglichen Orten Spuren finden.

Zurück im Büro setzte sich Hackenholt an seinen Computer, um Josef Walchs Daten abzufragen. Wie Groß ganz richtig festgestellt hatte, war der letzte offizielle Wohnsitz in der Zweigstraße angegeben. Zuvor war der Mann jedoch siebenmal umgezogen. Einmal hatte er sich sogar in Hamburg angemeldet, wo er sechs Jahre lang lebte, bevor er wieder nach Nürnberg zurückgekehrt war.

Mithilfe des allerersten Wohnsitzes fand Hackenholt die Namen von Walchs Eltern heraus und stellte fest, dass Vater Hans vier Jahre nach Josefs Geburt gestorben war. Edeltraut Walch heiratete kurze Zeit später erneut und hieß fortan Metzger. Josef bekam einen Halbbruder namens Johann und eine Halbschwester, Sibylle.

Anfang der neunziger Jahre verschied auch der zweite Ehemann und wenige Monate danach zog Sibylle ins Ausland. Vor drei Jahren starb schließlich die Mutter. Es blieb also nur der Halbbruder Johann Metzger, der nun in Erlenstegen wohnte und einen Doktortitel führte.

Hackenholt sah auf die Uhr. Es war mittlerweile nach halb sechs. Müde rieb er sich mit den Handballen über die Augen. Von Mur hatte er noch nichts gehört. Sollte er Dr. Metzger trotzdem einen Besuch abstatten? Was konnte er ihm sagen? Dass man *möglicherweise* seinen Halbbruder tot aufgefunden hatte?

Besser, er wartete damit bis morgen, bis Mur hoffentlich geklärt hatte, ob der Tote aus der Pegnitz wirklich Walch war.

Hackenholt beschloss, Feierabend zu machen und lieber noch eine Runde joggen zu gehen. Dabei fiel ihm wieder ein, was er den ganzen Tag so erfolgreich verdrängt hatte: Der Prozess gegen seine Entführer, die gleichzeitig auch die Mörder eines seiner früheren Münsteraner Kollegen waren. Hackenholt hatte weder seinen Anwalt angerufen und nachgefragt, ob ihm bereits eine Ladung vorlag, noch hatte er es geschafft, den empfohlenen Psychologen zu kontaktieren. Das musste er unbedingt am nächsten Morgen erledigen.

Er schrieb sich eine Notiz auf einen gelben Haftzettel und klebte ihn auf die Schreibtischunterlage. Nach einem Augenblick riss er ihn wieder ab, zerknüllte ihn und warf ihn in den Papierkorb. Wer wusste schon, wer alles in seiner Abwesenheit auf seinem Schreibtisch herumstöberte. Selbst wenn es nur jemand aus seinem Team war, wollte er nicht, dass derjenige eine derart private Notiz zu sehen bekam.

Als Hackenholt in der Meuschelstraße die Haustür erreichte, hörte er schon von außen lautes Babygebrüll durch ein gekipptes Fenster dringen. Ronja zeigte mal wieder, was in ihr steckte – und doch klang es anders, nicht nach Hungergeschrei.

Hastig sperrte er die Wohnungstür auf und rannte ins Wohnzimmer. Seine kleine Tochter lag mit hochrotem Kopf in ihrem Laufstall und schrie. Hackenholt entledigte sich seiner Jacke, während er mehrfach leise Ronjas Namen rief, um ihre Aufmerksamkeit zu erregen. Dann beugte er sich zu seinem kleinen Schatz hinunter und hielt ihr seine beiden Zeigefinger entgegen, nach denen sie inzwischen normalerweise mit großer Freude grapschte. Doch heute hielt sie ihre eigenen Hände zu Fäusten geballt und würdigte ihn keines Blickes. Erst als er sie aus dem Laufstall hob, an seinen Körper drückte und ihr beschwichtigend über den Kopf strich, wurde sie endlich ruhiger.

»Wo ist denn deine Mama?«, fragte er, während er in den Flur ging und umständlich seine Straßenschuhe auszog.

Ronja antwortete mit Schluckauf.

»Ihre Rabenmutter kümmert sich ums Abendessen«, schallte es ihm aus den inneren Gefilden der Wohnung entgegen. Hackenholt folgte der Stimme und fand Sophie in der Küche beim Kartoffelschälen. Sie war blass und sah müde aus. Als sie das Baby auf seinem Arm erblickte, verzog sie das Gesicht. »Schauen wir mal, wie lange sie bei dir Ruhe gibt. Bei mir hat es keine fünf Minuten gehalten.«

»Ist sie heute ein bisschen unleidlich?«

»Ersetze das *bisschen* durch *schrecklich*, und du hast den Nagel auf den Kopf getroffen.«

Wie aufs Stichwort rieb sich Ronja mit der Faust über ein Auge und begann wieder zu weinen, zunächst allerdings in moderater Lautstärke.

»Was hat sie denn?«

»Zu wenig geschlafen. Viel zu wenig geschlafen. Nicht wahr, Madame? Dreimal eine halbe Stunde ist in deinem Alter nicht annähernd genug!«

Ronja pflichtete ihr mit lauter werdendem Gebrüll bei.

»Wahrscheinlich ist das der Wachstumsschub, vor dem uns alle gewarnt haben. Und dass sie letzte Nacht zweimal aufgewacht ist, war sicher erst die Spitze des Eisbergs. Ich fürchte, uns stehen anstrengende Zeiten ins Haus.«

»Warten wir's ab«, meinte Hackenholt aufmunternd. »Vielleicht wird es ja nicht so schlimm.« Da Ronja jedoch zu ihrer vollen Stimmgewalt zurückgefunden hatte, war er sich da nicht so sicher. Tagsüber konnte er flüchten, aber nachts?

»Es ist Post für dich gekommen«, sagte Sophie. »Vom Rechtsanwalt.«

»So?«, fragte Hackenholt leichthin. »Was will er denn?«

»Keine Ahnung. Ich habe den Brief nicht aufgemacht.«

»Darum kümmere ich mich später. Wie lange dauert es denn noch mit dem Essen?«

»Eine gute halbe Stunde.«

»Dann gehe ich mit Ronja noch ein bisschen spazieren.«

»Willst du dir das wirklich antun, so schlimm, wie sie schreit?«

»Möglicherweise beruhigt sie sich dadurch.«

Donnerstag

Ronja brüllte wie am Spieß, Sophie stöhnte, Hackenholt gähnte. Was war nur aus ihrem süßen Baby geworden? Ein Monster? Was für eine Nacht!

Hackenholt fühlte sich wie gerädert. Er sah auf die Uhr. Halb fünf. Ronja hatte alle zwei Stunden geschrien, und er war jedes einzelne Mal wach geworden.

Dabei hatte es am Abend noch ganz gut ausgesehen. Nachdem er seine Tochter in den Kinderwagen gepackt hatte und mit ihr spazieren ging, hörte sie allmählich zu weinen auf und schlief sogar ein. Sophie quittierte das mit einem Stirnrunzeln, ließ sich aber nicht zu der Bemerkung hinreißen, dass nun nicht der richtige Zeitpunkt zum Schlafen sei.

Das tat sie um zwei Uhr nachts mit den Worten: »Ihr zwei macht nie wieder einen Abendspaziergang!«

Inzwischen war Hackenholt derselben Meinung. Erschöpft ließ er sich in sein Kissen zurückfallen. Im Nebenzimmer hörte er Sophie leise auf Ronja einreden, was Letztere jedoch nicht sonderlich zu beeindrucken schien. Nach ein paar Minuten nahm Sophie sie und ging mit ihr ins Wohnzimmer.

Endlich wurde es ruhiger. Hackenholts Augen folgten dem Ruf der Schwerkraft und glitten zu.

Um halb neun weckte ihn das Piepen seines Handys. Es war Wünnenberg, der wissen wollte, wann heute mit ihm zu rechnen sei und was sie in der Zwischenzeit erledigen sollten.

Man sah Hackenholt die unruhige Nacht noch immer an, als er um halb zehn endlich sein Büro betrat, in dem sich Wünnenberg, Groß, Baumann und Mur versammelt hatten.

»Kurze Nacht?«, fragte Ersterer unnötigerweise.

»Überhaupt keine Nacht«, brummte Hackenholt, während er seine Jacke aufhängte.

»Oha!«, war alles, was Mur sagte, bevor sie sich von ihrem Stuhl erhob und Hackenholt eine Tasse Kaffee einschenkte.

»Lasst uns loslegen. Was haben wir?«

»Fangen wir mit dem an, was wir nicht haben: Blutspuren. Ich habe in der Wohnung nichts gefunden. Und bevor jemand fragt: Ja, ich habe ordentlich gearbeitet.«

»Das würde sich doch niemand, der bei klarem Verstand ist, anzuzweifeln trauen«, grinste Wünnenberg.

»Weder im Badezimmer noch im Wohnzimmer konnte ich Rückstände sichern. Ich habe sogar die Bodenleisten abgeschraubt. Auch in den Ritzen zwischen den Fliesen war nichts zu finden. Falls der Mann in der Wohnung getötet wurde, dann müsste er sich auf dem Sofa oder im Bett befunden haben, sodass das Blut dort versickert ist. Aber dann wäre wiederum die Frage, ob das mit den Schusswinkeln übereinstimmen kann.« Mur schürzte die Lippen.

»Könnten wir uns vielleicht doch erst einmal den Fakten widmen, die wir wissen? Ist Josef Walch der Tote aus der Pegnitz?«, fragte Hackenholt.

Mur nickte. »Seine Fingerabdrücke waren überall.«

»Das macht es ziemlich unwahrscheinlich, dass der Täter die Bude ausgeräumt hat.«

»Wenn es Walch selbst war, wie erklärst du dir dann, dass wir diese Kiste in seinem Keller gefunden haben?«

Jetzt erst sah Hackenholt einen Karton neben seinem Schreibtisch stehen. »Was ist da drin?« Seine Müdigkeit war schlagartig verflogen.

»Drei Fotoalben, fünf Winterpullover, eine Winterjacke.«

»Hast du die Fotoalben durchgeblättert? Enthalten sie etwas Interessantes?«

»Urlaubserinnerungen. Er war jedes Jahr auf Reisen.«

»Ich dachte, er war arbeitslos?« Groß runzelte die Stirn. »Woher hatte er denn das Geld für größere Reisen?«

»Gute Frage«, antwortete Hackenholt. »Wir müssen seine Kontobewegungen überprüfen.« Er machte sich eine Notiz auf seinem Schreibblock.

»Schreib aa glei auf, dassmer rausfindn mäin, obberern Fesdnedzånschluss odder weenichsdns er Händi ghadd hodd.«[7]

Nachdem Hackenholt auch das notiert hatte, blickte er wieder auf. »Jetzt kümmern wir uns erst einmal um die Angehörigen. Und dann müssen wir mit den anderen Hausbewohnern sprechen und

---

7 »Schreib auch gleich auf, dass wir herausfinden müssen, ob er einen Festnetzanschluss oder zumindest ein Handy besessen hat.«

nachfragen, was sie von Josef Walchs Auszug bemerkt haben. Zumindest die frische Farbe sollte jemand gerochen haben. Wie wollen wir die Arbeiten untereinander aufteilen?«

»Es wird wirklich Zeit, dass Manfred aus dem Urlaub zurückkommt. Jemand muss sich hier ums Telefon kümmern. Es gibt immer noch Anrufer, die mitteilen, wann sie den Toten wo gesehen haben«, gab Wünnenberg zu bedenken. Als Murs Mundwinkel zu zucken begannen, warf Hackenholt ihr schnell einen warnenden Blick zu.

»Solltest du nicht die Presse informieren, dass wir den Mann identifiziert haben?«, fragte sie betont sachlich.

»Je mehr Hinweise wir aus der Bevölkerung erhalten, desto genauer wird unser Bild von Josef Walch. Der Strom der Anrufer versiegt von allein«, entschied Hackenholt.

»Ich bleibe hier und kümmere mich um die Anrufer«, schlug Groß vor. »Dabei kann ich auch gleich die Abfragen bei der Zentralstelle der Banken und den Telefonprovidern machen – sofern Saskia mir sagt, wie das geht.«

»Sehr gut. Dann fahren wir beide jetzt erst mal zu Josef Walchs Halbbruder Johann Metzger«, sagte Hackenholt an Wünnenberg gewandt.

Groß blätterte in seinen Unterlagen. »Ich habe gestern übrigens noch beim Ordnungsamt angerufen. Es hat am 27. August tatsächlich ein privates Feuerwerk gegeben.«

»Gut. Dann wissen wir zumindest das.«

Die Villa, in der Dr. Metzger in Erlenstegen residierte, wirkte äußerst feudal. So verwunderte es Hackenholt nicht, als eine Haushälterin ihnen die Tür öffnete und zurückhaltend nach ihrem Begehr fragte. Er nannte Name und Dienststelle und erklärte, sie kämen in einer Familienangelegenheit.

»Herr Dr. Metzger hat keine Familie«, entgegnete die Dame spitz und musterte Hackenholt, als sei er ein Hochstapler.

»Das würden wir gerne mit ihm selbst besprechen.«

»Ich werde ihn fragen.« Die Frau wandte sich ab und schloss die Tür. Es dauerte eine Weile, bis sie zurückkam. »Hier.« Sie hielt ihm eine Visitenkarte hin. »Das ist Herrn Dr. Metzgers Büroadresse. Er erwartet sie. Beeilen Sie sich, er hat noch einen wichtigen Termin.«

Hackenholt sah auf die Karte. Dr. Metzger war Wirtschaftsprüfer, und seine Büroräume lagen nicht weit entfernt in der Erlenstegenstraße.

Der mondäne Glasbau kurz vor der Endhaltestelle der Straßenbahnlinie 8 war Hackenholt schon bei früheren Gelegenheiten aufgefallen. Dr. Metzger musste wirklich gut verdienen, um sich derartige Kanzleiräume leisten zu können. Umso erstaunlicher, dass sein Halbbruder von Hartz IV gelebt haben sollte.

Die Sekretärin war offenbar von ihrem Kommen unterrichtet, denn sie führte die beiden Beamten ohne Rückfrage in einen großen Besprechungsraum. Zwei Wände waren mit hellen Einbauschränken bestückt, die anderen waren aus Glas und gaben den Blick auf die Erlenstegenstraße und die Wendeschleife frei. Dominiert wurde das Zimmer von einem langen Tisch und zwölf darum herum gruppierten Stühlen.

»Bitte nehmen Sie Platz«, lud die Sekretärin ein. »Herr Dr. Metzger wird gleich hier sein. Darf ich Ihnen einen Kaffee bringen?«

Wünnenberg nahm dankend an.

»Ich bin gespannt, was man in solch einer erlauchten Umgebung trinkt«, raunte er Hackenholt zu, nachdem die Frau verschwunden war.

Als sie zurückkam und ihm ein kleines Tablett mit Kaffeetasse, Milch und Zucker hinstellte, folgte ihr ein auffallend großer Mann in einem gutsitzenden Anzug. Keine Stangenware.

»Meine Haushälterin sagte, es ginge um eine Familienangelegenheit?«, eröffnete der Wirtschaftsprüfer das Gespräch, während er an der Stirnseite Platz nahm und bequem die langen Beine übereinanderschlug.

»Wir sind wegen Ihrem Halbbruder hier. Wann hatten Sie zum letzten Mal Kontakt mit ihm?«

»Kurz bevor er nach Hamburg ging. Das dürfte mittlerweile mehr als zwanzig Jahre zurückliegen. Warum fragen Sie?«

»Wir haben leider eine traurige Nachricht für Sie.« Hackenholt machte ganz bewusst eine kurze Pause, bevor er weitersprach. »Josef Walch ist tot.«

Dr. Metzger presste einen kurzen Moment lang die Lippen aufeinander, eine andere Regung war ihm nicht anzusehen. »Vielen

Dank, dass Sie mich benachrichtigt haben. Gibt es etwas, was ich tun muss?« Offenbar merkte er selbst, wie ungewöhnlich seine kalte Reaktion war, denn nach einer winzigen Pause fügte er hinzu: »Sie müssen entschuldigen. Wir standen uns nicht sonderlich nahe. Ich weiß nicht einmal, ob er Familie hat.«

»Wir hatten gehofft, Sie könnten uns in dem Punkt weiterhelfen.«

»Tut mir leid. Wie gesagt, wir hatten seit langem keinen Kontakt mehr. Er ist nicht einmal zur Beerdigung seiner Mutter erschienen. Der Weg war ihm wohl zu weit.«

»Er ist schon vor Jahren nach Nürnberg zurückgekommen. Wussten Sie das nicht?«

»Was?« Zum ersten Mal seit dem Beginn des Gesprächs zeigte der Wirtschaftsprüfer eine Regung. »Er hat nicht mehr in Norddeutschland gelebt?«

»Ihr Halbbruder war Hartz-IV-Empfänger und fristete sein Dasein in einem kleinen Einzimmerappartement in der Zweigstraße.« Hackenholt hätte nicht sagen können, warum er es so schroff formulierte. Vielleicht wegen all des Pomps, mit dem sich Dr. Metzger umgab.

Der Wirtschaftsprüfer wirkte bestürzt.

»Wenn ich richtig informiert bin, haben Sie eine Schwester.«

»Sibylle. Sie lebt in den USA.«

»Stand sie mit Herrn Walch in Kontakt?«

»Nicht, dass ich wüsste. Wir telefonieren allerdings höchstens zweimal im Jahr. Sie hat Josef jedoch nie erwähnt, was sie sicher getan hätte, wenn sie mit ihm gesprochen hätte.« Inzwischen hatte sich Dr. Metzger wieder gefangen. Er zog sich einen Notizblock heran und nahm einen teuer aussehenden Füllfederhalter aus seiner Jacketttasche. »Was gibt es für mich jetzt zu tun?«, fragte er in geschäftsmäßigem Ton. »Wohnungsauflösung? Beerdigung? Müssen Ämter informiert werden?«

»Wegen der Bestattung setzen Sie sich am besten mit der Stadt Nürnberg in Verbindung. Die Wohnung bleibt einstweilen versiegelt.«

»Wieso?«

»Haben Sie gestern mal einen Blick in die Zeitung geworfen?«

»Ich lese jeden Tag das Handelsblatt und die Süddeutsche Zeitung.«

In diese Blätter hatte es der Leichenfund in der Nürnberger Pegnitz natürlich nicht geschafft. Hackenholt erklärte ihm knapp die Umstände, unter denen der Tote entdeckt worden war, ohne dabei auf die Todesursache einzugehen.

Als sie sich schließlich erhoben, sah Hackenholt, dass Wünnenberg seinen Kaffee nur zur Hälfte getrunken hatte.

»Lass uns in die Dienststelle zurückfahren«, bat Hackenholt, nachdem sie das Gebäude verlassen hatten.

»Gute Idee. Nach der Brühe brauche ich erst mal einen anständigen Kaffee zur Stärkung, bevor ich mich den Nachbarn gewachsen fühle. Schon komisch: Die, die im Geld schwimmen, müssen offenbar am Kaffeepulver sparen.«

Hackenholt verdrehte die Augen. »Ich meinte eigentlich, du setzt mich im Präsidium ab und fährst mit Saskia und Martin in die Zweigstraße. Dann übernehme ich das Telefon – wir können das den beiden nicht die ganze Zeit aufs Auge drücken. Außerdem tun mir ein paar Stunden im Büro ganz gut. Dann kann ich mir in Ruhe ansehen, welche Hinweise gestern und heute aus der Bevölkerung eingegangen sind. Da uns der Bruder so gar nicht weiterhelfen kann, müssen wir überlegen, ob wir nicht noch einmal an die Öffentlichkeit gehen. Es ist wichtig, dass wir mehr über das Leben des Mannes herausbekommen.« Diesmal, beschloss Hackenholt, würden sie aber ganz sicher keine Pressekonferenz abhalten; diesmal würde es eine einfache Mitteilung tun.

»Jetzt warte erst einmal ab, was uns die Kontoauszüge und vor allem der Einzelverbindungsnachweis seines Telefons sagen.«

»Des glabbsd ned«, begrüßte Baumann die beiden Ermittler, sobald sie wieder im Büro waren, »obber der Moo hodd kaa Delefon. Kaa Fesdnedz un kaa Händi.«[8]

»Das klingt wirklich ziemlich unwahrscheinlich«, entgegnete Hackenholt.

»Und von seinem Konto wurden auch keine Rechnungen abgebucht.« Groß wedelte mit einem Stapel Ausdrucke.

»Sind die Kontoauszüge schon da?«

»Ja, däi in der Zendråln wårn desmål gscheid fix.«[9]

8 »Es ist kaum zu glauben«, (...), »aber der Mann besaß kein Telefon. Weder Festnetz noch Handy.«

9 »Ja, die in der Zentrale waren diesmal recht fix.«

»Kann er noch ein altes Prepaidhandy gehabt haben, das unter einer seiner früheren Adressen läuft?«, fragte Wünnenberg.

Baumann schüttelte den Kopf.

»Vielleicht hat er als Hartz-IV-Empfänger keinen eigenen Handyvertrag bekommen und ließ es deshalb auf einen Freund oder Freundin laufen?«, murmelte Hackenholt. »Geht und redet mit den Nachbarn. Irgendetwas müssen sie uns sagen können.«

Entgegen seiner Absicht, sich die bisher eingegangenen Hinweise im Einzelnen durchzulesen, richtete Hackenholt seine Aufmerksamkeit auf Josef Walchs Kontoauszüge. Sie legten Zeugnis einer sehr einfachen Lebensweise ab: Die Beträge, die das Jobcenter überwies, waren gering. Neben den regelmäßigen Zahlungen zum Monatsanfang fanden sich hin und wieder Sonderzahlungen: Zuschüsse zur Waschmaschine, zum Kühlschrank. Von den monatlichen Einkünften gingen per Dauerauftrag die Stromkosten ab. Fast den kompletten Rest hatte Josef Walch in unregelmäßigen Abständen in einem Betrag in bar abgehoben. Die Miete wurde offenbar vom Amt direkt an Frau Tsibikaki bezahlt, Versicherungen schien der Mann keine gehabt zu haben, und vom Rundfunkbeitrag war er wohl befreit gewesen. Die Kontoaktivitäten beschränkten sich auf ein absolutes Minimum.

Plötzlich fiel Hackenholt ein, dass Mur erwähnt hatte, Urlaubserinnerungen in den Fotoalben gefunden zu haben. Rasch ging er in sein eigenes Büro und nahm eines der in Leder gebundenen Bücher heraus. Es begann mit alten Schwarz-Weiß-Fotografien, die ein Baby zeigten. Hackenholt begab sich auf eine Zeitreise, bei der er die Beteiligten nicht kannte.

Der Säugling wuchs zu einem Kleinkind heran, zu einem kräftigen Buben mit runden Wangen. Irgendwann wurden die Schwarz-Weiß-Bilder von rotstichigen Fotografien aus den siebziger Jahren abgelöst. Die Frisuren und Kleider waren eindeutig. Der Mann an der Seite der Frau hatte gewechselt und plötzlich stand wieder ein Kinderwagen im Bild. Es folgten Aufnahmen vom ersten Schultag, von Geburtstagen, Weihnachtsfeiern, aber auch von Strandurlauben und Kutschfahrten durch verschneites Gebirge. Auf einmal brach das Album jäh ab, die restlichen Seiten waren leer.

Hackenholt nahm das nächste aus dem Karton. Es zeigte Aufnahmen von Hamburg, Lübeck, Bremen und der Nordsee. Keine einzige

Person war darauf abgebildet. Es fand sich auch kein Hinweis, wann die Aufnahmen entstanden waren. Hackenholt mutmaßte jedoch, es müsse sich um die Jahre handeln, in denen Josef Walch in der Hansestadt gelebt hatte.

Das dritte und letzte Album war anders. Es hatte eine klare Struktur, war in Kapitel eingeteilt und enthielt handschriftliche Notizen. Darüber hinaus waren neben Fotos auch Flug- und Bahntickets eingeklebt. Josef Walch hatte seine Vorliebe für Thailand entdeckt. Mindestens vier Mal war er dort gewesen. Dazwischen war er mehrmals nach Tschechien und Polen gereist.

Wie Hackenholt beim Vergleichen der Daten verblüfft feststellte, deckte das Album lediglich die vergangenen dreieinhalb Jahre ab. Woher hatte Walch das Geld für derartige Reisen genommen? Selbst wenn der Aufenthalt in den genannten Ländern wenig kostete, die eingeklebten Flugtickets zeugten davon, dass An- und Abreise ganz und gar nicht günstig gewesen waren.

Rasch griff Hackenholt nach den Kontoauszügen. In der Zeit, in der Walch zum letzten Mal in Thailand gewesen war, war auf seinem Konto alles wie immer abgelaufen. Geld vom Jobcenter wurde gutgeschrieben, die Stromabschlagszahlung abgebucht, drei Wochen später der Restbetrag bar abgehoben. Da Walch das Geld nie an einem festen Datum von der Bank holte, war Hackenholt keine Besonderheit aufgefallen.

Er lehnte sich zurück und starrte in den Himmel über dem Jakobsplatz. Die Wolken zogen schnell dahin. Schaffte man es, sich so viel Geld vom Mund abzusparen, um sich derartige Reisen leisten zu können? Oder war Walch in irgendwelche dunklen Machenschaften verstrickt gewesen?

Den weiteren Nachmittag verbrachte Hackenholt damit, die eingegangenen Anrufe dahingehend auszuwerten, wer Josef Walch wann und wo gesehen hatte. Wie sich herauskristallisierte, war er vor allem rund um die Rothenburger Straße aufgefallen. Daneben gab es auch Zeugen, die ihn in der Stadt gesehen haben wollten.

Ein Anrufer behauptete, den Mann mit einem Hund im Marienbergpark getroffen zu haben, wobei der Hund nicht angeleint gewesen war; obwohl er sich außerhalb der Hundefreilaufzonen befand. Eine andere Anruferin wollte in ihm einen Werber für eine

Hilfsorganisation wiedererkannt haben, der vor wenigen Tagen bei ihr an der Haustür geklingelt hatte, um sie zu einer Mitgliedschaft zu überreden. Und dann war da eine Handvoll Menschen, die ihm in öffentlichen Verkehrsmitteln und in einem Discounter begegnet waren.

Kein einziger Informant wollte Walch jedoch persönlich gekannt haben oder gar mit ihm befreundet gewesen sein. Darüber hinaus war noch etwas anderes auffällig: Von drei Ausnahmen abgesehen, hatte ihn keiner der dreiundzwanzig Anrufer in den letzten drei Wochen bemerkt. Obwohl sich viele bei der Zeitangabe unsicher waren, wurde doch deutlich, dass es länger zurücklag. Hoffentlich schickte der Experte bald sein Gutachten, das den Zeitpunkt des Todes genauer eingrenzte.

Kurzentschlossen rief Hackenholt in der Pressestelle an und bat darum, nochmals an die Öffentlichkeit heranzutreten. Die Pressesprecherin erklärte ihm, es sei besser, mit einer solchen Meldung noch einen Tag zu warten, dann würde der Aufruf in der Wochenendzeitung abgedruckt – und die Ausgabe wurde erfahrungsgemäß von wesentlich mehr Menschen gelesen als unter der Woche.

Einige Zeit nachdem er aufgelegt hatte, wurden auf dem Flur Schritte lauter. Wünnenberg, Groß und Baumann kehrten zurück. Letztere trug eine weiße Plastiktüte in der Hand.

»Wenn du Gabeln holst, koche ich Kaffee«, schlug Wünnenberg vor.

»Kaffee zum Zadziggi?« Baumann verzog das Gesicht. »Dich grausds obber vuur nix, gell?«[10]

»Besser als die ganze Zeit brühwarmes Cola zu trinken.«

»Schön, dass ihr wieder zurück seid«, unterbrach Hackenholt das Gefrotzel. »Habt ihr außer lukullischen Köstlichkeiten auch Informationen mitgebracht?«

»Jetzt gönn uns mal fünf Minuten Pause!«, wandten sich sofort beide unisono an ihn – wenngleich sich Baumanns Version nicht ganz so hochdeutsch anhörte. Hackenholt blieb nichts anderes übrig als zu warten, bis die Kollegin Teller und Gabeln aus dem Sozialraum und ihre Colaflasche aus dem Büro nebenan geholt und eine Riesenportion Tsatsiki mit Weißbrot ausgepackt hatte.

»Also, was habt ihr herausgefunden?«, fragte Hackenholt noch

10 »Kaffee zu Tsatsiki?« (...) »Dich graust es aber auch vor gar nichts!«

einmal, während er Baumann mit einem Kopfschütteln signalisierte, nichts von dem Essen zu wollen.

»Vor ungefähr sechs Wochen gab es eine Entrümpelung im Haus. Wie sich nun herausgestellt hat, dachten alle Mieter, Frau Tsibikaki wäre die Urheberin der Aktion. Denn eines Tages hatte im Treppenhaus eine Liste gehangen, in die jeder Gegenstände eintragen konnte, die er loswerden wollte. Das haben die Leute rege in Anspruch genommen. Gut eine Woche später wurde der Zettel durch einen Hinweis ersetzt, wann die Abholung erfolgen und wo man die Sachen bereitstellen sollte. Schlussendlich waren es so viele Gegenstände, dass niemand genau sagen konnte, was alles weggegeben wurde«, erklärte Wünnenberg.

»Es ist also naheliegend, dass Herr Walch bei der Gelegenheit seine Sachen dazugestellt hat«, ergänzte Groß.

»Warum würde jemand seine gesamten Möbel in den Sperrmüll geben?«, sinnierte Hackenholt.

»Das tut man nur, wenn man umzieht und es sich nicht mehr lohnt, das alte Gerümpel mitzunehmen«, sagte Wünnenberg.

»Oder wenn man ins Ausland geht.« Hackenholt dachte an die regelmäßigen Urlaube. Hatte Walch vielleicht irgendwo eine Frau kennengelernt und wollte Deutschland für immer verlassen? »Es sieht also danach aus, als ob doch er selbst seine Bude ausgeräumt hat und nicht der Täter.«

Baumann nickte.

»Was für ein Mensch war dieser Josef Walch? Was wissen wir über ihn?«, fragte Hackenholt.

»Er muss ein wandelnder Geist gewesen sein: Keine Musik, kein Fernseher, keine lauten Geräusche. Man hat ihn nicht gesehen und gehört«, antwortete Wünnenberg umgehend. »Solche Menschen sind mir immer suspekt.«

»Konnsd edzerd ersuu ned sång. Der wår hald anderschder.«[11]

»Warum hatte er dann nichts mehr mit seiner Familie zu tun? Warum finden wir keine Freunde? Warum ist alles, was er uns aufgibt, ein Rätsel?«, redete sich Wünnenberg in Rage.

»Lasst uns noch einmal auf die Nachbarn zurückkommen. Die Sache mit der Entrümpelung, ist das alles, was ihr in dem Zusammenhang herausgefunden habt?«

11 »So kannst du das nicht sagen. Er war halt anders.«

»Eine Frau hat sich erinnert, dass sie im Treppenhaus Farbe gerochen hat. Das soll definitiv nach der Entrümpelung gewesen sein«, erklärte Wünnenberg.

»Trotzdem ergibt sich kein stimmiges Bild.« Hackenholt schürzte die Lippen. »Egal wo man hinzieht, man nimmt immer ein paar persönliche Gegenstände mit. Wo sind die? Er muss doch mehr besessen haben als die wenigen Klamotten und die drei Fotoalben, die Christine in dem Karton im Keller gefunden hat. Und warum stand der überhaupt noch da, wenn alles andere fortgeschafft wurde?«

Freitag

»Wohin wollte Josef Walch gehen? Warum hat er die Wohnung ausgeräumt und frisch gestrichen, aber nicht gekündigt? Warum hat er alles mitgenommen außer einem Karton mit Winterkleidung und drei Fotoalben? Woher hatte er das Geld für seine Reisen nach Thailand? Hatte sein geplanter Fortgang etwas damit zu tun?« Mit diesen Fragen eröffnete Hackenholt nach einer viel zu kurzen Nacht, die Ronja einmal mehr zum Tag gemacht hatte, die Lagebesprechung am nächsten Morgen.

»Das Wichtigste hast du meines Erachtens vergessen«, meldete sich Wünnenberg zu Wort. »Wir müssen uns fragen: Warum hat jemand etwas dagegen gehabt, dass Walch fortgehen wollte? Und wer kann das sein?«

»Damit unterstellst du, dass das Tatmotiv der geplante Umzug gewesen ist«, sagte einer der Ermittler aus der anderen Mordkommission. »Das steht doch bislang überhaupt nicht fest. Der Eintritt des Todes und der geplante Umzug können rein zufällig zusammengefallen sein.«

»Erjeder Mensch hodd irngdwelche soziàle Kondagde, an den Bungd mäimer oobaggn.«[12]

Hackenholt nickte. »Wir geben heute eine weitere Pressemeldung heraus. Diesmal mit dem Inhalt, dass sich Leute melden mögen, die Josef Walch persönlich gekannt haben. In dem Zusammenhang: Wer von uns hat am Wochenende Jourdienst?«

Baumann und Groß meldeten sich.

»Ihr müsst bitte abwechselnd reinkommen und die eingehenden Anrufe entgegennehmen.«

Die beiden Beamten nickten.

»Wenn etwas Bedeutendes passiert, ruft mich an, aber ich kann nur im Notfall reinkommen. Sophie dreht mir den Hals um, wenn ich ihr Ronja nicht abnehme, damit sie mal mehr als zwei Stunden am Stück schlafen kann.«

»Was steht für heute auf dem Programm?«, fragte Wünnenberg.

12 »Jeder Mensch hat irgendwelche sozialen Kontakte, an dem Punkt müssen wir ansetzen.«

»Iech kennd erweng umernand delefoniern un rausfindn brobiern, ob der Josef Walch sei Wår efenduell irngdwo eiglächerd hodd.«[13]

»Ich übernehmen zur Abwechslung mal den Telefondienst«, witzelte Groß.

»Und wir fahren noch einmal ins Jobcenter und reden mit Frau Tanasescu. Vielleicht ergibt sich aus den Akten, die das Amt über Josef Walch hat, etwas Interessantes.«

»Warum rufst du nicht einfach an und lässt dir die Unterlagen schicken?«

»Das dauert mir zu lange. Wenn wir persönlich vorstellig werden, kann uns niemand abwimmeln.«

Diese Behauptung sollte Hackenholt schon kurze Zeit später unter Beweis stellen müssen, denn als Wünnenberg und er die Behörde in der Nicolaistraße betraten, wurden sie von der Dame am Empfang darauf hingewiesen, dass Frau Tanasescu in einer Teambesprechung sei und nicht gestört werden könne.

»Ich nehme an, Herr Liedel und Frau Smolka sind nach wie vor nicht im Haus?«

»Ganz recht. Auch uns Mitarbeitern im Jobcenter stehen die gesetzlich vorgeschrieben Urlaubstage zu. Obwohl manch einer dies zu bedauern scheint.«

Hackenholt fragte sich, was sich die Frau wohl jeden Tag anhören musste, wenn sie schon auf einfache Fragen derart schnippisch und unfreundlich reagierte. »Wie lange dauert denn Frau Tanasescus Besprechung?«

»Mit Sicherheit länger als unsere Sprechzeiten.«

»Es ist wichtig, dass wir heute noch mit ihr reden. Wir ermitteln in einer Mordsache.«

»Sonderlich eilig kann das dann ja nicht mehr sein, wenn Ihr Klient schon tot ist – unsere hingegen leben alle noch.«

»Bis auf den einen, und wegen dem sind wir hier«, stellte Wünnenberg klar. »So vehement wie Sie versuchen, uns davon abzuhalten, mit Frau Tanasescu zu sprechen, könnte man fast annehmen, sie hätte etwas mit der Sache zu tun. Möchten Sie Ihre Kollegin etwa schützen?«

---

13 »Ich könnte ein bisschen rumtelefonieren und versuchen, herauszufinden, ob Josef Walch seine Sachen vielleicht irgendwo eingelagert hat?«

»Seien Sie nicht albern.«

»Das sollten Sie sich selbst zu Herzen nehmen. Entweder Sie rufen jetzt Ihre Kollegin an und sagen ihr, dass wir sie sprechen müssen – oder wir laden sämtliche Mitarbeiter für nächste Woche ins Präsidium vor und ich werde eine gesalzene Beschwerde an Ihre Amtsleiterin schicken.«

Mit zusammengekniffenen Lippen griff die Servicekraft nach dem Telefonhörer und wählte eine Nummer. Bevor sie zu sprechen begann, wandte sie den Beamten den Rücken zu und umschloss die Sprechmuschel mit der freien Hand, damit das Gespräch nicht belauscht werden konnte. Schon nach wenigen Augenblicken, drehte sie sich wieder um.

»Gehen Sie in den zweiten Stock. Frau Tanasescu wird Sie in ein paar Minuten empfangen.«

Entgegen der Ankündigung erwartete die Mitarbeiterin die beiden Beamten bereits vor ihrem Zimmer, als sie das zweite Obergeschoss betraten.

»Sie kommen sicher wegen dem Foto, dass Sie mir zum Herumzeigen gegeben haben«, eröffnete Frau Tanasescu sofort das Gespräch. »Ich muss gestehen, ich hatte bislang noch keine Zeit, mich darum zu kümmern.« Immerhin besaß sie so viel Anstand, bei ihren Worten zu erröten. »Sie können sich gar nicht vorstellen, wie viel ich im Augenblick um die Ohren habe.«

Hackenholt verkniff sich den erneuten Hinweis, es gehe hier um ein Kapitalverbrechen, dem Priorität eingeräumt werden müsse. »Der Tote hieß Josef Walch und war einer Ihrer Klienten. Das haben wir anhand von Zeugenaussagen inzwischen herausgefunden, und deswegen sind wir heute noch einmal hergekommen. Wir müssen wissen, was in Ihrer Akte über den Mann steht. Insbesondere interessiert mich, ob Herr Walch Ihre Behörde von seinen Umzugsplänen unterrichtet hat.«

»Das wird er garantiert getan haben, wenn wir auch künftig die Miete bezahlen und die Mietkaution übernehmen sollen – denn anders ist ein Umzug für einen Arbeitslosengeld-II-Empfänger nicht finanzierbar.« Sie sperrte die Tür zu ihrem Büro auf. »Kommen Sie herein. Ich habe allerdings wirklich nur ein paar Minuten.« Rasch setzte sie sich hinter ihren Schreibtisch. »Bitte bedenken Sie: Die Menschen, die zu uns kommen, leben voll und ganz vom Steuerzahler. Deshalb müssen wir die Vorschriften sehr genau einhalten. Anders ist es der arbeitenden Bevölkerung nicht zu vermitteln, wie viel Geld wir hier ausgeben.«

Hackenholt runzelte die Stirn. Er war der Meinung, man sollte das differenzierter sehen. Auch wenn die Medien dies gerne vorgaukelten, so war doch nur ein geringer Teil der Betroffenen Mietnomaden oder Mietpreller. Ein Großteil der Leute konnte schlicht und ergreifend nichts dafür: Sie hatten ihre Arbeit verloren oder arbeiteten sich für einen derart geringen Betrag auf, dass ihr Einkommen vom Amt aufgestockt werden musste. Eigentlich hatte er erwarte, gerade die Mitarbeiter des Jobcenters würden eine Lanze für ihr Klientel brechen und um Verständnis werben.

»Wie lautet noch mal der Name des Herrn?«

Hackenholt nannte ihn ihr und auch das Geburtsdatum. Silke Tanasescu tippte kurz auf der Tastatur ihres Computers herum. »Nein, von einem Umzug ist hier nichts vermerkt.« Sie sah auf. »Wie kommen Sie darauf?«

»Was können Sie uns aus Sicht des Amts über den Mann sagen?«, stellte Hackenholt eine Gegenfrage.

»Wie bereits erwähnt: Ich kannte ihn nicht.« Sie blickte erneut auf ihren Bildschirm. »Er war schon seit längerem einer unserer Klienten. Vor vier Jahren hat ihn mein Kollege Stefan Liedel übernommen. Sie müssen sich bis nächste Woche gedulden und mit ihm sprechen. Soweit ich sehen kann, war Herr Walch ein unauffälliger Klient. Ich habe keine Einträge oder Vermerke, dass man auf etwas achten müsste. Er war weder aggressiv, noch war er sonderlich häufig hier. Ab und zu hat er einen Antrag auf Bewilligung des einen oder anderen Gegenstandes gestellt und dem wurde meistens stattgegeben. Uns liegt auch keine Beschwerde seiner Vermieterin vor.«

Es klopfte an der Tür, ein glatzköpfiger Mann steckte den Kopf herein.

»Kommst du, Silke? Wir müssen weitermachen.«

»Ich bin gleich da.« Hastig erhob sie sich, ganz so, als sei sie froh, die Beamten loszuwerden. »Tut mir leid, dass ich nicht mehr für Sie tun kann.«

Hackenholt und Wünnenberg standen ebenfalls auf. »Vielen Dank für Ihre Hilfe.«

»Wenn ich Sie darauf hinweisen dürfte: Es wäre leichter für uns, wenn Sie vor Ihren Besuchen anrufen und einen Termin vereinbaren würden.«

»Um ehrlich zu sein, ich finde, wir machen es Ihnen schon so angenehm wie möglich, indem *wir* Sie besuchen und *Sie* nicht zu uns in die Dienststelle vorladen. Wie Sie sich sicher vorstellen können, haben wir mindestens genauso viel zu tun wie Sie.« Als wolle es ihm Schützenhilfe leisten, begann Hackenholts Handy prompt zu piepen.

»Bei mir hat gerade eine Dame aus Roßtal angerufen«, sagte Groß ohne Einleitung. »Sie betreibt eine kleine Pension und behauptet, unser Toter hätte vom 27. bis 30. August bei ihr gewohnt. Allerdings hat er sich mit dem Namen Klemens Scharnagl angemeldet.«

»Dann wird er es nicht gewesen sein«, brummte Hackenholt.

»Sie hat aber gesagt, sie glaubt, dass er gar nicht so geheißen hat.«

»Wie kommt sie darauf?«

»Die Adresse, die er auf dem Meldeformular angegeben hat, ist falsch. Sie hat sie nachgeprüft. Außerdem hat ihr Gast genau so einen Rucksack gehabt wie der Tote – und Details dazu haben nicht in der Zeitung gestanden.«

»Dann ruf bei der Spurensicherung an und bitte jemanden rauszufahren. Unter Umständen gibt es noch irgendwelche Spuren, über die wir feststellen können, ob es wirklich Josef Walch war.«

»Das hat Saskia schon erledigt. Christine Mur ist unterwegs. Saskia dachte aber, du würdest selbst auch hinfahren wollen. Schließlich muss jemand die Frau vernehmen.«

Hackenholt seufzte. »Also gut, gib mir die Adresse.«

Käthe Höllerer war um die Siebzig; eine robuste Frau mit einer altertümlichen Hornbrille, Faltenrock und handbestickter Bluse, über der sie eine Schürze trug. Ihre langen grauen Haare waren zu zwei Zöpfen geflochten, die sie sich als Haarkranz um den Kopf gelegt hatte. Ihre Hände und auch das Gesicht waren voller Altersflecken. Sie hatte ein resolutes Auftreten, das klarmachte, dass sie ihr Leben lang gewohnt war, die anfallende Arbeit ohne Murren zu schultern.

»Kommen Sie herein. Ihre Kollegin ist schon da.« Sie wies mit der Hand eine Treppe hinauf. »Drittes Zimmer links. Wenn Sie mich brauchen, ich bin in der Küche. Heute ist Backtag.«

Letzteres hätte sie nicht zu erwähnen brauchen, denn beim Betreten des großen Bauernhauses war den Beamten der Duft von frisch gebackenem Brot in die Nase gestiegen. Obwohl sie eigentlich mit der Zimmerwirtin sprechen wollten, schlugen sie nun zunächst den angegebenen Weg ins Obergeschoss ein. Mur war im Bad zugange, wo sie die Ritzen und Fugen mit einem kleinen Handsauger säuberte. Als sie die Ermittler erblickte, schaltete sie das Gerät ab und richtete sich auf.

»Wie schaut's aus?«, stellte Hackenholt die Standardfrage.

»Die Frau gehört leider zur Gattung Putzteufel. So sehr ich das bei der Betreiberin einer Pension begrüße, für unsere Zwecke wäre es hilfreicher, wenn sie nicht ganz so gründlich wäre.«

»Du hast also bislang nichts gefunden?«

Mur schüttelte den Kopf. Dann fügte sie, wie um sich selbst Mut zu machen, hinzu: »Ich bin aber auch erst seit einer halben Stunde hier. Normalerweise putzt niemand so gründlich, dass nicht doch irgendwo zumindest der Teilabdruck eines Fingers, ein paar Hautschuppen oder ein Haar zurückbleiben. Wir werden sehen.« Damit widmete sie sich wieder ihrer Arbeit.

Hackenholt ließ seinen Blick durch das Zimmer schweifen. Es war klein, aber gemütlich eingerichtet. An der Wand stand ein schmales Holzbett, dessen Kissen und Decke mit blütenweißer Bettwäsche bezogen waren. Daneben befand sich ein Nachtkästchen, über dem Bett ein Bord mit Büchern. Auf einer kleinen Kommode thronte ein Fernseher, vor dem Fenster stand ein Tisch mit einem Stuhl. Alles machte einen einfachen und bodenständigen Eindruck; vielleicht ein bisschen altmodisch, dafür tipptopp sauber und gepflegt.

Er wandte sich zur Treppe und ging gefolgt von Wünnenberg zurück ins Erdgeschoss. Im Flur blieb er stehen und rief Frau Höllerers Namen, da er nicht ausmachen konnte, hinter welcher Tür sich die Küche verbarg. Sekundenbruchteile später hörte er die Stimme der Frau.

»Ich bin hier, kommen Sie nur herein.«

Hackenholt sah Wünnenberg fragend an.

»Ich glaube, die Stimme kam von da.« Er zeigte auf eine Tür zu ihrer Rechten, die zum Glück im selben Moment geöffnet wurde.

»Kommen Sie, nur keine falsche Scheu.« Frau Höllerer hielt die Arme angewinkelt vor dem Körper, da ihre Hände voller Mehl waren. »Ich muss nur schnell den Streuselkuchen fertig machen, dauert keine Minute. Setzen Sie sich.« Sie deutete zu einer Eckbank neben einem großem Holztisch, an dem sie arbeitete. »Möchten Sie eine Tasse Kaffee?« Während sie das fragte, verteilte sie Zimtstreusel auf einem Apfelkuchen. Anschließend wischte sie sich die Hände an der Schürze ab und schob das Blech in den Ofen.

»Der Mann, der bei Ihnen gewohnt hat ...«, begann Hackenholt.

»Gucken Sie mal in den Ordner auf dem Stuhl, da ist der Meldeschein abgeheftet. Bei mir hat alles seine Ordnung.« Sie ging zur Anrichte und holte drei Kaffeetassen und Kuchenteller heraus, die sie zum Tisch trug und verteilte. Danach holte sie eine Warmhaltekanne und goss Kaffee ein, bevor sie einen Teller mit frischgebackenen Hefeschnecken vor den Beamten platzierte. »Greifen Sie zu, die kommen ganz frisch aus dem Rohr.«

Hackenholt interessierte sich mehr für den Ordner. Der fragliche Meldeschein lag lose oben auf. Die Eintragungen waren flüchtig hingeschmiert, die Schrift stark nach rechts geneigt. Es war schwer, Name und Anschrift zu entziffern, aber schließlich gelang es ihm: Klemens Scharnagl, wohnhaft in Kronach.

»Warum glauben Sie, dass Herr Scharnagl nicht der war, der er zu sein vorgegeben hat?«

»Sein ganzes Verhalten war nicht stimmig.« Erst nachdem sie den Beamten den Teller mit dem frischen Gebäck noch einmal explizit hingehalten und sich auch selbst bedient hatte, sprach sie weiter. »Ich beherberge öfter Gäste, die auf dem Jakobsweg pilgern.«

»Jakobsweg?« Hackenholt glaubte, sich verhört zu haben.

»Ganz recht, *Il Camino*. Wir liegen hier nämlich genau an dem Stück zwischen Nürnberg und Rothenburg ob der Tauber.« Sie erhob sich und ging hinaus. Nach einem Moment kehrte sie zurück und reichte dem Hauptkommissar eine kleine Faltbroschüre. »Roßtal markiert das Ende der ersten Etappe. Wenn die Leute hier ankommen, sind sie zwanzig Kilometer gelaufen und waren fünf bis sechs Stunden unterwegs. Ein ordentliches Stück. Bei Herrn Scharnagl hatte ich den Eindruck, er wäre erst durch meine Frage, ob er den Jakobsweg wandert, auf die Idee gekommen, das zu behaupten. Er hat sich diese Broschüre genommen und wollte schnell auf sein Zimmer, weil er dringend aufs stille Örtchen müsse, wie er es nannte. Also haben wir auch die Anmeldeformalitäten nicht sofort erledigt. Als er später wieder herunterkam, hat er mir erzählt, er sei den ganzen Weg von Kronach über Lichtenfels und Bamberg nach Nürnberg gewandert und wolle jetzt noch weiter bis nach Rothenburg, bevor er mit dem Zug nach Hause fahren würde.«

Sie biss in ihre Zimtschnecke und strich sich vorsichtig die Zuckerkörner vom Kinn. »Der sogenannte ›Fränkische Jakobsweg‹ verläuft in sieben Tagesetappen durch das Frankenland, und im Verlauf der Wanderroute streift man den ›Gottesgarten am Obermain‹ zwischen Lichtenfels und Bamberg und das ›Alte Königsland‹ zwischen Bamberg und Nürnberg. Aber das wusste er alles nicht – denn das steht auch nicht in der Broschüre. Außerdem hatte er nicht das richtige Schuhwerk an, um eine so weite Strecke zurückzulegen. Die Leute sehen einfach anders aus, wenn sie lange zu Fuß unterwegs sind.«

»Könnte ich vielleicht noch eine Tasse von Ihrem vorzüglichen Kaffee bekommen?«, fragte Wünnenberg in die kurze Pause hinein, die Frau Höllerer machte.

»Aber gerne doch!« Man sah ihr die Freude über das Lob für ihren Kaffee deutlich an; mit Sicherheit hätte sie es noch mehr genossen, wenn sie gewusst hätte, was für einen Kenner sie vor sich sitzen hatte.

»Haben Sie sich von Herrn Scharnagl einen Ausweis zeigen lassen?«

»Nein, dafür gab es keinen Grund. Das Meldegesetz verlangt das nur bei Ausländern, und das war er nicht. Außerdem finde ich es unanständig, wenn man Gäste danach fragt. Das wirkt so, als würde man ihnen nicht trauen. Und er hat schließlich gleich im Voraus für alle drei Nächte bezahlt.«

»Für drei Nächte?«

»Im ersten Augenblick fand ich das auch seltsam, aber wie sich herausstellte, hatte sich der Ärmste eine Magen-Darm-Grippe eingefangen und konnte sein Zimmer kaum verlassen.«

»Er ist also quasi vier Tage am Stück bei Ihnen im Haus gewesen und nicht vor die Tür gegangen?«

»Na ja, am ersten Tag ist er erst am späten Nachmittag hier angekommen.«

»Hatte er vorab reserviert?«

»Nein, er stand einfach vor der Tür.«

»Hat er bar oder mit einer Karte bezahlt?«

»Bar«, sagte sie, zögerte dann jedoch einen Moment. »Sie dürfen nicht glauben, ich spioniere meine Gäste aus. Ich sage Ihnen das jetzt nur, weil der Mann tot ist: Ich glaube, er hatte ziemlich viel Geld einstecken. Sein Portemonnaie war jedenfalls sehr dick, und ich habe einige Hunderter und sogar Zweihunderter drinstecken gesehen.«

Hackenholt runzelte die Stirn. Woher sollte Josef Walch so viel Bargeld haben? Wahrscheinlich hatte sich die Frau doch getäuscht und Klemens Scharnagl war jemand ganz anderes. Zögerlich fasste er seine Gedanken in Worte.

Frau Höllerer schnalzte ungeduldig mit der Zunge. »Wissen Sie, genau mit dieser Frage habe ich mich herumgeschlagen, seit ich das Bild von dem Toten aus der Pegnitz vorgestern in der Zeitung gesehen habe. Erst dachte ich, dass er meinem Gast einfach nur sehr ähnlich sieht, denn wie sollte der von hier nach Nürnberg kommen, wenn er doch nach Rothenburg wollte? Aber die Sache ließ mir keine Ruhe. Immer wieder habe ich das Foto angesehen und ... er ist es. Also habe ich bei der Auskunft angerufen, aber dort ist kein Klemens Scharnagl aufgelistet. Deshalb habe ich im Pfarrbüro nachgefragt. Viele Pilger holen sich von dort ihre Informationen. Dabei hat sich herausgestellt, dass die Adresse, die hier steht«, sie deutete auf den Meldeschein, »gar nicht stimmt. Aber warum sollte mir jemand eine falsche Adresse aufschreiben?«

Hackenholt konnte sich ein Lächeln nicht verkneifen. Die alte Dame war zu einer richtigen Miss Marple avanciert.

»Darüber hinaus habe ich Ihrer Kollegin am Telefon schon gesagt, was er angehabt hat – und da hat sie richtig aufgehorcht.« Noch einmal ratterte sie all die Kleidungsstücke herunter, die sie den Kollegen bereits genannt hatte. Insbesondere bei den Schuhen und dem Rucksack musste Hackenholt zugeben, dass es sich sehr wohl um die Stücke handeln konnte, die Josef Walch getragen hatte. Auch das Hemd, das sie beschrieb, klang nach dem, das die Leiche bei der Bergung am Leib hatte.

»Ist Ihnen sonst noch etwas an dem Mann aufgefallen?«

»Normalerweise hat man keinen sonderlichen Appetit, wenn man sich den Magen verrenkt hat – aber davon hat man bei ihm nichts gemerkt. Ich musste ihm zwar das Essen immer aufs Zimmer bringen, gegessen hat er aber alles bis auf den letzten Krümel.« Wie zur Bekräftigung stippte sie ein paar heruntergefallene Zuckerkörnchen mit dem Zeigefinger auf und leckte ihn ab.

»Hat er von Ihrem Anschluss aus telefoniert?«

»Es gibt ein Gästetelefon draußen in einer Nische. Ich weiß nicht, ob Sie es gesehen haben. Dort kann jeder Besucher telefonieren, wann und so lange er möchte; zumindest wenn es sich um keine Handy- oder Auslandsgespräche handelt. Ich bekomme nicht mit, ob und wer es benutzt.«

Es rumpelte im Flur, plötzlich flog die Tür auf, und ein Kind stürmte herein.

»Oma, Oma, ich hab Hunger!« Die Büchertasche krachte auf den Boden, die Jacke flog hinterher.

»Ist es schon so spät?« Rasch erhob sich Frau Höllerer, ging zu dem Jungen und gab ihm einen Kuss auf die Wange. »Hallo mein Schatz, sei brav und sag ›Guten Tag‹ zu den Herren.«

Der Bub kam an den Tisch, anstatt des Grußes griff er jedoch mit einer blitzschnellen Bewegung nach einer Zimtschnecke und lief damit gleich wieder aus dem Zimmer.

Frau Höllerer seufzte. »Seine erste Woche in der Schule. Wir haben alle noch keine Routine. Ich muss mich jetzt leider ums Mittagessen kümmern.«

»Un? Hom edz mia Rechd ghadd? Der is unser Moo, gell?«, begrüßte Baumann sie bei ihrer Rückkehr.[14]

»Das werden wir erst erfahren, wenn Christine etwas findet, das wir Walch eindeutig zuordnen können: Fingerabdrücke oder DNA. Alles andere ist zu vage. Die Schuhe gibt es tausendfach genauso wie den Rucksack«, brummte Wünnenberg.

»Was mich stutzig gemacht hat, ist die Behauptung der Zimmerwirtin, der Mann hätte viel Geld bei sich gehabt. Woher soll er das als Sozialhilfeempfänger gehabt haben?«

»Gute Frage. Aber Josef Walch scheint ja auch über Finanzreserven für seine Urlaube verfügt zu haben. Sollte er es wirklich gewesen sein, drängt sich immer mehr die Vermutung auf, dass er ein Doppelleben geführt hat. Ich werde mich jetzt jedenfalls erst einmal mit den Kollegen in Kronach in Verbindung setzen und nachprüfen, ob es dort wirklich keinen Klemens Scharnagl beziehungsweise die angegebene Adresse gibt.«

Hackenholt nickte und setzte sich an seinen Schreibtisch, auf den jemand einen Stapel Ausdrucke gelegt hatte. Es war das sehnlich er-

14 »Und? Haben wir recht gehabt? Es ist unser Mann, oder?«, (...).

wartete Gutachten des Spezialisten, der Klarheit hinsichtlich der Frage schaffen sollte, wie lange Josef Walch in der Pegnitz gelegen hatte.

Die nächste halbe Stunde wühlte sich Hackenholt durch schier unverständliches Fachchinesisch: Er erfuhr, wie viel Chlorid, Sulfat, Nitrat, Nitrit und Ammonium das Pegnitzwasser enthielt, aber auch der pH-Wert, der Sauerstoffgehalt, die elektrische Leitfähigkeit, der Phosphatgehalt und die Wasserhärte waren untersucht worden.

Dem folgten die untersuchten Parameter hinsichtlich der organischen Belastung, der chemische Sauerstoffbedarf, die Oxidierbarkeit durch Kaliumpermanganat sowie der biologische Sauerstoffbedarf.

Als Hackenholt schon glaubte, er werde nie auf eine klipp und klare Aussage stoßen, wie lange sich der Tote in der Pegnitz befunden hatte, fand er sie endlich: Josef Walch hatte sieben bis zehn Tage im Wasser gelegen.

Hackenholt stand auf und ging zum Wandkalender.

Am Montag, den 8. September, war der Tote gefunden worden. Zählte man von dem Zeitpunkt sieben bis zehn Tage zurück, musste Walch zwischen dem 29. August und 1. September getötet worden sein. Hackenholt ging wieder zu seinem Schreibtisch, holte sein Notizbuch aus der Jacketttasche und schlug nach, von wann bis wann Klemens Scharnagl in Frau Höllerers Pension übernachtet hatte: vom 27. bis 30. August. Zumindest aufgrund des Gutachtens ließ sich nicht ausschließen, dass der Gast und Josef Walch ein und dieselbe Person waren.

»Ralph?«, rief Hackenholt den Kollegen, der nach wie vor bei Baumann im Büro nebenan saß.

»Bitte sprechen!«

»Wie weit bist du mit den Kollegen in Kronach?«

Ein langgezogenes Quietschen ertönte, dann rollte Wünnenberg auf Stellfeldts Drehstuhl sitzend zur Verbindungstür. »Das habe ich längst erledigt. Es gibt keinen solchen Herrn in Kronach und die Adresse gibt es genauso wenig. Frau Höllerer hatte recht.«

»Und was tust du jetzt gerade?«

»Ich helfe Saskia beim Abtelefonieren der Firmen, die Gegenstände einlagern. Möbel und so weiter. Vielleicht hat Walch seine Sachen irgendwo untergestellt.«

»Hm-mh. Wie weit seid ihr?«

»Es sind schon noch ein paar Adressen, warum?«

»Ich glaube, ich mache heute wieder ein bisschen früher Feierabend. Die letzten Nächte waren ziemlich kurz.«

»Kein Problem, wir schaukeln das Schiff auch allein.«

Hackenholt runzelte die Stirn. Hatte er da einen Anflug eifriger Fröhlichkeit in Wünnenbergs Stimme gehört? Wie dem auch sei, er würde nun nach Hause gehen. Wenn sie ihn loshaben wollten, würde er sich dem nicht entgegenstellen. Er schaltete seinen Computer aus und verließ die Dienststelle.

Als Hackenholt die Wohnung betrat, war alles ruhig. So leise wie möglich schlich er ins Wohnzimmer. Es war leer. Auch in Sophies Arbeitszimmer, in der Küche und im Kinderzimmer fand er niemanden. Dabei hatte der Kinderwagen vor der Tür gestanden und abgesperrt war auch nicht gewesen. Hackenholt runzelte die Stirn. Sollten seine zwei Liebsten eine Nachbarin besuchen?

Er ging in die Küche und holte sich ein Joghurt aus dem Kühlschrank. Während er es aß, fiel ihm plötzlich ein, was er in der Wohnung nicht gesehen hatte. Noch einmal lief er an die Garderobe zurück. Richtig: Die Babyschale, in die sie Ronja legten, wenn sie wegfuhren, stand nicht an ihrem Platz. Sophie war also mit dem Auto unterwegs. War sie beim Einkaufen?

Weil ihm noch immer Frau Höllerer im Kopf herumspukte, ging er in Sophies Büro. Dass *Il Camino* durch Mittelfranken führte, hatte er nicht gewusst, obwohl er in der Innenstadt schon öfter auf die eine oder andere blaue Wanderkennzeichnung mit der gelben Muschel gestoßen war. Bislang hatte er die Markierungen für einen Scherz gehalten. In Sophies umfassender Frankenbüchersammlung wurde er wie immer fündig. Er nahm mehrere Bücher mit ins Wohnzimmer, legte sich hin und begann zu lesen.

Schon der erste Satz machte ihn stutzig: *Den* Jakobsweg als solches sollte es nicht geben, da ein mittelalterlicher Jakobsweg kein fest vorgeschriebener Weg, sondern ein ausgestrecktes Wegenetz von Altstraßen gewesen war, welches sich von Santiago de Compostela über Südeuropa, Frankreich und Deutschland bis zu den Britischen Inseln, Skandinavien und Osteuropa erstreckte. Dabei kreuzten die Altstraßen zwangsläufig andere Routen – so auch den Frankenweg, die *Via Francigena.*

Zu seiner Verwunderung sah Hackenholt auf einer Karte, dass der fränkische Teil des Jakobsweges nicht einfach nur ein Fragment bildete und in Rothenburg ob der Tauber zu Ende war. Vielmehr führte er von dort über Plochingen, Freiburg im Breisgau und Gy in Frankreich immer weiter nach Süden. Hackenholt legte das Buch zur Seite und nahm ein anderes, das sich speziell mit der Strecke zwischen Nürnberg und Rothenburg beschäftigte.

Darin las er, dass das Grab des Apostels Jakobus d. Ä. vom 10. bis 15. Jahrhundert das Ziel ungezählter Pilger aus ganz Europa gewesen war und damit Santiago de Compostela neben Jerusalem und Rom zum drittgrößten Wallfahrtsort der Christenheit wurde. Auch in diesem Buch wurde auf das Netz der Jakobswege hingewiesen, das sich über den gesamten europäischen Kontinent gelegt hatte. Und einer dieser Wege führte von Krakau über Prag, Pilsen nach Nürnberg und Rothenburg und von dort weiter über die Schweiz oder Frankreich nach Spanien.

Entlang der Strecke des beschriebenen mittelfränkischen *Camino* befanden sich mehrere Jakobskirchen, und der Weg führte durch Wiesen, Felder und Waldgebiete. Als er weiterlesen wollte, hörte er, wie ein Schlüssel in die Wohnungstür gesteckt und aufgeschlossen wurde. Er erhob sich und ging Sophie entgegen, um ihr die Einkäufe abzunehmen – aber alles, was sie bei sich hatte, war ein friedlich schlafendes Baby in seinem tragbaren Autositz. Sophie legte augenblicklich den Zeigefinger an den Mund und brachte Ronja ins Kinderzimmer. Erst nachdem sie die Tür geschlossen hatte, schlüpfte sie aus Jacke und Schuhen und begrüßte Hackenholt mit einem Kuss.

»Wo seid ihr denn Schönes gewesen?«

»In Bamberg.« Sophie schnitt eine Grimasse.

Hackenholt zog die Augenbrauen hoch. »Was habt ihr da gemacht?«

»Ronja war heute wieder absolut unleidlich und hat sich mit allen Mitteln gegen das Schlafengehen gewehrt. Nach einer Weile konnte ich ihr Geschrei einfach nicht mehr ertragen. Also habe ich sie in den Babysitz gepackt und bin losgefahren. Irgendwann standen wir in Bamberg, aber zumindest hat sie Ruhe gegeben und ist eingeschlafen. Und jetzt halte mir bitte keine Predigt, dass das der falsche Weg ist, denn das weiß ich selbst.« Ohne auf eine Antwort zu warten, griff sie nach einem der Bücher, die auf dem Tisch lagen. »Was liest du denn da? Der Jakobsweg? Seit wann interessierst du dich dafür?«

»Darauf bin ich heute in der Arbeit gestoßen. Ich wusste nicht, dass *Il Camino* bis nach Franken führt. Aber um noch einmal auf Ronja –«

»Was hältst du davon, wenn wir morgen einen Spaziergang über den Trempelmarkt machen? Der ist nämlich dieses Wochenende, und früher habe ich da das eine oder andere tolle Kleinod entdeckt«, unterbrach sie ihn vehement. Sie wollte das Thema wechseln, soviel war klar. Hackenholt seufzte. Dabei hatte er ihr doch nur vorschlagen wollen, sie in Zukunft ein bisschen zu entlasten und sich mehr um Ronja zu kümmern, indem er versuchte, einen Tag pro Woche freizunehmen.

»Ich dachte, die wirklichen Schnäppchen kann man nur am Freitagabend machen?«, entgegnete er daher in sanftem Tonfall.

»Nicht bei dem Wetter.« Sophie zog einen Flunsch. »Da geht doch kein Mensch vor die Tür. Die Trempler können einem wirklich leidtun, weil sie in der Kälte und bei dem Regen stundenlang im Freien ausharren müssen.«

»Gut. Dann steht morgen der Trempelmarkt auf dem Programm.« Er drückte Sophie an sich und versuchte sie zumindest auf diese Art spüren zu lassen, dass er sie unterstützen wollte.

Montag

Hackenholt war nicht der Erste, als er am Montagmorgen um kurz vor sieben das Kommissariat betrat. Manfred Stellfeldt saß bereits in seinem Büro und las in der Akte Josef Walch.

»Guten Morgen«, begrüßte Hackenholt ihn überrascht. »Was tust du denn so früh hier? Wie war dein Urlaub?«

»Furchtbar. So etwas mache ich nie wieder. Ich hatte einen Termin nach dem anderen. Wenn ich gewusst hätte, was das für eine Arbeit mit sich bringt –« Plötzlich verstummte er. »Lassen wir das. Jetzt bin ich ja zurück, und es wird hoffentlich besser.«

Hackenholt sah ihn mit gerunzelter Stirn an. Was hatte Stellfeldt denn gemacht? Aber bevor er nachhaken konnte, redete der schon weiter.

»Ralph hat mir erzählt, ihr bearbeitet die Sache mit der Leiche aus der Pegnitz, die ganz groß durch die Presse ging?«

Hackenholt nickte und gab ihm eine Zusammenfassung dessen, was sie bislang herausgefunden hatten. Nach und nach trudelten auch die anderen Kollegen ein, sodass sie sich schließlich alle im Besprechungszimmer versammelten. Sogar Christine Mur kam herüber.

»Was gibt es Neues?«, fragte Hackenholt in die Runde.

»Also …«, »In puncto…«, »Am Samstag hat …« begannen Mur, Wünnenberg und Groß gleichzeitig zu sprechen.

»Am besten macht Christine den Anfang«, entschied Hackenholt. »Was hast du in Frau Höllerers Pension herausgefunden?«

»Leider nichts, was uns aktuell weiterhilft. Die Dame ist ein wahrer Putzteufel. Sämtliche Stellen, an denen ihr Gast Fingerabdrücke hinterlassen haben müsste, hat sie so gründlich geputzt, dass allenfalls ihre eigenen vorhanden waren: Bad, Bett, Tisch, Stuhl, Schrank, Fernseher und so weiter. Sie wischt sogar die Bücher einzeln ab. Ich habe natürlich nicht jeden Millimeter in dem Zimmer auf Fingerabdrücke untersuchen können, aber dort, wo ich gesucht habe, habe ich nichts gefunden. Wir müssen uns also gedulden und auf die DNA-Analyse warten, denn im Badezimmer konnte ich tatsächlich ein paar Haare sicherstellen, die sich in der Ritze zwischen der Ablage, auf der der Zahnputzbecher stand, und der Wand verklemmt hatten.«

»Ich habe am Wochenende noch einmal über die Sache nachgedacht«, sagte Wünnenberg, »und bin zu dem Schluss gekommen, dass Josef Walch der Gast gewesen sein muss. Warum sollte er sonst einen falschen Namen angegeben haben?«

»Wenn es Walch war«, widersprach Mur, »warum hat er dann nicht zu Hause geschlafen? Roßtal liegt nur eine halbe Autostunde von Nürnberg entfernt.«

»Du hast selbst gesehen, wie es in seiner Wohnung ausgeschaut hat: Dort konnte man nicht mehr wohnen. Außerdem hat Frau Höllerer seine Kleidung und auch den Rucksack exakt beschrieben«, machte Wünnenberg ungerührt weiter.

»Sollte bei der DNA-Analyse nichts herauskommen, müssen wir eine Lichtbildvorlage zusammenstellen und sie ihr zeigen. Wenn sie ihn darin zweifelsfrei erkennt, müssen wir davon ausgehen, dass er es war und nicht nur jemand, der ihm ähnlich gesehen hat«, entschied Hackenholt.

»Und was ist mit dem Geld? Frau Höllerer hat doch gesagt, der Mann hatte ein ziemlich gut gefülltes Portemonnaie einstecken. Wo soll er das bei seinen mageren Hartz-IV-Bezügen herhaben?« Mur spielte weiterhin den Advocatus Diaboli.

»Das ist doch ganz einfach: Er hat seine gesamte Habe nach und nach verkauft. Übers Internet oder via Kleinanzeigen oder auf Flohmärkten. Davon gibt es doch jede Menge in der Region.«

Alle sahen Stellfeldt überrascht an. Daran hatte bislang noch keiner gedacht.

»Der Manfred kennerd Rechd håm, wall, iech hobb am Freidåch kaa Firma gfundn, bei derer der Walch Kaddongs eiglåcherd hädd.«[15]

»Das könnte aber wiederum daran liegen, dass wir nicht wissen, ob er das überhaupt unter seinem richtigen Namen getan hat«, erwiderte Hackenholt. Dennoch, was Stellfeldt sagte, war nicht von der Hand zu weisen. Während er mit Sophie über den Trempelmarkt geschlendert war, hatte er selbst bemerkt, welchen Krempel manche Leute verkauften.

»Das mag er ja vielleicht tatsächlich getan haben«, lenkte Wün-

15 »Manfred könnte Recht haben, denn ich habe am Freitag keine Firma gefunden, bei der Walch Kartons eingelagert hat.«

nenberg ein, »aber deswegen wurde er mit Sicherheit nicht umgebracht. Hinter dem Mann muss mehr stecken als das, was wir bislang von ihm wissen. Er muss nebenbei Geld verdient haben. Wie sollte er sonst seine Urlaubsreisen finanzieren? Die Frage ist also: Was hat er gemacht? Und: Ist das der Grund, warum er untertauchen wollte und getötet wurde?«

»Mir kommen diese Reisen sowieso spanisch vor. Thailand und Osteuropa. Da denkt man doch als Erstes an Sextourismus und als Zweites an Menschenhandel.«

»Mit Letzterem lässt sich wunderbar Geld verdienen.« Stellfeldt massierte seine Glatze. »Falls er bei seinen Reisen Thais mit nach Deutschland gebracht hat, hätte er mit Sicherheit ausgesorgt gehabt.«

»Wie soll das denn gelaufen sein?«, fragte Hackenholt skeptisch. »Er war nie verheiratet. Selbst wenn er eine Frau mit nach Deutschland gebracht hätte, hätte sie hier keinen Aufenthaltstitel bekommen.«

»Den brauchen Frauen nicht, wenn sie in Bordelle gesteckt werden. Dort kümmert man sich schon um die entsprechenden Papiere, die bei einer Razzia vorgelegt werden müssen«, erwiderte Stellfeldt abgeklärt.

»Wie sind eigentlich die Einreisebestimmungen nach Deutschland? Genügt es, wenn er angibt, dass die Frau seine Verlobte ist?« Wünnenberg sah in die Runde. »Ich habe da keine Ahnung.«

»Ich auch nicht, aber das lässt sich schnell herausfinden.« Stellfeldt machte sich eine Notiz. »Ich frag die Kollegen vom K43, die kennen sich damit aus. Oder ich rufe beim Ausländeramt an. Das ist wahrscheinlich noch eine viel bessere Idee.«

Hackenholt nickte, dann wandte er sich an Baumann und Groß. »Was hat sich am Wochenende getan? Hat jemand auf unseren Zeugenaufruf reagiert?«

»Då häddn si deidlich mehr meldn kenner. Anner hodd oogrufm un gsachd, dasser vuur väzzg Jår middn Walch in die Schoul ganger is. Un er annerer hodd in seiner Kindheid er bår Jår neemer der Familie gwoond. Obber gseeng homnern däi zwaa dernåch nemmer.«[16]

»Trotzdem können es wichtige Zeugen sein«, hob Hackenholt

16 »Es hätten sich deutlich mehr melden können. Einer hat angerufen und gesagt, dass er vor vierzig Jahren mit Walch in die Schule gegangen ist. Und ein anderer hat in seiner Kindheit ein paar Jahre lang neben der Familie gewohnt. Aber gesehen haben ihn beide danach nicht mehr.«

hervor. »Möglicherweise wissen sie etwas über die Familienverhältnisse und was für ein Kind Josef Walch war. Wer hat sonst noch angerufen?«

»Nur noch eine Mitarbeiterin vom Tierheim. Sie hat gesagt, dass Josef Walch sehr oft bei ihnen war und immer mit einem bestimmten Hund spazieren gegangen ist.«

»Sieh mal einer an. Das hätte ich jetzt nicht erwartet.« Hackenholt dachte kurz nach. »Lasst es uns folgendermaßen machen: Ralph und ich fahren zum Tierheim. Saskia, du kümmerst dich mit Manfred um den ehemaligen Nachbarsjungen und den Klassenkameraden. Und Martin behält das Telefon im Auge.«

Groß seufzte.

Uschi Beer war eine junge Frau um die Dreißig. Das Auffälligste an ihr waren die unzähligen Piercings, die sie an Unterlippe, Nase, Augenbrauen und Ohren trug. Außerdem war ihr rechter Arm vom Handgelenk an aufwärts komplett tätowiert. Sah man davon einmal ab, war sie eine farblose, fast unscheinbare Person, die lieber mit Tieren als mit Menschen zu tun zu haben schien. Wie Hackenholt herausfand, hatte es sie einige Überwindung gekostet, bei der Polizei anzurufen.

»Sie hätten jetzt nicht gleich herkommen müssen, oder? Telefonieren hätte doch gereicht.« Sie beugte sich zu einem weißen Schäferhund hinunter, der schwanzwedelnd an der Zwingertür stand und die drei Menschen erwartungsvoll anbellte. »Harry wartet immer noch darauf, dass Josef wieder vorbeikommt und mit ihm Gassi geht. Er kann ja nicht verstehen, warum das nie mehr passieren wird. Bestimmt denkt er, Josef ist wieder auf einer seiner Reisen und kommt in ein paar Wochen zurück. Ich habe nämlich trotz allem darauf gehofft, dass Josef den Harry eines Tages zu sich nimmt. Aber er hat immer gesagt, er wüsste nicht, wohin mit ihm, wenn er nicht da ist.«

»Herr Walch hat Ihnen von seinen Reisen erzählt?«, fragte Hackenholt erstaunt.

»Klar. Sonst hätte ich doch nicht gewusst, warum er manchmal sechs Wochen lang nicht vorbeischaut.«

»Wissen Sie, wohin er gefahren ist und was er dort gemacht hat?«

»Er war Buchhandelsvertreter und hat Läden in ganz Süddeutschland abgefahren.«

»Was?«, rutschte es Hackenholt heraus. »Buchhandelsvertreter?«

»Ja, Sie wissen schon, so einer, der in die Geschäfte geht und denen die neuesten Bücher zeigt.«

»Für welchen Verlag hat er gearbeitet?«

»Keine Ahnung.« Uschi Beer zuckte mit den Schultern. »Geht mich ja auch nix an. Er hat bloß gesagt, er kann da keinen Hund mitbringen. Aber wenn er nicht unterwegs war, ist er jeden Tag hergekommen und mit Harry losgezogen. Nicht wahr, Schatz?« Sie strich dem Tier über den Kopf.

»Fanden Sie es nicht sonderbar, dass jemand jeden Tag ins Tierheim kommt und mit einem Hund spazieren geht? Ich meine, Herr Walch war noch nicht in Rente oder so.«

»Warum sonderbar? Wir haben viele Leute, die am Nachmittag vorbeikommen und mit ein oder zwei Hunden eine Runde drehen. Anders würden wir das gar nicht schaffen. Wenn man sich die Zeit einteilen kann, ist es doch super, sie für etwas Sinnvolles zu nutzen.«

»Und Herr Walch ist immer mit diesem Hund gegangen?«

»Ja, nur mit Harry. Fast jeden Tag, zwischen drei und fünf.«

»Wann war Herr Walch zum letzten Mal hier?«

»Das hat Dr. Metzger mich auch schon gefragt. Ich bin mir nicht sicher. Es muss das Wochenende vom 23./24. August gewesen sein, denn das Wochenende danach hatte ich frei. Und ich glaube nicht, dass es noch eins früher war.«

Hackenholt starrte sie an. »Dr. Metzger?«

»Josefs Halbbruder. Wussten Sie das nicht?«

»Woher kennen Sie ihn?«

»Dr. Metzger ist einer unserer Sponsoren für das neue Katzenhaus. Ich habe ihn mal hinausbegleitet, als Josef gerade zu uns gekommen ist. Danach hat der mir erzählt, der schnieke Typ im Anzug wäre sein Halbbruder. Die beiden konnten sich nicht sonderlich gut leiden. Aber ich habe Herrn Dr. Metzger trotzdem letzte Woche angerufen, als ich Josefs Bild in der Zeitung gesehen und gelesen habe, dass er in der Pegnitz ertrunken ist. Sagen Sie: Sie wissen nicht zufällig, ob Josef ein Testament hinterlassen hat, in dem er dem Tierheim etwas vermacht hat?«, fragte sie hoffnungsvoll.

»Nein, tut mir leid, von einer letztwilligen Verfügung war bislang nicht die Rede«, murmelte Hackenholt, während er versuchte, das einzuordnen, was die junge Frau gesagt hatte. »Habe ich Sie gerade richtig verstanden: Sie haben Herrn Dr. Metzger auf den Fahndungsaufruf in der Zeitung aufmerksam gemacht?«

»Ja«, sie kaute auf ihrer Unterlippe. »War vielleicht eine blöde Idee, aber im ersten Moment war ich mir nicht sicher. Auf dem Bild sah Josef irgendwie anders aus. Aber das war wohl nur, weil er tot war.«

»Wann haben Sie mit Dr. Metzger gesprochen?«

»Gleich nachdem ich Zeitung gelesen habe.«

»Ich meine: Welcher Tag war das?«

Sie musste kurz überlegen und zupfte dabei gedankenverloren an einem Piercing. »Mittwoch.«

»Sind Sie sicher? Nicht Donnerstag?«

»Nein, Donnerstag hatte ich Spätdienst, und ich habe ihn noch in meiner Frühstückspause angerufen. Das war kurz nach acht.«

Hackenholt sog scharf die Luft ein. Das war vor seinem und Wünnenbergs Besuch in der Kanzlei gewesen, während dessen der Wirtschaftsprüfer behauptet hatte, nichts vom Tod seines Halbbruders zu wissen. Schnell warf er Wünnenberg einen fragenden Blick zu. Der nickte, auch er hatte die Brisanz der Aussage erfasst.

»Wo haben Sie ihn denn angerufen? Zu Hause oder im Büro?«

»Im Büro. Die Privatnummer haben wir gar nicht in den Unterlagen.«

»Und warum haben Sie sich nicht gleich bei uns gemeldet?«

»Herr Dr. Metzger hat gesagt, er würde sich darum kümmern und ich müsste nichts unternehmen. Er war in dem Punkt sehr bestimmt. Aber als ich dann noch einmal in der Zeitung gelesen habe, dass die Polizei Leute sucht, die Josef persönlich gekannt haben, dachte ich, ich sollte vielleicht doch Bescheid sagen.«

»Warum, glaubst du, hat uns der feine Herr Doktor so dreist angelogen?«, fragte Wünnenberg, während sie zu ihrem Dienstwagen zurückgingen. »Wenn Walch ihn bei seinem Besuch im Tierheim erkannt hat, dürfte es Metzger kaum anders ergangen sein. Das heißt also: Er wusste sehr wohl, dass sein Halbbruder nicht mehr in Hamburg lebt. Warum leugnet er es dann?«

»Vielleicht gab es Streit zwischen den Brüdern. Vielleicht hatte Metzger einen Grund, Walch loswerden zu wollen. Es könnte um Geld gegangen sein: Die Mutter ist vor drei Jahren gestorben. Es wäre interessant zu wissen, ob sie etwas zu vererben hatte.«

»Gingen Walchs Reisen nicht zu diesem Zeitpunkt los?«

»So ganz grob, ja. In seinen Kontoauszügen war allerdings kein Geldeingang, der auf eine Erbschaft zurückzuführen wäre.«

»Das muss nichts heißen. Hätte er offiziell etwas bekommen, wäre ihm die Stütze gestrichen worden. Hätte er sich die Erbschaft aber von Johann bar auszahlen lassen, gäbe es keine Spuren. Er müsste es nicht versteuern, und auf die Zahlungen vom Jobcenter bräuchte er auch nicht verzichten.«

»Welches Motiv hätte Metzger dann, seinen Halbbruder umzubringen?«

»Walch wollte einen Nachschlag?« Wünnenberg entriegelte die Autotür. »Der Doktor kann oder will das Geld nicht flüssig machen, und Walch droht, das in die Welt hinauszuposaunen? Wer weiß, welche Konsequenzen das für den Herrn Wirtschaftsprüfer hätte.« Der Ermittler ließ den Motor an. »Wohin fahren wir? Zu seinem Büro oder zu ihm nach Hause?«

»In die Kanzlei natürlich, was willst du denn in seinem Haus?«

»Die Wirtschafterin befragen.«

»Das kann warten. Wichtiger ist, mit ihm selbst zu sprechen – bevor Frau Beer auf die Idee kommt, ihn anzurufen und ihm zu erzählen, dass sie mit uns geredet hat.«

In den Kanzleiräumen herrschte andächtige Stille, als die beiden Kriminaler eintraten. Kein Radio, keine Stimmen, nicht einmal das leise Klacken einer Computertastatur war zu hören. Hackenholt fragte sich, wie die Sekretärin es schaffte, derart lautlos zu tippen. Mit einem Ruck hob sie den Kopf und nahm den Kopfhörer der Stenorette aus den Ohren.

»Herr Dr. Metzger ist im Augenblick leider nicht im Haus.«

»Wann erwarten Sie ihn zurück?«

»Jeden Augenblick, aber dann muss er sofort zum nächsten Termin.«

Aus einer spontanen Eingebung heraus sagte Hackenholt: »Sagen Sie ihn ab.«

»Was?«

»Sagen Sie den Temin ab. Herr Dr. Metzger wird uns ins Präsidium begleiten.«

»Aber ich kann doch nicht –«

»Doch.« Hackenholt zog ein Foto aus der Tasche. »Haben Sie diesen Mann schon einmal gesehen? Hat er Ihrem Chef einen Besuch abgestattet?«

»Ich ...«, sie wurde rot, doch das Wiedererkennen stand ihr ins Gesicht geschrieben.

»Wie heißen Sie?«

»Bauer. Anette Bauer.«

»Frau Bauer, wir ermitteln in einem Tötungsdelikt. Nach deutschem Recht sind Zeugen verpflichtet, die Wahrheit zu sagen. Ihnen steht nur ein Zeugnisverweigerungsrecht zu, wenn Sie mit der beschuldigten Person verlobt, verheiratet, verschwägert oder bis zum dritten Grad verwandt sind.« Er machte eine kurze Pause, um seine Worte wirken zu lassen. »Trifft eine dieser Konstellationen auf Ihr Verhältnis zu Herrn Dr. Metzger zu?«

»Nein, natürlich nicht.« Sie senkte den Blick.

»Also, was hat es mit diesem Herrn hier auf sich?« Er tippte auf das Foto. »Wie oft war er hier und wann?«

»Das ist Herrn Dr. Metzgers Halbbruder, nicht wahr?«

Hackenholt sagte nichts.

»Letzte Woche hat eine Frau angerufen, die den Chef wegen ihm sprechen wollte.«

»Wann hat sie angerufen?«

»Am Mittwochmorgen. Herr Dr. Metzger war danach sehr aufgewühlt. Bis dahin wusste ich nicht, dass die beiden verwandt waren.«

»Wie oft war Herr Walch hier?«

»Zweimal. Das erste Mal vor ungefähr einem halben Jahr. Ich habe schon versucht, das Datum herauszusuchen, aber er hatte keinen Termin und steht deshalb nicht im Kalender. Er kam einfach so hereingeschneit und hat verlangt, den Chef zu sprechen. Er hat nicht gesagt ›meinen Bruder‹ oder ›Johann‹, er wollte ›den Chef‹. ›Sagen Sie ihm einen schönen Gruß vom Josef Walch, dann hat er schon Zeit.‹ Und genau so war es. Herr Dr. Metzger hat alles stehen und liegen gelassen und ihn empfangen.«

»Und wann war er das zweite Mal hier?«

»Anfang August. Aber da hat der Besuch nur ganz kurz gedauert.« Plötzlich wurde die Eingangstür schwungvoll aufgestoßen, die Frau zuckte zusammen.

»Frau Bauer, rufen Sie bitte bei –«, abrupt hielt Dr. Metzger inne.

Er hatte die Beamten gesehen. »Meine Herrn, ich fürchte, heute habe ich leider keine Zeit für Sie.«

»Die werden Sie sich nehmen müssen, Herr Dr. Metzger«, erwiderte Hackenholt. »Sie haben uns nämlich nicht die Wahrheit gesagt. Und da wir in einem Tötungsdelikt ermitteln, müssen wir Sie bitten, uns ins Präsidium zu begleiten.« Hackenholts Auftreten ließ keinen Zweifel daran, dass es sich um eine Aufforderung und nicht um eine Bitte handelte. »Und Sie, Frau Bauer, kommen am besten auch gleich mit.«

Im Flur des Kommissariats begegnete ihnen Martin Groß. Während Wünnenberg Herrn Metzger und Frau Bauer in zwei Vernehmungszimmer brachte, sprach Hackenholt den Kollegen an.

»Hast du Zeit? Ich habe eine Vernehmung und hätte gern einen Beisitzer.«

»Ich habe aber nicht sonderlich viel Erfahrung mit Vernehmungen«, gab der Beamte offen zu bedenken.

»Du musst nichts anderes tun, als den Zeugen zu beobachten. Vier Augen sehen mehr als zwei.«

Groß nickte.

»Wie wir inzwischen wissen, haben Sie ihren Halbbruder seit seiner Rückkehr aus Hamburg mehrfach getroffen«, begann Hackenholt nach einer ausführlichen Belehrung.

Einen Moment lang sah es so aus, als wolle Dr. Metzger keine Angaben zur Sache machen, aber dann räusperte er sich. Mit leiser Stimme begann er zu erzählen. Dabei holte er weit aus; unnötig weit, wie Hackenholt fand. Als der Wirtschaftsprüfer nach einer halben Stunde noch immer von der gemeinsamen Kindheit schwadronierte, bat er ihn, endlich auf den Punkt zu kommen.

»Es ist wichtig, dass Sie verstehen, wie es bei uns zu Hause zuging, und wo Josef in dem Gesamtgefüge stand«, erklärte Metzger. »Er machte sich selbst zum Außenseiter. In puncto Intelligenz konnte er nicht mit meiner Schwester und mir konkurrieren. Wenn wir zu Tisch saßen, begann er mit Dingen zu prahlen, die er sich ausgedacht hatte. Nur, um ebenfalls etwas zu sagen zu haben, während wir von unseren Fortschritten im Gymnasium berichteten. Hakte man nach und zeigte ihm dadurch auf, warum seine Geschichten nicht stimmen konnten, wurde er wütend und schrie alle an. Er neidete uns allerdings nicht nur unsere Intelligenz, sondern auch den Wohlstand. Seine Mutter war arm wie eine Kirchenmaus, als sie unseren Vater heiratete. Edeltraut hat daraus auch niemals einen Hehl gemacht und keinerlei Ansprüche auf das Familienvermögen erhoben. Als unser Vater starb, war allen klar, dass meine Schwester und ich erben würden und ihr eine kleine monatliche Rente zustand. Josef bedachte mein Vater selbstverständlich nicht; er war nicht sein Sohn. Und um ehrlich zu sein, wir hatten damals schon keinen Kontakt mehr zu ihm. Mein Vater bat ihn, nachdem er seine Ausbildung abgeschlossen hatte und Geld verdiente, sich eine eigene Unterkunft zu suchen und den Familienfrieden nicht weiter zu stören.«

Hackenholt hatte vielmehr den Eindruck, er solle der Familie nicht weiter auf der Tasche liegen. »Kommen wir auf meine Frage zurück: Wann und weshalb haben Sie Ihren Halbbruder in letzter Zeit gesehen?«

»Nachdem Josef ausgezogen war, hatten wir keinerlei Kontakt mehr zu ihm – meine Schwester und ich. Später habe ich allerdings von Edeltraut erfahren, dass er ihr hin und wieder schrieb und um Geld bat. Sie hat ihm wohl auch immer wieder etwas geschickt. Nachdem unser Vater gestorben war, kam eine Karte aus Hamburg. Sie war an meine Schwester und mich adressiert, aber wir haben sie ignoriert. Genau wie ich die Briefe, die folgten, ungeöffnet zurückgeschickt habe. Meine Schwester war zu dem Zeitpunkt sowieso schon in die USA ausgewandert.« Er räusperte sich. »Als Edeltraut schließlich starb, rechnete ich damit, Josef auf der Beerdigung zu treffen. Ich war mir sicher, er würde sich nach seinem Erbe erkundigen, aber er hat sich nicht blicken lassen.«

Hackenholt war aufgefallen, dass Johann Metzger seine Mutter immer nur Edeltraut nannte, sobald er jedoch aus Josef Walchs Sicht sprach, dieselbe Frau als Mutter bezeichnete. Offenbar hatte er ein Problem damit, dass Walch und er von derselben Frau geboren worden waren.

»Vor einem halben Jahr stand er schließlich eines Tages bei mir in der Kanzlei. Natürlich hatte er keinen Termin vereinbart, aber ich habe ihn trotzdem empfangen.«

Es klopfte an der Tür, einen Wimpernschlag später steckte Stellfeldt den Kopf ins Zimmer. »Hast du einen Augenblick Zeit?« Er machte eine Handbewegung in Richtung Flur.

Hackenholt nickte und erhob sich. »Was gibt's?«

»Wir haben mit der Haushälterin gesprochen. Sie hat Stein und Bein geschworen, den Mann auf dem Foto noch nie gesehen zu haben.«

Hackenholt schürzte die Lippen. »Habt ihr sie gefragt, wie lange sie schon im Haus von Dr. Metzger beschäftigt ist?«

»Seit fünfzehn Jahren.«

»Damals hat sogar noch die Mutter gelebt, und die wird sicher das eine oder andere Mal von ihrem Sohn Josef erzählt haben.«

»Das hat sie in der Tat, aber sie soll keine Fotos gehabt haben. Trotzdem, ich glaube auch, dass die Haushälterin noch alte Schule ist und für ihren Chef ins Verderben rennt.«

»Habt ihr mit den anderen beiden Anrufern gesprochen? Dem Klassenkameraden und dem Nachbarsjungen?«

»Mit Letzterem. War allerdings nicht sonderlich ergiebig: Der Mann hat bloß erzählt, die Familie wäre ziemlich versnobt gewesen und Johann hätte Josef wie einen Lakaien behandelt. Ganz selten durfte er zum Fußball spielen mit den anderen Kindern auf die Straße. Manchmal tat er es heimlich, und dann war das Geschrei groß, wenn er erwischt wurde.«

Was Stellfeldt erzählte, passte absolut in das Bild, das sich Hackenholt inzwischen von der Familie gemacht hatte. Josef Walch hatte definitiv keine schöne Kindheit gehabt. Über sein restliches Leben konnte sich Hackenholt noch keine Meinung bilden, dazu fehlten zu viele Teile im Puzzle.

Der Hauptkommissar ging zurück ins Vernehmungszimmer. Schnell warf er einen Blick auf den Bildschirm und las die letzten Sätze, die die Schreibkraft im Protokoll notiert hatte. »Sie haben uns gerade erzählt, Ihr Bruder hätte Sie in Ihrer Kanzlei aufgesucht. Worum ging es bei diesem Besuch?«

»Er wollte Geld, sein Erbe. Ich habe ihm jedoch klargemacht, dass seine Mutter genauso arm gestorben ist, wie sie in die Ehe kam. Zu Lebzeiten war sie vom Familienvermögen, das meiner Schwester und mir zustand, versorgt worden. Hinterlassen konnte sie ihm davon nichts. Natürlich hat ihm das ganz und gar nicht gefallen, aber ...« Dr. Metzger zuckte mit den Schultern. »Zumindest hat er keine Szene gemacht, als ich ihn bat zu gehen und nie mehr zurückzukommen.«

»Aber das war nicht Ihr einziges Zusammentreffen.«

»Nein, leider nicht.« Der Wirtschaftsprüfer seufzte theatralisch. »Vor ein paar Wochen sind wir uns unglücklicherweise vor dem Tierheim noch einmal begegnet. Zwar sah er davon ab, mich vor Fremden anzusprechen, aber bedauerlicherweise nahm er diesen Zufall zum Anlass, noch einmal in meiner Kanzlei vorstellig zu werden.«

»Ein Freundschaftsbesuch?«

»Er hat mir ein Geschäft vorgeschlagen: Wenn ich ihm zehntausend Euro gäbe, würde er aus der Region weggehen und nie wieder etwas von sich hören lassen.«

»Haben Sie sich darauf eingelassen?«, fragte Hackenholt, obwohl er die Antwort bereits zu kennen glaubte.

»Warum sollte ich? Ich habe ihm mitgeteilt, dass es mich sehr freuen würde, wenn er die Gegend verließe, aber ganz sicher nicht mit meinem Geld.«

»Womit hat er seine Forderung begründet?«

»Er glaubte noch immer, seine Mutter habe ihm etwas hinterlassen. Das hatte sie ihm angeblich geschrieben, als er noch in Hamburg lebte. Leider hat er nicht mitbekommen, dass die alte Dame bettlägerig wurde und die Pflegekosten ihre monatlichen Zuwendungen bei weitem überstiegen, sodass ich aus meinem Privatvermögen sogar noch etwas zuschießen musste.«

»Und öfter als diese drei genannten Male haben Sie Ihren Halbbruder nicht getroffen?«, wechselte Hackenholt das Thema. Es widerte ihn an, wie geringschätzig der Mann von seiner eigenen Mutter sprach und welch immense Rolle im Gegensatz dazu Geld spielte.

»Nein.«

»Dann würde mich noch interessieren, wo Sie zwischen dem 29. August und 1. September waren?«

Dr. Metzger konsultierte sein Smartphone – sicherlich mehr der Show halber, denn als er weitersprach, bezweifelte Hackenholt, dass er derlei vergessen haben könnte.

»Ich bin in der Nacht vom 29. auf den 30. August von einer Geschäftsreise aus den Staaten zurückgekommen. Der Flug hatte Verspätung, also musste ich in Frankfurt übernachten und konnte erst am folgenden Morgen nach Nürnberg weiterfliegen.«

Hackenholt notierte sich die Flugnummern und den Namen des Hotels, in dem Metzger angab, abgestiegen zu sein. Dann erhob er sich und ging zur Tür. »Wir machen eine kleine Pause.«

In ihrem Büro saß Wünnenberg an seinem Schreibtisch.

»Bist du mit der Sekretärin schon fertig?«, fragte Hackenholt.

Wünnenberg nickte.

»Was hat sie gesagt?«

»Nur das, was sie uns in der Kanzlei bereits berichtet hat.«

»Gut. Kannst du mir einen Gefallen tun und Dr. Metzgers Alibi überprüfen?« Hackenholt gab Wünnenberg das Blatt, auf dem er die relevanten Daten notiert hatte. »Und kläre bitte auch ab, ob Dr. Metzgers Handy zur fraglichen Zeit an der Maxbrücke eingeloggt war. Mit einem konkreten Namen sollte es einfacher sein, in der Fülle der Datensätze jemanden in den Unterlagen zu finden.«

»Ich komme rüber, sobald ich etwas herausgefunden habe«, versprach Wünnenberg.

»Warum haben Sie uns nichts von dem Besuch Ihres Halbbruders erzählt, als wir letzte Woche zu Ihnen in die Kanzlei gekommen sind?«, nahm Hackenholt die Vernehmung wieder auf.

»Ich hatte Angst, Sie würden mir nicht glauben.«

»Wieso?«

»Er wollte Geld. Und jetzt ist er tot.«

»Ihnen musste doch klar sein, dass wir nicht so einfach lockerlassen.«

»Ich habe nicht geglaubt, dass Sie wegen eines Hartz-IV-Empfängers solch einen Aufwand betreiben würden. Ich dachte, Sie kämen zu dem Schluss, er habe Selbstmord begangen.«

»Warum hätte er das tun sollen?«

»Er hat schon früher immer wieder damit gedroht, sich umzubringen, wenn er kein Geld von seiner Mutter erhielt. Daraufhin hat sie ihm immer wieder etwas gegeben. Menschen eignen sich solche Denkstrukturen sehr schnell an.«

»Nun, einen Suizid können wir definitiv ausschließen«, entgegnete Hackenholt. Dann ging er noch einmal mit Dr. Metzger den relevanten Teil der Aussage durch und versuchte, ihn in Widersprüche zu verwickeln, ihm zu entlocken, ob sein Bruder ihm das Leben schwer gemacht hatte, ob er ihn hatte erpressen wollen, ob Metzger keinen anderen Ausweg gesehen hatte. Aber der Wirtschaftsprüfer gab stets souveräne Antworten.

Schließlich klopfte es einmal kurz, und Wünnenberg trat ins Zimmer. Er gab Hackenholt das Blatt Papier zurück.

Neben den ursprünglichen Angaben hatte er die positiven Bestätigungen der beiden Fluggesellschaften und des Hotels notiert. Sollte nicht ein Doppelgänger mit Metzgers Pass gereist sein, war er wirklich erst am Vormittag des 30. August in Nürnberg eingetroffen.

Damit blieben ihm jedoch noch zwei Abende, in denen er den Mord begangen haben konnte. Wobei er auch da zumindest kein Handy einstecken hatte, denn Wünnenberg fand es nicht auf der Liste der Mobiltelefone, die sich innerhalb des fraglichen Zeitraums in den nächstgelegenen Masten eingeloggt hatten.

»Ich denke, das wäre es fürs Erste«, wandte sich Hackenholt wieder an Dr. Metzger. »Sie können gehen. Wir werden aber sicher noch einmal mit Ihnen sprechen müssen.«

Dr. Metzger erhob sich steif und verabschiedete sich mit einem knappen Nicken, dennoch war ihm die Erleichterung anzusehen.

Am späten Nachmittag setzten sich die Beamten zu einer Besprechung zusammen.

»Schade, dass wir nichts gegen diesen Johann Metzger in der Hand haben«, kommentierte Wünnenberg, nachdem Hackenholt den Inhalt der Vernehmung zusammengefasst hatte.

»Die Frage ist doch: Was ist seine Aussage wert?«, widersprach Stellfeldt. »Wir haben es hier mit einem hochintelligenten Menschen zu tun, der es von Berufs wegen gewohnt ist, komplexe Sachverhalte zu ergründen und gegebenenfalls Schlupflöcher zu finden. In der Wirtschaft nennt man das dann Finanzoptimierung. Im Grunde genommen hat er nur das zugegeben, was wir ihm bislang nachweisen konnten. Ihm musste klar sein, welche Fakten wir von seiner Sekretärin erfahren haben. Des Weiteren wusste er, dass er seinem Halbbruder noch ein drittes Mal vor Zeugen begegnet war: vor dem Tierheim. Sollten wir nun weitere Personen finden, welche die beiden Männer zusammen gesehen haben, dann wird er auch das zugeben und uns immer neue Geschichten erzählen. Die übliche Salamitaktik.«

»Wenn wir nur genauer eingrenzen könnten, wann Josef Walch gestorben ist«, sagte Wünnenberg. »Wenn es am 29. August war, wäre Metzger aus dem Schneider. An seinem Alibi können wir nicht rütteln. Die Angaben der Fluglinien sind eindeutig.«

»Betrachten wir die Sache doch mal aus einem anderen Blickwinkel: Woher soll er die Tatwaffe gehabt haben?«, sinnierte Hackenholt.

»Wissen wir überhaupt schon etwas über sie?«, fragte Groß.

»Es war eine neun Millimeter«, antwortete Hackenholt.

»Habt ihr überprüft, ob er in einem Schützenverein Mitglied ist?« Stellfeldt sah fragend in die Runde.

Hackenholt schüttelte den Kopf.

»Für jemanden mit so viel Geld sollte es ein Leichtes sein, sich eine Waffe zu besorgen. Er muss beruflich gut vernetzt sein – und wer sagt denn, dass seine Kunden alle so sauber sind, wie man es sich wünschen würde? Er hilft hier ein bisschen, um etwas zu legalisieren, der Kunde dankt ihm dafür mit etwas anderem. Und keiner von beiden wird je ein Wort darüber verlieren.« Stellfeldt verschränkte die Arme.

Nach der Besprechung verließen alle den Raum.

»Hast du noch einen Augenblick Zeit?«, fragte Stellfeldt, als außer ihm nur noch Hackenholt anwesend war.

»Was gibt es? Brauchst du noch eine Woche Urlaub?« Hackenholt ließ sich in seinen Sessel zurücksinken.

Stellfeldt sah ihn irritiert an, doch dann sagte er schnell: »Nein, das ist es nicht. Ich habe heute Morgen ein Schreiben vom Landgericht auf meinem Schreibtisch gefunden. Es geht um einen Gerichtstermin.« Auf einmal huschte seine linke Hand zu seinem Schädel und begann die Glatze zu massieren. »Ich wollte fragen, ob du schon davon gehört hast.«

»Ich nehme an, du meinst das Verfahren gegen die Familie Schweinsberger?«

»Wie geht es dir damit? Gibt es irgendetwas, was wir für dich tun können? In der Verhandlung wird sicher noch einmal alles hervorgezerrt werden. Wenn du willst, kann ich dich in der Zeit vertreten.«

»Hat dich Dorschner darauf angesetzt?«

Stellfeldt schüttelte den Kopf.

»Ich dachte nur, weil er mich extra zu sich gerufen hat, um mir zu sagen, welche Termine das Landgericht für den Prozess festgelegt hat.«

»Frank, es ist uns allen ernst damit: Wenn wir etwas für dich tun können, dann lass es uns wissen. Es ist niemandem damit gedient, wenn du dich nach dem Prozess doch noch entscheidest, ins Betrugskommissariat zu wechseln.« Stellfeldt spielte darauf an, dass sich Hackenholt während seiner Reha in Bad Bocklet ernsthaft mit dem Gedanken getragen hatte, die ihm angebotene Leitung des K26 zu übernehmen.

»Die Stelle ist sicher längst anderweitig besetzt. Mir bleibt also gar nichts anderes übrig, als bei euch zu bleiben. Außerdem: Da wir nun sogar einen Ex-SEK'ler im Team haben, kann eigentlich nichts mehr schiefgehen«, versuchte Hackenholt zu scherzen.

»Wir müssen abwarten, ob er bei uns bleibt. Die Jungs haben doch alle Hummeln im Hintern. So lange wie Groß beim SEK war, wird ihn das hier recht schnell langweilen. Vor allem, wenn du ihm weiterhin ständig den Telefondienst aufs Auge drückst.«

Hackenholt erhob sich. »Mach dir keine Gedanken – zumindest nicht um mich. Ich werde mich auf den Prozess vorbereiten und so wenig wie möglich daran teilnehmen. Ich trete nur deshalb als Nebenkläger auf, um zumindest etwas Einfluss auf den Verlauf nehmen zu können. Die Termine wird mein Rechtsanwalt für mich wahrnehmen. Ich habe damit abgeschlossen, und so soll es auch bleiben.« Auch wenn ihm die Beteuerungen locker über die Lippen kamen, wusste Hackenholt, dass es in seinem Inneren anders aussah. Der Knoten, der sich vor ein paar Tagen in seinem Magen zu formen begonnen hatte, war nicht verschwunden. Im Gegenteil: Er wuchs von Tag zu Tag.

»Dann ist es ja gut.« Stellfeldt stand ebenfalls auf. »Übrigens, ich komme morgen ein paar Minuten später. Ich habe noch einen Termin, den ich nicht anders legen konnte.«

»Kein Problem.« Hackenholt wandte sich zur Tür und ging in sein Büro. Nachdem Stellfeldts Schritte auf dem Flur verklungen waren, zog er seine Brieftasche aus der Hose und entnahm ihr eine Visitenkarte. Auf der Rückseite hatte ihm die Reha-Ärztin Name und Telefonnummer ihres Fürther Kollegen notiert.

Noch einmal horchte Hackenholt auf Geräusche auf dem Flur, doch die Dienststelle lag verlassen da. Rasch wählte er die Nummer. Er wollte das Gespräch hinter sich bringen. Nach dem vierten Klingelzeichen schaltete sich jedoch ein Anrufbeantworter ein. Ohne den Signalton abzuwarten, legte Hackenholt auf.

Dienstag

Im Trubel des gestrigen Tages hatte Hackenholt eine Notiz völlig übersehen, die ihm der Geschäftszimmerbeamte während seiner Abwesenheit auf den Schreibtisch gelegt hatte.

Erst jetzt, als er die Protokolle in der vorgeschriebenen Reihenfolge abheftete und einen Ordner nach dem anderen auf seinem Schreibtisch zur Seite legte, fiel ihm der Zettel mit dem Aufdruck »Telefonnotiz« auf. Überrascht las er, dass ein Ballistiker des LKA einen Rückruf wünschte.

Hackenholt griff zum Hörer und wählte die angegebene Nummer. Doch obwohl er es lange klingeln ließ, ging unter der Nebenstelle niemand an den Apparat.

Er legte den Zettel zur Seite und widmete sich wieder den Aufräumarbeiten auf seinem Schreibtisch.

Nach und nach füllte sich das Kommissariat mit Leben. Tassen klapperten, jemand erzählte einen Witz, eine Schreibkraft lachte, die Kollegen trudelten nacheinander ein.

Hackenholt erinnerte sich: Stellfeldt wollte später kommen.

Warum?

Er wusste es nicht mehr.

»Dr. Johann Metzger können wir im Augenblick nichts nachweisen – andererseits ist er bislang der Einzige, der ein Motiv hätte«, eröffnete Hackenholt die Lagebesprechung. »Ich denke, wir sollten in seinem Hintergrund stöbern. Manfred hat gestern vorgeschlagen zu überprüfen, ob der Mann Mitglied in einem Schützenverein ist. Außerdem sollten wir Kontakt mit dem Nachlassgericht aufnehmen und nachfragen, was Josef Walchs Mutter zu vererben hatte und wie das geregelt wurde.« Er erntete allgemeine Zustimmung. »Daneben dürfen wir uns aber nicht auf diese eine Spur beschränken. Wir müssen weiterhin versuchen, mehr über den Toten herauszubekommen. Hat er wirklich überhaupt keine Freunde gehabt? Warum meldet sich niemand? Bewegen sich diese Menschen möglicherweise in Kreisen, die keine Zeitung lesen? Wie können wir sie dann ansprechen und ausfindig machen?«

»Der Grisdiån un iech, mir hom gesdern Urlaub buchd«, sagte

Baumann plötzlich. »Derfier hommerer Grediddkaddn brauchd. Iech fråch miech, mid wos der Josef Walch ner seine Reisn zåld hadd.«[17]

»Auf seinem Konto gab es jedenfalls keine entsprechende Abbuchung«, meinte Hackenholt nachdenklich. »Mal ganz davon abgesehen, dass wir nach wie vor nicht wissen, woher er das Geld für seine Reisen hatte, gibt es nur zwei Möglichkeiten, sie zu buchen: im Reisebüro oder über das Internet.«

»Leider können wir nicht nachvollziehen, welche Seiten er im Internet aufgerufen hat, weil er immer in dem Cybercafé war«, brummte Wünnenberg. »Andererseits wissen wir dadurch, dass er es überhaupt genutzt hat. Jeder, der das tut, hat im Allgemeinen einen Mailaccount. Die Anzahl der Internetportale, die ein kostenfreies Postfach anbieten, ist überschaubar. Wir können sie anschreiben und um eine Überprüfung bitten.«

Hackenholt sah ihn zweifelnd an. »Was, wenn er auch da nicht seinen richtigen Namen genannt hat?«

»Das überlegen wir uns, wenn es keinen Account mit dem Namen gibt.«

»Trotzdem klärt das nicht die Frage, wo er seine Reisen gebucht hat. Er kann das nicht online getan haben. Denn selbst wenn er keine Kreditkarte gebraucht haben sollte, müsste er den Betrag überwiesen haben.«

»Er muss also irgendwo gewesen sein, wo man bar zahlen kann – und das heißt, dass er in ein Reisebüro gegangen ist«, schlussfolgerte Groß.

»Da er ganz schön viel gereist ist, könnte man ihn quasi als Stammkunden betrachten«, murmelte Mur.

»Stimmt: Vielleicht bekommen wir so heraus, ob er allein geflogen ist oder zumindest auf dem Rückweg in Begleitung war«, sagte Wünnenberg.

»Hat sich inzwischen schon jemand darum gekümmert, beim Ausländeramt nachzufragen, welche Einreisebestimmungen es für Thailänderinnen gibt?«

Allgemeines Kopfschütteln. Hackenholt machte sich eine Notiz auf seinem Block.

---

17 »Christian und ich haben gestern einen Urlaub gebucht«, (...). »Dafür haben wir eine Kreditkarte gebraucht. Ich frage mich, wie wohl Josef Walch seine Reisen bezahlt hat.«

»Wissen wir, ob er tatsächlich in der Pension übernachtet hat?«, fragte Groß.

»Nein«, meldete sich Christine Mur noch einmal zu Wort. »Dazu habe ich noch keine Rückmeldung bekommen. Aber dafür habe ich die Analyse des Sands erhalten. Der, den Walch in seinem Rucksack hatte, stammt nicht von den zwei Stellen, an denen ich die Proben genommen habe.«

»Das heißt also, der Rucksack muss schon vorher befüllt worden sein«, schloss Hackenholt.

Nachdem sie die anstehenden Arbeiten untereinander aufgeteilt hatten, ging Hackenholt in sein Büro zurück und wählte erneut die auf der Gesprächsnotiz angegebene Nummer. Diesmal meldete sich ein Beamter mit starkem Münchner Akzent.

»Na, ihr Franken habt die Ruhe weg. Ich dachte, es wäre dringend.« Der Kollege klang irritiert; offenbar hatte er mit einem früheren Rückruf gerechnet. »Wie ich gestern schon sagte: Ich habe Neuigkeiten zu den von euch übersandten Projektilen. Wir konnten sie einer Waffe zuordnen, die vor drei Jahren bei einem Einbruch gestohlen wurde.«

»Wo?«, fragte Hackenholt überrascht.

»Die Waffe wurde bei der Firma SAG in Fürth entwendet.«

Hackenholt stutzte. SAG war die Kurzform für Swiss Ammunition Group, ein international operierender Konzern mit Sitz in der Schweiz, der Munition für Jagd-, Sport- und Verteidigungswaffen herstellte. Aber er hatte noch nie davon gehört, dass das Unternehmen eine Niederlassung in Fürth hatte.

»Die betreiben dort ein Forschungslabor«, fuhr der Münchner fort. »Deswegen haben eure Kollegen bei der Sicherung der Spuren Vergleichsmunition in Hülle und Fülle sichergestellt, die wir wiederum in unsere Datenbank übernommen haben.«

»Und ihr konntet nun Übereinstimmungen an den Projektilen feststellen? Obwohl die Waffe schon vor drei Jahren gestohlen wurde? Verändert sie sich nicht im Lauf der Jahre durch ihre Abnutzung?«

»In diesem Fall hatten wir Glück. Ein Projektil ist nur selten derart verformt, dass nicht eine einzige Stelle unter dem Mikroskop deutliche Charakteristika der Waffen preisgeben würde. Besonders gilt das für die hier benutzen Hartmantelgeschosse. Und genau wie ein Fingerabdruck, weisen auch Projektile eindeutige Erkennungsmerkmale auf, durch die man sie einer bestimmten Waffe zuordnen kann.« Der Mann geriet ins Dozieren und vergaß offenbar, mit wem er telefonierte; oder er hörte sich einfach selbst gern reden. »Die Läufe der Schusswaffen haben im Inneren sogenannte Züge und Felder. Die Züge sind die Vertiefungen, also herausgeschnittenes Material, die Felder das stehengebliebene. Durch die spiralförmige Windung entlang der Innenseite des Laufs wird das Projektil zur Rotation um seine Längsachse gezwungen. Der nominelle Durchmesser des Projektils ist größer als der Durchmesser des Laufs und wird daher nur durch den Gasdruck – also mit purer Gewalt – durchgetrieben.«

»Das weiß ich natürlich, ich meinte –«

»Die Veränderungen, die du meinst, findet man vorrangig an den Hülsen«, unterbrach ihn der Fachmann sofort wieder. »Kratzer am Hülsenboden ergeben sich gern durch Abnutzungsspuren am Auszieher – das ist das Teil, das die Hülse aus dem Patronenlager entfernt und dazu in die dortige Rille greift.«

Hackenholt verkniff sich die bissige Bemerkung, dass er ebenfalls Polizist sei und Waffenkunde auch bei ihm zur Grundausbildung gehört hatte.

»Obwohl alles maschinell hergestellt wird, sind nicht einmal Waffen aus derselben Serie identisch. Kein Lauf ist wie der andere, es gibt immer Unterschiede, beispielsweise im Durchmesser oder in den Riefen – wenn auch minimale – aber genau die bilden quasi den Fingerabdruck des Laufs. Auch bei Waffen gleicher Bauart sind immer Unterschiede feststellbar. Und das hinterlässt am Projektil unverwechselbare Spuren.«

»Es ist also kein Zweifel möglich?« Hackenholt hoffte, auf eine knappe Antwort.

»Nein.«

»Habt ihr ein Aktenzeichen, unter dem ich weitere Einzelheiten zu dem Einbruch in Fürth finde?«

Papier raschelte am anderen Ende der Leitung, dann diktierte der Kollege es ihm. Hackenholt bedankte sich und legte auf. Rasch holte er sich den Vorgang auf den Bildschirm. Zwei Waffen plus Munition waren entwendet worden.

Er rief den Sachbearbeiter von der Kriminalpolizeiinspektion Fürth an. Von ihm erfuhr er, dass sich der Einbruch während der dreiwöchigen Werksferien im August vor drei Jahren zugetragen haben musste. Aufgefallen war er nämlich am ersten Arbeitstag. Zwischen den Zeilen ließ der Beamte durchblicken, dass man auch dann nicht sofort die Polizei rief, sondern zunächst einmal in den eigenen Reihen nach einem möglichen Täter suchte.

Erst als andere Mitarbeiter Indizien für ein externes Eindringen meldeten, trat man an die Behörde heran – mit der Bitte um entsprechende Diskretion. Sollte herauskommen, dass aus ihrem Versuchslabor zwei Waffen samt Munition gestohlen worden waren, sei der mögliche Imageschaden nicht zu kalkulieren. Insbesondere, da nicht festgestellt werden konnte, ob der oder die Täter es nicht vielmehr auf Forschungsergebnisse in Form von neu entwickelter Munition abgesehen hatten und damit der Diebstahl der Waffen bloßes Beiwerk war.

Bei der Tatortaufnahme stellte sich sodann heraus: Die Täter waren über ein Flachdach geklettert und hatten das Eisengitter vor einem geöffneten Fenster aufgesägt. Auf dem Vordach konnten Schuhabdruckspuren der Größe fünfundvierzig gesichert werden.

Darüber hinaus fanden sie Fingerabdrücke – doch auch diese führten die Beamten in ihren Ermittlungen zu keinem Tatverdächtigen, da sie bislang nicht erfasst waren. Damit blieb bis dato ungeklärt, was der eigentliche Zweck des Einbruchs gewesen war: Waffenbeschaffung oder Industriespionage.

Am Ende des Gesprächs bat Hackenholt um den Namen des Ansprechpartners bei der Swiss Ammunition Group. Ihm war klar, dass es kein leichtes Gespräch werden würde, aber er musste den Niederlassungsleiter von der Brisanz überzeugen, die der Fall nun entwickelt hatte, da mit einer der beiden gestohlenen Waffen ein Mensch getötet worden war.

Dr. Urs Stücklis Büro sah man an, dass die Swiss Ammunition Group hervorragende Geschäfte machte. Als der Werksleiter Hackenholt einen Kaffee anbot, musste der Ermittler einen Augenblick an Wünnenberg denken, der im Büro geblieben war, um die verschiedenen Internetportale zu kontaktieren, die kostenlose Mailaccounts zur Verfügung stellten. Mit einem Lächeln nahm er das Angebot an; nicht weil er Wünnenberg einen Testbericht liefern wollte, sondern weil Kaffeetrinken ein freundlicheres Klima schaffte.

»Herr Dr. Stückli, ich komme wegen dem Einbruch im Sommer vor drei Jahren.«

»Haben Sie endlich den Täter festgenommen?«

»Wir sind auf Sie gestoßen, weil vor wenigen Wochen eine Person mit einer der beiden Waffen getötet wurde, die bei Ihnen gestohlen worden waren.«

Mit Bedacht faltete der Werksleiter die Hände auf seinem Schreibtisch. Hackenholt merkte, dass er plötzlich auf der Hut war.

»Das ist absolut schrecklich. Aber wie soll ich Ihnen weiterhelfen können?«

»Es hieß seinerzeit, Sie hielten es für möglich, dass der Diebstahl der Schusswaffen von einer etwaigen Industriespionage ablenken sollte.«

»Dieser Verdacht hat sich zum Glück nicht bestätigt. Wir haben die Munition, an der wir damals gearbeitet haben, zwischenzeitlich auf den Markt gebracht. Sehr erfolgreich, wenn ich das so sagen darf.«

»Daneben bestand die Überlegung, dass der Einbruch von jemandem initiiert oder gar ausgeführt worden sein könnte, der Insiderwissen besaß.« Hackenholt fand, seine Formulierung klang freundlicher, als rundheraus zu behaupten, ein Mitarbeiter sei in die Sache verwickelt.

»Wir haben sämtliche Angestellte überprüft und diese Möglichkeit ausgeschlossen.«

Hackenholt sah ihn perplex an. »Sie haben von allen Fingerabdrücke genommen und sie mit den gesicherten verglichen?«

Dr. Stückli lachte unangenehm berührt auf. »Nein, soweit sind wir natürlich nicht gegangen. Aber glauben Sie mir, niemand in unserer Firma hätte einen Grund, für einen Appel und ein Ei seinen Arbeitsplatz zu riskieren. Oder bekommt man auf dem Schwarzmarkt heutzutage so viel für eine Schusswaffe geboten?«

»Und wie erklären Sie es sich, dass seinerzeit die Alarmanlage nicht ausgelöst hat?«

»Das ist in der Tat merkwürdig, aber wir haben hin und wieder an manchen Fenstern Probleme. Die Technik. Da steckt man einfach nicht drin. Egal wie oft wir den Kundendienst der Herstellerfirma kommen lassen, es gibt immer wieder Probleme mit den Sensoren. Sie sind sehr anfällig.«

»Können Sie mir bitte zeigen, wo die Täter eingestiegen sind und wo Sie die Waffen aufbewahrt haben?«

»Ist das wirklich nötig?«

»Bitte.«

Mit sichtbarem Widerwillen erhob sich der Werksleiter hinter seinem Schreibtisch und führte Hackenholt auf hellen langen Fluren quer durch das Gebäude. Alles war ruhig, keine Geräusche waren zu hören, die Firma wirkte wie ausgestorben. Schließlich betraten sie eine Herrentoilette. An der Stirnseite war ein Milchglasfenster, durch das man ein Gitter erahnen konnte.

Hackenholt ging an Dr. Stückli vorbei und besah es sich genauer. Es war gekippt, was für einen Toilettenraum nicht ungewöhnlich war.

»Wenn das Fenster in dieser Stellung ist und die Alarmanlage eingeschaltet wird, was passiert dann?«

Dr. Stückli räusperte sich. »Wir haben die Mitarbeiter angewiesen, die Fenster bei Dienstende zu schließen.«

»Mit anderen Worten: Wenn das Fenster geöffnet ist, wenn die Alarmanlage eingeschaltet wird, gibt es keinen Alarm?«

»Das haben wir noch nie ausprobiert.«

»Sie müssen es doch wissen! Es wird sicher schon vorgekommen sein, dass jemand ein Fenster versehentlich vergessen hat. Gab es dann einen Fehlalarm? Ja oder nein?«

»Das entzieht sich meiner Kenntnis. Natürlich gibt es hin und wieder eine Panne. Die Technik ist hochsensibel.«

Hackenholt schwieg. Er konnte sich mittlerweile gut vorstellen, wie der Einbruch abgelaufen war. Wer dachte schon daran, nach einem langen Arbeitstag in den Toilettenraum im entlegensten Winkel der Firma zu gehen, um zu überprüfen, ob dort das Fenster geschlossen worden war. Trotzdem: Mit einem Gitter davor hätte es sicher sein müssen.

»Zeigen Sie mir nun bitte, wo die Waffen aufbewahrt wurden.«

»Dazu müssen wir ins Büro des Projektleiters gehen.«

Hackenholt nickte und drehte sich zur Tür. Wieder liefen sie mehrere helle Flure entlang, bis sie zu einem Treppenhaus kamen. Sie gingen zwei Stockwerke hinunter und bogen um diverse Ecken. Hackenholt fragte sich, wie neue Mitarbeiter in dem Gebäudekomplex die Übersicht behielten.

Schließlich gelangten sie zu einer Art Schleuse. In einem Regal lagen zusammengefaltete weiße Laborkittel, in einem Schrank daneben befanden sich nach Größe geordnete Überschuhe, in die man mit den Straßenschuhen schlüpfte. Erst nachdem sie sich mit beidem ausstaffiert hatten, öffnete Dr. Stückli eine dahinterliegende Tür. Sie betraten einen großen, fensterlosen Raum. An der Seite waren mittels Glaswänden einige Büros abgetrennt. Ohne die anwesenden Mitarbeiter zu grüßen, steuerte der Werksleiter auf eines davon zu und ging hinein. Hinter dem Schreibtisch saß ein beleibter Mann. Als er Dr. Stückli gewahrte, sprang er auf und stand stramm.

»Herr Egli hatte die beiden Waffen in jeweils einer Sicherheitskassette in seinem Schreibtisch verwahrt. Nach dem Vorkommnis haben wir uns jedoch entschieden, sie an einem anderen Ort in einem speziellen Waffenschrank aufzubewahren«, erklärte Dr. Stückli. »Seit wir Industriespionage ausschließen konnten, sind wir davon ausgegangen, dass die Einbrecher die Sicherheitskassetten mitgenommen haben, weil sie Geld darin vermuteten.«

»Dann hätten sie wohl kaum auch noch Munition mitgehen lassen, oder?«, zeigte Hackenholt den Schwachpunkt der Argumentation auf. »Können Sie wirklich sicher sein, dass niemand von Ihren Mitarbeitern in die Sache verwickelt war? Immerhin ist es ein weiter Weg von dem Fenster, durch das die Einbrecher eingestiegen sind, bis hier herunter.«

»Wir sind allen unseren Pflichten nachgekommen.«

»Herr Dr. Stückli«, sagte Hackenholt eindringlich, »es geht inzwischen nicht mehr einfach nur um einen Waffendiebstahl. Wir reden von einer Person, die da draußen mit einer Ihrer beiden Waffen herumläuft und einen Mann erschossen hat. Wir müssen den Täter finden, damit nicht noch mehr Menschen zu Schaden kommen.« Bevor er den letzten Satz ausgesprochen hatte, erkannte er an Stücklis Reaktion, dass seine Worte nicht auf fruchtbaren Boden fielen. Resigniert wandte er sich ab.

Als er bei seinem Dienstwagen ankam, steckte zu seiner Überraschung ein zusammengefaltetes Stück Papier am rechten Scheibenwischer. Er zog es heraus und strich es ungläubig glatt: Ein Strafzettel über zehn Euro aufgrund von Halten für mehr als drei Minuten im eingeschränkten Halteverbot.

Hackenholt blickte sich suchend nach einem entsprechenden Verkehrsschild um und wurde prompt fündig. Das Parken war montags bis freitags in der Zeit von sieben bis vierzehn Uhr eingeschränkt. Missmutig knirschte er mit den Zähnen. Hätte er das Schild bemerkt, hätte er den Wagen als Dienstfahrzeug gekennzeichnet. Nun musste er entweder der Zettelhexe hinterhertelefonieren oder auf den Anhörungsbogen warten, der ans Präsidium geschickt werden würde, und einen Bericht schreiben, warum er dienstlich an genau dieser Stelle geparkt hatte.

In beiden Fällen machte er sich zum Gespött der Kollegen.

»Wollen wir gleich weiter und unseren Teil der Reisebüros abklappern?«, fragte Wünnenberg, sobald Hackenholt ins Kommissariat zurückgekehrt war.

»Wo sind die anderen?«

»Saskia und Martin arbeiten ihren Anteil ab. Manfred ist bei einem Termin.«

»Lass mich schnell ein Telefonat führen, danach machen wir uns auf den Weg. Du kannst ruhig schon mal den Schlüssel für einen Dienstwagen holen.«

Wünnenberg runzelte die Stirn. »Was gefällt dir denn an dem nicht, mit dem du gerade eben unterwegs warst?«

Erst jetzt merkte Hackenholt, dass er den Fahrzeugschlüssel offen auf seinen Schreibtisch gelegt hatte. »Ich glaube, da klingt der Auspuff irgendwie komisch.«

»Hast du schon einen Reparaturbericht geschrieben?«

Hackenholt schüttelte den Kopf. »Später.«

Endlich erhob sich Wünnenberg und ging hinaus. Rasch wählte der Hauptkommissar die Nummer des Fürther Rathauses. Die Dame in der Vermittlung, der er sein Problem schilderte, verband ihn weiter. Eine gefühlte Ewigkeit hing er in der Warteschleife, dann meldete sich jemand, dem er erneut die Situation mit dem Strafzettel erläuterte. Der Mann hatte zig Rückfragen und erklärte sich schließlich als nicht zuständig, war aber so freundlich, ihn erneut weiterzuverbinden. Hackenholt saß wie auf glühenden Kohlen – im Flur konnte er Wünnenbergs Stimme hören. Endlich meldete sich eine Frau. Hackenholt schilderte zum dritten Mal, weshalb er anrief.

Auf dem Flur wurde es schlagartig still.

In aller Ausführlichkeit, fragte die Dame am anderen Ende alle

Daten noch einmal einzeln ab, sodass Hackenholt gezwungen war, sein Vergehen ein weiteres Mal detailliert wiederzugeben, anstatt mit »ja« oder »nein« antworten zu können.

Anschließend erklärte sie ihm, sie habe den Vorgang nicht im Computer – der Strafzettel sei überhaupt noch nicht erfasst worden. In solch einem Fall müsse er entweder später noch einmal anrufen oder warten, bis der Anhörungsbogen komme. Leise vor sich hin fluchend legte Hackenholt auf.

»Soso, du hast dir also mit dem Dienstwagen ein Knöllchen geholt«, Stellfeldt stand breit grinsend in der Tür. »Wenn das mal nicht nach einer Strafe schreit!«

»Wenn man mit derart begriffsstutzigen Menschen telefonieren muss, ist man schon gestraft genug!«, protestierte Hackenholt pro forma.

»Wou hosdnern des Digged gräichd?«[18]

»Direkt vor dem Firmengelände der Swiss Ammunition Group.«

»Da hast du doch richtig Glück«, lachte Stellfeldt. »Wenn du die Strafe bezahlst, schenkt dir die Infra Fürth Verkehr GmbH ein Tagesticket für den Bus.«

»Wie bitte?«

»Du hast richtig gehört: Die Fürther Verkehrsbetriebe wollen den Verkehrssündern zeigen, wie bequem öffentliche Verkehrsmittel sind, um sie zum Umsteigen zu animieren.«

»Der Gedanke, Leute vom privaten Pkw in den öffentlichen Personennahverkehr zu locken, ist ja löblich. Das Verfahren halte ich aber ethisch und moralisch für höchst bedenklich. Ein Verwarnungsgeld hat im weiteren Sinne Erziehungscharakter. Dass man nun quasi mit Ordnungswidrigkeiten Freitickets für was auch immer bekommt, konterkariert das doch!«, empörte sich Wünnenberg.

»Und gleichzeitig gibt man zu, dass A. manche Parkvorschriften nur zum Zweck der Einnahmenerzielung geschaffen wurden, B. die für diese Regelung Verantwortlichen unser Justizsystem offenbar nicht verstanden haben und vor allem C. diejenigen, die uns die Öffentlichen schmackhaft machen wollen, argumentativ total am Ende sind und ihnen nichts Besseres mehr einfällt«, ergänzte Stellfeldt.

»Also ich finde, dass Schwarzfahrer dann logischerweise Parkgutscheine bekommen müssen«, spottete Groß.

---

18 »Wo hast du denn das Knöllchen bekommen?«

»Auf so eine Idee kommen einfach nur Fürther! Was aber nichts daran ändert: Du hast dir ein Knöllchen verpassen lassen und musst bestraft werden«, brachte es Stellfeldt auf den von Hackenholt gefürchteten Punkt.

»Sophie bäckt uns bestimmt mal wieder Muffins; aber nicht in nächster Zeit, solange Ronja schier pausenlos am Brüllen ist, wenn man sie nicht im Auto spazieren fährt.«

»Ist es wirklich so schlimm?«, fragte Stellfeldt mit einem Mal völlig ernst.

»Seit ein paar Tagen. Ronja hatte einen Wachstumsschub.«

»Na dann wollen wir deinem Antrag auf Aussetzung des Strafvollzugs ausnahmsweise stattgeben.« Stellfeldt zwinkerte ihm zu.

»Wir haben übrigens das Reisebüro gefunden, bei dem Josef Walch seine Thailandurlaube gebucht hat«, wechselte Groß das Thema.

»Und was ist mit den Pragreisen?«

»Von denen wusste die Dame nichts. Aber vielleicht hat er sich über die Mitfahrzentrale eine Fahrgelegenheit gesucht. Oder er hat ein Zugticket am Hauptbahnhof gekauft. Im Reisebüro haben wir nichts erfahren, was wir nicht schon wussten: Vor drei Jahren ist er dort zum ersten Mal in Erscheinung getreten und hat insgesamt vier Reisen nach Thailand gebucht, die er alle bar bezahlt hat.«

»Uns ging es doch darum, ob er allein geflogen und vor allem, allein zurückgekommen ist.«

»Das ließ sich nicht feststellen. Gebucht hatte er jedenfalls immer nur ein Ticket für eine Person.«

»Also wieder eine Sackgasse«, seufzte Hackenholt. »Irgendwie gibt es davon viel zu viele.«

»Wir schaffen schon noch einen Durchbruch. Ganz bestimmt«, versuchte Stellfeldt dem Kollegen Mut zuzusprechen.

Wilhelm Sanders gähnte und schaltete den Fernseher aus. Es war halb elf und damit genau die richtige Zeit, um mit Bennie eine letzte kurze Runde um den Block zu drehen. Als habe der vier Jahre alte Wolfsspitz die Gedanken seines Herrchens erraten, sprang er auf, bellte, schüttelte geräuschvoll sein langes Fell und lief dann schwanzwedelnd zur Wohnungstür.

Sanders stemmte sich mit beiden Händen schwer aus seinem Fernsehsessel. Während er sich langsam aufrichtete, knackte es mehrfach in seinem Kreuz. Er blieb einen Augenblick stehen, bis sich sein Körper an die senkrechte Position gewöhnt hatte. Dann schlurfte er in den Flur und tauschte seine Pantoffeln gegen ein Paar neumodische Sportschuhe, die er nur deshalb gekauft hatte, weil sie einen Klettverschluss hatten und so weich waren, dass sie sein Hühnerauge am rechten kleinen Zeh nicht reizten.

Bennie stupste mit seiner nassen Schnauze ungeduldig gegen die Wohnungstür und schüttelte erneut sein Fell. Sekundenlang wurde der Staub im Flur aufgewirbelt. Sanders musste niesen.

»Ist ja schon gut, mein Junge«, brummte er und griff schließlich nach der Leine, die neben seiner Jacke an der Garderobe hing.

Gemeinsam verließen sie das große Mietshaus im Hummelsteiner Weg. Ein leichter Nieselregen hatte eingesetzt. Außerdem war es definitiv zu kalt für die Jahreszeit. Missmutig schlug Wilhelm Sanders den Kragen seiner Jacke hoch. Sie würden heute Abend nur eine kurze Runde gehen.

An der Ecke zur Hartmutstraße bog Bennie ab und lief in Richtung Annapark. Nachdem sie die Bulmannstraße überquert hatten, ließ Sanders den Hund von der Leine. Ihm war egal, ob das mitten in der Stadt erlaubt war oder nicht. Hunde brauchten Auslauf. Und damit basta. Nachts um diese Uhrzeit waren zumindest keine Kinder mehr unterwegs, die der Hund stürmisch über den Haufen rennen konnte.

Wilhelm Sanders tippelte den schmalen asphaltierten Weg entlang, vorbei an den Altglas- und Altkleidercontainern. Von der anderen Seite des kleinen Parks drangen gedämpfte Verkehrsgeräusche zu ihm. Es war schummrig, das Laub der Bäume hielt das Licht der Straßenlaternen zurück. Bennies helles Fell wurde zu einem beigen Punkt am rechten Rand der Grünanlage. Ganz in seinem Element schnüffelte der Hund an einem Baum, markierte ihn und lief zum nächsten, um dasselbe wieder zu tun.

Als Sanders ihn fast eingeholt hatte, hob der Wolfsspitz plötzlich den Kopf und wandte ihn wachsam in Richtung Rasenfläche. Er bellte zweimal, dann rannte er los. Im selben Moment schoss eine Stichflamme gut vier Meter in den dunklen Nachthimmel.

Wilhelm Sanders blieb wie angewurzelt stehen. Sekundenlang starrte er mit weit aufgerissenen Augen auf die hell lodernden Flammen. Mehr nahm er zunächst nicht wahr. Dann hörte er Bennie wie von Sinnen bellen und sah ihn um das Feuer rennen. Der alte Mann zerrte sein Handy aus der Jackentasche und wählte den Notruf.

Bis die erste Polizeistreife eintraf, schaffte Sanders es, Bennie einzufangen und anzuleinen. Das Feuer hatte in der kurzen Zeit viel von seiner Kraft verloren, die Flammen züngelten nur noch auf Lagerfeuerhöhe. Der jüngere der beiden Streifenbeamten holte den Feuerlöscher aus dem Kofferraum, aber sein Kollege hielt ihn zurück. In der Ferne waren bereits die Sirenen der Löschfahrzeuge zu hören.

»Haben Sie gesehen, wer das Zeug angezündet hat?«, fragte der ältere Polizist Wilhelm Sanders.

»Es wird ein Jugendlicher gewesen sein«, brummte der Alte ausweichend.

Der Beamte nickte und drehte sich zum Einsatzwagen des Brandmeisters um, der von der Pillenreuther Straße aus über den Asphaltweg zu ihnen fuhr. Die großen Fahrzeuge hielten auf der Hauptstraße, die Männer kamen zu Fuß die wenigen Meter in den Park.

Zwei Minuten später hatten sie das Feuer mit einem Handgerät gelöscht. Im Schein der Fahrzeuglichter war nun deutlich zu erkennen, was das Brandgut gewesen war: ein Koffer. Kein Hartschalenkoffer, sondern ein Koffertrolley aus Kunstfasern.

»Wer räumt den Dreck weg?«, fragte der jüngere Polizist.

»Darum sollen sich die Herrschaften vom Servicebetrieb Öffentlicher Raum morgen früh kümmern«, antwortete ein Feuerwehrmann. »Bis dahin ist der Koffer ausreichend abgekühlt.« Er bückte sich und griff mit seinen dick behandschuhten Fingern nach dem verkohlten Deckel, während sein Kollege ihn mit einem Werkzeug zu öffnen versuchte, damit sie den Inhalt auf ein etwaiges Glutnest prüfen konnten. Das Kunststoffgewebe war nicht verbrannt, sondern geschmolzen und widersetzte sich den Männern eine Weile. Aber schließlich schafften sie es doch, das Oberteil zu lösen. Im selben Moment stieß einer der beiden Feuerwehrmänner einen überraschten Laut aus und richtete sich auf.

»Ja, pfui Teufel!« Auch sein Kollege machte einen Schritt zurück und verzog angewidert das Gesicht.

Alarmiert trat der ältere Polizist vor und ließ den Schein seiner hellen Taschenlampe über das Innere des geöffneten Koffers gleiten. Der Lichtstrahl erfasste etwas Rundes, Schwarzes: einen stark verkohlten menschlichen Kopf und Schultern. Die Haut war nicht mehr vorhanden, man blickte direkt auf die geröteten Muskelstränge. Der Beamte sog scharf die Luft ein. Bevor sich ihm noch mehr Details ins Gedächtnis einbrennen konnten, drehte er sich zu seinem Kollegen um. »Ruf den Kriminaldauerdienst, hier ist ein Mensch verbrannt worden.«

Hackenholt traf rund eine Stunde, nachdem die Feuerwehr wieder abgerückt war, am Annapark ein. Das Gelände war von den Kollegen vom Dauerdienst mit Unterstützung der PI Süd großräumig abgesperrt worden. Obwohl es auf Mitternacht zuging eine sinnvolle Maßnahme, da sich vor allem entlang der Pillenreuther Straße inzwischen einige Menschen aus den umliegenden Häusern versammelt hatten.

Gerade als sich der Hauptkommissar bückte, um unter dem rot-weißen Absperrband hindurchzukrabbeln, zupfte ihn jemand am Ärmel seiner Jacke.

Er fuhr herum.

Ein kleiner, schmächtiger Mann stand neben ihm und hielt ihm ein Plastikkärtchen so nah vor die Augen, dass er es unmöglich lesen konnte. Hackenholt trat einen Schritt zurück.

»Martin Torres. Ich bin Pressefotograf.«

Nun erkannte Hackenholt ihn. Es war der *Eventfotograf* mit den roten Haaren, der während der Pressekonferenz so negativ aufgefallen war.

»Ich brauche ein paar Bilder für die Zeitung, aber die Jungs von der Streife wollten mich nicht in den Park lassen.«

Hackenholt nickte. »Im Moment gibt es hier nichts zu fotografieren. Das Feuer ist gelöscht und jetzt sind erst einmal wir dran.« Damit bückte er sich und schlüpfte unter dem Trassierband hindurch in den Park.

Die Wiese wurde mittlerweile von starken Scheinwerfern erhellt, die von der Spurensicherung aufgestellt worden waren. Im grellen Licht war deutlich der um den Brandherd verbrannte Rasen zu erkennen. Auch das weißliche Pulver, mit dem die Feuerwehr die Flammen gelöscht hatte, war überall verteilt.

Christine Mur sah Hackenholt auf sich zukommen und richtete sich auf. »Eine Wahnsinnstat: Jemand hat ein Kind in einen Koffer gesperrt und angezündet.«

»Ein Kind?«

»Was denn sonst? Hast du schon mal einen erwachsenen Menschen gesehen, der in einen Koffer passt?«

Hackenholt ging in die Hocke und ließ seinen Blick über den unförmigen schwarzen Klumpen des ehemaligen Gepäckstücks schweifen. Er hatte bislang nur wenige Brandleichen gesehen, da für diesen Bereich die Kollegen vom K12 zuständig waren. Mur schien jedoch recht zu haben: Was er von der Leiche ausmachen konnte, ließ auf eine kleine gekrümmte Gestalt schließen.

»Wir müssen den Körper, so wie er ist, abtransportieren, also mitsamt Koffer. Das Plastik ist mit dem Fleisch verschmolzen.«

Der Hauptkommissar nickte. »War schon jemand von der Rechtsmedizin da?«

»Ja, Maurice. Aber er ist gleich wieder gefahren. Für ihn gab es akut nichts zu tun. Die Obduktion ist morgen früh um sechs Uhr dreißig.«

»Ich wünschte, er ließe sich irgendwann einmal dazu hinreißen, zu etwas gnädigeren Uhrzeiten zu arbeiten.«

Plötzlich standen Wünnenberg und ein Beamter vom Dauerdienst neben ihm. »Gibt es irgendwelche Anhaltspunkte?«, wandte er sich an die zwei. »Hat jemand etwas gesehen?«

»Wilhelm Sanders, ein alter Mann, der mit seinem Hund Gassi gegangen ist. Ich denke, du solltest selbst noch einmal mit ihm reden. Er sitzt dort drüben im Streifenwagen.« Der Kriminaler zeigte hinter sich.

»Habt ihr einen Suchhund angefordert?«

»Nein, wozu?«

»Vielleicht kann er die Spur des Koffers zurückverfolgen? Oder die des Täters?«

»Kein Hund der Welt kann hier etwas schnüffeln«, mischte sich Mur wieder ins Gespräch. »Der Benzingeruch überdeckt alles. Außerdem haben wir nichts, woran er Witterung aufnehmen könnte. Und der Täter ist dort hinüber gerannt.« Sie wies mit dem ausgestreckten Finger in Richtung eines schmalen Wegs, der zum Ritter-von-Schuh-Platz führte. »Das wissen wir von dem Zeugen. Sonnenaufgang ist morgen um kurz vor sieben Uhr. Wir werden, sobald es hell ist, alles absuchen. Der Koffer muss mit einem Brandbeschleuniger übergossen worden sein. Vielleicht hat der Täter einen Benzinkanister ins Gebüsch geworfen, als er davongerannt ist. Oder eine leere Spiritusflasche. In der Dunkelheit hat es keinen Zweck zu suchen, wir würden am Ende nur etwas Wichtiges übersehen. So einen großen Bereich können wir nicht gut ausleuchten.«

Hackenholt und Wünnenberg gingen zu dem Streifenwagen hinüber, in den Wilhelm Sanders gesetzt worden war. Der Mann zitterte am ganzen Leib.

»Ist Ihnen kalt?« Hackenholt schlug einen freundlichen, mitfühlenden Ton an.

»Es ist bloß die Aufregung. Wer weiß, was der Kerl mit mir angestellt hätte, wenn Bennie ihn nicht verjagt hätte.«

Hackenholt versuchte den alten Mann zu beruhigen und ließ sich noch einmal schildern, was er bemerkt hatte.

Doch auch jetzt blieb Sanders sehr vage. An mehr als einen Kerl in einem grauen Kapuzenpulli und Jeans konnte er sich nicht erinnern. Auf die Schuhe hatte er nicht geachtet und das Gesicht hatte er wegen der Kapuze nicht gesehen. Eigentlich hatte er durch die hohen Flammen sowieso nur einen Schatten wahrgenommen. Lediglich bei der Richtung, in die der Täter davongelaufen war, war er sich sicher.

»Sie haben ihn also nicht mit dem Koffer in den Park kommen sehen?«

»Nein, der muss schon auf der Wiese gelegen haben, als wir den Weg entlangspaziert sind. Ich habe nur plötzlich die Flammen gesehen.«

»Haben Sie zu diesem Zeitpunkt etwas gehört?«

»Ein Zischen oder Knistern von dem Feuer.«

»Aber keinen Schrei?«

»Nein.«

»Was ist dann passiert?«

»Bennie ist zu dem Mann gelaufen und hat gebellt. Deshalb ist der weggerannt.«

»Hielt er etwas in der Hand?«

»Ich weiß nicht«, murmelte der Alte. »Es ging alles so schnell, und es war dunkel. Ich habe mehr auf das Feuer geachtet.«

Hackenholt dankte ihm und bat einen Streifenbeamten, den Rentner nach Hause zu bringen.

»Viel ist das nicht gerade, worauf wir die Fahndung stützen können.« Wünnenberg sah Hackenholt fragend an.

»Ja, leider. Aber betrachten wir das Ganze doch mal von der logischen Seite: Wie kann der Täter hierhergekommen sein?«

»Zu Fuß, mit dem Auto oder mit öffentlichen Verkehrsmitteln.«

Hackenholt nickte. »Daraus ergeben sich unsere ersten Ermittlungsansätze.«

»Soll ich in der Taxizentrale nachfragen, ob einer ihrer Fahrer heute Abend in der näheren Umgebung einen Mann mit einem Koffer abgesetzt hat?«

»Ja. Und lass bitte die Videos der Überwachungskameras von der U-Bahn sicherstellen. Die Bus- und Straßenbahnfahrer müssen wir auch befragen. Am besten nimmst du gleich Kontakt mit der Leitstelle der VAG auf.«

»Was ist mit den Tankstellen in der Umgebung? Sollen wir die auch abklappern und die Videoaufnahmen sichern?«

»Du meinst wegen dem Brandbeschleuniger?«

»Ich kenne niemanden, der heutzutage noch einen Reservekanister im Wagen spazieren fährt. Irgendwie ist das aus der Mode gekommen, seit die Tankanzeigen der Autos zuverlässig funktionieren.«

»Es kann nicht schaden, wenn wir in den Tankstellen nachfragen. Vielleicht hat der Täter den Kanister erst heute Abend gekauft. Vielleicht aber auch nicht. Wenn er die Tat von langer Hand geplant hat, dann kann er weiß Gott woher einen Brandbeschleuniger haben. Es muss nicht unbedingt Benzin gewesen sein.«

Während sie mit dem Rentner gesprochen hatten, war der Leichenwagen eingetroffen. Mur beaufsichtigte den Abtransport der verkohlten Überreste. »Es wird nicht einfach werden, den Täter zu finden, sofern wir nicht morgen bei Tageslicht noch ein paar wichtige Hinweise entdecken«, murmelte sie. »Das Feuer hat viele Spuren vernichtet. Du wirst schon ein Problem bekommen, die Leiche zu identifizieren. Da bei Kindern naturgemäß kaum gravierende Zahnarbeiten gemacht wurden, hilft uns ein Zahnstatus nicht weiter. Es kommt also nur eine DNA-Analyse infrage. Aber dafür brauchst du erst einmal eine Vermisstenmeldung und Vergleichsmaterial.«

»Wir müssen die Obduktion abwarten. Irgendwelche Anhaltspunkte auf die Identität werden sich hoffentlich finden lassen. Zumindest, ob es sich um einen Jungen oder ein Mädchen handelt. Vielleicht gibt es auch eine Möglichkeit, das Alter einzugrenzen.«

»Irgendwas geht immer«, beschied Wünnenberg. »Ich kümmere

mich jetzt um die VAG. Vielleicht erhalten wir auf dem Weg einen ersten Hinweis. Ich nehme an, du übernimmst morgen früh die Anwesenheit bei der Obduktion?«

Hackenholt nickte.

»Dann sehen wir uns danach im Büro, falls heute Nacht nicht noch etwas Entscheidendes passiert.«

Mittwoch

»Ah! Da bist du ja. Sehr schön. Dann können wir gleich anfangen«, empfing Dr. Puellen Hackenholt am frühen Morgen im Sektionssaal. »Ich bin schon sehr gespannt, was uns diese Leiche alles verraten wird.«

Hackenholt schloss für Sekundenbruchteile die Augen und stöhnte innerlich auf. Warum nur musste Puellen immer mit so viel hörbarem Eifer an die Arbeit gehen? Und das auch noch zu dieser frühen Stunde?

Während Dr. Puellen, die Assistenten und der Gerichtsmediziner ihre letzten Vorbereitungen trafen, bemühte sich Hackenholt, nicht zu dem Stahltisch mit den menschlichen Überresten hinüberzusehen. Stattdessen studierte er die Röntgenbilder, die wie immer im Vorfeld von der Leiche gemacht worden waren, und die er bei Josef Walchs Obduktion so sträflich vernachlässigt hatte. Doch auch wenn er schon viele solche Aufnahmen gesehen hatte, erkannte er darauf nichts Außergewöhnliches.

Plötzlich begann Puellen in seinem Rücken zu murmeln: »Verkohlte Bekleidungsreste am Hals und am Rumpf. An den Füßen mit Ruß bedeckte, stark thermisch geschädigte Lederschuhe.« Es entstand eine kleine Pause. »Ausgedehnte Verkohlung des Kopfes, die Haut fehlt vollständig, ebenso die Ohrmuscheln, die Augen sind verkohlt. Am Hals ist die Haut vollständig gelöst, die freiliegenden Muskelschichten sind zum Teil verkohlt …«

Hackenholt atmete ein paarmal tief durch und stählte sich für das Unausweichliche, dann drehte er sich um. Die äußere Leichenschau hatte begonnen. Der Körper war aus dem Koffer gelöst worden und lag nun auf dem Rücken. Zwar war er noch immer gekrümmt, aber nicht mehr so stark.

»Warum siehst du dir das nicht ein bisschen genauer an, Frank? So oft hast du es doch nicht mit Brandleichen zu tun. Hier kannst du viel Interessantes lernen.« Puellen lächelte ihn aufmunternd an.

»Gibt es eine Möglichkeit, Geschlecht, Alter, Körpergröße und das ungefähre Gewicht des Kindes zu bestimmen?«

Puellen runzelte die Stirn. »Wieso Kind?«

»Das sieht mir nicht gerade nach einem erwachsenen Mann aus.«

»Diesen Floh hat dir Christine ins Ohr gesetzt, nicht wahr?« Puellen verdrehte die Augen. »Eine hohe thermische Einwirkung auf einen Körper lässt die Muskulatur schrumpfen. Das führt zu einer Beugung der großen Gelenke, da in der Regel die Beugermuskulatur stärker ausgebildet ist als die Streckermuskulatur. Es entsteht die sogenannte Fechterstellung. Wäre unsere Leiche nicht in einen Koffer gesperrt gewesen, würde man sie ausgeprägter sehen. Das habe ich Christine gestern schon versucht klarzumachen. Sie hat mir offenbar überhaupt nicht zugehört.« Widerwillig schüttelte er den Kopf. »Bei einer vollständigen Verbrennung beträgt die Schrumpfung rund zehn bis zwölf Prozent, außerdem kommt es häufig zu starken Verformungen, die manche geschlechtstypischen Formmerkmale verwischen können. Aber so schlimm ist unsere Leiche gar nicht zugerichtet. Mit ein bisschen Glück werden wir genügend Gewebe und Blut für eine DNA-Analyse entnehmen können.«

Hackenholt warf Puellen einen skeptischen Blick zu. Er konnte sich nicht vorstellen, in dem Körper noch etwas Verwertbares zu finden.

»Jetzt sehen wir uns erst einmal die Lunge und den Kehlkopf an.« Während Puellen das sagte, griff er zur Rippenschere, um die Brusthöhle zu eröffnen.

Hackenholt blendete die entstehenden Geräusche aus und schaute erst wieder hin, als der ventrale Sternum-Rippen-Anteil gelöst und abgehoben worden war. Überrascht trat er einen Schritt vor. »Warum sind die inneren Organe so gut erhalten?«

»Im Körperinneren herrscht eine geringere Temperatur als in den äußeren Regionen eines brennenden Körpers, da die Flüssigkeiten in den diversen Organen und Hohlräumen eine Verbrennung verhindern.« Puellen hielt kurz inne. »Anders als man es bei einem verbrannten Körper erwarten würde, zeigen die Organe oft keine extremen Veränderungen. Deswegen werden wir später mit Sicherheit problemlos feststellen können, ob unser Opfer ein Mann oder eine Frau ist. Aber jetzt sieh dir mal die Lunge an.«

Sie wandten sich zu einem der Präparationstische, auf dem ein Assistent das Organ abgelegt hatte.

»Keine Rußaspiration. Die Einatmung von Rußbestandteilen bis in die tieferen Luftröhrenverzweigungen innerhalb der Lungen ist eine eindeutig vitale Reaktion, genauso wie das Verschlucken von Rußpartikeln bis in den Magen.«

»Das CO-Hämoglobin im Herzblut beträgt deutlich unter zwanzig Prozent«, ergänzte der Gerichtsmediziner.

»Damit steht schon mal eins fest: Das Opfer war bereits tot, als der Koffer angezündet wurde.«

Eine Weile herrschte Schweigen, das nur von den gelegentlichen Befunden, die Puellen ins Mikrofon sprach, unterbrochen wurde. Hackenholt hing seinen Gedanken nach.

Wenn jemand eine Leiche beseitigen wollte, warum verbrannte er sie dann in einem öffentlichen Park? Weil er glaubte, der Körper würde bis zur Unkenntlichkeit verkohlen und das Opfer könnte nie identifiziert werden? Oder weil der Täter keinen anderen Ort kannte, wo er die Leiche gefahrlos entsorgen konnte? Stand er unter Zeitdruck? Denn abgelegen war der Annapark nun nicht gerade. Oder wollte der Täter etwas anderes verbergen? Seine eigene DNA zum Beispiel?

Plötzlich riss Dr. Puellen Hackenholt aus seinen Gedanken. »Schau mal, Frank.« Der Mediziner deutete auf den offenen Bauchraum, aus dem bereits der Darm entnommen worden war. »Das hier ist eine Gebärmutter. Wir haben es also zweifelsfrei mit einer Frau zu tun.«

Hackenholt verzog das Gesicht. Eine Frau. Sofort kam ihm seine letzte Überlegung in den Sinn, dass der Täter vielleicht seine DNA-Spuren an der Toten verstecken wollte. Konnte es sich um ein Sexualdelikt handeln? »Kannst du mir auch etwas zu ihrem Alter sagen? Kann man das nicht am Beckenknochen sehen?«

»Forensische Altersdiagnostik bei Leichen ist nicht so einfach.« Puellen wiegte den Kopf hin und her. »Die Untersuchung der Beckensymphyse ist lediglich eine drittrangige Methode, um das Alter grob einzugrenzen. Niedrige Alter werden gerne überschätzt, wohingegen hohe unterschätzt werden. Eine genauere Bestimmungsmethode ist die Razemisierung der Asparaginsäure oder die Zahl der Zahnzementringe.«

»Eine einfache Altersangabe würde mir völlig genügen, Maurice«, brummte Hackenholt, der weder eine Ahnung von der einen noch von der anderen Methode hatte.

Puellen seufzte, wie man es tat, wenn man es mit einem Kind zu tun hatte, das sich absichtlich dumm stellte.

»Unter dreißig. Wahrscheinlich sogar unter fünfundzwanzig.«

»Aber definitiv kein Kind?«

»Meiner Meinung nach älter als achtzehn.«

»Chef? Schau mal her.« Der Älteste der Assistenten rief Puellen zu einem Präparationstisch.

»Hast du herausgefunden, was diese auffälligen Schatten auf dem Röntgenbild verursacht hat?«, fragte Puellen.

Hackenholt ging ebenfalls hinüber. Auf dem Präparationstisch lagen mehrere fingerdicke ovale Päckchen, die von einer Latexhaut umhüllt wurden. Hackenholts Augenbrauen wanderten nach oben. »Drogen?«

Dr. Puellen nickte. »Ganz offensichtlich eine Bodypackerin.«

»Hattest du das schon mal?«, fragte der Hauptkommissar.

»Noch nie in einer Leiche. Jetzt wird es spannend.« An den Assistenten gewandt fuhr er fort, »War das alles? Oder ist da noch mehr drin?«

»Ich habe gerade erst angefangen.«

»Gut, dann machen wir hier weiter.«

Hackenholt konnte sich nicht zurückhalten. Mit einem Finger drückte er vorsichtig auf eines der Kondompäckchen. Es war verhältnismäßig hart und gab kaum nach. Hackenholt hatte eher ein Gefühl erwartet, als würde man auf eine Zuckertüte drücken. Wie brachten Menschen nur solche großen harten Brocken hinunter.

»Ist das Kokain?«, fragte er an Dr. Puellen gewandt.

»Keine Ahnung. Das müsst ihr im Labor untersuchen lassen. Aber was sollte es sonst sein? Heroin? Das wird eher nicht im Körper geschmuggelt. Die Transportzeiten von der Türkei nach Deutschland sind zumindest auf dem Landweg zu lang – schließlich will das Zeug relativ schnell wieder aus dem Körper raus.«

Nachdem der Darm komplett entleert worden war, lagen fünfzig Drogenpäckchen auf dem Tisch. Die Kollegin von der Spurensicherung fotografierte alle, dann wurden sie einzeln gesäubert und gewogen.

»Fünfhundertachtzig Gramm inklusive Verpackung«, stellte Dr. Puellen fest. »Und alle sind unversehrt. Sie ist also zumindest nicht an einem geplatzten Transportbehälter gestorben. Aber jetzt lass uns die Darmwände ein bisschen genauer ansehen. Der Darm war extrem gefüllt.«

Hackenholt ging ein Stück zur Seite. Die Tote hatte ein gutes halbes Kilo Rauschgift im Körper transportiert. War sie deshalb getötet und verbrannt worden? Bislang deutete allerdings nichts auf ein Tötungsdelikt hin. Puellen hatte weder Stich- noch Schussverletzungen gefunden. Auch der Kehlkopf war nicht beschädigt worden. Hackenholt griff nach seinem Notizbuch und schrieb ein paar Stichpunkte auf, um sie nicht zu vergessen.

Sie würden in sämtlichen Hotels im Großraum nachprüfen müssen, ob dort eine junge Dame abgestiegen und anschließend spurlos verschwunden war. Wie sie wohl nach Nürnberg gekommen war? Mit dem Zug oder mit dem Flugzeug? Vielleicht aus Frankfurt? Gedankenverloren rieb er sich übers Kinn. Er würde mit den Kollegen vom Drogenkommissariat sprechen müssen. Oder vielleicht gleich mit jemandem vom LKA in München. Wahrscheinlich würde er dort am ehesten verlässliche Auskünfte erhalten. Allerdings musste er dazu wissen, um welche Droge es sich in den Päckchen handelte. Hoffentlich konnten die Kollegen das anhand eines Schnelltests feststellen.

»Also«, riss Puellen ihn einige Zeit später aus seinen Überlegungen, »zusammenfassend kann ich dir einstweilen Folgendes sagen: Wir haben es hier mit einer weiblichen Toten Anfang zwanzig zu tun. Sie dürfte ungefähr einen Meter fünfundfünfzig bis einen Meter zweiundsechzig groß gewesen sein und nicht mehr als fünfzig Kilo gewogen haben. Gestorben ist sie an einem multiplen Organversagen. Allerdings müssen wir dazu noch die Feinuntersuchung der Gewebeproben abwarten. Eine Stelle des Darms war stark entzündet und er war auch seit geraumer Zeit nicht geleert worden. Sie hat höchstwahrscheinlich an einem Darmverschluss gelitten. Nachdem wir keine Verschlingungen festgestellt haben, kommt nur eine Darmlähmung infrage. Möglicherweise hat sie wegen des Drogenschmuggels Medikamente eingenommen, die die Darmtätigkeit unterdrückt haben. Durch eine Überdosis kann es zu einer Lähmung gekommen sein. Aber das werden wir erst an den Laborwerten sehen. Wenn es so war, ist sie einen langen, qualvollen Tod gestorben. Anzeichen für eine Fremdeinwirkung gibt es nicht. Das Verbrennen diente wohl lediglich der Leichenbeseitigung. Fürs Erste sollte das genügen. Bis wir die Feinuntersuchungen gemacht haben, werden ein paar Tage vergehen.«

»Kannst du mir noch etwas zum Zeitpunkt des Todes sagen?«

»Im Moment sind nur grobe Aussagen möglich. Das Labor muss das Herzblut auf seinen Radongehalt beziehungsweise dessen Zerfall hin prüfen. Dadurch können wir den Zeitpunkt genauer eingrenzen. Andere Möglichkeiten wie Körperkerntemperatur, Leichenflecken und Körperreflexe wurden durch das Verbrennen zunichte gemacht. Wir können uns also allenfalls auf die Leichenstarre verlassen. Dabei müssen wir bedenken, dass der Körper in einen Koffer gesperrt wurde. Mit voll ausgebildetem Rigor mortis ist das nicht möglich. Innerhalb der ersten acht Stunden kann man die Totenstarre durch kraftvolles Bewegen der Gliedmaßen noch lösen. Danach bleibt der Leichnam steif, bis die Erstarrung sich nach zwei bis drei Tagen durch die bis dahin eingetretene Fäulnis der Muskulatur von selbst löst. Ein solches Stadium liegt noch nicht vor. Die Frau ist also weniger als acht Stunden, bevor sie in den Koffer gesteckt wurde, gestorben.«

Rund vier Stunden nach Sektionsbeginn betrat Hackenholt sein Büro. Ralph Wünnenberg blickte überrascht auf.

»Was hat denn so lange gedauert? Ich hätte gedacht, bei einer Brandleiche ginge es besonders schnell.«

Hackenholt ging zur Kaffeemaschine und goss sich eine Tasse Kaffee ein.

»Riech mal.« Wünnenberg nickte vielsagend zur Tasse.

Hackenholt schnupperte. »Kaffee.«

Wünnenberg sprang auf. Mit drei Schritten stand er neben dem Hauptkommissar und riss die Kanne von der Warmhalteplatte. Dann fächelte er sich behutsam das Aroma unter die Nase. Im Nu nahm sein Gesicht einen verklärten Ausdruck an. »Das duftet ganz eindeutig nach frisch gebrannten Mandeln. Süß und fruchtig!«

»Wenn du meinst. Für mich riecht es nach schwarzem Kaffee.«

»Trink ihn mit Genuss, das ist EL SALVADOR La Concordia aus der Kaffeemanufaktur in Gostenhof.«

»Hast du schon wieder die Rösterei gewechselt?« Hackenholt ging zu seinem Schreibtisch und nahm Platz.

»Wegen Theo.«

»Welcher Theo?«, fragte Hackenholt geistesabwesend, während er die Telefonnotizen durchblätterte, die sich in seiner Abwesenheit auf seinem Schreibtisch angesammelt hatten.

»Theo Winter. Ich habe ihm gestern ein Gute-Laune-Paket geschickt, damit er uns nicht so sehr vermisst. Er hat sich inzwischen nämlich eine eigene Kaffeemaschine im Büro zugelegt, weil seine Kollegen doch nur diese Alu-Kapsel-Maschine benutzen und er den Kaffee überhaupt nicht mehr mag, seit er bei uns einen richtigen bekommen hat.«

Hackenholt nickte, der Kollege vom LKA hatte sie während ihrer Ermittlungen rund um den Reichsapfelraub unterstützt und war nicht nur ein Exzentriker, sondern ein ebensolcher Kaffeenarr wie Wünnenberg.

»Was gibt's Neues?« Hackenholt sah Wünnenberg fragend an.

»Nichts.«

»Die Fahndung heute Nacht?«

»Lief ins Leere. Aber das war bei der vagen Personenbeschreibung nicht anders zu erwarten.«

»Hast du die Funkzellendaten von den Providern gesichert?«

»Natürlich.«

»Wo sind Manfred und Saskia?«

»Im Annapark. Manfred hat Unterstützung von der Bereitschaftspolizei angefordert, und jetzt durchkämmen sie die Gegend auf der Suche nach Spuren. Martin ist bei ihnen.«

Hackenholts Telefon klingelte. Mit einem Blick aufs Display erkannte er die Nummer der Pressestelle. Am liebsten wäre er nicht rangegangen, aber jahrelange Erfahrung hatte ihn gelehrt, dass die Kollegen nicht lockerlassen würden.

»Ich kann euch im Augenblick keinen Deut mehr sagen als das, was ihr schon wisst«, begrüßte er den Beamten. »Ich bin gerade erst zur Tür hereingekommen. Wir brauchen Zeit.«

Der Pressesprecher lachte. »Genau die gesteht man uns in solch einem Fall aber nicht zu. Die Reporter rennen uns die Bude ein. Wir müssen denen irgendeine Information geben.«

»Später. Sag ihnen, wir machen später eine Pressekonferenz. Versuch sie so lange wie möglich hinzuhalten. Ich muss mir erst einmal einen Überblick über die Lage verschaffen.«

»Vierzehn Uhr?«

»Mach lieber sechzehn Uhr daraus.«

»Einverstanden. Aber dann müssen wir liefern.«

»Wenn wir bis dahin etwas herausgefunden haben, was wir problemlos an die Öffentlichkeit herausgeben können, dann werden wir das tun. Ich kann mir nichts aus den Fingern saugen.« Irritiert legte Hackenholt auf.

»Ist bei der Obduktion nichts Brauchbares herausgekommen?« Wünnenberg sah seinen Kollegen fragend an.

»Hat Manfred Bescheid gegeben, wann sie zurück sein werden?«, stellte er eine Gegenfrage.

Wünnenberg schüttelte den Kopf.

Hackenholt griff zum Handy und rief Stellfeldts Nummer an. Der Kollege meldete sich nach wenigen Klingelzeichen.

»Wie schaut es bei euch aus? Habt ihr etwas gefunden?«

»Viel und nichts. Wir sammeln jede Zigarettenkippe, jede Getränkedose und jedes Fitzelchen Papier ein, das wir auf dem vom Täter im Park eingeschlagenen Fluchtweg finden können, aber einen Benzinkanister oder eine leere Spiritusflasche haben wir bislang in keinem Gebüsch entdeckt.«

»Wie lange braucht ihr noch?«

»Schwer zu sagen. Zwei, drei Stunden vielleicht.«

»Gut. Dann sehen wir uns anschließend im Kommissariat.« Hackenholt legte auf und blickte zu Wünnenberg hinüber. »Was ist gestern Abend bei der VAG herausgekommen? Und bei der Taxizentrale?«

»Nichts. Kein Taxi hat einen Mann mit Koffer in die Gegend vom Annapark gefahren. Und an den Haltestellen in der Umgebung ist auch niemand mit einer passenden Beschreibung ausgestiegen. Ich habe zusammen mit den Kollegen vom Dauerdienst die Bus- und Straßenbahnfahrer befragt, die in der Nacht die Linien bedient haben, und ich habe mir die Kameraaufzeichnungen der U-Bahn-Haltestelle Maffeiplatz bis eine Stunde vor dem Notruf zurückgehend angeschaut. Auch da war kein einziger Koffer auf dem Bahnsteig zu sehen.«

»Zu dem Koffer kann ich euch ein paar neue Informationen geben.« Christine Mur stand in der Bürotür. »Aber bevor ich es vergesse: Die Auswertung der DNA-Spuren aus Frau Höllerers Pension ist gekommen: Klemens Scharnagl war Josef Walch.«

Hackenholt nickte zerstreut. Dann deutete er auf den durchsichtigen Asservatenbeutel, den Mur trophäengleich in der Hand hielt. »Was ist damit?«

»Wir haben im Inneren des Koffers den unversehrten Schiebergriff von einem Reißverschluss gefunden.«

»Einen was?«, fragte Wünnenberg perplex.

»Das Teil, mit dem man einen Reißverschluss auf- und zumacht.«

»Ach so, du meinst den Zipper.«

Mur schnitt eine Grimasse. »Egal wie du ihn nennst: Er trägt sogar noch die Prägung des Herstellernamens. Darüber könnt ihr möglicherweise das Modell ermitteln. Anhand der Reste konnten wir nämlich auch noch feststellen, dass es sich um einen Rollkoffer aus roten Kunstfasern gehandelt hat. Wahrscheinlich Nylon. Das muss aber im Labor noch genauer bestimmt werden.«

»Von einem Rollkoffer bin ich die ganze Zeit ausgegangen. Gibt es heute überhaupt noch etwas anderes als Trolleys?«

»Ich meine einen Koffer mit vier Rollen. Also eins dieser Teile, das man aufrecht neben sich herzieht.«

»Kannst du auch etwas zur Größe sagen? Wenn ich es nicht mit eigenen Augen gesehen hätte, würde ich immer noch nicht glauben, dass man einen Menschen in einen Koffer quetschen kann«, brummte Wünnenberg.

»Unsere Tote war nicht übermäßig groß. Dr. Puellen schätzt sie auf ungefähr einen Meter fünfundfünfzig bis einen Meter zweiundsechzig. Und sie soll maximal fünfzig Kilo gewogen haben – eher weniger.«

»Ich hatte also recht: ein Kind. Oder vielleicht ein Teenager.«

Hackenholt schüttelte den Kopf. »Höchstwahrscheinlich Anfang bis Mitte zwanzig.«

»Ach, da kann man sich sehr leicht täuschen. Ein junges Alter wird gerne mal um einiges älter geschätzt.«

»Das hat Maurice auch gesagt. Trotzdem, er war sich sicher.« Hackenholt hielt kurz inne, dann griff er nach seinem Aktenkoffer. »Da ist aber noch etwas anderes, weshalb wir mit ziemlich hoher Wahrscheinlichkeit ausschließen können, dass die Tote ein Kind war.« Er öffnete den Koffer, entnahm ihm die Tüte mit den fünfzig Drogenpäckchen und legte sie vor sich auf den Schreibtisch. Mur trat neugierig einen Schritt weiter vor, dann pfiff sie leise durch die Zähne.

»Eine Bodypackerin. Aber warum hat man sie verbrannt, wenn sie den Gegenwert von ein paar tausend Euro in ihrem Körper trug?«

»Sie war bereits tot, als der Koffer im Annapark in Flammen aufgegangen ist.«

»Woran ist sie gestorben?«

»Sie hat wahrscheinlich eine Überdosis darmberuhigender Medikamente eingenommen, die zu einer Darmlähmung führten, wodurch sie eine Entzündung und schlussendlich eine Sepsis bekommen hat.«

»Was für eine scheußliche Art zu sterben. Sie muss tagelang gelitten haben.« Mur hielt inne. »Ich frage mich, warum sie bei all den Schmerzen nicht zum Arzt gegangen ist.«

»Da fällt mir spontan ein fünfhundertachtzig Gramm schwerer Grund ein.« Hackenholt nickte zu den vor ihm liegenden Rauschgiftpäckchen. »Ihr musste klar sein, dass ein Arzt die Drogen entdecken würde und sie für einige Jahre in den Knast wandert.«

»Bevor ich sterbe, wäre das doch wohl das kleinere Übel«, widersprach Mur.

»Vielleicht konnte sie nicht einfach zu einem Arzt gehen. Unter Umständen wurde sie irgendwo festgehalten und der oder die Täter haben ihr keine Chance gelassen.«

»Das wäre absolut unmenschlich!« Mur verzog angewidert das Gesicht.

»Haben wir einen Schnelltest hier, um zu überprüfen, ob es sich tatsächlich um Kokain handelt?«

»Was sollte es denn sonst sein?« Mur sah ihn mit gerunzelter Stirn an. Trotzdem stand sie auf und holte einen Drogenvortest.

»So etwas habe ich noch nie in echt gesehen«, sagte Wünnenberg, während sie auf Mur warteten. Neugierig beäugte er die Päckchen. »Wenn die Dame eine professionelle Schmugglerin war, dann werden wir sie wahrscheinlich nie identifizieren können. Für eine Brasilianerin, oder wo auch immer sie herkommen mag, werden wir wohl keine Vermisstenmeldung in unserer Datenbank finden.«

»Es ist nicht gesagt, dass sie eine Ausländerin war, die das Zeug nach Deutschland geschmuggelt hat. In einer BKA-Statistik stand, es gibt mittlerweile genügend Deutsche, denen man einen Karibikurlaub und ein bisschen Taschengeld spendiert, wenn sie dafür ein paar Päckchen schlucken und mit nach Hause bringen.«

Mur kehrte zurück und setzte sich auf den alten braunen Drehstuhl an der Stirnseite von Hackenholts Schreibtisch. Sie hatte nicht nur einen Drogenvortest mitgebracht, sondern gleich ihren Ausrüstungskoffer. Vorsichtig begann sie, eins der Päckchen aufzuschneiden. Die beiden Ermittler sahen ihr interessiert zu. Im Inneren des Kondoms kam ein Weiteres zum Vorschein. Mur ließ sich mit ihren Untersuchungen Zeit.

»Schade. Auf der glatten Fläche waren die Fingerabdrücke nur aufgelagert und wurden durch den Druck und die Umverpackung verwischt und sind damit völlig unbrauchbar. Aber vielleicht haben wir Glück, und wir finden DNA-Material zwischen den Lagen.«

Behutsam strich sie mit einem Teststäbchen über die innere Hülle. Dann schnitt sie auch diese auf. Zum Vorschein kam erneut ein Kondom. Hackenholt stöhnte auf. Ein wenig erinnerte ihn das alles an Matrjoschkas – die eiförmigen russischen Puppen, die ineinander geschachtelt waren. Erst in der fünften Hülle stieß Mur endlich auf das Rauschgift.

»Zumindest wollte derjenige, der den Stoff abgepackt hat, das Leben der Schmugglerin nicht leichtfertig riskieren. Dass ein Kondom nicht dicht hält, kann ja mal vorkommen, aber bei fünf ist die Wahrscheinlichkeit ziemlich hoch, dass nicht alle platzen«, kommentierte Mur. Dann hielt sie inne und betrachtete die vor ihr liegenden Brösel. »Das ist kein Kokain.«

Hackenholt und Wünnenberg beugten sich über das geöffnete Päckchen. Die kleinen, ungleichmäßigen Kristalle sahen wie winzige Glassplitter aus und waren zwischen einem und drei Millimeter groß.

»Crystal?«, fragte Hackenholt.

»Sieht ganz danach aus.« Mur erhob sich. »Ich hole mal schnell einen anderen Vortest.«

»Warum sollte die Frau Metamfetamine im Körper schmuggeln?«

»Warum nicht?« Hackenholt blickte von dem Päckchen auf.

»Kokain kommt aus Südamerika, Heroin aus Afghanistan. Wenn man sie über den Luftweg ins Land schmuggelt, macht es Sinn, sie im Körper zu transportieren. Schließlich wird das Gepäck durchsucht.«

»Crystal wächst auch nicht in der Fränkischen Schweiz auf den Bäumen.«

»Sag bloß!« Wünnenberg grinste. »Aber man muss es lediglich über die Grenze zu Tschechien schmuggeln. Das ist mit der Einfuhr aus den Niederlanden vergleichbar. Da würde auch niemand die Drogen im Körper verstecken.«

»Hanf wohl eher nicht – aber was ist mit Amfetaminen? Da wäre ich mir nicht so sicher, ob das nicht gemacht wird. Aber egal: Ich glaube, du unterschätzt den Fahndungsdruck, den die Kollegen im nordbayerischen Raum in den letzten Jahren aufgebaut haben. Crystal ist die Modedroge Nummer eins geworden – und noch dazu die schlimmste, die wir je hatten. Wir werden von dem Dreck doch nur so überschwemmt.«

Im Flur wurden Schritte lauter, Mur kam zurück. In der Hand hielt sie diesmal einen ganzen Stapel Packungen. »Irgendwas davon wird schon passen!«, sagte sie grimmig. Sie setzte sich wieder an den Schreibtisch und sah auf einer Grafik nach, welchen Test sie für Metamfetamine brauchte. Schließlich öffnete sie einen der kleinen Testbeutel und gab mit einem Spatel eine Messerspitze der Droge hinein. Nachdem sie die Verpackung wieder gut verschlossen hatte, schüttelte sie den Beutel und brach durch die Verpackung hindurch eine der darin befindlichen Ampullen auf. Die Flüssigkeit verteilte sich über das Rauschgift. Sonst passierte nichts.

»Hast du alles richtig gemacht?«, fragte Wünnenberg.

Der Blick, den Mur ihm zuwarf, sagte alles.

»Ich mein ja nur«, brummte er. »Verwendet man schließlich nicht alle Tage.«

Ein leises Knacken war zu hören, als Mur die nächste Ampulle zerbrach. Wieder beobachteten die Beamten gespannt, was passierte, und wieder wurden sie enttäuscht, die Flüssigkeit blieb durchsichtig.

»Bist du dir sicher, dass das so gehört?«, platzte es erneut aus Wünnenberg heraus.

Wortlos griff Mur nach der vor ihr liegenden Gebrauchsanweisung und drückte sie ihm in die Hand. »Wie du siehst, mussten die ersten beiden Flüssigkeiten farblos bleiben und jetzt«, sie knickte die letzte Ampulle, »jetzt muss sie dunkelblau werden.« Noch während sie das sagte, begann sich der in dem Beutel befindliche Inhalt zu verfärben.

»Wie wir es vermutet haben: Crystal.« Mur erhob sich. »Dann haben wir jetzt einiges zu tun. Bis wir die ganzen Päckchen geöffnet und auf Fingerabdrücke sowie etwaige DNA-Anhaftungen untersucht haben, werden ein paar Stunden vergehen. Danach müssen wir die Menge verwiegen und ans LKA zur Analyse schicken.«

»Und der Koffer?«, fragte Hackenholt.

»Da soll sich Ralph dahinterklemmen.« Mur wies auf den kleinen Asservatenbeutel. »Ich schicke euch gleich meinen Bericht per E-Mail. Vielleicht schafft ihr es, zeitnah über den Hersteller Typ und Größe näher zu spezifizieren. Dann könnt ihr das an die Presse herausgeben. Du gehst doch zur Konferenz?« Sie sah Hackenholt fragend an.

Er nickte. »Kann man feststellen, womit der Koffer übergossen wurde?«

»Ja, dazu ist allerdings eine Gaschromatographie beziehungsweise Massenspektrometrie nötig. Es wird also ein bisschen dauern, bis uns die Fachleute vom LKA ein Ergebnis mitteilen können.«

Nachdem Mur gegangen war, griff Hackenholt zum Telefonhörer und rief in München an, wo er darum bat, mit dem Sachgebietsleiter für synthetische Drogen verbunden zu werden. Wie er von der Geschäftszimmerbeamtin erfuhr, war der jedoch erst am Donnerstag wieder im Haus – und sein Stellvertreter war ebenfalls nicht zu erreichen. Missmutig legte Hackenholt auf und wandte sich seinem Computer zu.

In der Datenbank rief er nacheinander sämtliche Vermisstenanzeigen auf und prüfte jede einzelne, ob es sich dabei um die Tote im Koffer handeln konnte. Eine langwierige und langweilige Arbeit, die durch die mageren Fakten, die er über die Frau wusste, erschwert wurde. Bayernweit stieß er auf drei Personen, die infrage kamen; zumindest wenn man Dr. Puellens Angaben etwas mehr Spielraum gewährte.

Vor zwei Wochen, am 2. September, hatte eine Siebzehnjährige – ausgestattet mit ihrem Personalausweis und einem geringen Bargeldbetrag – ihr Elternhaus in der Gemeinde Lauingen an der Donau verlassen. Seitdem war die Schülerin nicht mehr gesehen worden. Alle bisherigen Versuche der Polizei, ihren Aufenthaltsort festzustellen, blieben erfolglos. Die Kollegen in Dillingen gingen davon aus, dass sich die Jugendliche zusammen mit einem Vierunddreißigjährigen entweder noch im Bundesgebiet oder bereits im Ausland aufhalten könnte. Die Vermisste sollte einen Meter zweiundsechzig groß sein, allerdings eine leicht untersetzte Figur haben.

In Rosenheim war ein sechzehnjähriges Mädchen vor einer Woche nach einem Schulbesuch nicht mehr in die Jugendhilfeeinrichtung zurückgekehrt, in der es wohnte. Laut Stiefmutter war sie zuletzt vor einer Woche am Hauptbahnhof Köln gesehen worden; zumindest wollten Facebook-User sie dort erkannt haben. Darüber hinaus war von der Jugendlichen bekannt, dass sie in der Vergangenheit bereits zweimal verschwand, um Verwandte in Nordrhein-Westfalen zu besuchen.

Die Bamberger Polizei suchte fieberhaft nach einer vierundzwanzigjährigen Studentin, die sich am Sonntag vor drei Wochen gegen dreiundzwanzig Uhr von einem Taxi zum Wildensorger Friedhof hatte fahren lassen. Seitdem war die junge Frau, die einen Abschiedsbrief hinterlassen hatte, nicht mehr gesehen worden. Die bisherige Suche brachte kein Ergebnis. Zwar wurde die Größe der Frau mit einem Meter siebzig angegeben, dafür sollte sie jedoch extrem schlank gewesen sein.

Eine vierte Vermisste aus Hof konnte Hackenholt selbst ausschließen: Die achtundzwanzig Jahre alte, kleinwüchsige Frau nicht europäischer Abstammung, die vor vier Tagen am Vormittag die elterliche Wohnung verlassen hatte, um in einem Kaufhaus mit einem Gutschein einkaufen zu gehen, hatte eine breite, auffällige Zahnlücke zwischen den oberen beiden Schneidezähnen. Eine solche wurde bei der Toten jedoch nicht festgestellt.

Nachdem er alle Anzeigen durchgelesen hatte, rief Hackenholt die jeweiligen Kollegen bei den örtlichen Kriminalpolizeiinspektionen an. Er erklärte ihnen knapp den Hintergrund seines Falls und wies auf die Möglichkeit hin, die jeweils vermisste Frau könne mit der im Annapark gefundenen Toten identisch sein. Dann bat er um Übersendung des jeweiligen Zahnstatus' beziehungsweise, sofern bereits vorhanden, der Ergebnisse der DNA-Analyse. Danach sah er auf die Uhr. Kurz vor drei. Wünnenberg unterhielt sich im Nachbarzimmer – die Kollegen mussten zurück sein.

Hackenholt erhob sich und ging ebenfalls hinüber.

»Auf den ersten Blick haben wir nichts Brauchbares gefunden«, begrüßte Stellfeldt ihn. »Wie schon am Telefon gesagt, haben wir jedes Fitzelchen Müll eingesammelt und registriert, aber in Bezug auf das, was dieser Herr Sanders ausgesagt hat, ist es ziemlich unwahrscheinlich, dass sich der Täter unterwegs eine Cola gegönnt und die leere Dose ins Gebüsch geworfen hat. Einen Behälter, in dem ein Brandbeschleuniger transportiert wurde, haben wir weit und breit nicht entdeckt.«

»Wie seid ihr vorgegangen?«

»Zunächst haben wir den Weg vom Brandherd bis zum Ritter-von-Schuh-Platz durchkämmt, den der Täter genommen haben soll. Als wir dort nicht fündig wurden, haben wir die Suche auf den restlichen Park ausgedehnt und zu guter Letzt auch noch auf die umliegenden Straßenzüge. Bei den direkt an den Park anliegenden Häusern haben wir sogar in die frei zugänglichen Mülltonnen gesehen. Die Presse hatte einen Festtag.«

»Mir sin in jeder nu ersu unmöglichn Siduazion gnibbsd worrn«, beschwerte sich Baumann. »Suer roodhäricher Doldi is allerweil um uns rumgschbrunger.«[19]

Hackenholt rieb sich übers Kinn. »Vielleicht sollten wir noch einmal mit diesem Wilhelm Sanders sprechen. Er war sich gestern nicht sicher, ob der Täter etwas bei sich trug, als er wegrannte.«

»Aber mit irgendwas muss er den Koffer doch übergossen haben«, sagte Stellfeldt bestimmt.

»Und wenn er den Kanister oder die leere Spiritusflasche mit ins Feuer geworfen hat?«, schlug Groß vor.

»Dann hätte Christine zumindest ein paar geschmolzene Überreste finden müssen.« Stellfeldt massierte seine Glatze. »Was ist mit den Tankstellen in der näheren Umgebung?«

»Kannst du vergessen«, winkte Wünnenberg ab. »Niemand hat einen Ersatzkanister gekauft. Und keiner der Angestellten konnte sich an eine Person erinnern, die nur einen Kanister betankt hat.«

»Sollen wir uns dann um die anderen Tankstellen im Großraum kümmern?«

Einen Augenblick lang wog Hackenholt den dafür benötigten Zeitaufwand und voraussichtlichen Nutzen gegeneinander ab, dann entscheid er: »Nein. Solange wir nicht sicher wissen, ob der Koffer wirklich mit Benzin übergossen wurde, ist das verlorene Zeit. Im Moment hat die Identifizierung der Toten absolute Priorität.« Schnell gab er den Kollegen einen knappen Überblick über das, was die Obduktion und Murs Untersuchung der Drogenpäckchen ergeben hatten. »Mir wäre es lieber, wenn du, Manfred, dich um die drei angeforderten Zahnstatus kümmerst. Sie müssen so schnell wie möglich mit dem Gebiss der Toten verglichen werden.«

---

19 »Wir wurden in jeder noch so unmöglichen Situation geknipst«, (...). »So ein Doldi mit roten Haaren ist ständig um uns herumgesprungen.«

»Einverstanden.«

»Kann die Tote aus Osteuropa stammen?«, wollte Groß wissen.

»Natürlich. Deswegen wäre es wichtig, dass du über das LKA die dortigen Vermisstenfälle abfragst.«

»Ich werde mein Möglichstes tun, das habe ich noch nie gemacht.«

»Was ist mit dem Koffer, Ralph? Hast du beim Hersteller jemanden erreicht?«

»Ja, ich habe mit dem Vertriebsleiter von Happy Traveller gesprochen. Er war nicht sonderlich erfreut, dass eins ihrer Stücke für solch eine abscheuliche Tat verwendet wurde. Erst einmal hat er versucht abzustreiten, dass es tatsächlich einer ihrer Koffer war – aber das steht ja auf dem Zipper, den Christine gefunden hat. Schließlich gab er zu, einen roten Nylonkoffer mit vier Rollen im Sortiment zu haben. Er heißt Roll-James, weil er der größte ihrer Koffer ist.«

»Die werden doch mehr als ein rotes Modell haben?«

»Schon, aber die anderen haben entweder nur zwei Rollen, oder sie sind Hartschalenkoffer.«

»In woss fier Gräissn gibdsnern den Dschäims?«[20]

»Roll-James gibt es nur in einer Ausführung: Er ist fünfundachtzig Zentimeter hoch, dreiundfünfzig breit und zweiundvierzig tief.«

»Des is ja er halber Überseekoffer!«[21]

Hackenholts Telefon klingelte im Nebenzimmer. Wünnenberg, der am nächsten zur Tür stand, ging hinüber. Nach einem Moment kam er zurück. »Die Pressestelle. Du sollst raufkommen, damit ihr absprechen könnt, was ihr während der Pressekonferenz an die Journalisten herausgebt.«

»Sehe ich es richtig: Es läuft auf eine Öffentlichkeitsfahndung hinaus?«, fragte Stellfeldt.

»Ich muss das noch mit der Staatsanwaltschaft abklären, aber etwas anderes bleibt uns doch eigentlich gar nicht übrig, oder? Irgendjemandem muss der Mann aufgefallen sein, als er mit seinem Koffer zum Annapark gelaufen ist.«

»Er könnte auch mit dem Auto gefahren sein.«

»Dann muss er aber irgendwie vom Parkplatz bis in den Park gekommen sein.«

»Behalten wir die näheren Todesumstände fürs Erste für uns?«

---

20 »In welchen Größen gibt es den James?«

21 »Das ist ja ein halber Überseekoffer!«

»Natürlich.« Hackenholt klang sehr bestimmt. »Das ist Täterwissen, das dürfen wir nicht preisgeben. Wir veröffentlichen lediglich die Personenbeschreibung, die uns Herr Sanders genannt hat, und die Tatsache, dass der Täter mit einem roten Koffer unterwegs war. Hinsichtlich der Toten sagen wir, dass es sich höchstwahrscheinlich um eine junge Frau handelt und wir fieberhaft daran arbeiten, sie zu identifizieren.«

»Dann kann ich mir die morgigen Schlagzeilen schon vorstellen: Unbekannte bei lebendigem Leib im Koffer verbrannt«, fantasierte Wünnenberg. »Übrigens: Der Vertriebsleiter von Happy Traveller bat darum, den Namen der Firma und Roll-James aus der Presse zu halten.«

Es wurde fast sieben Uhr, bis Hackenholt endlich zu Hause in der Meuschelstraße ankam – obwohl er den ganzen Tag immer wieder mal an Josef Walch dachte, hatte er schlicht und ergreifend keine Zeit gefunden, diese Ermittlung ebenfalls voranzutreiben. Schließlich begnügte er sich mit dem Gedanken, sich morgen vermehrt darum zu kümmern.

Aus dem Wohnzimmer dudelte ihm leise Musik entgegen, ansonsten war es in der Wohnung absolut ruhig. Keine Stimmen, kein Babyweinen. Er hängte seine Jacke auf, entledigte sich seiner Schuhe und betrat leise das Wohnzimmer. Überrascht sah er, dass Sophie zusammengerollt auf dem Sofa schlief, während Ronja im Laufstall lag, fasziniert das Mobile über sich bestaunte und ein glucksendes Babygespräch damit führte.

Als er sich über sie beugte, breitete sich ein Lächeln auf ihrem kleinen runden Gesicht aus. Hackenholt konnte nicht anders, er musste seinen Zwerg aus dem Laufstall heben und auf den Arm nehmen, so hingerissen war er davon.

Schuldbewusst stellt er fest, dass er noch immer nicht mit seinen Kollegen gesprochen hatte. Nun, da die Haupturlaubszeit vorüber war, wollte er Sophie in den kommenden Wochen entlasten und immer wieder mal ein oder zwei Tage in der Woche freinehmen. Damit baute er nicht nur seinen alten Urlaub ab, sondern auch einen Teil seiner aufgetürmten Überstunden. Doch jetzt kam ihm die Frau im Koffer dazwischen. Und auch der Fall Josef Walch sollte aufgeklärt sein, bevor er den anderen im Büro seine Idee von einer Viertagewoche unterbreitete – wenngleich er wusste, dass niemand in seinem Team etwas dagegen haben würde. Außerdem war da noch der anstehende Prozess. Plötzlich fiel ihm etwas ein: Er hatte erneut vergessen, bei dem Psychologen anzurufen.

Ronja begann zu nörgeln, und sogleich zuckten Sophies Füße. Sie fuhr hoch und rieb sich müde über das Gesicht.

»Ich habe dich gar nicht gehört«, murmelte sie entschuldigend, während sie automatisch ihre Arme nach der Quengelliese ausstreckte. »Das kommt davon, wenn man größer sein will, als man ist, und gegen das Schlafen rebelliert. Ganze drei Stunden, aufgeteilt in sechs kleine Nickerchen, hat Madame heute gemacht, man könnte es auch Minutenschlaf nennen.«

Ronja kommentierte die gespielte Schimpftirade ihrer Mutter mit einem Schwall Quietschtönen und vorgeschobener Unterlippe.

»Sag mal«, begann Sophie vorsichtig, »meinst du, du könntest am Sonntag mit Ronja, trotz ihres momentanen Zustands, ein paar Stunden alleine bleiben? Meine Schwester hat vorgeschlagen, zusammen in die Pegnitz Therme nach Lauf zu fahren.«

»Natürlich bekomme ich das hin!«, entrüstete sich Hackenholt.

»Wunderbar. Dann sage ich meiner Schwester zu. Du bist ein Schatz.«

Hackenholt schluckte, für Sekundenbruchteile zogen sich seine Eingeweide zusammen. *So* hatte er es nicht gemeint. Eigentlich wollte er nur zum Ausdruck bringen, dass er sich sehr wohl in der Lage fühlte, sich allein um Ronja zu kümmern – ob er ausgerechnet am Sonntag Zeit dafür hatte, stand auf einem ganz anderen Blatt. Das hing davon ab, wie schnell sie die Tote identifizierten und was bei der Öffentlichkeitsfahndung herauskam. Doch als er das klarstellen wollte, redete Sophie schon weiter.

»Ich glaube, ein paar Stunden Auszeit würden mir wirklich ganz gut tun.« Sie beugte sich zu ihm und gab ihm einen Kuss, dann erhob sie sich und ging zum Telefonieren in ihr Arbeitszimmer.

»Tja, dumm gelaufen. Nicht wahr, meine Süße?« Er schnitt eine Grimasse und sah Ronja fragend an. »Wenn alle Stricke reißen, zeig ich dir eben, wo dein Papa arbeitet. Aber das muss unser Geheimnis bleiben. Wenn deine Mama davon erfährt, wäre sie nicht sonderlich begeistert.«

Donnerstag

Auf dem Weg in die Dienststelle hielt Hackenholt an einem Lottogeschäft und kaufte sämtliche Tageszeitungen, von denen er am Vortag Journalisten bei der Pressekonferenz gesehen hatte. Den reißerischsten Titel hatte natürlich die Bild-Zeitung – denn dort hatte es der Artikel auf die Titelseite geschafft. Aber auch die Nürnberger Nachrichten und die Nürnberger Zeitung hatten ihr Bestes gegeben. Einen Augenblick bedauerte Hackenholt, dass die Abendzeitung nicht mehr existierte. Sie hätte mit Sicherheit ebenfalls eine Auflagen steigernde Schlagzeile gefunden.

In der frühmorgendlichen Ruhe des Kommissariats setzte sich Hackenholt an seinen Schreibtisch und las einen Bericht nach dem anderen aufmerksam durch. Wie so oft hatten sich die Journalisten nicht nur an das gehalten, was die Beamten in der Pressekonferenz preisgegeben hatten, sondern die Lücken mit allerlei zum Teil äußerst abstrusen Vermutungen gefüllt.

Bei der letzten Zeitung angekommen, läutete sein Telefon. Ein Kollege vom Kriminaldauerdienst teilte ihm mit, er habe einen ersten Anrufer in der Leitung, der den Mann mit dem Rollkoffer am Dienstag gesehen haben wollte.

Nachdem Hackenholt die Personalien des Zeugen aufgenommen hatte, ließ er sich die Beobachtung erzählen.

»Als ich am Dienstagabend zur Nachtschicht gegangen bin, ist mir in der Kopernikusstraße ein junger Mann mit einem Trolley entgegengekommen.«

»Können Sie den Koffer etwas genauer beschreiben?«

»Das war ein ganz normaler Koffer. Rot. Mit Rädern. Er hat ihn aufrecht an einem Griff neben sich hergeschoben.«

»Wie viele Rollen hatte er?«

»Vier.«

»Und aus welchem Material?«

»Der war aus Stoff.«

Hackenholt nickte. Diese Angaben hatten sie der Presse – neben einigen anderen – absichtlich vorenthalten. »Wo genau sind Sie dem Mann begegnet?«

»In der Kopernikusstraße, ungefähr auf Höhe des Angelladens. Ich wollte in die Pillenreuther Straße, zur U-Bahn.«

Hackenholt runzelte die Stirn. Auch wenn er das Geschäft nicht kannte, die Richtungsangabe klang, als sei der Täter mit dem Koffer nicht zum Annapark gelaufen, sondern davon weg. Schnell stand er auf und drehte sich zu dem überdimensionalen Stadtplan um, der hinter seinem Schreibtisch an der Wand hing. »Sie gingen in Richtung U-Bahn-Haltestelle Maffeiplatz und der Mann kam Ihnen entgegen?«, fragte er nochmals nach.

»Ja. Genau so war es.«

»Wann war das?«

»Kurz vor neunzehn Uhr.«

Das ist viel zu früh!, dachte Hackenholt. Hatte der Anrufer einen Touristen gesehen? Es gab in der Gegend mehrere Hotels. »Können Sie den Mann beschreiben? Was hatte er an?«

»Eine graue Kapuzenjacke und Jeans. Das trägt er fast immer, wenn ich ihm begegne.«

»Sie kennen ihn?«, fragte Hackenholt überrascht.

»Nur vom Sehen. Er muss in der Umgebung wohnen.«

»Heißt das, Sie können ihn genauer beschreiben? Reicht es für ein Phantombild?«

»Auf Fotos würde ich ihn sicher wiedererkennen. Aber so ... ich weiß nicht.«

Hackenholt wog kurz die Umstände ab, dann sagte er: »Eine Kollegin wird sich im Lauf des Vormittags mit Ihnen in Verbindung setzen. Wo können wir Sie erreichen?«

»Ich bin zu Hause.«

»Gut. Wir melden uns bei Ihnen.« Hackenholt beendete das Gespräch.

Im Flur näherten sich Schritte. Einen Moment später trat Wünnenberg gähnend ins Büro und machte sich mit einem gemurmelten Gruß an seiner Kaffeemaschine zu schaffen. Hackenholt wusste aus langer Erfahrung, dass man ihn in dem Stadium am besten in Ruhe ließ.

Um halb acht trafen sich die Beamten im Besprechungsraum. Hackenholt berichtete kurz von der Pressekonferenz und leitete sodann auf den morgendlichen Anrufer über. »Könntest du einen Termin mit ihm ausmachen, Saskia? Er soll herkommen und versuchen, den Mann so genau wie möglich zu beschreiben. Vielleicht können wir ein Phantombild erstellen lassen.«

»Des wär ball zu schäi, um wåhr zu sei«, meinte Baumann, während sie den Zettel mit den Personalien entgegennahm.[22]

»Denkst du, er hat den richtigen Mann gesehen?«, wandte Stellfeldt ein.

»Ich glaube schon, aber das müsst ihr natürlich auch noch einmal überprüfen. Haben wir Fotos von dem Koffer?«

»Nein, aber ich könnte schnell eine Lichtbildvorlage zusammenstellen. Im Internet gibt es genügend Fotos von roten Koffern auf weißem Hintergrund«, schlug Wünnenberg vor.

»Dann tu das.«

»Der Vertriebsleiter hat mir gestern Abend übrigens noch eine Liste mit örtlichen Händlern gemailt, die den Roll-James verkaufen.« Wünnenberg nahm einen Ausdruck aus dem vor ihm liegenden Aktendeckel. »In Nürnberg gibt es nur drei Läden, einen in Fürth und einen in Erlangen.«

»Die sollten wir kontaktieren und fragen, wann sie zuletzt ein solches Exemplar verkauft haben. Mit etwas Glück hat der Kunde mit Karte bezahlt.«

Wünnenberg nickte.

»Was machen unsere Versuche, die Tote zu identifizieren?« Hackenholt sah fragend in die Runde.

»Du meinst die Zahnstatus der drei Vermissten?« Stellfeldt wühlte in einem kleinen Stapel Papier, der vor ihm lag. »Eine konnten wir ausschließen.« Er setzte seine Brille auf und fand endlich, wonach er gesucht hatte. »Die Bamberger Kollegen waren bislang die Einzigen, die uns einen Zahnstatus übersandt haben. Aber das liegt vielleicht in der Natur des Falles – bei den anderen beiden Mädchen geht man zur Stunde noch davon aus, dass sie nach wie vor am Leben sind. Die Studentin, die Suizid begehen wollte, ist jedenfalls nicht unsere Tote im Koffer.«

»Sei so gut und hake bei den anderen Kollegen noch einmal nach, wir brauchen so schnell wie möglich Klarheit.« Damit wandte er sich an Groß. »Und du, Martin? Hast du gestern noch etwas beim LKA wegen der osteuropäischen Vermisstenfälle erreicht?«

---

22 »Das wäre fast zu schön, um wahr zu sein«, (…).

»Bloß, dass sich die Verbindungsbeamten um die Unterlagen kümmern werden.«

»Wie sieht es bei dir aus, Christine? Kannst du uns schon sagen, womit der Koffer übergossen wurde?«

»Nein, das wird noch etwas dauern.«

»Und die Drogenpäckchen? Konntest du an den Latexhüllen Spuren sichern?«

»Zumindest keine Fingerabdrücke, und die DNA-Anhaftungen müssen erst ausgewertet werden.«

»Ich werde mich heute noch einmal mit München in Verbindung setzen und versuchen, den Leiter des Sachgebiets synthetische Drogen an die Strippe zu bekommen. Es gibt einfach zu viele Dinge in puncto Crystal, von denen wir nicht annähernd genug wissen.«

»Warum fährst du nicht rüber in die Wallensteinstraße zur Gemeinsamen Ermittlungsgruppe Rauschgift?«, schlug Stellfeldt vor. »Das ist doch schneller und einfacher, als lange mit München rumzutun.«

An die GER Nordbayern hatte Hackenholt überhaupt nicht gedacht. Sie setzte sich jeweils zu gleichen Teilen aus LKA- und Zollbeamten zusammen, die nichts anderes taten, als tagein tagaus Drogenschmuggler zu fangen.

»Der zollseitige Leiter der GER ist gleichzeitig Leiter des Sachgebiets Rauschgift beim Zollfahndungsamt München. Er ist also für ganz Bayern zuständig. Ein sehr kompetenter Mann. Ich bin mir sicher, er wird dir schneller und klarer helfen können als die Münchner. Du weißt doch, wie die immer sind. Und gerade wegen der Schmuggelproblematik ist der Zoll sowieso viel interessanter für uns.«

Hackenholt nickte und notierte sich den Namen, den Stellfeldt ihm nannte. »Gibt es sonst noch etwas Neues?«

»Ich glaube, ich bekomme neue Nachbarn«, sagte Mur in das Schweigen hinein.

Ein Ruck ging durch die versammelte Mannschaft. Alle hoben den Kopf und starrten die Kollegin an.

»Das habe ich jetzt zwar nicht gemeint, aber: herzlichen Glückwunsch. Dann wurde das Haus gegenüber also verkauft? An nette Leute?«

»Scheint so.« Christine Mur sah nicht gerade so aus, als ob sie die Tatsache besonders erfreulich fand. »Gestern Abend, als ich nach Hause gekommen bin, war das Schild vom Makler weg und ich habe im Inneren Licht gesehen. Mir vorgestellt hat sich aber noch niemand. Hoffentlich ist es keine Familie mit kleinen, schreienden Kindern.«

Hackenholt musterte Mur mit hochgezogenen Augenbrauen. »Warum nicht?«

»Barney würde das nicht verkraften.« Barney war Murs großer dicker Kater, der es faustdick hinter den Ohren hatte.

»Vor ein paar Wochen wolltest du noch, dass Sophie und ich dort einziehen. Wir haben auch ein kleines, manchmal sehr nachhaltig schreiendes Kind.«

»Das ist etwas anderes«, brummte Mur. »Euch mag ich. Ronja ist eine ganz Süße, sie würde Barney mit Sicherheit nie ärgern.«

Auf einmal hatte Hackenholt wieder die Szene vor Augen, die sich im Sommer bei einem Grillfest in Murs Garten ereignet hatte: Trigger, der Findelhund, den jemand vor Sophies Terrasse ausgesetzt hatte, und der jetzt bei Baumann lebte, hatte sich neugierig in Murs Gartenhütte umgeschaut und sich anschließend nicht mehr herausgetraut, weil Barney fauchend und mit aufgestelltem Fell die Tür bewachte. Wahrscheinlich würde jedes Kind schreiend vor dem Kater davonlaufen und nicht im Traum auf die Idee kommen, ihn zu ärgern.

»Vielleicht hast du Glück und es zieht ein netter Mann Anfang fünfzig ein«, versuchte Stellfeldt Mur aufzumuntern.

»Was soll ich denn mit dem?« Mur sah ihn verständnislos an.

»Oder eine nette, ältere Dame mit einer Katze«, schlug Wünnenberg vor.

Mur kniff die Augen zusammen und musterte ihren Kollegen. »Warum betonst du das *ältere* so sehr? *So* alt bin ich nun auch wieder nicht!«

»So hat Ralph das doch gar nicht gemeint, Christine«, ging Hackenholt sofort dazwischen. »Wenn das für den Moment alles ist, schlage ich vor, wir machen uns an die Arbeit.« Schnell stand er auf. Erst an der Tür bemerkte er, dass sie überhaupt nicht über die Ermittlungen zu Josef Walchs Tod gesprochen hatten. Doch nun hatte er die Besprechung schon beendet.

Zurück in seinem Büro suchte Hackenholt im internen Verzeichnis die Telefonnummer der Gemeinsamen Ermittlungsgruppe Rauschgift heraus. Sobald er Gregor Theiss, den zollseitigen Leiter, an der Strippe hatte, skizzierte er grob den Fall der toten Körperschmugglerin. In seiner ruhigen, gelassenen Art, die Hackenholt sehr entgegenkam, schlug der Rauschgiftexperte ein kurzes persönliches Treffen für vierzehn Uhr in seiner Dienststelle vor. Hackenholt sagte zu.

Kaum aufgelegt, klingelte sein Telefon erneut. Wieder war es der Beamte vom Dauerdienst, der Hackenholt einen Anrufer durchstellen wollte. Der Hauptkommissar stutzte, dann fragte er, ob Martin Groß, der wieder einmal für die Entgegennahme der Anrufe eingeteilt war, nicht erreichbar sei. Offenbar hatte bislang niemand daran gedacht, den Beamten vom Dauerdienst die richtige Durchwahl zu geben. Nachdem Hackenholt das erledigt hatte, nahm er den Anruf doch noch selbst entgegen.

Es war ein Tankstellenpächter aus Fürth, der sich während der morgendlichen Zeitungslektüre daran erinnert hatte, am Dienstag einem Kunden einen Benzinkanister verkauft zu haben. Der Mann habe erzählt, dass er den Behälter und das Benzin für einen Rasenmäher brauche. Nun, im Nachhinein, kam dem Pächter die Geschichte allerdings merkwürdig vor, denn üblicherweise kaufte man im Frühjahr einen neuen Rasenmäher – oder man besaß bereits einen und dann hatte man auch einen Kanister, der allenfalls aufgefüllt werden musste.

Die Argumentation war nicht völlig von der Hand zu weisen, fand Hackenholt.

Daher hatte sich der Pächter die Videoaufzeichnungen der Überwachungskamera noch einmal angesehen und das Kennzeichen des Mercedes aufgeschrieben, mit dem der Mann vorgefahren war. Das Auto war im Landkreis Erlangen-Höchstadt zugelassen.

Hackenholt notierte es sich.

Darüber hinaus war der Tankstellenpächter alle Kartenzahlungen durchgegangen. Er erinnerte sich daran, dass der Unbekannte mit seiner Kreditkarte bezahlt hatte. Er hieß Mustafa Ali. Der Mann war nicht übermäßig groß, dafür durchaus beleibt gewesen. Er hatte einen imposanten Schnauzer, eine Stirnglatze und war mit Anzug und Krawatte durchaus elegant gekleidet. Der Tankwart schätzte ihn auf Mitte fünfzig.

Hackenholt runzelte die Stirn. Das klang nicht gerade nach dem Unbekannten, den sie suchten. Dennoch bedankte er sich bei dem Anrufer und versprach, jemanden vorbeizuschicken, der die Videoaufzeichnung abholen sollte. Dann wandte er sich an Wünnenberg.

»Hast du von den Internetportalen eine Rückmeldung bekommen?«

»Wovon redest du?« Wünnenberg sah ihn verwirrt an.

»Du wolltest herausfinden, wo Josef Walch einen Mailaccount hatte.«

»Stimmt, den Mann habe ich völlig vergessen. Nein. Bislang sind noch keine Antworten eingegangen.«

»Wir dürfen diese Ermittlung nicht völlig schleifen lassen.«

»Du hast ja recht, aber der Koffer ist doch jetzt wichtiger.«

»Hast du schon bei den Geschäften angerufen?«

»Nein, ich bin gerade dabei, Fotos von verschiedenen roten Trolleys aus dem Internet zu ziehen und in eine Vorlage zu basteln.«

»Gib mir die Liste, dann fange ich damit an.«

Unter der ersten Telefonnummer meldete sich lediglich der Anrufbeantworter des Fachgeschäfts für Taschen, Koffer und Lederwaren, das sich in der Nähe des Erlanger Schlossplatzes befinden sollte. Hackenholt entnahm der Ansage, dass der Laden am 15. September wegen Geschäftsaufgabe geschlossen worden war. Man dankte allen Kunden und Lieferanten für das entgegengebrachte Vertrauen und die langjährige gute Zusammenarbeit. Dann schaltete sich das Gerät ab, ohne eine Möglichkeit zu bieten, eine Nachricht zu hinterlassen.

»Das geht ja gut los!«, seufzte Hackenholt. Einen Moment überlegte er, ob er trotz allem versuchen sollte, den Besitzer zu erreichen. Er sah auf den Kalender. Wenn der Laden am Montag geschlossen worden war, konnte der Täter den Koffer dort nicht spontan am Dienstag gekauft haben. Andererseits stellte sich die Frage, ob er den Koffer nicht sowieso schon lange Zeit zuvor erstanden und ihn nun verwendet hatte, weil er zur Hand gewesen war.

Hackenholt rief die Homepage des Fachgeschäfts im Internet auf, die zum Glück noch existierte, und fand im Impressum den Namen des Inhabers. Diesen glich er mit den Einwohnermeldedaten ab und konnte so nach kurzer Zeit mit der Ehefrau sprechen. Von ihr erfuhr er, dass ihr Gatte im Geschäft war, um das Büro abzuwickeln. Bereitwillig gab sie ihm die Handynummer.

Als sich Herr Scharrer schließlich meldete, erklärte Hackenholt, er interessiere sich für den Koffer Roll-James von der Firma Happy Traveller.

»Sie haben riesengroßes Glück. Einen haben wir noch da.«

»Das ist ein Missverständnis. Ich wollte keinen kaufen. Wir sind auf der Suche nach Personen, die den Trolley gekauft haben. Sie können doch sicher nachsehen, wie oft und wann Sie ihn verkauft haben?«

»Ja, das geht. Der Barcode auf den Preisschildern wird beim Bezahlen immer eingescannt.«

»Und wenn der Koffer nicht bar bezahlt wurde, dann können Sie doch auch nachvollziehen, wer der Käufer war, oder?«

»Wir speichern natürlich nur die Bankverbindung. Sollte allerdings eine Lastschrift mangels Deckung zurückgehen, kann ich bei der Bank anrufen und bekomme Name und Adresse des Kunden genannt.«

»Über welchen Zeitraum können Sie das zurückverfolgen?«

»Das geht schon ein paar Jahre. Ich muss die Belege fürs Finanzamt aufheben.«

»Wunderbar. Bis wann können Sie uns die Aufstellung zukommen lassen?«

»Also wenn, dann müssen Sie auf der Stelle herkommen. Ich bin gerade dabei, den Computer und alles abzubauen und in Kartons zu verpacken.«

Hackenholt verzog das Gesicht. Eigentlich hatte er Wichtigeres zu tun, aber dann entschied er sich doch, persönlich nach Erlangen zu fahren.

Auf dem Weg in ein kleines Hinterzimmer führte Ludwig Scharrer Hackenholt an einer Flucht leerer Regale vorbei. In einer Ecke standen Koffer und Reisetaschen neben Umzugskartons voller Handtaschen und anderen Lederwaren.

»Sie haben doch am Telefon gesagt, Sie haben noch einen Roll-James hier. Könnte ich ihn mir kurz ansehen?«, bat Hackenholt einer spontanen Eingebung folgend.

Scharrer drehte sich um und ging zu dem Stapel. Mit wenigen Handgriffen zog er einen großen Koffer heraus und stellt ihn vor Hackenholt.

»Er war nicht sonderlich gefragt. Den meisten Menschen war er schlicht und ergreifend zu groß. Er hat sogar eine Dehnfalte und ein Kofferband. Wenn man ihn vollpackt, kommt man schnell über das zulässige Gewicht der Fluggesellschaften und wird ordentlich zur Kasse gebeten. Auch fürs Zugfahren ist dieses Monster nicht geeignet. Stellen Sie sich mal vor, Sie müssen ihn in oder aus einem Zug wuchten.« Scharrer hielt kurz inne. »Aber die Verarbeitung ist sehr gut«, sagte er schließlich, als müsse er dem Stück doch noch etwas Positives zuerkennen. »Das Gestänge ist sehr robust und auch die Rollen halten ein hohes Gewicht aus.«

Ja, circa fünfzig Kilo!, dachte Hackenholt bei sich. »Könnten Sie ihn bitte öffnen?«

»Natürlich.« Scharrer rollte den Trolley zu einem Verkaufstisch, hob ihn hoch, zog den Reißverschluss auf und klappte den Deckel zurück.

Hackenholt starrte einen Moment ins Innere des Koffers. Noch immer fragte er sich, ob Puellen wirklich recht hatte mit seiner Berechnung der Körpergröße der Toten. Wie hatte der Täter es nur geschafft, die Leiche darin zu verstauen? Nach einer Weile blickte er auf. Scharrer hatte ihn die ganze Zeit beobachtet. Hackenholt räusperte sich.

»Was hat der Koffer gekostet?«

Der Inhaber griff nach dem Preisschild und hielt es auf Armeslänge von sich weg. »Regulär einhundertneununddreißig Euro. Wir hatten ihn am Ende auf zweiundvierzig reduziert. Wenn Sie ihn möchten, kann ich Ihnen noch einmal ein paar Prozent geben. Sagen wir: fünfunddreißig Euro.«

»Danke«, lehnte Hackenholt ab. »Ich wollte nur wissen ...« Er ließ den Satz in der Schwebe. Er hatte sich gefragt, wie viel es dem Täter wert gewesen war. »Können wir jetzt nach den Unterlagen sehen?«

»Kommen Sie, ich habe schon alles vorbereitet.«

Wieder drehte sich Scharrer in Richtung des Hinterzimmers und ging voran. Auf einem riesigen Eichenschreibtisch lagen feinsäuberlich nebeneinander aufgereiht zehn Blätter. Es waren Ausdrucke aus dem Warenwirtschaftsprogramm. Auf jeder Seite standen Datum, Preis, Bezeichnung der Ware und wie bezahlt wurde. Handelte es sich um einen Lastschrifteinzug, waren Bankleitzahl und Kontonummer des Kunden angegeben.

»Das sind die Verkäufe von Roll-James in den letzten drei Jahren. Wie gesagt, er war nicht sonderlich gefragt. Genügt Ihnen das so?«

»Das ist wunderbar. Können Sie sich noch an die Kunden erinnern, die den Koffer gekauft haben?«, fragte Hackenholt, während er die Seiten überflog. Der Trolley war zum letzten Mal vor dreieinhalb Monaten über den Ladentisch gegangen.

Scharrer schürzte die Lippen und wippte nachdenklich auf den Fersen. Nach einem Moment schüttelte er jedoch bedauernd den Kopf. »Vielleicht fällt es mir wieder ein, wenn ich zur Ruhe gekommen bin. Die letzten Tage waren die Hölle. Ich bin froh, dass es jetzt vorbei ist.«

Auf der Rückfahrt piepte Hackenholts Handy. Der Ermittler schaltete die Freisprechanlage ein, und Wünnenbergs Stimme erfüllte den Innenraum des Fahrzeugs.

»Wie ist es beim Kofferhändler gelaufen?«

»Ich habe einen Stapel Ausdrucke erhalten. Keine Ahnung, ob es schlussendlich zu etwas führen wird, außer zu einem Berg Arbeit. Wir müssen diverse Banken abtelefonieren und über die Kontoverbindungen die Käufer ermitteln. Hast du in der Zwischenzeit mit den anderen Händlern gesprochen?«

»Deswegen rufe ich an. Es gibt einen Basar in der Rothenburger Straße. Gleich neben dem Volksbad. Irgendetwas Ägyptisches. Wenn ich den Mann richtig verstanden habe – sein Deutsch war leider nicht so gut –, hat er den James am Dienstagabend kurz vor Ladenschluss an einen jungen Mann verkauft.«

»Hast du dir eine Personenbeschreibung geben lassen?«

»Nein, ich wollte persönlich vorbeischauen. Es ist ja nicht weit entfernt. Unter Umständen klappt es dann mit der Verständigung besser. Kommst du mit?«

»Was ist mit den anderen Händlern?«

»Roll-James scheint nicht gerade ein Verkaufsschlager gewesen zu sein. In einem Geschäft hat mir die Inhaberin erklärt, der Koffer wurde zuletzt vor ungefähr einem Monat verkauft, und in den anderen ist es noch länger her. Alle haben versprochen, noch heute die Listen zu faxen, wann sie ihn verkauft haben – und soweit nachvollziehbar, auch an wen.«

Hackenholt blickte auf die Uhr. Halb eins. Rasch überschlug er im

Kopf, bis wann er im Kommissariat zurück sein würde und wann er für seinen Termin bei der GER wieder losmusste. »Ich bin in ungefähr fünfzehn Minuten am Jakobsplatz. Wir könnten zusammen um kurz nach eins in die Rothenburger Straße fahren und mit dem Händler sprechen. Du müsstest von dort aus in die Dienststelle zurücklaufen – denn ich habe um zwei den Termin in der Wallensteinstraße.«

»Einverstanden.«

Im Kommissariat ging Hackenholt direkt zu Martin Groß.

»Gibt es bei dir etwas Neues?«

»Es haben mehrere Personen angerufen, die den Mann mit dem Koffer gesehen haben wollen.« Der Beamte deutete auf einen Berg Notizzettel, der vor ihm lag. »Allerdings hatte ich bei manchen den Eindruck, dass ihre Beobachtungen einen anderen Mann betreffen als den aus der Kopernikusstraße. Einer soll mit dem Koffer gegen halb fünf in ein Hotel in der Gabelsbergerstraße gegangen sein.«

Hackenholt war wie elektrisiert. Wenn die Körperschmugglerin eine Ausländerin war, war sie mit Sicherheit zum Ausscheiden der Crystal-Päckchen aus dem Körper in einem Hotel untergebracht worden. »Wer kümmert sich darum?«

»Manfred und Saskia.«

»Gut. Gibt es sonst noch etwas Wichtiges? Hatte jemand Hinweise zur Identität der Toten? Wurde jemand vermisst gemeldet?«

Der Kollege schüttelte den Kopf. Hackenholt dankte ihm und ging in sein Zimmer.

»Hast du das von dem Hotel mitbekommen?«, fragte er Wünnenberg, noch während er die Jacke abstreifte.

»Das klingt besser, als es in Wirklichkeit ist.«

»Warum?«

»Saskia hat vorhin angerufen. Der Gast ist ein niederländischer Geschäftsmann. Er soll am Dienstag angekommen sein. Allein. Die zwei Anrufer haben ihn wohl gesehen, als er vom Hotelparkplatz, der ein wenig abseits liegt, zu dem Gebäude gelaufen ist.«

»Aber das würde doch passen. Ein Holländer! Er fährt unter dem Deckmäntelchen einer Geschäftsreise nach Nürnberg, checkt im selben Etablissement ein wie seine Schmugglerin, will sich von ihr den Stoff übergeben lassen, den er dann an seine Abnehmer vertickt. Er verschafft sich Zutritt zu ihrem Zimmer – vielleicht ist er auch nur deshalb hergekommen, weil er erfolglos versucht hat, die Dame zu erreichen und sie nicht mehr ans Telefon gegangen ist –, findet ihre Leiche, bekommt Panik, packt sie in seinen Koffer und verbrennt sie im Park, weil er sich im Großraum nicht auskennt.«

»Warum sollte er sie in seinen Koffer packen und verbrennen?« Wünnenberg sah ihn mit hochgezogenen Augenbrauen an. »Damit wäre er ein unkalkulierbares Risiko eingegangen. Jemand könnte ihn – wie tatsächlich geschehen – beobachten, wodurch sich die Spur zu ihm zurückverfolgen lässt.«

»Vielleicht glaubte er, niemand würde sich an einen Touristen mit einem roten Koffer erinnern, der in ein Hotel geht oder aus einem herauskommt. Wahrscheinlich war die Gefahr viel größer, dass man ihm auf die Schliche kommt, wenn die Identität der Frau publik wird. Deswegen hat er sie verbrannt: Um sie unkenntlich zu machen.«

»Warten wir ab, was Saskia und Manfred berichten werden. Du vergisst nämlich den Zeugen, mit dem du heute Morgen selbst telefoniert hast: Der den Mann mit Kapuzenpulli und Koffer auf dem Weg zur Nachtschicht gesehen hat.«

»War er hier?«

»Ja. Er hat nicht nur den Koffer zweifelsfrei aus meiner Bilderauswahl herausgepickt, sondern konnte auch eine ganz gute Personenbeschreibung geben. Bei einer Gegenüberstellung erkennt er den Kerl auf alle Fälle wieder. Da ist er sich sicher.«

»Wie schaut es mit einem Phantombild aus?«

»Beim Erkennungsdienst war niemand frei. Du weißt doch, wie die manchmal sind. Ohne Termin keine Chance. Wir haben jetzt einen für morgen ausgemacht. Aber ich habe mir das Video vom U-Bahnhof Maffeiplatz noch einmal angesehen – diesmal den Zeitraum, kurz bevor sich die beiden Männer begegnet sind, denn irgendwie muss der Unbekannte in die Kopernikusstraße gekommen sein.«

»Und?«

»Leider negativ. Aber ich habe zwischenzeitlich die Aufnahmen vom Aufseßplatz angefordert.« Wünnenberg erhob sich. »Ich denke, wir sollten dann langsam mal gehen.«

»Haben wir die zwei Zahnstatus der vermissten Mädchen erhalten?«

»Einen. Den von dem Fall aus Rosenheim. Dr. Puellen hat ihn sich schon angeschaut. Keine Übereinstimmung.«

»Hast du wegen dem anderen noch einmal bei den Kollegen nachgehakt?«

»Frank! Auch ich habe nur zwei Hände und Ohren. Was hätte ich in der Zeit denn noch alles machen sollen?« Wünnenberg verzog das Gesicht. »Darum kümmere ich mich, sobald ich von dem Besuch im ägyptischen Basar zurück bin. Versprochen!«

Während sie zum Dienstwagen hinuntergingen, versuchte Hackenholt, Stellfeldt auf dem Handy zu erreichen. Doch es war ausgeschaltet, und er wurde direkt an die Mailbox weitergeleitet. »Melde dich bei mir, sobald du Luft hast«, bat er den Kollegen, bevor er auflegte.

Amun El Hadary war ein kleiner, bulliger Mann mit kurzgeschorenen dunklen Haaren, tiefen Geheimratsecken und einem Dreitagebart. Er trug einen marineblauen, den muskulösen Körper betonenden Anzug, der seine olivbraune Hautfarbe positiv unterstrich, ein weißes Hemd und eine Krawatte im Farbton des Anzugs. Trotz Hemd und Jackett fühlte sich Hackenholt plötzlich sehr leger gekleidet.

Der Laden des Ägypters war mit Krimskrams vollgestopft. Bunte Gewänder hingen neben Regalen voller farbenfroher Keramiken. Von der Decke baumelten lampionförmige Leuchten und Blumengirlanden aus Stoff. In einer Vitrine waren Silberringe, Halsketten und Ohrringe ausgestellt. Hackenholt zweifelte schon, ob sie hier richtig waren, als er in einer der dunkleren Ecken einige Koffer entdeckte.

El Hadarys Deutsch war tatsächlich nur schwer zu verstehen, aber anders als am Telefon konnten sie nun auch die Hände zum Reden nutzen. Dennoch bedeutete ihnen der Inhaber nach kurzer Zeit zu warten und verließ das Geschäft. Wünnenberg sah Hackenholt mit hochgezogenen Augenbrauen an.

»Was wird das jetzt?«

»Keine Ahnung. Vielleicht holt er jemanden, der für ihn dolmetscht? Schließlich hat er auch nicht arabisch sprechende Kunden, die bedient werden müssen.«

Tatsächlich kam El Hadary kurze Zeit später mit einem jungen

Mann im Schlepptau zurück. Ohne seinen Begleiter vorzustellen, begann der Inhaber in seiner Muttersprache zu reden.

»Es geht um den Koffer, den ich am Dienstag verkauft habe, richtig?«, übersetzte der junge Mann.

»Genau«, antwortete Hackenholt und nickte El Hadary zu. »Wir würden gern die Umstände wissen, also, wie der Verkauf abgelaufen ist.«

Nach kurzem arabischem Gemurmel, sagte der Übersetzer: »Ein Mann kam herein und hat sich umgeschaut. Ich habe ihn gefragt, ob ich ihm helfen kann. Er hat gesagt, er braucht einen großen Koffer. Daraufhin habe ich ihm die dort drüben gezeigt.«

Als der Übersetzer schwieg, nickte El Hadary zu der Ecke hinüber.

»Und dann?«

»Er hat sich den roten ausgesucht.«

»Hat er erwähnt, wohin er reisen wollte?«

»Nein, er hat nur gesagt, er braucht einen sehr großen Koffer.«

»War der Kunde früher schon einmal hier?«

El Hadary schüttelte den Kopf.

»Wie sah er aus?«

»Er war jung. Vielleicht Mitte zwanzig. So groß wie ich. Sehr dünn. Und sehr schlecht gekleidet.«

»Was verstehen Sie darunter?«

»Er trug Turnschuhe, Jeans und einen Pullover mit Kapuze.«

»Welche Farbe hatte der Pullover?«

»Grau.«

»Wird Ihr Geschäft kameraüberwacht?«

Sofort schüttelte Amun El Hadary den Kopf. »So etwas gibt es hier nicht. Der Laden ist nie so voll, dass man nicht alle Kunden im Auge behalten kann. Wir verkaufen viel über das Internet.«

»Würden Sie den Mann auf einem Foto wiedererkennen?«

»Ja.«

»Welche Nationalität oder besser welcher Abstammung war der Kunde?«

»Er war Deutscher. Er hatte blonde Haare.«

»Wie hat er den Koffer bezahlt? Bar oder mit Karte?«

Der Inhaber wandte sich ab und ging zu einem Block, der neben der Kasse lag. Er blätterte einen Moment darin und sagte dann selbst: »*Cash*.«

Hackenholt nickte zum Zeichen, dass er verstanden hatte. »Um wie viel Uhr hat der Mann den Koffer gekauft?«

El Hadary rieb sich mit dem Daumennagel über die Stirn und dachte einen Moment lang nach, bevor er antwortete.

»Nach achtzehn Uhr. Vielleicht war es auch schon halb sieben.«

»Kann man das auf dem Kassenbon genau ablesen?«

»Nein. Es ist ein mechanisches Gerät.« Der Dolmetscher deutete auf die schon fast antik aussehende Kasse. »Wir benutzen keine moderne Registrierkasse.«

»Wir werden morgen noch einmal mit einem Foto vorbeikommen. Es wäre wichtig, dass Sie es sich ansehen und uns sagen, ob es den Mann zeigt, der den Koffer gekauft hat.«

Der Ägypter erklärte sich einverstanden, er werde den ganzen Tag im Geschäft anzutreffen sein.

Auf dem Weg zum Auto sagte Wünnenberg: »Es ist ziemlich eindeutig, dass der Täter den Koffer hier gekauft hat, denkst du nicht auch?«

»Und was ist mit dem Niederländer aus dem Hotel?«

»Ein Zufall. Nicht alle Holländer sind Dealer.«

»Zu viele Zufälle sind unwahrscheinlich. Warten wir ab, was Manfred und Saskia berichten.«

»Wilhelm Sanders hat einen Mann mit einem grauen Kapuzenpulli wegrennen sehen. Der Zeuge, der dem Mann mit dem Koffer in der Kopernikusstraße begegnet ist, hat gesagt, dass er einen solchen Pulli trug – und jetzt behauptet der Ägypter dasselbe. Außerdem passt es von der Uhrzeit: Wenn er den Koffer hier um halb sieben gekauft hat und anschließend mit der U-Bahn in die Südstadt gefahren ist, könnte er um kurz vor sieben in der Kopernikusstraße gewesen sein.«

»Warum hast du ihn dann nicht auf dem Überwachungsvideo des U-Bahnhofs gesehen?«

»Weil er nicht bis zum Maffeiplatz gefahren, sondern schon am Aufseßplatz ausgestiegen ist.«

»Hoffen wir, dass die VAG die Aufnahmen von dem Tag noch nicht gelöscht hat.« Sie waren am Dienstwagen angekommen. Wünnenberg holte seine Jacke heraus, bevor Hackenholt einstieg und in Richtung Wallensteinstraße davonfuhr.

Gregor Theiss, der zollseitige Leiter der Gemeinsamen Ermittlungsgruppe Rauschgift, erwartete den Hauptkommissar in seinem hellen, geräumigen Büro. Nachdem er Hackenholt eine Tasse Kaffee angeboten hatte, sah er ihn mit einem Lächeln an.

»Das letzte Mal, als ich mit jemandem vom KII zu tun hatte, haben wir eine Hanfplantage hochgenommen.«

Hackenholt nickte.

Infolge der Nachermittlungen zur Festnahme eines tschechischen Drogenschmugglers waren die Zollfahnder auf die Spur eines Schweinfurters gestoßen. Der Deutsche vietnamesischer Abstammung hatte nicht nur die Kurierfahrt in Auftrag gegeben, sondern unterhielt intensive Kontakte zu einem Vietnamesen, der in Nürnberg eine Indoor-Plantage betrieb. Beim Abhören der Telefonate erhielten die Ermittler Hinweise auf einen Mord.

Nachdem das SEK das Gebäude gestürmt hatte, waren im Schlafraum der vietnamesischen Gärtner, die sich um die Hanfpflanzen kümmerten, Blutlachen auf dem Boden gefunden worden. Von einer Leiche fehlte allerdings jede Spur. Dafür hatten die Zöllner neben den Hanfpflanzen Marihuana im zweistelligen Kilobereich sichergestellt.

Bei den weiteren Ermittlungen stellte sich dann ziemlich schnell heraus, dass das Blut von Tieren stammte und es keinen Toten gegeben hatte.

»Diesmal geht es leider um eine echte Leiche«, sagte Hackenholt. »Und um Crystal.«

»Dann dürften auch heute die Vietnamesen nicht fern sein.«

»Warum? Liegt der Crystal-Schmuggel fest in vietnamesischer Hand?«

»Das nicht, aber die Produktion. Worum genau geht es dir?«

Hackenholt gab eine Zusammenfassung seines derzeitigen Falls. Nachdem er geendet hatte, rieb sich Theiss über das bartstoppelige Kinn. »Ursprünglich hat der Kokainschmuggel die sogenannten Bodypacker hervorgebracht. Damit kennst du dich wahrscheinlich aus. Inzwischen sind ein paar vermeintlich findige Köpfe auch bei Crystal dazu übergegangen, es im Körper zu verstecken. Bislang allerdings eher in kleinen Mengen und nicht als Schlucker, sondern lediglich anal oder vaginal eingeführt. Echte Körperschmuggler im Bereich Crystal habe ich selbst noch keine gehabt, und mir sind auch nur zwei Fälle von Kollegen aus Dresden zu Ohren gekommen. Aber es ist gut zu wissen, dass sie jetzt auch hier damit anfangen.«

Hackenholt war enttäuscht. Damit hatte Theiss ihm unwissentlich zwei seiner Fragen beantwortet – allerdings nicht so, wie er es sich vorgestellt hatte. »Kannst du mir bitte einen kurzen Überblick über Crystal geben? Ich hatte noch nie damit zu tun.«

Theiss sah ihn ratlos an. »Wenn du mir Fragen stellst, ist es für mich leichter. Das Thema ist so umfangreich, dass wir sonst in drei Wochen noch hier sitzen.«

»Warum wird es in der Tschechischen Republik hergestellt und nicht hier vor Ort? Dann müsste man es nicht schmuggeln.«

Theiss lachte leise. »Es gibt durchaus Crystal-Küchen bei uns, aber die wirklich ernstzunehmenden Mengen werden in Tschechien hergestellt. Das hat mehrere Gründe: Zum einen fährt man dort – zumindest bislang noch – eine andere Drogenpolitik als bei uns. Und zum anderen hat es einen geschichtlichen Hintergrund. Ab 1938 wurde Metamfetamin unter der Marke Pervitin von den Berliner Temmler-Werken in den Handel gebracht und kam dann während des zweiten Weltkriegs in großem Stil zum Einsatz. Stichwort: Panzerschokolade.«

Hackenholt nickte. Davon hatte er gehört: Das *Medikament* war als Aufputschmittel beim Militär zum Einsatz gekommen. Und zwar nicht nur bei japanischen Bomberpiloten, wie beim Angriff auf Pearl Harbor, um die gewaltige Flugdistanz zu meistern. Auch deutsche Soldaten hatten die Pillen aus der braunen Packung, die ihnen den Spitznamen gaben, millionenfach konsumiert.

»Aber von Berlin nach Tschechien und zu Vietnamesen ist noch ein weiter Weg«, stellte Hackenholt fest.

»Nördlich von Prag gab es bis 2002, also bis zum ersten Jahrhunderthochwasser, eine sehr große Ephedrinfabrik. Ephedrin ist der Basisstoff von Metamfetamin. Der Syntheseweg war einfach, die Herstellung war einfach, und somit war die Droge billig und einfach im Land hinter dem Eisernen Vorhang herzustellen. Die Köche waren am Anfang tschechische Staatsangehörige. Die Verlagerung zu den Vietnamesen hat circa 2005 begonnen.

Vietnamesen gab es in Tschechien schon immer in großer Anzahl, da sie aus einem sogenannten Bruderland stammten. Ursprünglich waren sie ganz dick im Zigarettenschmuggel drin. Als dann der tschechische Zoll massiv dagegen vorging, brach ihnen das Tabakgeschäft weg – also stiegen sie um. Seither kochen sie Crystal, das sie über die sogenannten Vietnamesen-Märkte gleich hinter der deutsch-tschechischen Grenze auch an viele Deutsche verkaufen. Sie haben sich diesen Markt im Rauschgiftbereich richtiggehend erschlossen, indem sie ihre Käuferschaft dazu ermuntert haben, es einfach mal auszuprobieren. Manchmal haben sie eine kostenlose Probe beigelegt, wenn man ein T-Shirt gekauft hat.«

Hackenholt zog überrascht die Augenbrauen hoch. »Wie ist die rechtliche Lage in Tschechien?«

»Alles mit Crystal ist strafbar. Allerdings wird der Besitz von bis zu zwei Gramm beziehungsweise bis zu einer gewissen Wirkstoffmenge derzeit nur als Ordnungswidrigkeit geahndet.«

»Solche Mengenangaben sagen mir rein gar nichts. Wie groß ist zum Beispiel eine Konsumeinheit?«

»Am Anfang reicht ein Gramm für bis zu zehn Trips. Später brauchen viele Süchtige jeden Tag ein Gramm.« Theiss hielt kurz inne. »Dadurch, dass der Besitz zum Eigenverbrauch quasi gestattet ist, blühen natürlich Schwarzmarkt und Produktion. In der Tschechischen Republik werden jährlich unzählige Labore ausgehoben, in denen Crystal hergestellt wird. Zuletzt waren es über vierhundert. Und trotzdem ist der Konsum auf dem Vormarsch. In den vergangenen Jahren hatten wir einen Zuwachs von dreihundert Prozent.«

»Ein konsequenteres Durchgreifen der tschechischen Behörden ist also aufgrund der rechtlichen Lage schwierig?«

»Ja, aber wir arbeiten daran. Im Moment ist es dort drüben in der politischen Diskussion, die Menge auf null Komma fünf Gramm zu senken. Das wäre schon mal ein Anfang. Auch in Deutschland hat es bis 2008 gedauert, bis der Bundesgerichtshof die Gefahr erkannt und die Nicht-geringe-Menge von ehemals dreißig Gramm Crystal auf fünf Gramm Metamfetamin-Base reduziert hat. Nicht geringe Menge bedeutet einen Strafrahmen von nicht unter zwei Jahren bei der Einfuhr der Droge – aber natürlich wird bei uns jeglicher Besitz als Straftat und damit deutlich härter als eine Ordnungswidrigkeit geahndet.«

»Wie genau kommt das Rauschgift zu uns?«

»Über die Vietnamesen-Märkte, die du gleich hinter der Grenze findest. Es gibt inzwischen über dreißig offizielle Umschlagplätze in der Grenzregion. Die Leute fahren hin und kaufen sich ihren Bedarf. Manchmal tun sich auch ein paar Freunde zusammen und einer holt das Zeug für alle oder sie fahren gemeinsam hin.«

»Was kostet ein Gramm Crystal?«

»In der Herstellung in Tschechien ungefähr fünf Euro. Das hängt von der Herkunft der Grundstoffe, Menge, Größenordnung et cetera ab. Auf den Märkten hinter der Grenze kostet ein Gramm dann je nach Menge und Nachfrage zwanzig bis fünfunddreißig Euro. In Hof verlangen Dealer für den ungestreckten Stoff mit neunzig Prozent Wirkungsgehalt schon fünfundsechzig bis achtzig Euro, und in Nürnberg kostet er dann etwa hundert bis hundertzwanzig Euro. Damit ist Crystal praktisch genauso teuer wie Kokain.« Theiss machte eine kurze Pause, bevor er weitersprach. »Deswegen fahren so viele Leute selbst über die Grenze und holen sich ihre Ration persönlich ab.«

»Um auf die verbrannte Körperschmugglerin im Annapark zurückzukommen: Gibt es da irgendetwas, womit du mir weiterhelfen kannst?«

Gregor Theiss schüttelte den Kopf. »Wie gesagt: So etwas kommt hier zum ersten Mal vor. Ich kann dir allenfalls skizzieren, wie das bei Bodypackern mit Kokain üblicherweise abläuft.«

Hackenholt nickte zum Zeichen, dass ihn das interessierte.

»Die Leute werden angeworben. Manchmal hier, manchmal in dem Land, aus dem die Drogen stammen. Zumeist handelt es sich um Personen aus eher ärmeren sozialen Schichten. Man verspricht ihnen einen tollen Urlaub, den sie sich unter normalen Umständen nicht leisten könnten, und ein kleines Taschengeld, wenn sie dafür ein paar Päckchen mit nach Europa nehmen. Am Ende des Urlaubs werden sie dann in ein Lager gebracht, wo man ihnen das Schlucken antrainiert. Sie müssen Weintrauben, Tomaten oder Gurkenstücke im Ganzen hinunterwürgen. Und dann werden sie mit dem Zeug auf die Rückreise geschickt. Das muss schnell gehen, denn die meisten essen und trinken während der Zeit nichts, damit der Darm ruhig bleibt und die Drogenpäckchen nicht frühzeitig ausgeschieden werden. Manchmal bekommen sie auch Darm beruhigende Medikamente. Zurück in Europa scheiden sie die Päckchen aus und übergeben sie an einen weiteren Kurier. Danach erst reisen die Leute nach Hause.«

»Könnte in unserem Fall ein Niederländer seine Finger im Spiel haben?«

»Unwahrscheinlich. Die haben ihre eigenen Küchen. Die Ware, die in Bayern oder in Sachsen über die Grenze kommt, die bleibt auch hier.«

»Habe ich es richtig verstanden, dass die Schmuggler nur Transporteure sind und ansonsten nichts mit dem Stoff zu tun haben?«

»So ist es zumindest bei Kokain. Bei Crystal war es bislang meistens anders: Wie bereits gesagt, da tun sich allenfalls ein paar Leute zusammen, man fährt über die Grenze und holt das, was man in den kommenden Wochen braucht. Stichwort: Ameisenschmuggel. Darüber hinaus werden gelegentlich allerdings auch größere Mengen aufgegriffen, die mit Sicherheit durch organisierte Banden geschmuggelt und anschließend vertrieben werden. Aber bislang steckt bei Metamfetamin meist noch keine solche hierarchische Struktur dahinter wie bei Koks.« Theiss sah auf die Uhr. »Konnte ich dir damit erst einmal weiterhelfen? Ansonsten müssen wir uns in den nächsten Tagen noch einmal zusammensetzen. Ich muss leider los: Termin in Schwandorf.«

»Jetzt noch?«, fragte Hackenholt erstaunt.

»Natürlich. Aber wehe, wir machen zu viele Überstunden.« Theiss lachte erneut sein leises Lachen. »Halt mich auf dem Laufenden, was bei euch rauskommt, ja?«, bat er zum Abschied.

Im selben Moment piepte Hackenholts Handy.

Der Hauptkommissar stutzte einen Augenblick, als er Wünnenbergs Mobilfunknummer im Display aufleuchten sah – er hatte Stellfeldt erwartet. Während er zu seinem Auto ging, drückte er die Sprechtaste. Es knackte in der Leitung, Wünnenberg hatte die Freisprechanlage in seinem Fahrzeug eingeschaltet.

Bevor Hackenholt ihn fragen konnte, wohin er unterwegs war, sagte er: »Wir haben einen Anruf bekommen. In der Anne-Frank-Straße wurde in einer Mülltonne ein leerer Benzinkanister gefunden. Kannst du hinkommen?«

Das Haus war ein schmuckes Jugendstilanwesen mit einer gepflegten Sandsteinfassade – fast so schön wie das, in dem Hackenholt selbst wohnte.

Murs VW-Bus parkte auf dem ungewöhnlich breiten Bürgersteig, dahinter stand der Dienstwagen, mit dem Wünnenberg gekommen war. Hackenholt quetschte seinen auch noch dazu.

Beim Aussteigen warf er einen Blick in den kleinen Vorgarten. Im linken wuchsen zwei mannshohe Rosenbüsche und ein paar andere Blumenstauden. Der Jugendstilzaun rechter Hand war zur Hälfte von Efeu überwuchert, der die Sicht auf die abgestellten Mülltonnen teilweise verdeckte. Dort warteten seine Kollegen und ein älterer Mann.

»Herr Schweiger hat uns verständigt«, wurde Hackenholt von Wünnenberg begrüßt. »Er hat den leeren Kanister entdeckt, als er die Zeitung hineinwerfen wollte.«

»Ja, und am besten klärt ihr den Rest drinnen. Ich würde hier nämlich gerne fertig werden, bevor uns wieder dieser rothaarige Pressefotograf auf die Pelle rückt und beim Durchwühlen einer Altpapiertonne ablichtet«, murmelte Mur gut vernehmbar.

»In welchem Stock wohnen Sie denn?«, wandte sich Hackenholt an Schweiger.

»Gleich hier im Erdgeschoss. Kommen Sie.«

Er führte die Beamten in ein hell eingerichtetes Wohnzimmer und bat sie, Platz zu nehmen.

»Wann genau haben Sie den Kanister gefunden?«

»Bevor ich bei Ihnen angerufen habe, also gegen halb vier.«

»Könnte er jemandem im Haus gehören?«

»Nein. Bei uns haben nur vier Parteien ein Auto. Meiner ist es schon mal nicht«, zählte Herr Schweiger an seinen Fingern ab. »Die Schmitts sind im Urlaub, von denen kann der Kanister auch nicht sein.« Ein zweiter Finger wanderte in die Luft. »Frau Weber ist viel zu etepetete. Sie tankt nicht einmal selbst. Die würde nie im Leben einen Kanister anfassen. Und bei Familie Cobalt achtet man strickt auf die korrekte Mülltrennung. Die würden den Kanister nicht ins Altpapier werfen.« Schweiger starrte auf die vier in die Luft gereckten Finger. Unter dem Nagel des Mittelfingers hatte sich eine große Blutblase gebildet. Die Sache sah sehr unschön aus. Sicher würde sich der Nagel demnächst ablösen. Plötzlich klappte er die Finger ein und steckte sie in die Tasche seiner Strickjacke.

»Ist Ihnen ein Fremder aufgefallen, der etwas in die Tonne geworfen hat?«

»Ich habe niemanden bemerkt. Ich gehöre allerdings auch nicht zu der Sorte Mensch, die nichts Besseres zu tun hat, als den lieben langen Tag aus dem Fenster zu gucken. Gestern war ich bei meinem Sohn und habe ihm beim Mauern geholfen.« Wie zum Beweis zog er die Hand wieder aus der Jacke und hielt den Beamten den verletzten Finger unter die Nase. »Als ich am Abend die Werbung aus dem Briefkasten in die Tonne geworfen habe, lag der Kanister jedenfalls noch nicht darin.«

»Wann war das?«

»Kurz vor sieben. Pünktlich zu den Nachrichten habe ich vor dem Fernseher gesessen.«

Hackenholt bedankte sich bei dem Mann für seinen Anruf, dann verließen er und Wünnenberg die Wohnung.

»Wie schaut es mit Fingerabdrücken aus?«, fragte er leise an Mur gewandt.

»Nichts Brauchbares. Alle sind verwischt.« Der Kanister stand mittlerweile in einen Asservatenbeutel verpackt auf der Biomülltonne.

»Es könnte also genauso gut jeder x-beliebige Benzinkanister sein?«

»Das wollen wir nicht hoffen, denn das würde bedeuten, ich wühle hier für nichts und wieder nichts die Tonne durch. Aber im Grunde genommen hast du völlig recht: Das Fundstück muss nicht zwingend etwas mit der Sache im Park zu tun haben. Andererseits war der Mann so überzeugt, dass er niemandem aus dem Haus gehört. Die Tonnen sind von der Straße aus sichtbar und man kommt problemlos an sie heran, weil die Pforte im Zaun nicht abgesperrt ist. Wenn du dir die Lage des Hauses auf einer Straßenkarte anschaust, wirst du sehen, dass der Täter auf seiner Flucht durchaus hier vorbeigekommen sein könnte. Sofern er im Park tatsächlich in Richtung Ritter-von-Schuh-Platz gerannt ist. Außerdem könnte er in der Umgebung wohnen: Die Kopernikusstraße, in der dieser andere Zeuge den Typ mit dem Koffer getroffen haben will, verläuft parallel zu dieser hier.«

»Wir wissen doch gar nicht, ob das der Täter war«, wiegelte Hackenholt ab. »Es wurde auch ein Holländer mit solch einem roten Koffer in einem Hotel in der Gabelsbergerstraße gesehen – und die liegt genau in der entgegengesetzten Richtung.«

»Warten wir ab, was Manfred und Saskia diesbezüglich herausfinden«, unterbrach Wünnenberg die Diskussion. »Laut meinen letzten Informationen sind sie auf dem Weg ins Präsidium.«

Die Beamten kamen überein, dass Wünnenberg mit den anderen Hausbewohnern sprechen und sich bestätigen lassen sollte, dass keinem von ihnen der Kanister gehörte, während Hackenholt ins Kommissariat zurückfuhr.

Als der Hauptkommissar vom Treppenhaus in den langen Flur trat, an dem sein Büro im zweiten Stock lag, bot sich ihm ein merkwürdiges Bild. Vor Stellfeldts Tür standen vier Kollegen versammelt und starrten gebannt in den Raum.

»Du musst die Beine weiter anziehen«, kommentierte der Geschäftszimmerbeamte etwas, was Hackenholt nicht sehen konnte.

»Versuchs mal seitlich.«

»Das geht überhaupt nicht. Saskia ist viel zu groß!« Stellfeldt klang genervt.

»Du mäissersd mer scho helfm, Manfred. Allaans bagg iech des ned.«[23]

»Saskia, ich –«

»Hobb edz, drigg ermål erweng fesder.«[24]

Ein unterdrücktes Stöhnen war zu hören. Endlich erreichte Hackenholt die Tür. Ehrfürchtig wichen die anderen zurück, damit er ins Zimmer treten konnte. Auf dem schmalen freien Platz vor den beiden Schreibtischen lag aufgeklappt ein Roll-James, in dessen Inneren Saskia rücklings kauerte. Die Hände hatte sie hinter dem Kopf gefaltet, den sie auf diese Weise so weit wie möglich auf die Brust drückte. Stellfeldt presste mit einer Hand ihre angewinkelten Beine gegen den Körper, während er mit der anderen ihre Füße in die freien Lücken im Koffer schob.

»Un edz maggsd gschwind ern Deggl zou!«[25]

In Hackenholts Körpermitte formte sich eine glühend heiße Kugel. Auf seinen Armen bildete sich Gänsehaut. Sein Herz begann zu rasen. Bilder seiner Entführung tauchten vor seinem inneren Auge auf. Mit zwei großen Schritten war er im Zimmer.

»Ich glaub, ihr spinnt! Hört sofort auf mit dem Schwachsinn!« Stellfeldt fuhr erschrocken herum und ließ Baumann los. Die stöhnte laut und setzte sich im Koffer auf.

23 »Du musst mir schon helfen, Manfred. Allein schaffe ich das nicht.«
24 »Los, drück halt mal ein bisschen fester.«
25 »Und jetzt mach schnell den Deckel zu!«

»Ach, Mensch! Frangg, edzerd hosd alles ruinierd. Gråd wår iech endlich ermål ersu halberd in Koffer drinner.«[26]

»Saskia, komm da raus, bevor du dir noch was verrenkst!« Hackenholt klang schroffer als beabsichtigt.

Baumann sah ihn verwundert an. »Obber wäi däi bei Sgoddländ Jard den doudn Agendn in dera Reisedaschn ghadd ham, homms doch aa ausbrowierd, wäier då neikummer sei kennerd, un obs efenduell er Suizid wår.«[27]

»Die haben es aber sicher mit einer gleichgroßen Versuchsperson getestet. Du dagegen bist einen Kopf größer als unsere Tote. Und überhaupt, wenn Manfred den Koffer zumacht, erstickst du. Sagt mal, denkt ihr überhaupt nicht mit?«

»So schnell ist noch keiner erstickt. Ich hätte den Deckel nur lose darübergeklappt«, brummte Stellfeldt beleidigt. »Ein klein wenig Verantwortungsbewusstsein habe ich schon auch.«

»Woher habt ihr überhaupt den Koffer?«, fragte Hackenholt, während er sich mit der Hand übers Gesicht fuhr. Er war nassgeschwitzt. Ohne eine Antwort abzuwarten, machte er auf den Hacken kehrt und verließ das Zimmer.

In der Herrentoilette drehte er den Kaltwasserhahn auf und wusch sich das Gesicht. Seine Finger zitterten. Er schloss die Augen und zählte langsam bis zehn. Noch immer verfolgten ihn Bilder seiner Entführung. Der Psychologe. Es wurde höchste Zeit, ihn anzurufen. Für Baumann hatte nicht die geringste Gefahr bestanden. Ein Wort und Stellfeldt hätte sie losgelassen. Hackenholt richtete sich auf und trocknete sein Gesicht ab. Er hörte, wie die Tür hinter ihm behutsam geöffnet wurde.

»Alles in Ordnung mit dir?« Stellfeldts Stimme klang unsicher.

Hackenholt nickte. »Entschuldige, Manfred. Ich habe überreagiert. Da waren nur plötzlich wieder die Bilder –« Abrupt hielt er inne.

»Schon in Ordnung. Willst du nach Hause gehen? Soll ich Sophie …?«

»Nein!«, lehnte Hackenholt schnell ab. »Es ist alles in Ordnung.

---

26 »Ach, Mensch! Frank, jetzt hast du alles ruiniert. Gerade war ich endlich mal so halbwegs im Koffer drin.«

27 »Aber als die bei Scotland Yard den toten Agenten in der Reisetasche hatten, haben sie doch auch ausprobiert, wie der da reingekommen sein könnte, und ob es möglicherweise ein Suizid war.«

Lass uns zu Saskia zurückgehen.« Gemeinsam verließen sie den Raum. »Wo habt ihr den Koffer her?«, stelle er seine bislang unbeantwortete Frage noch einmal.

»Den hat ein Kurierdienstfahrer im Geschäftszimmer abgegeben. Die wussten von nichts und haben ihn angenommen, weil sie dachten, du hättest ihn als Demonstrationsobjekt bestellt. Als Saskia und ich zurückgekommen sind, haben wir im Inneren einen Begleitbrief von dem Gebietsleiter an Ralph gefunden mit dem Tenor, Happy Traveller möchte uns den Koffer für unsere Ermittlungen unentgeltlich zur Verfügung stellen, um so bei der Aufklärung mitzuwirken.«

»Das können wir nicht annehmen. Der Koffer kostet regulär über hundert Euro. Wenn das die Presse mitbekommt, heißt es gleich, wir hätten uns korrumpieren lassen.«

»Ich kümmere mich um die Rücksendung.«

Als sie Stellfeldts Büro betraten, stand der Trolley verschlossen und ordentlich aufgeräumt in einer Ecke. Baumann saß an ihrem Schreibtisch und blickte vorsichtig auf. Hackenholt entschuldigte sich auch bei ihr noch einmal. Danach fragte er, was sie im Verlauf des Nachmittags herausgefunden hatten.

»In dem Hotel hat tatsächlich ein niederländischer Geschäftsmann mit einem roten Koffer eingecheckt. Aber: Er ist von einer anderen Marke und steht unversehrt in dem Zimmer. Die Hotelleitung war so freundlich, den Gast anzurufen und zu bitten, kurzfristig zurückzukommen. Er war ziemlich überrascht und konnte ein Alibi für den Tatabend vorweisen.«

»Was das auch immer wert sein mag. Ein echter Dealer hätte sich mit Sicherheit im Vorfeld eins verschafft.«

»Was hätten wir denn tun sollen? Einen Spürhund holen und sein Zimmer durchsuchen? Oder einen Drogentest?« Stellfeldt schüttelte den Kopf. »Das ist eine falsche Fährte, Frank. Er hat an dem Abend das Hotel ohne Koffer verlassen – das wissen wir von der Rezeptionistin. Sie hat auch bestätigt, dass er vor zweiundzwanzig Uhr dreißig zurückkam. Darüber hinaus hat in dem Hotel keine allein reisende Dame eingecheckt. Und als i-Tüpfelchen: Der Mann ist nicht der Typ, der Kapuzenshirts trägt.«

Sobald Wünnenberg die Befragung der Hausbewohner in der Anne-Frank-Straße abgeschlossen hatte, setzten sich die Ermittler im

Besprechungszimmer in großer Runde zusammen. Martin Groß gab ihnen einen kurzen Überblick über die eingegangenen Anrufe.

»Insgesamt haben wir also nicht sonderlich viele Anrufe erhalten. Aber das liegt wahrscheinlich daran, dass wir im Grunde genommen nur sehr magere Informationen an die Presse herausgegeben haben.«

»Komisch, dassi kanner gmeld hodd, der wou in Däder midnern Koffer affn Weech zern Annabarg begeechned is.«[28]

»Vergiss nicht: Am Dienstagabend hat es geregnet«, entgegnete Groß.

»Ein leichter Sprühregen«, korrigierte Wünnenberg. »Nichts Dramatisches. Ich finde es auch merkwürdig, dass niemand etwas gesehen haben will. Schließlich ist die Südstadt ein dicht besiedeltes Gebiet.«

»Fier miech hassd des ganz glår, dass der Däder ned weid ghadd had«, sagte Baumann. »Am Namiddooch hoddnern doch aa ans beobachd.«[29]

»Was ist mit der Toten? Vermisst niemand ein junges Mädchen?«, wechselte Stellfeldt das Thema.

Groß schüttelte den Kopf.

»Wir konnten inzwischen den dritten und letzten Zahnstatus überprüfen. Die Vermisste aus Lauingen ist es auch nicht«, schob Stellfeldt hinterher.

Ein Handy klingelte. Martin Groß verließ eilig das Zimmer.

»Wie ich vom zollseitigen Leiter der GER heute Nachmittag erfahren habe, gibt es bislang keine echten Erfahrungen mit Körperschmugglern im Bereich Crystal«, ergriff Hackenholt wieder das Wort. »Daher können wir uns nur daran orientieren, was bislang von Kokainschluckern bekannt ist. Es scheint üblich zu sein, dass die Schmuggler das Rauschgift nicht bis in ihren Heimatort bringen, sondern es wo anders ausscheiden. Deswegen müssen wir morgen beim LKA noch einmal Druck machen. Sie sollen sich um die Daten von in Osteuropa vermissten Frauen kümmern. Insbesondere Tschechien müssen wir gründlich überprüfen.«

»Ob uns das wirklich weiterbringt?« In Wünnenbergs Stimme schwang Zweifel.

28 »Komisch, dass sich niemand gemeldet hat, der dem Täter mit dem Koffer auf dem Weg zum Annapark begegnet ist.«

29 »Für mich deutet das ganz klar darauf hin, dass es der Täter nicht weit hatte«, (...). »Am Nachmittag hat ihn doch auch jemand beobachtet.«

»Wir dürfen nichts unversucht lassen«, entgegnete Hackenholt bestimmt. »Zudem werden wir morgen unser Augenmerk auf die hiesigen Unterkünfte legen. Der Dealer hat sie vermutlich nicht in seinen eigenen vier Wänden versteckt, wir müssen also sämtliche Etablissements abfragen. Es ist davon auszugehen, dass die Frau dort verstorben ist. Möglicherweise hat das Spuren hinterlassen, die dem Zimmermädchen aufgefallen sind.«

Plötzlich ging die Tür auf und Mur schlüpfte herein. Leise ließ sie sich auf einen Stuhl an der Wand gleiten.

»Was ist bei der Befragung der Hausbewohner herausgekommen?«, wandte sich Hackenholt an Wünnenberg.

»Keinem gehört der Benzinkanister, und niemand hat gesehen, wie er in die Mülltonne gekommen ist.«

»Was gibt es von deiner Seite dazu zu sagen, Christine?«

»Die Fingerabdrücke wurden abgewischt; ich habe versucht, DNA-Anhaftungen zu sichern. Wir werden sehen, was dabei herauskommt. Die Proben sind schon unterwegs ins Labor. Es kann der gesuchte Behälter sein – oder auch nicht.« Sie hielt einen Moment inne. »Was jedoch wichtiger ist: Ich habe gerade ein Fax vom LKA erhalten: Sie sind mit der Gaschromatographie fertig. Der Koffer wurde tatsächlich mit Benzin übergossen.«

»Dann werden wir morgen doch alle Tankstellen abklappern und fragen müssen, ob ein Mann beim Betanken eines Kanisters beobachtet wurde.«

»Damit sollten wir warten, bis uns das Phantombild von dem Mann vorliegt«, widersprach Stellfeldt.

»Dem Händler in der Rothenburger Straße müssen wir es ebenfalls zeigen. Er ist ein wichtiger Zeuge«, ergänzte Wünnenberg. »Für mich stellt es sich so dar, als hätte der Täter den Koffer gezielt für seinen Zweck neu gekauft. Sollten wir nicht sicherheitshalber auch die Daten für die Funkzelle anfordern, in der sich der Basar befindet? Vielleicht gibt es eine Übereinstimmung mit einer Nummer am Annapark?«

»Das können wir allenfalls beantragen, wenn dieser Amun El Hadary den Mann auf dem Phantombild wiedererkennt. Ansonsten unterschreibt dir das kein Richter«, wehrte Hackenholt ab.

»Morgen«, meldete sich Mur noch einmal zu Wort, »werden wir mit Sicherheit auch das Ergebnis der DNA-Analyse hinsichtlich der

Toten erhalten – und vielleicht auch schon erfahren, ob den inneren Kondomwänden, in denen das Crystal verpackt war, etwas Verwertbares angehaftet hat. Unter Umständen können wir uns dem Täter auf diesem Weg nähern.«

»Morgen ist ein ausgezeichnetes Stichwort: Wir müssen, trotz unserer momentanen Arbeitsbelastung, Zeit für Ermittlungen zu Josef Walch freischaufeln. Wir dürfen den Fall nicht schleifen lassen, nur weil wir an einem toten Ende angekommen sind.«

»Ich habe dir gesagt, dass es sich bei Klemens Scharnagl um Josef Walch handelt, oder?«, fragte Mur plötzlich.

»Ja, ich habe allerdings nicht drauf reagiert. Wir müssen noch einmal mit Frau Höllerer sprechen und fragen, ob sie nicht doch unbewusst etwas mitbekommen hat, was ihr Gast als Nächstes tun wollte. Eventuell hat ihn auch ein anderes Familienmitglied telefonieren hören. Außerdem muss jemand bei den Schützenvereinen nachfragen, ob Dr. Metzger dort bekannt ist. Und dann wollten wir uns beim Nachlassgericht nach dem Erbschein erkundigen.«

»Das mit den Schützenvereinen habe ich schon erledigt, aber vergessen zu erzählen. Dr. Metzger ist in keinem Mitglied. Auf ihn sind auch keine Waffen registriert«, sagte Stellfeldt. »Allerdings ist das nicht mehr sonderlich relevant, da Josef Walch mit der Waffe erschossen wurde, die bei der Swiss Ammunition Group gestohlen wurde.«

»Können wir die Nachforschungen beim Nachlassgericht und bei der Pension Höllerer dem neuen Kollegen vom SEK aufs Auge drücken?«, fragte Wünnenberg. »Der ist doch froh um jede Minute, die er nicht im Büro sitzen muss.«

»Na, actiongeladen geht es im Nachlassgericht nicht gerade zu«, kommentierte Hackenholt.

»Der werd denner scho Baaner machen!«, kicherte Baumann.[30]

Damit war das beschlossene Sache.

Als Christine Mur am frühen Abend in ihre Straße einbog, sah sie im bislang verwaisten Haus gegenüber wieder Licht brennen. Einen Moment überlegte sie, ob sie hinübergehen und die neuen Nachbarn begrüßen sollte. Aber dann verwarf sie den Gedanken. Wer auch immer das Haus gekauft haben mochte, stand in der Pflicht, sich

30 »Der wird denen schon Beine machen!«, (...).

bei ihr vorzustellen – nicht andersherum. Außerdem wurde noch gearbeitet. Hämmern und das Kreischen einer Flex waren zu hören. In der Einfahrt vor der Garage parkte ein Transporter mit dem Logo eines Herriedener Fensterbauers.

Ein lautes Maunzen riss Mur aus ihren Gedanken. Kater Barney strich um ihre Beine und verlangte nach Aufmerksamkeit. Mur merkte, dass sie noch immer an der Gartentür stand. Sie hatte gegafft wie eine neugierige Nachbarin. Hoffentlich wurde sie nicht beobachtet.

Rasch bückte sie sich und hob ihren schweren Kater hoch, dem das überhaupt nicht in den Kram passte und der dies mit einem lauten Fauchen deutlich machte.

»Ist ja gut, mein Dickerchen. Jetzt gibt es gleich etwas Leckeres zum Fressen. Was hältst du von einer Dose Thunfisch?«

Mit einer gekonnten Drehung befreite sich Barney aus ihrem Griff und rannte schnurstracks zu seiner Katzenklappe. Kurz bevor er ins Haus schlüpfte, blickte er sich noch einmal um und maunzte laut, als wolle er sie fragen, ob sie nun endlich komme, um ihm sein Abendessen zu servieren.

Freitag

Hackenholt wachte um kurz vor vier Uhr auf, weil Ronja die Nacht lautstark für beendet erklärte – und zwar zum dritten Mal seit Mitternacht. Sophie grunzte.

»Bleib liegen, ich schau nach ihr.« Obwohl Hackenholt auch jedes Mal aufgewacht war, hatte er in dieser Nacht doch mehr Schlaf abbekommen als Sophie. Er beugte sich zu ihr hinüber, küsste sie leicht aufs Ohr, dann stand er auf.

Ronja lag auf dem Rücken in ihrer kleinen Kinderwiege, ihre Hände boxten wütend in die Luft. Als Hackenholt sich über sie beugte und leise auf sie einredete, stoppte ihr Gebrüll. Er streichelte mit einem Finger über ihre kleine, runde Wange. Augenblicklich sperrte sie ihren Mund auf.

»Hast du Hunger?«

Er nahm sie aus dem Bettchen und ging mit ihr in die Küche. Im Wärmer stand noch eine halbvolle Flasche. Sophie stillte üblicherweise nur morgens und abends. Während Ronjas Frühstück auf die richtige Temperatur gewärmt wurde, wickelte Hackenholt seine Tochter.

Die ganze Zeit tat Ronja keinen Mucks. Mit großen Augen beobachtete sie ihren Vater und griff nach seinen Fingern. Schließlich gingen sie zum Füttern ins Wohnzimmer. Leider machte Ronja nach fünf Minuten keine Anstalten mehr, an der Flasche zu nuckeln.

»Und was tun wir jetzt, Ronja?«, fragte er mit einem Seufzer. »Bist du müde und gehst wieder ins Bett?«

Sobald sie jedoch das Kinderzimmer betraten, ließ der Zwerg keinen Zweifel daran, dass er auf diese Alternative überhaupt keine Lust hatte. Allerdings schien die Kleine nun schlechte Laune zu haben, denn sie nörgelte auch dann noch herum, als Hackenholt sie an seine Schulter gelehnt schaukelnd durch die Wohnung trug.

Nach einer Viertelstunde beschloss er, mit ihr spazieren zu gehen. Eilig schlüpfte er in seinen Jogginganzug und packte Ronja in ihren Kinderwagen. Ausgestattet mit Jacke, Mütze und einem dicken Federbett machten sie sich auf in die fünf Grad kalte Nacht.

Ronja schien der Ausflug anfänglich nicht sonderlich zu gefallen.

Die ersten zehn Minuten schrie sie wie am Spieß. Hackenholt war sich sicher, dass ihr nichts fehlte. Sie empörte sich lediglich darüber, nicht auf den Arm genommen zu werden, also ignorierte er ihr Jammern. Als sie den Stadtpark erreichten, schlief sie endlich ein. Vielleicht war es das Plätschern des Neptunbrunnens, der diese Wirkung auf sie hatte.

Plötzlich wurden sie von hinten von den Scheinwerfern eines Autos erfasst.

Ein Fahrzeug im Park? Hackenholts Magen zog sich zusammen, sein Herzschlag beschleunigte sich. Erschrocken fuhr er herum. Es war ein Streifenwagen. Erleichterung machte sich in ihm breit.

Was denn auch sonst?!, schalt er sich und lenkte den Kinderwagen an den Rand des asphaltierten Wegs.

Das Auto rollte langsam an ihm vorbei, hielt dann aber in ein paar Metern Entfernung. Die Beifahrertür ging auf, ein junger Beamter, den Hackenholt noch nie zuvor gesehen hatte, stieg aus. Prompt war er wieder auf der Hut. Zu deutlich war die Erinnerung an seinen letzten Fall, in dem die Täter als Polizisten verkleidet einen Transporter überfallen hatten. Hackenholts Muskeln spannten sich. Erst als sich die Fahrertür des Einsatzfahrzeugs öffnete, merkte er, dass er mit dem Kinderwagen in sicherem Abstand stehengeblieben war.

»Guten Morgen, Personenkontrolle!« Der Fahrer kam mit großen Schritten und einem breiten Grinsen auf ihn zu. Es war Christian Berger. Hackenholts Schultern entspannten sich. »Wir haben eine Meldung hereinbekommen: Ein Mann soll mit einem schreienden Kind durch die Gegend rennen.« Der junge Hauptmeister beugte sich über den Kinderwagen und betrachtete das friedlich schlafende Baby. »Mir war natürlich sofort klar, dass Ronja das nie im Leben sein kann.«

»Dann frag mal Sophie, was ihr zu dem Thema einfällt. Warum sollten wir sonst um diese Zeit unterwegs sein?«

Berger lachte. »Frank, du hast nicht umsonst den Ruf eines Frühaufstehers. Kein Wunder also, dass du mit deiner Tochter zu Nachtschichtzeiten joggen gehst. Trotzdem, ich hielte es für besser, wenn ihr auf den beleuchteten Wegen bleiben würdet. Man weiß nie, was sich hier für Gesindel rumtreibt – denk nur an die Sache im Annapark.«

Knapp zwei Stunden später betrat Hackenholt die Diensstelle. Stellfeldt saß bereits in seinem Büro.

»Ich habe beim LKA wegen den Vermisstenfällen nachgehakt.«

»Und?«

»Die Antwort war: Abwarten, gut Ding will Weile haben.« Stellfeldt zuckte mit den Schultern. »So schnell sollten wir nicht mit Unterstützung rechnen. Offensichtlich gibt es in den Nachbarstaaten kein zentrales Register.«

»Dann werden wir also weiterhin das Pferd von hinten aufzäumen müssen. Hast du eine Liste aller Übernachtungsmöglichkeiten hier im Großraum?«

»Nein, aber ich denke, das lässt sich recht schnell über die *Tourist Information* herausbekommen.«

»Kümmerst du dich darum? Dann stelle ich eine Liste der hiesigen Tankstellen zusammen.«

Stellfeldt nickte.

»Wann kommt der Zeuge wegen dem Phantombild?«

»Um acht.«

»Ralph soll den Termin übernehmen und mit ihm runter zum Erkennungsdienst gehen. In der Zwischenzeit arbeitest du eine Route für die Hotels aus und ich für die Tanken. Sobald das Phantombild vorliegt, fahren wir los. Wenn wir mit je zwei Teams arbeiten, sollten wir es heute schaffen, alle abzuklappern.«

»Ralph ... äh ...« Stellfeldt musste plötzlich husten. »Ralph hat vorhin angerufen. Er kommt etwas später. Sein Auto springt nicht an, er muss auf den ADAC warten.«

Hackenholt runzelte die Stirn. »Um diese Jahreszeit?«

»Er hat gestern Abend das Autoradio angelassen«, murmelte Stellfeldt schon ganz vertieft in eine Straßenkarte. »Saskia kann den Termin beim Erkennungsdienst übernehmen.«

»Einverstanden.«

Hackenholt setzte sich an seinen Rechner, rief im Internet die Seite des Telefonbuchs auf und tippte die Schlagworte »Tankstelle« sowie »Nürnberg« ein. Ungläubig betrachtete er seinen Bildschirm, als ihm fünfundachtzig Treffer angezeigt wurden.

»Das kann ja wohl nicht wahr sein!«, murmelte er. Doch dann bemerkte er, dass manche doppelt genannt wurden – aus welchem Grund auch immer. Ein anderer Eintrag bezog sich auf eine Druckerpatronen-Tankstelle. Hackenholt kopierte eine Adresse nach der anderen in eine Exceltabelle. Name, Anschrift und Telefonnummer.

Als er damit fertig war, sah er auf die Uhr. Viertel vor neun. Wünnenberg war noch immer nicht erschienen. Hackenholt stand auf und wandte sich zur Verbindungstür, die zu Stellfeldts Büro führte.

»Manfred, wie weit –«, abrupt hielt er inne. Das Zimmer war leer. »Großartig. Bin ich jetzt der Einzige, der hier etwas arbeitet?« Dennoch ging er zu Stellfeldts Schreibtisch. Darauf lagen seitenweise Ausdrucke.

Im Flur wurden Schritte lauter. Stellfeldt kam zurück. In der Hand hielt er eine Tasse Kaffee, die er sich offenbar im Geschäftszimmer geholt hatte.

»Sind es bei dir auch so viele?«

Hackenholt nickte.

»Wir brauchen mehr Leute. Insgesamt gibt es in Nürnberg einhundertneunundvierzig Beherbergungsbetriebe plus zwei Jugendherbergen, ein Erholungsheim und einen Campingplatz. In den Zahlen ist noch kein einziges Etablissement außerhalb der Stadtgrenze eingerechnet und keine Ferienwohnung.«

»Vielleicht sollten wir noch einmal einen Schritt zurückgehen und uns überlegen, wer überhaupt eine Leiche im Annapark ablegt«, schlug Hackenholt vor.

»Du meinst, jemand aus der Nordstadt fährt die Leiche nicht in den Süden, sondern verbrennt sie eher im Marienberg Park oder im Stadtpark?«

Der Hauptkommissar nickte.

»Der Täter könnte sich aber genau das gedacht und die Tote extra weiterweg gebracht haben. Wer würde denn schon eine Leiche vor seiner Haustür entsorgen?« Stellfeldt schürzte die Lippen. »Was ist aus den Videoaufzeichnungen der U-Bahn-Haltestelle Aufseßplatz geworden?«

»Keine Ahnung. Darum wollte sich Ralph kümmern. Was macht der denn so lange?«

»Er wird schon noch auftauchen«, murmelte Stellfeldt und wühlte in seinen Unterlagen. Plötzlich sah er wieder auf. »Also? Wie wollen wir die Sache handhaben?«

Hackenholt entschied nach Bauchgefühl. »Wir setzen alles auf eine Karte. Heute die Hotels, morgen die Tankstellen. Nicht parallel, da verzetteln wir uns. Wir bilden so viele Teams wie möglich. Ich rede mit dem Chef, damit wir für heute und morgen eine Handvoll zusätzlicher Leute bekommen.«

Eine halbe Stunde später betrat Baumann Hackenholts Büro und überreichte ihm einen Ausdruck des Phantombilds.

»Mir homms aamål mied unaamål ohne Kabuzn gmachd.«[31]

Der Mann auf dem Bild sah sehr authentisch aus. Hackenholt stutzte. Er kannte den Dargestellten doch gar nicht, wie konnte er dann authentisch wirken?

Schnell revidierte er sich: Das Gesicht, das ihm entgegenblickte, sah echt aus. Zwar konnte man die harten Schnittkanten der einzelnen Elemente sehen, aus denen das Foto montiert war, aber der Dargestellte wirkte wie ein Mensch aus Fleisch und Blut und nicht wie eine missglückte Kinderzeichnung.

Hackenholt lehnte sich in seinem Stuhl zurück und betrachtete den Ausdruck genauer.

Der Mann war jung. Er hatte ein schmales, wohlproportioniertes Gesicht. Keine zu großen oder zu kleinen Augen, kein schiefer Mund. Die Ohren lagen dicht am Kopf an, die Augenbrauen waren weder buschig noch schmal. Auffällig war allein der Adamsapfel und vielleicht noch die leicht ovale, schwarze Brille, die den jungen Mann sportlich wirken ließ. Seine Haare waren kurzgeschnitten, aber in keiner Weise modisch gestylt. Sie lagen einfach flach auf dem Kopf. Die Haut war glatt, ohne Pickel oder Aknenarben. Er hatte weder Bart noch Koteletten. Der Junge wirkte gutbürgerlich.

Ließ sich das von einem Bild sagen?, fragte sich Hackenholt. Vielleicht eher: Der junge Mann wirkte sympathisch. Aber dann wieder: Nur sehr wenige Straftäter liefen mit zu Schlitzen verengten Augen, gerunzelter Stirn und starrem, bohrendem Blick durch die Gegend oder waren gänzlich ungepflegt.

»Maansd, es langerd, wenni zwaahunderd Kobien dervo mach?«[32]

Hackenholt blickte auf. Er hatte Baumann völlig vergessen. »Warte noch. Ich will als Erstes mit dem Inhaber des ägyptischen Basars abklären, ob das der Mann war, der bei ihm den Koffer gekauft hat.«

---

31 »Wir haben es einmal mit und einmal ohne Kapuze gemacht.«
32 »Meinst du, es genügt, wenn ich zweihundert Kopien davon mache?«

Eine Viertelstunde später hatte Hackenholt Amun El Hadary das Foto gefaxt und eine positive Identifikation von dem Händler erhalten. Rasch unterwies der Hauptkommissar die Beamten in ihre Aufgabe, sodass sie mit Phantombildern ausgestattet ausschwärmten, um die aufgelisteten Übernachtungsmöglichkeiten abzuklappern.

Auf dem Rückweg in sein Zimmer kam ihm Mur entgegengelaufen. In der Hand wedelte sie mit einem Stapel Blätter. »Es gibt etwas Neues: Die Ergebnisse vom LKA sind gekommen.«

»Welche?«

»Die DNA-Analyse der Toten.«

»Und?« Hackenholt war sogleich klar, dass Mur mehr gefunden haben musste als ein nichtssagendes Chromosomenmuster.

»Ich habe sie abgeglichen. Unsere Tote war kein unbeschriebenes Blatt.« Wie um das zu unterstreichen, drückte sie Hackenholt die Seiten in die Hand. »Nadine May, dreiundzwanzig Jahre alt, wohnhaft in der Orffstraße in Nürnberg. Mehrfach vorbestraft wegen Diebstahl und Erschleichen von Sozialleistungen.« Sie schien die Akte auswendiggelernt zu haben.

»Hoffentlich ist Ralph inzwischen eingetrudelt«, brummte Hackenholt, während er im Gehen die Seiten überflog.

»Warum? Wo ist er denn?«

»Sein Auto springt nicht an.«

»Um diese Jahreszeit?«

Hackenholt betrat sein Büro. Weder hing Wünnenbergs Jacke am Haken noch stand sein Aktenkoffer neben dem Schreibtisch. Kopfschüttelnd zückte er sein Handy und rief den Kollegen an. Es meldete sich die Mailbox.

»Weißt du was?«, fragte Mur. »Ich komme mit.«

Hackenholt musterte sie überrascht.

»Wir müssen uns sowieso in der Wohnung umschauen. Nadine wohnt übrigens noch bei ihrer Mutter; zusammen mit ihrer sechs Jahre jüngeren Schwester.«

Hackenholt war einverstanden und schrieb Wünnenberg eine kurze Notiz, bevor er zum Parkplatz hinuntereilte.

Das Erdgeschoss des Mehrfamilienhauses in der Orffstraße hatte eine dunkle Klinkerfassade, darüber war es in einem hellen Gelb gestrichen. Der Nachname May stand im dritten Stock. Auf ihr Klingeln ertönte prompt der Türsummer – niemand fragte über die Sprechanlage nach, wer Einlass begehrte.

Als Mur die Tür aufstieß, schlug ihnen der typische Mischgeruch eines gutbürgerlichen, aber nicht wohlhabenden Mehrfamilienhauses entgegen: In den Duft des Treppenreinigers mischte sich der Geruch von abgestandener Luft und Essensdüften.

Im dritten Stock angekommen, mussten sie erneut klingeln. Es dauerte einen Augenblick, dann wurde die Tür geöffnet. Vor Hackenholt stand eine kleine Frau. Sie war höchstens einen Meter sechzig groß, hatte kupferfarbene, gewellte Haare, die ihr bis zur Schulter reichten, sehr helle Haut, und ihr Gesicht war voller Sommersprossen. Alles an ihr wirkte feingliedrig und zerbrechlich, wie bei einem Porzellanfigürchen. Auch ihr Alter sah man ihr nicht an.

»Frau May?«, fragte Mur. »Karin May?«

»Ja, bitte?«

»Wir sind von der Kriminalpolizei Nürnberg«, übernahm nun Hackenholt das Gespräch und stellte sich und seine Kollegin vor, während er seinen Ausweis zeigte.

»Nadine ist nicht da«, sagte Frau May prompt, dann errötete sie und sah schnell zu Boden. »Wegen ihr sind Sie doch hier, oder?«

»In gewisser Weise«, meinte Hackenholt ausweichend.

»Was hat sie diesmal angestellt? Nicht wieder geklaut, oder?«

»Nein, Frau May, es geht um etwas anderes. Können wir hereinkommen?«

Der Frau war die Bitte sichtlich unangenehm, schließlich nickte sie und gab die Tür frei.

Im Wohnzimmer saß ein Mädchen auf dem Sofa und sah fern. Es musterte Hackenholt und Mur abschätzig.

»Bullen. Was wollen *die* denn?«

»Geh in dein Zimmer!«

»Sind die wegen Nadine da?«

Niemand antwortete ihr.

Das Mädchen machte keine Anstalten aufzustehen.

Schließlich war es Mur, die das Schweigen brach: »Wir möchten mit deiner Mutter sprechen. Allein.«

»Warum?«

»Darüber diskutiere ich nicht mit dir.«

Einen Moment lang glaubte Hackenholt, das Mädchen würde

Mur die Zunge rausstrecken, doch dann schnitt sie nur eine Grimasse und erhob sich. Die Tür des Zimmers, in das sie sich verzog, wurde geräuschvoll zugeknallt.

»Wohnt Nadine nach wie vor bei Ihnen?«, fragte Hackenholt.

»Ja, natürlich!« Die Antwort kam schnell und bestimmt.

Mur starrte die Frau an. »Frau May, wir sind nicht vom Amt. Wir prüfen nicht, ob jemand Dinge beantragt hat, die ihm nicht zustehen.«

Karin May wich ihrem Blick aus.

»Wann haben Sie Nadine zum letzten Mal gesehen?«, fragte Hackenholt.

Die Mutter runzelte die Stirn. »Vor ungefähr zwei Wochen. Warum?«

»Wo hat sich Ihre Tochter seither aufgehalten?«, stellte er eine Gegenfrage.

»Bei ihrem Freund.« Wieder senkte Karin May den Blick auf ihre gefalteten Hände. Die Knöchel traten weiß hervor.

»Frau May, es ist wichtig, dass Sie uns die Wahrheit sagen.«

»Sie wollte verreisen«, gab sie nach einem Augenblick leise zu. »Nur kurz, ein paar Tage. Aber: Sie hat es dem Amt nicht gesagt. Und Sie wissen ja, wie die immer sind.«

»Von wann bis wann wollte sie weg?«

»Das genaue Datum weiß ich nicht.«

»Wohin sollte es gehen?«

»Nach Prag. Da war sie schon ein paarmal. Ihr gefällt die Stadt so gut.«

Prag. Tschechien. Crystal. »Wann wollte sie zurückkommen?«

»Ich weiß es wirklich nicht.«

»Hat sie sich in den letzten zwei Wochen noch einmal bei Ihnen gemeldet? Hat sie angerufen oder eine SMS geschickt?«

»Mir nicht, aber vielleicht Sonia.« Auf Hackenholts fragenden Blick fügte sie schnell an: »Meine andere Tochter.«

»Sie haben Nadine also nicht vermisst?«

»Sagen Sie endlich, was los ist!«

»Frau May, wir haben leider sehr schlimme Nachrichten für Sie«, sagte Hackenholt schließlich. »Vor ein paar Tagen wurde eine junge Frau tot aufgefunden. Wie es aussieht, handelt es sich dabei um Nadine.«

»Was? Das kann nicht sein. Nadine war doch nie krank.«

»Wie Sie wissen, haben wir aufgrund ihrer Vorstrafen die Daten Ihrer Tochter gespeichert. Bei einem Abgleich kam heraus, dass die DNA der Toten mit Nadines identisch ist.«

Frau Mays Augen füllten sich mit Tränen. »Aber, was ist denn passiert?«

Hackenholt zögerte einen Moment. »Wir stehen noch ganz am Anfang unserer Ermittlungen. Bislang wissen wir lediglich, dass Ihre Tochter an einem Darmverschluss gestorben ist.« Er hielt kurz inne. »Allerdings hat danach jemand versucht, den Leichnam zu verbrennen.«

Karin Mays Augen weiteten sich vor Entsetzen.

»Wie gesagt, wir stehen noch ganz am Anfang unserer Ermittlungen. Wir versuchen im Moment zu rekonstruieren, wo sich Ihre Tochter aufgehalten hat und in wessen Gesellschaft sie war. Deshalb müssen wir uns auch in ihrem Zimmer umsehen und Dinge wie ihren Computer mitnehmen.«

Frau May nickte.

»Außerdem möchte ich mit Nadines Zahnarzt Kontakt aufnehmen. Können Sie uns die Adresse nennen?«

Plötzlich stand die andere Tochter wieder im Zimmer. »Nadine ist die, die in dem Koffer verbrannt wurde, nicht wahr?«, kreischte sie. »Bei lebendigem Leib.«

Hackenholt fluchte in sich hinein. Er hatte nicht gemerkt, dass das Mädchen aus seinem Zimmer zurückgeschlichen war. Frau May sah aus, als könne sie jeden Moment ohnmächtig werden.

»Nadine war tot, als man versucht hat, sie zu verbrennen. Sie hat dadurch nicht mehr gelitten«, sagte er mit fester Stimme. »Wir würden uns jetzt gern in ihrem Zimmer umsehen. Danach müssen wir Ihnen leider noch ein paar Fragen stellen.«

Wie sich zeigte, war die Wohnung so klein, dass sich Nadine ein Zimmer mit ihrer Schwester teilen musste. Sonia ließ die Beamten keinen Augenblick aus den Augen, während sie Nadines Habe durchsuchten. Was sie von dem Mädchen fanden, war erstaunlich wenig: Ein paar DVDs, ein Kästchen mit billigem Modeschmuck, Parfum, Schminksachen, ein Berg Kleider und diverse Schuhe. Persönliches wie ein Tagebuch, Fotoalben oder dergleichen gab es nicht. Auch keinen Computer.

»Sie hatte ein iPad«, erklärte Sonia in neidischem Tonfall. »Und ein iPhone. Ein ganz Neues. Beides hat sie immer mit sich rumgeschleppt. Da hatte sie alles drauf gespeichert. Niemand durfte die Dinger anfassen; das waren ihre Heiligtümer.«

»Wie konnte sie sich das leisten? Sie hatte doch keine Arbeit«, fragte Mur.

»Keine Ahnung.«

Während seine Kollegin das Zimmer noch einmal gründlich durchkämmte, ging Hackenholt zur Mutter ins Wohnzimmer zurück.

»Sie haben erwähnt, dass Ihre Tochter einen Freund hatte? Wie heißt er?«

»Florian Färber.«

»Kennen Sie ihn persönlich?«

»Nein. Ich weiß nur, was Nadine mir von ihm erzählt hat.« Mit einem Mal begann sie wieder zu weinen. »Warum fragen Sie? Hat er sie umgebracht?«

»Nadine ist an einem Darmverschluss gestorben, Frau May. Die näheren Umstände müssen wir erst noch klären. Florian Färber ist lediglich ein Zeuge – wie Sie. Sie müssen das verstehen. Es ist wichtig.«

Sie nickte und wischte sich die Tränen ab.

»Was können Sie mir über ihn sagen? Wie alt ist er? Was macht er beruflich? Hat er eine Wohnung oder lebt er bei seinen Eltern?«

»Er hat eine eigene Wohnung. Irgendwo in der Südstadt, glaube ich. Er ist Installateur und renoviert Bäder, aber an den Namen der Firma kann ich mich nicht mehr erinnern.«

»Wie alt ist er?«

»Ich glaube vierundzwanzig.«

»Haben Sie Fotos von Ihrer Tochter? Gibt es vielleicht auch eins, auf dem sie mit ihrem Freund zusammen ist?« Eine Stimme in seinem Inneren hielt ihn zurück, ihr das Phantombild vorzulegen.

Die Mutter schüttelte den Kopf.

»Ich habe welche.« Wieder stand Sonia im Zimmer, ohne dass Hackenholt sie hatte kommen hören. Bereitwillig zeigte das Mädchen die wenigen Fotos, die es von seiner Schwester gemacht hatte. Die meisten waren verschwommene Schnappschüsse. Aber zum ersten Mal wurde für Hackenholt die Tote aus dem Koffer zu einem Menschen aus Fleisch und Blut, mit Träumen und Wünschen. Jemand, der sein Leben noch vor sich gehabt hätte.

»Und das«, Sonia klickte ein Bild weiter, »das hat sie mir mal geschickt.«

Hackenholt starrte auf den Mann von dem Phantombild. Er hatte in Wirklichkeit schmalere Lippen und nicht so eng anliegende Ohren. Auch die Brille hatte einen breiteren Rand und die Haare wiesen trotz seines Alters leichte Geheimratsecken auf. Aber alles in allem bestand kein Zweifel: Es handelte sich um ein und dieselbe Person. Er dankte Sonia und gab ihr das Handy zurück.

»Was können Sie mir über die Urlaubsreise Ihrer Tochter erzählen? Mit wem ist sie verreist? Wie ist sie nach Prag gekommen? Wo hat sie gewohnt? Wer hat dafür bezahlt?«

»Ich ... ich weiß das alles nicht.« Schluchzend schlug die Frau die Hände vors Gesicht. »Nadine ... hat gemacht was sie wollte. Wir hatten kein so gutes Verhältnis zueinander. Sie ist nur noch nach Hause gekommen, wenn sie frische Wäsche brauchte. Wo sie sich die ganz Zeit über rumgetrieben hat, weiß ich nicht.«

Im Moment würde er nicht mehr aus der Frau herausbringen, so viel sah Hackenholt ein. Daher stellte er nur noch eine letzte Frage. »Können Sie mir Nadines Handynummer nennen?«

»Natürlich.«

Nachdem er sie notiert hatte, erhob er sich. »Wir werden uns morgen noch einmal mit Ihnen und Sonia unterhalten müssen. Unterrichten Sie einstweilen bitte nur ihren engsten Familienkreis über Nadines Tod. Besser wäre es, wenn Sie auch damit noch ein paar Tage warten würden. Wir werden die Identität Ihrer Tochter schützen. Sollten die Medien Wind davon bekommen, werden sie Sie belagern. Vielleicht haben Sie die Möglichkeit, eine Weile irgendwo unterzukommen, wo niemand Sie kennt. Das können wir morgen besprechen. Einverstanden?«

Karin May nickte mechanisch.

Zurück am Jakobsplatz eilte Hackenholt im Laufschritt in sein Büro. An der Tür wäre er fast mit Wünnenberg zusammengestoßen, der gerade Wasser für seine Kaffeemaschine holen wollte.

»Hoppla. Warum hast du es denn –«

»Stell die Kanne weg, dafür haben wir jetzt keine Zeit. Du musst sofort eine Personenabfrage machen.«

Entweder hatte Wünnenberg ein schlechtes Gewissen, weil er zu spät in der Arbeit erschienen war, oder er erkannte an Hackenholts Tonfall, dass etwas Wichtiges passiert war. Ohne zu murren stellte er die leere Kanne ab und ging zu seinem Computer.

»Name?«, fragte er knapp.

»Färber, Florian. Alter: Anfang bis Mitte zwanzig. Wohnhaft in Nürnberg, irgendwo in der Südstadt. Ich will alles, was wir über ihn in Erfahrung bringen können.« Während Hackenholt sprach, wählte er selbst schon die Nummer der Staatsanwaltschaft. Er hatte Glück und erreichte Oberstaatsanwalt Dr. Holm in seinem Büro. Rasch unterrichtete er ihn über die neuen Entwicklungen, die der Fall genommen hatte und bat ihn, umgehend die Genehmigung für eine Peilung von Nadine Mays Handy einzuholen. Sobald er aufgelegt hatte, las Wünnenberg von seinem Bildschirm ab.

»Florian Färber, geboren 9. Dezember 1991, wohnhaft in Nürnberg, Dallingerstraße, keine Vorstrafen. Fährt einen weißen Opel Cascada. Willst du das amtliche Kennzeichen?«

Hackenholt nickte und notierte alles auf seinem Block. »Dallingerstraße habe ich noch nie gehört. Weißt du, wo die ist?«

Er stand auf und ging zu dem Stadtplan an der Wand. Wünnenberg griff nach seinem *Ripple's Neuester Straßenführer*, den er mitsamt Schreibtisch von seinem Vorgänger geerbt hatte und der gut und gerne zwanzig Jahre auf dem Buckel hatte. Trotzdem war er noch immer eine unschlagbare Hilfe. Nach kurzem Blättern las er vor: »Dallingerstraße: Stadtteile Galgenhof und Lichtenhof, geht von der Breitscheidstraße bis über die Anne-Frank-Straße, kreuzt die Wölkernstraße.«

Hackenholt fuhr mit dem Finger die Hauptstraße entlang, bis er die gesuchte Abzweigung gefunden hatte. Mit dem linken Zeigefinger deutete er auf das gesuchte Haus, mit dem rechten auf den nur wenige hundert Meter entfernten Annapark. »Wenn er es war, hat er sich nicht wirklich viel Mühe gegeben, die Leiche loszuwerden. Weniger als fünf Gehminuten.«

»Wir wissen, dass er ein Auto besitzt. Warum hat er den Koffer nicht eingepackt und ist damit in die Pampa gefahren, um ihn dort zu verbrennen?«

»Gute Frage. Die sollten wir ihm persönlich stellen. Aber jetzt gehen wir erst einmal die Listen durch, welche Handys zum Tatzeitpunkt in die Funkmasten rund um den Annapark eingeloggt waren.«

Wünnenberg griff nach einem Aktenordner, in dem die Ausdrucke der Handykennungen und die dazugehörigen Eigentümer abgeheftet waren und öffnete ihn.

»Was ist mit dem Video der Überwachungskamera vom Aufseßplatz? Darum wolltest du dich doch kümmern.«

»Ich habe sie gestern angefordert. Vielleicht liegen sie vorn im Geschäftszimmer.« Wünnenberg schob Hackenholt den Ordner zu und stand auf. »Ich schau mal schnell.«

Wenige Minuten später kam er mit einem kleinen Päckchen in der Hand zurück. Hackenholt war noch in die Listen vertieft. Eine Seite nach der anderen fuhr er mit dem Finger über die Namen. Auf der vierten fand er, was er suchte: Florian Färber.

Sein Handy war, wie das von vielen anderen Menschen, die gesamte halbe Stunde, für die sie die Daten abgefragt hatten, in der Funkzelle eingeloggt gewesen.

»Jetzt stellt sich die Frage, ob das nicht vielleicht die Zelle ist, in die sich das Handy einloggt, wenn er zu Hause ist – denn dann beweist das gar nichts«, hob Wünnenberg hervor.

»Ich werde sicherheitshalber beim Provider nachfragen.«

»Gut, ich schaue mir in der Zwischenzeit das Überwachungsvideo an.« Er legte die DVD in seinen Computer ein und tauchte in die Welt der U-Bahn-Haltestelle Aufseßplatz ein.

Hackenholt zögerte einen Augenblick, dann griff er zum Telefonhörer und rief Stellfeldt an. Wie er es nicht anders erwartet hatte, erklärte der Kollege, dass sie bislang nicht einmal den Hauch eines Erfolges vorweisen konnten. Rasch setzte Hackenholt ihn über die neuen Ermittlungen in Kenntnis. »Brecht die Sache mit den Hotels ab und bezieht vor Florian Färbers Haus Stellung. Er soll Installateur sein. Handwerker machen am Freitag häufig mittags Schluss. Vielleicht erkennt ihr ihn, wenn er nach Hause kommt.«

»Und was sollen wir dann tun?«

»Im Augenblick können wir ihn nur als Zeuge vernehmen. Bittet ihn, euch in die Dienststelle zu begleiten. Wir haben ein paar Fragen bezüglich seiner Freundin.«

Nachdem er das Gespräch beendet hatte, wählte er die Nummer des Zahnarztes, bei dem Nadine May in Behandlung gewesen war. Er bat ihn, Nadines Zahnstatus an Dr. Puellens Büro zu faxen, damit dieser die Identität der Toten noch einmal verifizieren konnte. Noch während er das Fax zur schriftlichen Bestätigung seines Anliegens tippte, hörte er Wünnenberg ein leises Grunzen von sich geben.

»Hast du was gefunden?«, fragte er und sandte das Dokument an den Drucker auf dem Flur.

»Ich glaube schon. Schau mal.«

Hackenholt stand auf und ging um die Schreibtische herum. Auf dem Bildschirm war das Standbild eines Mannes mit Koffer zu sehen. Da es eine Schwarz-Weiß-Aufnahme war, konnte man nicht erkennen, ob es wirklich der gesuchte rote Koffer war. Und der Mann, der ihn neben sich den Weg entlang rollte, trug die Kapuze seines hellen Pullovers so über den Kopf gezogen, dass sein Gesicht verdeckt wurde.

»Wir müssen doch noch die Handydaten der Funkzelle beim ägyptischen Basar erheben.«

Hackenholt schürzte die Lippen und sah auf die Uhr. Halb eins. »Wenn nur endlich die Peilung von Nadines Handy käme.« Er hielt einen Augenblick inne. »Was du einstweilen ohne richterlichen Beschluss tun kannst: Der Plärrer wird videoüberwacht – schau dir die Aufnahmen an. Wenn der Typ mit der U-Bahn gefahren ist, müsste er darauf zu sehen sein.« Dann wandte er sich ab und ging ins Geschäftszimmer, um von dort aus das Fax an den Zahnarzt zu schicken. Danach beschloss er spontan, in die Einsatzzentrale hinaufzugehen.

Er betrat den großen Raum mit den Funktischen und Telefonen. Wie immer herrschte ein mittellautes Stimmengewirr. Im Vorbeigehen nickte er einer Beamtin zu, die konzentriert Informationen von einem Anrufer erfragte. In der gegenüberliegenden Ecke lief auf einem stummgeschalteten Fernseher ein Nachrichtensender. In einem schallgeschützten Glaskasten arbeitete eine Angestellte an einem Computer. Hackenholt richtete seine Aufmerksamkeit auf den Dienstgruppenleiter.

»Ich habe eine Ortung beantragt. Habt ihr schon was?«

»Frag den Kurzen.« Der Leiter nickte zu einem anderen Mann.

Hackenholt ging hinüber. Der Beamte blickte auf und klickte dann ein paar Icons auf seinem Bildschirm an. Eine Straßenkarte erschien. Nürnberg. Eine Stelle war eingekreist. Ein Funkmast. Derselbe, in dem auch schon Florian Färbers Handy am Dienstagabend eingeloggt gewesen war.

»Verdammt!«, stieß Hackenholt hervor.

Der Beamte sah ihn irritiert an.

»Hat nichts mit dir zu tun.« Hackenholt berührte ihn kurz an der Schulter, im nächsten Moment machte er kehrt und lief zurück in sein Büro. Wünnenberg sah ihn mit hochgezogenen Augenbrauen fragend an.

»Ruf Manfred an und frag ihn, wo sie sind und was es Neues gibt.« Dann griff er nach seinem eigenen Telefonhörer.

Oberstaatsanwalt Dr. Holm antwortete nach dem dritten Klingelzeichen. Der Hauptkommissar schilderte noch einmal kurz die Fakten, warum sie davon ausgingen, dass der Täter den Koffer am Dienstag in Amun El Hadarys Basar gekauft hatte, und bat den Anklagevertreter, die Offenlegung der Mobilfunkanschlüsse zu beantragen, die im fraglichen Zeitraum in der Gegend eingeloggt waren. Sobald er aufgelegt hatte, klingelte sein Telefon.

Es war der Beamte von der Pforte Jakobsplatz, der Hackenholt mitteilte, ein Herr El Hadary wolle zu ihm. Der Hauptkommissar schnitt eine Grimasse. Den vereinbarten Termin für die Zeugenvernehmung hatte er völlig vergessen. Und was viel schlimmer war: Er hatte keinen Dolmetscher bestellt. Schnell klickte er sich durch die Dolmetscherkartei. Der nächstgelegene Übersetzer für modernes Hocharabisch wohnte in München. Hackenholt schüttelte den Kopf. Dann musste es eben einer für Englisch tun, schließlich war das die Geschäfts- und Bildungssprache in Ägypten.

»Bei Florian Färbers Wohnung hat sich noch nichts getan«, sagte Wünnenberg.

Hackenholt nickte geistesabwesend. »Gehst du bitte runter und holst Herrn El Hadary an der Pforte ab? Gib auch einer der Schreibkräfte Bescheid.«

Wie die meisten Vernehmungen, die mit einem Dolmetscher geführt wurden, zog sich die Befragung lange hin. Hackenholt ertappte sich immer wieder dabei, wie er darauf wartete, Stellfeldts Stimme im Flur zu hören. Aber nichts dergleichen passierte.

Es wurde halb drei, bis das Protokoll abschließend noch einmal übersetzt und unterschrieben war. Hackenholt dankte Amun El Hadary für seine Zeit und begleitete ihn und den Dolmetscher zum hinteren Treppenhaus. Sie waren erst wenige Stufen hinuntergegangen, als er von unten jemanden sagen hörte: »Mier mäin ganz naaf in zweidn Schdogg.«[33]

Einen solch starken fränkischen Akzent hatte im gesamten Präsidium nur eine einzige Kollegin. Hackenholt hielt für einen Sekundenbruchteil inne. Wie es klang, hatte sie jemanden bei sich. Das konnte nur Florian Färber sein. Rasch ging der Hauptkommissar die Konsequenzen durch. Es war nicht sonderlich glücklich, wenn El Hadary dem jungen Mann im Treppenhaus begegnete. Andererseits war es kaum noch zu verhindern. Was sagte die Strafprozessordnung dazu? Im Extremfall verloren sie Amun El Hadary als Zeugen für eine Gegenüberstellung, da Färbers Verteidiger argumentieren konnte, der Ägypter habe seinen Mandanten schon vorher in Begleitung von Polizeibeamten gesehen und daher angenommen, er müsse der Täter sein.

Hackenholt fluchte in sich hinein und beschleunigte seinen Schritt. Vielleicht schafften sie es, den ersten Stock zu erreichen und in den dortigen Flur abzubiegen, bevor ... Aber da kam ihnen Stellfeldt schon entgegen. Sein Blick glitt über die Dreiergruppe. Als er den makellos gekleideten Händler sah, presste er die Lippen einen Moment so fest aufeinander, dass sie ganz schmal wurden. Offenbar zählte er zwei und zwei zusammen und kam zum richtigen Ergebnis. Ohne zu erkennen zu geben, dass er Hackenholt kannte, ging er an ihm vorüber. Ihm folgte ein junger blonder Mann, der den Blick gesenkt hielt. Baumann bildete das Schlusslicht.

Der Dolmetscher, der bislang neben Herrn El Hadary gelaufen war, trat zur Seite, damit die beiden Gruppen aneinander vorübergehen konnten. Auf dem Treppenabsatz blieb der Ägypter stehen. Hackenholt sah, wie sein Blick die Stufen hinaufwanderte und an dem jungen Mann hängenblieb.

Hackenholt tat, als würde er nichts bemerken und ging betont gelassen die Treppe weiter hinab. Dennoch hielt er vor Anspannung die Luft an.

Plötzlich sagte El Hadary leise: »*But that's him!*«

Der Dolmetscher blieb nun ebenfalls stehen und sah zu seinem Klienten. Er schien nicht verstanden zu haben, was der Ägypter meinte. Da Hackenholts Englisch sehr passabel war, konnte er der sich entspinnenden Unterhaltung problemlos folgen.

---

33 »Wir müssen ganz nach oben in den zweiten Stock.«

Schließlich drehte sich der Dolmetscher zu ihm und übersetzte: »Herr El Hadary sagt, es war dieser Mann, der den Koffer bei ihm gekauft hat.«

»Der mit der Glatze?«, fragte Hackenholt listig.

»Nein, nein. Der in der Mitte. Der junge Mann mit den blonden Haaren.«

Als Hackenholt in den zweiten Stock zurückkam, erwartete Stellfeldt ihn vor der Tür des Vernehmungszimmers. »Tut mir leid, das ist blöd gelaufen«, entschuldigte er sich.

»Passt schon. Du bist schließlich kein Hellseher. Außerdem hat sich der Zeuge zu einer spontanen Äußerung hinreißen lassen. Damit sollte es durchaus gerichtsverwertbar sein«, winkte Hackenholt ab. »Wie ist der junge Mann so drauf?«

»Das ist eine Frage, die ich dir ehrlich gesagt nicht beantworten kann. Er war sehr schweigsam, hat nur das Nötigste gesprochen. Er hat fast ein wenig eingeschüchtert gewirkt.«

»Aber er hat kein Theater gemacht, als ihr ihn gebeten habt mitzukommen?«

»Nein. Er war wohl etwas ... überrascht.« Stellfeldt grinste. »Er hat genau vor unserem Auto geparkt. Bis er ausgestiegen ist, standen wir schon neben ihm. Er ist ziemlich erschrocken, als ich ihm meinen Ausweis unter die Nase gehalten habe. Wollen wir ihn zusammen vernehmen?«

Hackenholt nickte.

Der Mann, der zusammengekauert auf einem der Stühle saß, sah jünger aus, als er auf dem Foto neben Nadine gewirkt hatte. Vielleicht machte das die ungewohnte Umgebung oder die Tatsache, dass er ahnte, was auf ihn zukam.

Nach der Belehrung und der Feststellung der Personalien sagte Hackenholt: »Es geht um Ihre Freundin, Nadine May. Wie lange kennen Sie sich schon?«

»Seit ungefähr einem halben Jahr.«

»Und seit wann sind Sie ein Paar?

»Genauso lang.«

»Wann haben Sie Nadine May zuletzt gesehen?«

»Vor knapp zwei Wochen.«

»Wann genau?«

»Am Montag, den 8. September.«

»Was haben Sie da gemacht?«

»Nadine hat das Wochenende bei mir verbracht. Das tat sie öfter. Ich bin am Montagmorgen in die Arbeit gefahren, als sie noch im Bett lag.«

»Und seither?«

»Habe ich sie nicht mehr gesehen.«

»Warum nicht?«

»Nadine wollte verreisen.«

»Wann? Wie? Wohin? Mit wem? Herr Färber, jetzt lassen Sie sich doch nicht jedes Wort einzeln aus der Nase ziehen!«

»Sie wollte nach Prag fahren. Als ich am Abend nach Hause gekommen bin, war ihre Tasche weg. Also bin ich davon ausgegangen, dass sie das durchgezogen hat.«

»Heißt das, Sie haben seither nichts mehr von ihr gehört?«

»Ja.«

Hackenholt zog die Augenbrauen hoch und musterte den jungen Mann erstaunt. »Nadine hat Sie nicht mehr angerufen, Ihnen keine SMS geschickt oder ein sonstiges Lebenszeichen von sich gegeben?«

»Nein. Warum fragen Sie mich das alles?«

»Wie lange wollte sie bleiben?«

»So lange ihr Geld reicht. Ist irgendetwas mit ihr passiert?«

Es klopfte an der Tür. Hackenholt stand auf und ging hinaus. Wünnenberg wartete auf dem Flur.

»Dr. Puellen hat angerufen. Er hat die Unterlagen von Nadine Mays Zahnarzt mit den Zähnen der Toten verglichen – sie stimmen überein. Wir haben uns bei der Identität nicht geirrt.«

»Gut.«

»Außerdem hat uns der Provider den Einzelverbindungsnachweis für das Handy des Mädchens gefaxt.«

»Irgendetwas Auffälliges?«, fragte Hackenholt.

»Allerdings: Sie hat zum letzten Mal drei Tage, bevor sie im Annapark gefunden wurde, einen Anruf entgegengenommen. Er kam von einer öffentlichen Telefonzelle.«

»Wann hat sie zuletzt mit Florian Färber telefoniert?«

»Am 10. September.«

»Wir müssen versuchen zu rekonstruieren, wann sie sich wo aufgehalten hat.« Hackenholt nahm Wünnenberg die gefaxten Seiten aus der Hand. »Der Freund ist ein harter Brocken, freiwillig gibt er keine Silbe preis.«

»Hat er ein Alibi?«

»So weit sind wir noch nicht.« Hackenholt ging zurück ins Zimmer. Stellfeldt hatte in der Zwischenzeit das Fenster einen Spaltbreit geöffnet, um ein wenig Luft hereinzulassen. Nun schloss er es wieder.

Hackenholt nahm auf seinem Stuhl neben der Schreibkraft Platz.

»Wo waren Sie am Dienstag zwischen achtzehn und neunzehn Uhr, Herr Färber?«

»Warum wollen Sie das wissen? Was ist mit Nadine?«

»Was haben Sie am Dienstagabend gemacht?«

»Ich war schwimmen.«

»Wo?«

»Im Südbad.«

»Wie sind Sie dorthin gekommen?«

»Zu Fuß.«

»Welchen Weg haben Sie genommen?«

Hackenholt stand auf, ging zu der Straßenkarte an der Wand und verfolgte die Strecke. Der junge Mann schaffte es auf Anhieb, einen plausiblen Weg zu nennen. Hackenholt setzte sich wieder.

»Und im Bad? Bei wem haben Sie bezahlt?«

»An einem Automaten.«

»Wie teuer war der Eintritt?«

»Daran kann ich mich nicht mehr erinnern.«

»So ungefähr.«

»Keine Ahnung.«

»Haben Sie jemanden getroffen?«

»Nein. Ich habe mich umgezogen und bin geschwommen.«

»Was haben Sie danach getan?«

»Ich bin wieder nach Hause gegangen, habe mir etwas zum Essen gemacht und mich vor den Fernseher gesetzt.«

»Was kam denn Schönes?«

»Nichts Gescheites. Ich habe die ganze Zeit herumgezappt.«

»Sie sind also nicht noch einmal weggegangen?«

»Nein. Warum? Was ist denn passiert?«

»Sie haben vorhin bei den persönlichen Daten eine Handynummer genannt, unter der wir Sie erreichen können.« Hackenholt las die Nummer laut vor. »Gehört das Handy Ihnen?«

»Ja, natürlich.« Florian Färber blickte verwirrt drein.

»Nadine May hat Sie am 10. September auf Ihrem Handy angerufen. Sie haben jedoch angegeben, seit dem 8. September nichts mehr von ihr gehört zu haben.«

Florian Färber wurde rot und senkte den Blick. Immerhin behauptete er nicht, Nadine habe ihm auf die Mailbox gesprochen.

»Herr Färber, am Dienstagabend gegen zweiundzwanzig Uhr dreißig wurde im Annapark ein Koffer mit Benzin übergossen und angezündet.« Hackenholt hielt inne und beobachtete den jungen Mann genau. »In dem Koffer befand sich die Leiche Ihrer Freundin Nadine.«

»Das kann nicht sein. Nadine ist in Prag!« Es klang trotzig.

»Herr Färber, ich glaube, Sie waren am Dienstagabend nicht im Schwimmbad«, sagte Hackenholt rundheraus. »Wir haben einen Zeugen, der behauptet, Sie hätten an jenem Abend gegen achtzehn Uhr dreißig in seinem Geschäft einen Koffer Typ Roll-James der Marke Happy Traveller gekauft. Wir haben Videomitschnitte aus dem U-Bahnhof Aufseßplatz, auf dem man einen Mann mit ebendiesem Koffer sieht. Wir haben einen weiteren Zeugen, der Ihnen in der Kopernikusstraße begegnet ist, und mit dessen Hilfe wir dieses Phantombild angefertigt haben.«

Hackenholt legte eine Kopie vor ihn auf den Tisch. »Darüber hinaus werden wir Ihnen anhand der Funkzellenauswertung nachweisen, wo sich Ihr Handy zu der Zeit befand, als Sie schwimmen gewesen sein wollen. Ich bin mir sicher, dass es sich in der Nähe des Basars eingeloggt hat, in dem der Koffer gekauft wurde.«

Hackenholt machte eine Kunstpause, bevor er fortfuhr. »Bisher haben Sie uns nachweislich einen großen Haufen Mist erzählt. Der einzige Grund, den es dafür geben kann, ist, dass Sie mit dem Tod von Nadine May etwas zu tun haben. Ich bin an dieser Stelle verpflichtet, Sie darauf hinzuweisen, dass Sie von uns ab sofort nicht mehr als Zeuge, sondern als Beschuldigter geführt werden. Es steht Ihnen frei, sich zur Sache zu äußern oder die Aussage zu verweigern. Sie können auch jederzeit einen Anwalt Ihrer Wahl hinzuziehen. Darüber hinaus steht es Ihnen frei, Beweisanträge zu stellen, die Ihre Unschuld beweisen. Haben Sie das soweit verstanden?«

Florian Färber nickte. »Ich ...«, seine Stimme versagte, er räusperte sich. »Ich möchte einen Anwalt sprechen.«

»Kennen Sie einen oder sollen wir Ihnen das Telefonbuch bringen?«

Plötzlich brach der junge Mann in Tränen aus. »Ich habe Nadine nicht umgebracht. Ich schwöre es. Als ich von der Arbeit nach Hause gekommen bin, war sie tot.«

Hackenholt warf Stellfeldt einen fragenden Blick zu. Der zuckte mit den Schultern.

»Nadine hat das Wochenende bei mir verbracht. Am Sonntagabend hat sie mir erzählt, dass sie für ein paar Tage mit einer Freundin nach Prag fahren wollte. Ich war total überrascht. Sie hatte das vorher nie erwähnt. Als ich sie gefragt habe, warum sie nicht mit mir wegfährt, hat sie gesagt, Frauen müssten ihre kleinen Geheimnisse haben. Ich habe sie am Montagmorgen zum Bahnhof gebracht, aber dann konnte ich nicht warten, bis ihr Bus gefahren ist, weil ich um sieben in der Arbeit sein musste.«

»Mit welcher Freundin wollte Nadine nach Prag fahren?«

»Sie hat keinen Namen genannt – und am Hauptbahnhof hat auch niemand auf sie gewartet. Aber wir waren recht früh dran, und ich hatte keinen Grund, ihr das nicht zu glauben.«

Auf Hackenholts Stirn erschienen Falten. Er sah den Mann durchdringend an.

»Sie ist allein gefahren, aber das hat sie mir erst viel später gesagt.« Florian Färbers Stimme überschlug sich fast.

»Erzählen Sie weiter«, sagte Hackenholt ruhig.

»Nadine ist nach Prag gefahren –«

»Hat sie das nur gesagt oder hat sie Ihnen einen Beweis vorgelegt? Eine Fahrkarte oder so?«

»Nicht zu dem Zeitpunkt.«

Hackenholt bedeutete ihm fortzufahren.

»Nadine ist also gefahren, aber zwei Tage später hat sie mich angerufen. Angeblich hatte sie sich mit ihrer Freundin gestritten und war schon wieder auf dem Heimweg. Sie hat gefragt, ob es in Ordnung ist, wenn sie zu mir kommt, weil sie nicht zu ihrer Mutter wollte. Als ich am Abend heimgekommen bin, war sie da. Sie hatte eingekauft und für uns gekocht.«

»Das war am Mittwoch, den 10. September?«

»Ja.«

»Was passierte dann?«

»Erst einmal nichts. Zumindest habe ich nichts mitbekommen. Alles war wie immer. Bis auf eins: Nadine wollte keinen Sex haben. Sie hat sich immer wieder über den Bauch gerieben und das Gesicht verzogen, so als ob sie Schmerzen hätte, und ich dachte, sie hätte ihren Frauenkram.«

Färbers Stimme wurde leiser. »Nach zwei Tagen war es ganz offensichtlich, dass sie sich nicht wohlfühlte. Sie hat weder gegessen noch getrunken, dafür klagte sie über Übelkeit. Außerdem war sie ständig müde, hatte stundenlang Schluckauf und wurde schwach. Am Wochenende hat sie Fieber bekommen. Ich dachte, sie hätte eine Grippe ausgebrütet. Sie konnte sich kaum noch rühren. Also schlug ich vor, einen Arzt zu rufen – aber das wollte sie nicht. Sie ist richtig hysterisch geworden. Hat gedroht, Schluss zu machen, wenn ich das tue. Ich war in dem Moment wie vor den Kopf geschlagen und habe die Welt nicht mehr verstanden. Den ganzen Sonntag habe ich auf sie eingeredet. Schließlich hat sie mir erzählt, dass sie nicht aufs Klo kann. Deshalb bin ich in eine Apotheke gefahren und habe Medikamente besorgt. Aber sie hat das Abführmittel wieder erbrochen. Also bin ich noch einmal los und habe ihr ... einen Einlauf geholt.«

Hackenholt musste sich vorbeugen, um die leise Stimme des jungen Mannes noch verstehen zu können.

»Es war ganz schrecklich. Ihr Bauch war so geschwollen. Ich musste ihr den Einlauf machen. Sie hat geschrien vor Schmerzen.« Seine Stimme verlor sich, Tränen schimmerten bei der Erinnerung in seinen Augen. »Als es bis zum Abend nicht besser wurde, habe ich ihr gesagt, sie muss ins Krankenhaus. Ich hatte wirklich Angst, es könnte etwas Schlimmes sein und wollte einen Krankenwagen rufen. Da hat sie gesagt, sie müsste mir etwas beichten.«

Er schloss die Augen und versuchte so, die Tränen zu unterdrücken. Aber sie suchten sich ihren Weg zwischen den Wimpern hervor. »Sie hat mir gesagt, sie hätte Drogen im Bauch. So viel, dass sie für mehrere Jahre ins Gefängnis käme, wenn man sie in ihr finden würde. Zuerst wollte ich es ihr gar nicht glauben. Sie meinte, dass sie ein halbes Kilo Crystal in sich trägt, abgepackt in viele kleine Portionen, die sie hinuntergeschluckt hat und die jetzt nicht mehr herauswollten. Je mehr sie erzählt hat, desto mehr Angst habe ich bekommen. Angeblich konnte nichts passieren, weil alle gut verpackt waren. Selbst wenn ein Kondom aufging, wären noch viele andere

Schichten, die sie schützen würden. Wir müssten nur warten, bis sie wieder herauskämen. Das wäre bloß eine Frage der Zeit. Nichts, worüber man sich Sorgen machen müsste. Bevor sie die Drogen geschluckt hat, hat sie ein Medikament genommen, das den Darm ruhig stellt. Sobald die Wirkung nachlassen würde, wäre alles wieder okay.« Florian Färber hielt inne.

»Und das hat Sie beruhig?«, fragte Stellfeldt ungläubig.

»Nein«, heulte Färber auf. »Ich war völlig durcheinander. Aber was hätte ich denn tun sollen? Ich konnte doch nicht meine eigene Freundin ins Gefängnis bringen!« Er brauchte einen Moment, bis er sich wieder im Griff hatte. »Außerdem hat Nadine mir erzählt, sie hätte das schon zweimal gemacht. Beim ersten Mal war sie so aufgeregt, dass sie Durchfall bekommen hat, sobald sie im Bus saß. Deshalb haben sie ihr beim zweiten Mal was gegeben, damit ihr Darm nicht wieder verrücktspielt. Da ist auch nichts passiert. Nach zwei Tagen kamen die Päckchen raus und alles war gut.«

»Die beiden ersten Male hat sie die Drogen also auch schon bei Ihnen ausgeschieden?«, provozierte Stellfeldt.

»Nein! Ich sag doch gerade, ich wusste vorher nichts davon.«

»Wie ging es dann weiter?«, fragte Hackenholt.

»Am Montag wollte ich erst nicht in die Arbeit gehen, aber Nadine hat darauf bestanden. Als ich am Nachmittag nach Hause gekommen bin, hatte sie nach wie vor vierzig Fieber. Sie hat viel gestöhnt und geschlafen. Ich habe ihr immer wieder Tee gekocht, aber sie hat ihn kaum angerührt. Als ich am Dienstagmorgen in die Arbeit bin, hat sie noch geschlafen. Aber sie war viel friedlicher. Deshalb habe ich sie nicht geweckt. Ich dachte, es würde ihr besser gehen.«

Florian Färber hielt inne und wischte sich die Tränen vom Gesicht. »Als ich nach der Arbeit nach Hause gekommen bin, lag sie noch genauso im Bett wie am Morgen. Ich bin in die Küche und habe ihr eine Suppe gemacht. Danach habe ich erst gemerkt, dass etwas nicht stimmte.« Er presste sein Gesicht in beide Hände. »Ich wusste überhaupt nicht, was los ist. Ich habe sie gerüttelt und umgedreht und auf sie eingeredet. Ich hatte doch noch nie eine Tote gesehen. Sie war nicht kalt und auch nicht steif.«

Hackenholt kramte nach einem Päckchen Taschentücher und reichte es Färber.

»Dann habe ich Panik bekommen und bin weggerannt. Einfach

raus aus der Wohnung. Ich bin durch die Straßen gelaufen und ... ich wusste nicht, was ich tun sollte. Sie hatte mir doch gestanden, den Bauch voller Drogen zu haben. Sie hat gesagt, sie kommt ins Gefängnis, wenn sie zu einem Arzt geht. Ich dachte, ich würde jetzt auch ins Gefängnis kommen. Ich kenne mich doch da nicht aus.«

Er schluckte krampfhaft. »Irgendwann hat mich dann ein anderer Gedanke gepackt: Ich war mir plötzlich nicht mehr sicher, ob sie wirklich tot war oder ob ich es mir womöglich nur eingebildet hatte. Vielleicht war sie nur bewusstlos gewesen. Also bin ich nach Hause gerannt. Aber sie lag noch genau so in meinem Bett, wie ich sie liegengelassen hatte. Sie hat sich auch nicht wieder zugedeckt. Jetzt war sie kalt. Nicht mehr so wie vorher. Und ihr Mund stand offen.«

Plötzlich begann Florian Färber zu würgen. Hackenholt schaffte es gerade noch, ihm den Mülleimer in die Hand zu drücken, dann übergab sich der Mann. Es dauerte eine ganze Weile, bis das verzweifelte Würgen aufhörte. Stellfeldt hatte sich ein paar Latexhandschuhe übergezogen und nahm Färber den Mülleimer ab, um den Inhalt zu entsorgen, während Hackenholt den jungen Mann zur Toilette führte, damit er sich den Mund spülen konnte.

Erst eine Viertelstunde später setzten sie die Vernehmung fort.

»Was ich danach getan habe, war eine absolute Kurzschlussreaktion. Ich dachte, wenn ich einen Arzt rufe, dann verständigt der die Polizei und dann ... dann kommt das mit den Drogen raus und ich bin dran, weil keiner mir glauben würde, dass ich gar nichts davon gewusst habe. Also bin ich los und habe diesen Koffer gekauft.« Es klang, als sei damit alles gesagt.

»Und weiter?«

»Das wissen Sie doch«, murmelte Färber. »Ich habe Nadine hineingelegt und den Koffer nachts im Park angezündet.«

Hackenholts Augen bohrten sich in die des jungen Mannes. »Wie zum Teufel sind Sie auf eine derart dumme Idee gekommen?«

Florian Färber wandte den Blick ab. »Ich glaube, ich habe das mal in einem Film gesehen. Ich dachte, wenn ich den Koffer verbrenne, dann weiß man nicht, wer das ist und ... Es war eben eine Scheißidee.«

»Na, wenigstens sehen Sie es ein!«, brummte Stellfeldt. Er erhob sich und machte Hackenholt ein Zeichen. Sie gingen vor die Tür. »Glaubst du ihm die Geschichte?«

»Wir werden zumindest ziemliche Probleme bekommen, sie zu widerlegen.«

»Ich habe ihn die ganze Zeit genau beobachtet. Er wirkt nicht wie ein Lügner.«

»Ich denke, ich werde jetzt erst einmal mit Dr. Holm sprechen. Wir müssen die Wohnung durchsuchen. Vielleicht finden wir noch irgendwelche Spuren, die Rückschlüsse darauf zulassen, was dort wirklich geschehen ist. Mir geht einfach nicht in den Kopf, dass Nadine bis zum Schluss einen Arzt verweigert hat. Wer sagt uns, dass Färber die Leiche nicht verbrannt hat, weil er Fessel- und Knebelspuren verbergen wollte?«, gab Hackenholt zu bedenken. »Bei der Version, die er uns gerade geschildert hat, bleibt strafrechtlich kaum was übrig. Tötung durch Unterlassen?« Er zog die Augenbrauen hoch.

»Wahrscheinlich nicht einmal das«, stimmte Stellfeldt zu. »Das Ganze steht und fällt damit, ob er etwas mit den Drogen zu tun hatte oder nicht. Rede du mit Dr. Holm. Ich versuche in der Zwischenzeit, jemanden von der Hundestaffel zu erreichen. Wir brauchen einen Drogenspürhund. Ich denke, es wird nicht schaden, wenn wir die Wohnung nach allen Regeln der Kunst filzen.«

Nachdem Hackenholt sich mit dem Oberstaatsanwalt abgestimmt und die entsprechenden Beschlüsse beantragt hatte, ging er zurück zu Florian Färber, den Wünnenberg einstweilen bewacht hatte.

»Lassen Sie uns über das Rauschgift sprechen.« Er musterte den jungen Mann. »Was hat Nadine geschmuggelt?«

»Ein halbes Kilo Crystal – das habe ich Ihnen schon gesagt.«

»Hat Nadine konsumiert?«

»Nein!«

»Und Sie?«

»Natürlich nicht.«

»Herr Färber, das ist jetzt wichtig!«, ging Hackenholt gedanklich noch einmal einen Schritt zurück. »Hat Nadine das Crystal für den Eigenkonsum geschmuggelt?«

»Nein. Wirklich. Sie hat nichts genommen. Und ich genauso wenig.«

»Sind Sie dann damit einverstanden, dass wir eine Haarprobe von Ihnen nehmen?«

»Für eine DNA-Analyse?«

»Nein, dazu verwenden wir heutzutage üblicherweise eine Speichelprobe. Mit einer Haaranalyse lassen sich im Rahmen eines Drogenscreenings Betäubungsmittelrückstände feststellen.«

»Tun Sie es, wenn es mir hilft.«

Wünnenberg erhob sich und ging hinaus. Als er zurückkam, trug er Einweghandschuhe. In der Hand hielt er ein kleines Papiertütchen und eine Schere. Mit einem dünnen Faden band er eine strohhalmdicke Strähne an Färbers Hinterkopf zusammen, die er anschließend abschnitt und in das Papiertütchen gleiten ließ.

»Für wen hat Nadine das Gift geschmuggelt, wenn nicht für Sie?«, setzte Hackenholt die Vernehmung fort.

»Sie glauben mir das alles nicht.« Florian Färber senkte den Kopf.

»Es geht nicht darum, was *ich* glaube, Herr Färber. Es geht darum, welche Fakten sich anhand von Indizien und Zeugenaussagen nachweisen lassen.«

»Dann brauche ich Ihnen gar nicht erst zu erzählen, was Nadine mir gesagt hat«, murmelte der junge Mann resigniert. »Denn das lässt sich nicht beweisen.«

»Tun Sie es trotzdem.«

»Vor zwei Jahren hat Nadine mal nebenbei in einer Kneipe gejobbt, während sie arbeitslos war. Das hat sie dem Amt natürlich nicht gesagt. Bei einer Razzia ist das aber aufgeflogen. Sie wurde angezeigt und hat eine Strafe bekommen.«

»Woher wissen Sie das? Sie kannten Nadine nach eigenen Angaben zu dem Zeitpunkt noch gar nicht.«

»Das hat sie mir alles am Sonntag erzählt, als ich sie ins Krankenhaus bringen wollte und sie mir deswegen das mit dem Drogenschmuggel gebeichtet hat.« Er sah auf seine Hände. »Jedenfalls hat der Mann im Jobcenter, der für sie zuständig war, alles mitbekommen. Einige Zeit später hat er ihr ein Angebot gemacht. Er würde jemanden kennen, der Jobs hätte, von denen niemand etwas erfährt. Nadine dachte zuerst, der Kerl wollte sie verarschen, und hat abgelehnt. Trotzdem hat er ihr einen Zettel gegeben. Darauf stand der Name einer Disco. Sie sollte nach einem der Türsteher fragen und ihm einen schönen Gruß ausrichten. Außerdem hat er ihr versprochen, wenn sie den Job annimmt, würde er ihr keine Arbeitsangebote mehr schicken. Weil man die doch nur dreimal ablehnen darf, bevor die Bezüge gekürzt werden. Nadine ist nach ein paar Wochen mit einer Freundin dorthin gegangen und hat tatsächlich nach dem Mann gefragt.«

»Wie heißt er und welche Disko war das?«

»Den Namen hat sie mir nicht gesagt, und die Disko gibt es heute nicht mehr. Das war das Stardust.«

Hackenholt schnitt eine Grimasse. Die Diskothek Stardust hatte schon vor fast zwei Jahren den Betrieb eingestellt.

»Der Kerl hat dann jedenfalls angeboten, ihr einen Urlaub in Prag zu spendieren. Und wenn sie sich danach dazu entschließen würde, für ihn zu arbeiten, dann bekäme sie auch noch ordentlich Kohle. Sie hatte also nichts zu verlieren.«

Hackenholt musste an Gregor Theiss denken, den Zöllner von der Gemeinsamen Ermittlungsgruppe Rauschgift, und an das, was er ihm über Körperschmuggler berichtet hatte. »Was ist in Tschechien passiert?«

»Nadine hatte eine wunderschöne Woche dort. Sie und ihre Freundin waren in einem richtig noblen Hotel untergebracht. Doch dann hieß es plötzlich, die Freundin müsse heimfahren, weil Nadine in der zweiten Woche zu einem Seminar eingeladen wäre. Ihre Freundin fand das total doof. Sie haben sich deshalb völlig zerstritten.«

»Was war das für ein Seminar? Wo fand es statt?«

»Nadine wurde in so etwas wie ein Heim außerhalb von Prag gebracht. Wo genau das war, wusste sie nicht. Dort waren noch einige andere Leute, eine ganze Gruppe. Erst hat man Nadine in einem Einzelgespräch gesagt, es ginge darum, etwas herunterzuschlucken und mit nach Deutschland zu nehmen. Ein Arzt hat sie untersucht. Dann musste sie jeden Tag üben. Erst mit Weintrauben und Cherrytomaten und dann mit Karotten- und Gurkenstücken.«

»Und das hat Nadine Ihnen alles letzten Sonntag erzählt?«

»Ja.«

»Sie waren da nicht selbst dabei?«

»Nein. Wirklich nicht.«

»Wie oft hat Nadine Drogen aus Tschechien nach Deutschland geschmuggelt?«

»Es war das dritte Mal. Aber bei den ersten zwei Malen war es nicht so viel gewesen.«

»Dreimal innerhalb von zwei Jahren? Sind Sie sicher, dass sie es nicht öfter gemacht hat?«

»Ich kann nur sagen, was sie mir erzählt hat.«

»Welche Rolle hat dabei der Mann vom Amt gespielt?«

»Er hat Nadine das Busticket gegeben.«

»Und sonst?«

»Ich weiß es nicht. Nadine hat ihn nicht weiter erwähnt.«

»Auch keinen Namen?«

»Nein.«

»Wie heißt die Freundin, die beim ersten Mal mit dabei war?«

»Melli. Aber ich kenne sie nicht.«

»Wie ging es dann weiter?«

»Ich habe Ihnen schon gesagt, dass Nadine vor Aufregung unterwegs Durchfall bekommen hat. Da sind alle Päckchen wieder rausgekommen. Die hat sie dann eingesteckt, weil sie sie nicht noch einmal runterschlucken konnte. Aber was sie in Nürnberg damit gemacht hat, das weiß ich nicht.« Florian Färbers Magen knurrte.

»Wir sind bald fertig. Unten in der Haftanstalt bekommen Sie später etwas zum Essen.«

Färber erbleichte. »Haftanstalt?«

»Wir müssen abwarten, was die Hausdurchsuchung zutage fördert. Mein Kollege wird Sie jetzt erst einmal zum Erkennungsdienst bringen. Fotos und Fingerabdrücke.« Hackenholt nickte Wünnenberg zu. »Aber heute Nacht müssen Sie bei uns im Polizeigewahrsam bleiben. Was morgen passiert, wird der Staatsanwalt beziehungsweise Haftrichter entscheiden.«

Müde rieb sich Hackenholt übers Gesicht. Seinen Vorsatz, nicht so spät nach Hause zu gehen, hatte er schon vor geraumer Zeit über den Haufen geworfen. Er saß am Schreibtisch und blätterte in Josef Walchs Akte.

Martin Groß hatte gute Arbeit geleistet: Er war am Nachmittag zum Nachlassgericht gegangen und hatte erfahren, dass es zu Josef Walchs verstorbener Mutter keine Unterlagen gab. In einer Aktennotiz hatte der Kollege vermerkt, man brauche nicht in allen Fällen einen Erbschein. Solange ein rechtsgültiges, handschriftliches Testament vorliege und keine Grundstücke in die Erbmasse fielen oder anderweitig komplizierte Verhältnisse vorlagen, konnte man sich das Geld sparen; es sei denn, eine Bank oder Versicherung bestand darauf. Ein Rechtsstreit sei in der Sache ebenfalls nicht anhängig gewesen. Josef Walch hatte also keine offiziellen Schritte unternommen, um an ein etwaiges Erbe seiner Mutter zu kommen.

Anschließend war Groß zu Frau Höllerer nach Roßtal gefahren. Sie waren noch einmal detailliert Josef Walchs Aufenthalt in ihrer Pension durchgegangen. Die Magen-Darm-Geschichte, wegen der er sich nicht aus seinem Zimmer getraut hatte, konnte genauso gut als schlichtes Verstecken interpretiert werden. Aber warum war er dann nach ein paar Tagen wieder ausgezogen? Denn unmittelbar danach musste er seinem Mörder begegnet sein. Und irgendetwas in Hackenholt spürte, dass das nicht Dr. Johann Metzger gewesen war.

Endlich wurden auf dem Flur Schritte lauter, die in Hackenholts Richtung liefen.

Stellfeldt ließ sich schwer auf Wünnenbergs verwaisten Bürostuhl fallen, während Baumann stirnrunzelnd Wünnenbergs leere Kaffeemaschine beäugte.

»Gibdsnern haid ieberhabbs kann gscheidn Kaffee?«[34]

»Sollte Kaffee jemals in die Liste der verbotenen Substanzen aufgenommen werden, haben wir hier in der Dienststelle ein echtes Problem«, grinste Stellfeldt und massierte seine Glatze.

»Ned blous då!«, protestierte Baumann.[35]

»Seid ihr in der Wohnung fündig geworden?«

Stellfeldt ließ den Arm sinken. »Weder hat der Drogenspürhund etwas entdeckt, noch haben die Wischtests etwas zutage gefördert. Und das hätten sie, wenn etwas in der Wohnung gewesen wäre, das kannst du mir glauben. So staubig, wie es dort teilweise war, wurde seit längerem nicht mehr geputzt.«

»Obber genau des machd den Färber sei Aussåch ersu glaubwürdich.«[36]

»Außerdem haben wir keinen Anhaltspunkt dafür entdeckt, dass er seine Freundin gefesselt oder geknebelt hat. Am Bett gab es keine entsprechenden Spuren. Handschellen oder ähnliches haben wir ebenfalls nirgends gefunden. Nicht einmal Paketband hatte er in der Wohnung.«

»Klingt fast so, als ob es kürzer wäre, wenn ihr aufzählen würdet, was ihr gefunden habt«, brummte Hackenholt.

---

34 »Gibt es heute eigentlich überhaupt keinen ordentlichen Kaffee?«
35 »Nicht nur hier!«, (...).
36 »Aber genau das macht Färbers Aussage so glaubwürdig.«

»Abführtee in der Küche, Abführmittel im Mülleimer, ein benutztes Klistier im Mülleimer, ein originalverpacktes im Badezimmerschrank, eine zusammengeknüllte Quittung aus der Apotheke mit Datum vom letzten Sonntag, eine Reisetasche voller Frauenkleider, Schuhe, Kosmetika, ein iPad, ein iPhone, einen Geldbeutel mit Nadine Mays Ausweis und ein Ticket für einen Bahnbus.«

»Wo sind die Sachen?«

»Liegt alles bei Christine und wartet darauf, auf Fingerabdrücke untersucht zu werden. Wir konnten bislang keinen Blick in Nadines Handy oder ihren Tablett-Computer werfen.«

»Dann tun wir das morgen. Wie schaut es mit Bargeld aus?«

»Ein kleiner zweistelliger Betrag im Portemonnaie, aber keinerlei Bargeld in der Wohnung. Wir haben nicht den geringsten Hinweis, dass Färber gedealt hat. Wir müssen morgen natürlich noch seine Bankverbindung überprüfen und die Kontoauszüge durchsehen, aber eigentlich geht es bei Drogen immer um Bares.« Stellfeldt hielt inne. »Was hat Herr Färber angegeben, für wen das Crystal war?«

Hackenholt schilderte kurz die Geschichte von dem Türsteher der mittlerweile geschlossenen Disko und dem Mitarbeiter des Jobcenters.

»Jemandem aus der Türsteherszene traue ich absolut zu, mit Rauschgift zu tun zu haben – aber einem Mitarbeiter vom Jobcenter?« Stellfeldt machte ein zweifelndes Gesicht.

»Wårum ned?«, fragte Baumann. »Schwazze Schåf gibds ieberall. Konnsdi nemmer an den Kolleeng in Fädd erinnern, der wou däi Wår ausn Schdreifmwång raus verdiggd hodd? Wår fei in alle Zeidunger.«[37]

Stellfeldt schnitt eine Grimasse. »Ich habe nicht gesagt, dass es unmöglich ist. Man würde es nur nicht erwarten. Hast du die Namen von den zwei Personen?«, fragte er an Hackenholt gewandt.

»Nein.«

»Dann müssen wir am Montag herausfinden, wer im Amt für Nadine May zuständig war.«

»Ich spreche morgen noch einmal mit ihrer Mutter. Unter Umständen weiß sie etwas, oder es gibt schriftliche Korrespondenz.«

37 »Warum nicht?«, (...). »Schwarze Schafe gibt es überall. Erinnerst du dich nicht mehr an den Kollegen in Fürth, der aus dem Streifenwagen raus das Zeug vertickt hat? Ging groß durch die Presse.«

»Die Frage ist, wie tief wir mit unseren Ermittlungen in diese Materie einsteigen wollen«, gab Stellfeldt zu bedenken. »Für uns ging es primär um die Frage, ob eine strafbare Handlung im Zusammenhang mit Nadine Mays Tod vorliegt. Für alles Weiterführende sind die Kollegen vom Rauschgift zuständig.«

»Wie es im Moment aussieht, können wir Florian Färber nicht allzu viel nachweisen. Wenn er wirklich nichts mit dem Crystal zu tun hatte und er Nadine auch nicht gegen ihren Willen einen Arzt vorenthalten hat, bleibt nicht genug übrig, um ihn in Untersuchungshaft zu nehmen«, konterte Hackenholt schärfer als beabsichtigt. Er holte tief Luft. »Jetzt warten wir mal ab, was wir noch herausfinden. Nadines Schwester hat gesagt, dass sie alles Wichtige in ihrem Handy und Computer gespeichert hatte. Die beiden Geräte nehmen wir uns morgen Früh als Erstes vor.«

Samstag

Als Hackenholt am frühen Samstagmorgen sein Büro betrat, lagen Nadines iPad und iPhone in einen Asservatenbeutel verpackt auf seinem Schreibtisch. Er griff zum Telefonhörer und wählte Murs Nummer.

»Sag mal, gehst du im Moment gar nicht mehr heim?«, begrüßte er die Kollegin.

»Doch, ich bin nur heute Morgen ziemlich früh aufgewacht. Irgendjemand in der Nachbarschaft hat um vier Uhr seine Autotür zugeknallt. Danach war an Schlafen nicht mehr zu denken.«

»Was kannst du mir über die beiden Geräte sagen, die du mir auf den Schreibtisch gelegt hast?«

»Sie sind voller Fingerabdrücke. Alle von Nadine May und Florian Färber – wobei ich aber nicht glaube, dass letzterer die Geräte manipuliert hat. Zumindest auf dem Home-Button habe ich ausschließlich Nadines rechten Zeigefingerabdruck gesichert.«

»Gut, dann werde ich mir jetzt mal den Inhalt ansehen.« Nachdem er aufgelegt hatte, nahm er sich zunächst das Telefon vor. Er las Nadines Kurznachrichten und durchstöberte ihre Kontakte. Notizen hatte sie keine gespeichert, dafür hörte er sich zwei belanglose Sprachmemos an und vernahm dabei zum ersten Mal ihre Stimme. Dann blätterte er ihr Fotoalbum durch, sah sie lachen, zusammen mit Freunden, eine Katze, Prag.

Allmählich bekam er einen groben Eindruck, wer Nadine May gewesen war.

Erst zum Schluss widmete er sich ihrer Kalender-App. Die zwei Tage in Prag hatte sie sorgfältig eingetragen. Am 4. September, dem Donnerstag, bevor sie nach Tschechien gefahren war, hatte sie um zehn Uhr fünfzehn einen Termin im Jobcenter gehabt. Leider hatte sie weder Name noch Zimmernummer vermerkt. Für die Zeit nach der Reise fanden sich keine Einträge. Falls Hackenholt gehofft hatte, hier einen Anhaltspunkt zu finden, wann sie die ausgeschiedenen Drogen übergeben sollte, wurde er enttäuscht.

Er lehnte sich zurück und starrte hinüber zur Jakobskirche. War es erfolgversprechend, sämtliche in Nadines Handy gespeicherten Nummern zu überprüfen, um so vielleicht den Kontaktmann zu entdecken, an den sie die Drogen übergeben sollte? Missmutig schüttelte er den Kopf. Großdealer wechselten ihre Handynummern mitunter täglich, um einer Verfolgung durch die Behörden zu entgehen. Naheliegender war, dass derjenige, an den Nadine die Drogen übergeben sollte, sie angerufen hatte. Oder Übergabeort und -termin waren bereits im Vorfeld der Reise vereinbart worden.

Hackenholt holte sich die Anrufliste aufs Display. Die letzten drei Anrufer hatten ihre Nummer unterdrückt. Alle Telefonate waren nach Nadines Rückkehr geführt worden. Das erste noch am Mittwochabend. Das Gespräch hatte nur wenige Sekunden gedauert. Ein zweites am Samstag; Dauer: fast drei Minuten. Das dritte und letzte am Montagmorgen – sie hatte es nicht angenommen.

Noch einmal rief er den Terminkalender auf. Diesmal blätterte er die vergangenen zwei Jahre komplett durch. Nach einer Weile fand er, was er suchte: Die zwei vorhergehenden Aufenthalte in Prag waren ebenfalls penibel eingetragen. Auch ihnen war ein Besuch im Jobcenter vorangegangen. Aber bei keinem von beiden fanden sich Hinweise, an wen die Drogen später übergeben worden waren.

Hackenholt wurde durch fröhliches Pfeifen auf dem Gang aus seinen Gedanken gerissen. Wünnenberg hatte offenbar ungewöhnlich gute Laune.

»Freust du dich so sehr darüber, dass dein Auto heute angesprungen ist, oder was?«

»Wieso mein Auto?« Wünnenberg runzelte die Stirn.

»Na, gestern hattest du ja wohl einige Probleme!«

»Ach so, das ...« Wünnenberg griff nach der Kaffeekanne und ging Wasser holen.

»Wo steckt eigentlich Manfred?«, fragte Hackenholt, sobald Wünnenberg ins Büro zurückgekommen war.

»Ich glaube, der wollte vor der Arbeit noch bei seiner Mutter vorbeischauen.«

Hackenholt überlegte krampfhaft, ob die Rede schon jemals auf Stellfeldts Mutter gekommen war, aber er konnte sich nicht erinnern. War sie nicht vor vielen Jahren gestorben?

»Ern goudn Morng!«, tönte es aus dem Nachbarbüro. »Hobbder haid Fräih scho Zeidung gleesn?[38]

38 »Guten Morgen!«, (...). »Habt ihr heute Morgen schon Zeitung gelesen?«

Hackenholt, dem es verhasst war, sich über zwei Zimmer hinweg zu unterhalten, erhob sich und ging nach nebenan. »Nein, warum?«

Wortlos schob Baumann ihm Deutschlands größte Klatschzeitung hin. Auf der Titelseite sprangen ihm ein pixeliges Bild von Nadine May und die Schlagzeile »Vom Freund lebendig verbrannt« entgegen.

»Das darf doch wohl nicht wahr sein!« Angewidert warf Hackenholt die Zeitung zurück auf den Tisch. »Woher haben die das?« Rasch änderte er seine Pläne für den Tag. »Saskia, könntest du bitte Florian Färbers Kontoauszüge durchschauen, bis Manfred kommt?«

»Wou schdeggder nåcherdla?«[39]

»Bei seiner Mutter.«

Baumanns Augen weiteten sich. »Obber däi is doch dod!«[40]

»Dann ist er eben auf dem Friedhof. Was weiß ich? Jedenfalls: Könntest du dich um die Kontoauszüge kümmern? Es geht mir darum, ob es irgendwelche auffälligen Transfers gibt, mit denen er das Crystal bezahlt haben könnte. In der Zwischenzeit fahre ich mit Ralph noch einmal zu Nadines Mutter.«

Anders als Hackenholt es befürchtet hatte, wurde das Haus, in dem die Familie May wohnte, nicht von einer Traube Reporter belagert. Sollte er sich getäuscht haben? Aber das Foto war eines von denen gewesen, die Sonia May ihm am Vortag auf ihrem Handy gezeigt hatte. Wünnenberg klingelte.

»Gehen Sie weg«, schallte es ihnen aus der Sprechanlage entgegen.

»Kriminalpolizei! Frau May, wir müssen mit Ihnen reden.«

»Ich dachte, es wäre der Kerl von der Zeitung.«

Der Öffner summte, und Hackenholt drückte die Tür auf. Diesmal erwartete Frau May sie an der Tür. Wieder führte sie die Beamten ins Wohnzimmer. Es war leer, und auch aus den anderen Zimmern drang kein Laut.

»Wo ist Ihre Tochter?«, fragte Hackenholt.

»Meine Eltern haben sie gestern Abend abgeholt und mit ins Allgäu genommen. Was sie getan hat, haben sie ja in der Zeitung gesehen.«

»Wie kam es zu dem Artikel?«

---

39 »Wo steckt er denn?«
40 »Aber die ist doch tot!«

»Sie hat da einfach angerufen und ...«, Frau Mays Stimme überschlug sich fast vor Empörung, »und *Geld* verlangt. Und die haben es ihr auch noch bezahlt!« Sie deutete auf ein Kuvert auf dem Tisch. Daneben lag Sonias Handy. »Ich weiß beim besten Willen nicht, wie sie zu so einem Monster werden konnte. Zumindest kann sie bei meinen Eltern nichts anstellen. Sie wohnen da, wo sich Fuchs und Henne gute Nacht sagen.«

Hackenholt musterte die Frau einen Moment lang. Er räusperte sich. »Frau May, Nadine hat in ihrem Terminkalender für den 4. September um zehn Uhr fünfzehn einen Termin im Jobcenter notiert. Gibt es dazu schriftliche Korrespondenz? Wer war ihr Sachbearbeiter und worum ging es bei dem Gespräch?«

»Sie musste immer wieder mal ins Amt. Oft wegen einer Stelle, für die sie sich bewerben sollte, oder weil man ihr eine Fortbildungsmaßnahme reindrücken wollte.«

»Was hat Ihre Tochter gearbeitet?«

»Sie war gelernte Hauswirtschafterin, aber meistens hat sie nur als Regalauffüllerin in einem Supermarkt gejobbt.« Frau May erhob sich und holte einen Aktenordner aus dem Wohnzimmerschrank. Eine Rubrik enthielt sämtliche Schreiben des Jobcenters an Nadine. Das oberste war tatsächlich die Einladung zu einem Gespräch für den 4. September. Hackenholt überflog es auf der Suche nach dem Namen des Sachbearbeiters. Rechts neben dem Aktenzeichen fand er ihn: Hr. Liedel. Hackenholt runzelte die Stirn. War das nicht auch der Mitarbeiter, der Josef Walch betreut hatte, und der im Urlaub gewesen war, als er mit ihm sprechen wollte? Hackenholt blätterte die Schreiben durch. Vor ungefähr zweieinhalb Jahren hatte es einen Sachbearbeiterwechsel gegeben. Frau Heide war gegangen, Herr Liedel gekommen.

»Wir müssen die Unterlagen mitnehmen, aber Sie erhalten sie selbstverständlich zurück.«

Dem Gesichtsausdruck der Mutter war anzusehen, dass sie nicht verstand, was die Polizei mit den Briefen wollte, aber sie nickte.

»Da ist noch etwas anderes, worüber wir sprechen müssen, Frau May.« Hackenholt sah sie fest an. »Laut Obduktion ist Ihre Tochter an einem Darmverschluss gestorben. Das habe ich Ihnen bereits gesagt. Daneben hat sich herausgestellt, dass sie fünfzig kleine Drogenpäckchen mit einem Gesamtgewicht von fünfhundertachtzig

Gramm in ihrem Körper hatte. Wie es aussieht, hat sie das Rauschgift von Tschechien nach Deutschland geschmuggelt.«

»Das kann nicht sein!« Karin May schüttelte vehement den Kopf, so als könne sie dadurch die Tatsache verscheuchen. »Nadine hat keine Drogen genommen.«

»Schmuggler sind nicht notwendigerweise auch Konsumenten.«

»Aber ...« Frau May schluchzte laut auf. »Hört dieser Albtraum denn nie auf? Erst kommen Sie und sagen, meine Tochter wurde in einen Koffer gesperrt und verbrannt. Dann ruft meine andere Tochter hinter meinem Rücken bei der Zeitung an, und jetzt soll Nadine auch noch mit Drogen rumgemacht haben!«

»Das ist leider eine traurige Gewissheit. Ihre Tochter war bereits zu zwei früheren Gelegenheiten in Prag. Das erste Mal vor rund anderthalb Jahren, und dann noch einmal Anfang des Jahres. Wie hat Nadine nach diesen ›Urlauben‹ auf Sie gewirkt? Hat sie erzählt, was sie in Prag gemacht hat?«

»Das kann alles nicht stimmen! Beim ersten Mal ist sie mit ihrer Freundin Melli gefahren. Das weiß ich ganz genau. Und beim zweiten Mal kam sie viel früher zurück, weil sie in einer Spelunke etwas Falsches gegessen und sich eine Lebensmittelvergiftung geholt hat.«

Hackenholt horchte auf. »Wie lange blieb sie bei ihrem zweiten Besuch?«

»Nach zwei Tagen war sie schon wieder da.«

»Hat sie anschließend viel Zeit auf der Toilette verbracht?«

»Ja, wie das eben so ist bei einer Lebensmittelvergiftung.«

»Und danach? Traf sie sich mit jemandem, den Sie nicht kannten?«

»Was weiß ich. Sie war viel unterwegs. Ich kenne ihre Freunde nicht.«

Hackenholt erhob sich. »Wie können wir Sie in den nächsten Tagen erreichen? Fahren Sie ebenfalls zu Ihren Eltern?«

»Nein, ich bleibe hier.«

»Trotz der Reporter? Denken Sie noch einmal drüber nach, ob es nicht klüger wäre, ebenfalls für ein paar Tage aus Nürnberg wegzugehen, bis sich der Sturm gelegt hat.«

Zurück im Präsidium, suchte Hackenholt als Erstes in Josef Walchs Akte den Namen von dessen Sachbearbeiter im Jobcenter. Er hatte sich nicht getäuscht. Der Mann hieß tatsächlich Liedel. Stefan Liedel. Hackenholt schürzte die Lippen. So häufig war der Nachname nun nicht gerade, als dass es davon mehrere in einer Behörde gab. Es musste sich um denselben Mann handeln. Hackenholt war wie elektrisiert. Mit einem Mal fielen diverse Puzzleteilchen an ihren Platz.

Josef Walch und Nadine May waren beide Hartz-IV-Empfänger, beide hatten denselben Sachbearbeiter beim Jobcenter – und beide waren mehrmals nach Prag gereist.

Nadine May hatte das getan, um Crystal nach Deutschland zu schmuggeln.

Von Josef Walch wussten sie, dass er mehr Geld zur Verfügung gehabt hatte, als er von der Behörde monatlich überwiesen bekam. Außerdem hatte die Dame im Reisebüro Stellfeldt gesagt, Walch habe nur die Thailandreisen bei ihr gebucht – die Tickets für die Pragreisen musste er sich anderweitig besorgt haben.

Florian Färber hatte behauptet, Nadine habe die Fahrscheine von dem Mitarbeiter des Jobcenters erhalten.

Am liebsten hätte Hackenholt sofort mit Stefan Liedel gesprochen. Dennoch würde er sich bis Montag gedulden müssen, vorher erreichte er im Amt niemanden. Außerdem war jetzt großes Fingerspitzengefühl angesagt: Sie hatten keine Beweise, die gegen den Mann sprachen. Florian Färber wusste lediglich vom Hörensagen, dass der Sachbearbeiter in die Sache verstrickt war. Was, wenn Nadine gelogen hatte? Doch warum hätte sie das tun sollen? Sie hatte im Sterben gelegen. Aber Florian Färber: Konnte man ihn als zuverlässigen Zeugen einstufen, oder wollte er nur seine eigene Haut retten?

Baumann kam zur Tür herein. »Iech hobbmer ern Florian Färber seine Kondoauszüüch oogschaud. Då is nix Auffellichs. Gehaldseigeng un diferse Ieberweisunger un Abhebunger. Nix Kobbereggischs, kanne groußn Bedräch.«[41]

Hackenholt nickte. »Ist Manfred inzwischen da?«

»Naa, obber oogruffm hodder. Er kummd haid ned. Ihn gäids ned goud. Irchndwos min Greislauf, maani.«[42]

»Hoffentlich nichts Ernstes?«

---

41 »Ich habe mir Florian Färbers Kontoauszüge angesehen. Da gibt es nichts Auffälliges. Gehaltseingänge und diverse Überweisungen und Abhebungen. Nichts Merkwürdiges, keine großen Beträge.«

42 »Nein, aber er hat angerufen. Er kommt heute nicht. Ihm geht es nicht gut. Irgendetwas mit dem Kreislauf, glaube ich.«

»Ach Godderla, naa. Du wassd doch, dasser manchmål Migräne hodd.«[43]

Hackenholt wollte schon erwidern, dass er das bisher nicht gewusst hatte, doch dann fiel ihm ein, wie häufig Stellfeldt sich über die Glatze strich und den Kopf massierte. Ganz offensichtlich war das ein Anhaltspunkt dafür, dass der Kollege regelmäßig mit Kopfschmerzen kämpfte.

»Dann müssen wir die Arbeit heute anders aufteilen«, antwortete er schließlich. »Fahr mit Ralph bitte zu dem Haus, in dem Florian Färber wohnt, und fragt bei den Nachbarn nach, ob sie zum fraglichen Zeitpunkt irgendetwas Ungewöhnliches gehört oder gesehen haben. Eine Frau, die um Hilfe gerufen hat, lautes Gepolter, einen Streit. Irgendetwas, das darauf hindeutet, dass jemand gegen seinen Willen festgehalten wurde.«

Nachdem die Kollegen das Kommissariat verlassen hatten, ging Hackenholt zu Florian Färber in die Haftzelle hinunter. Der junge Mann saß auf der schmalen Pritsche und hielt die angezogenen Beine umschlungen.

»Die haben mir meine Schuhe weggenommen.« Er sah Hackenholt vorwurfsvoll an.

»Das ist Vorschrift, wegen den Schnürsenkeln.«

»Aber der Boden ist so kalt.«

Damit hatte er nicht Unrecht. Der Fliesenboden war selbst im Sommer kühl – an kalten Herbsttagen, wie sie derzeit herrschten, war er unangenehm.

»Ich habe noch einmal ein paar Fragen an Sie.«

»Und dann?«

»Werde ich mit dem zuständigen Staatsanwalt Rücksprache halten. Er entscheidet, ob er einen Haftbefehl gegen Sie beantragt.«

Hackenholt führte Färber in ein Vernehmungszimmer, in dem schon eine Schreibkraft wartete.

»Ich möchte noch einmal näher auf das Crystal eingehen. Hat Ihre Freundin nach ihrer Rückkehr aus Prag telefoniert?«

Der junge Mann senkte den Kopf. »Ja.«

»Wann und mit wem?«

»Das erste Mal hat jemand am Mittwochabend auf ihrem Handy angerufen, kaum dass sie aus Prag zurück war. Ich dachte, es wäre

43 »Ach wo. Du weißt doch, dass er manchmal Migräne hat.«

ihre Mutter. Nadine sagte nur: ›Ja, ich bin gut angekommen. Alles in Ordnung.‹«

»Sie haben sie nicht nach dem Anrufer gefragt?«

»Nein, natürlich nicht. Ich bin kein Kontrollfreak.«

»Und wann kam der zweite Anruf?«

»Am Samstag. Sie war gerade im Badezimmer und hat geduscht. Ich habe nur gehört, dass sie gesprochen hat, aber ich habe sie nicht belauscht!«, fügte er aufgebracht hinzu und verschränkte schützend die Arme vor dem Körper.

»Haben Sie sie da auch nicht gefragt, wer sie angerufen hat?«

»Nein. Warum denn? Sie hatte viele Freundinnen.«

»Wann haben Sie am Montagmorgen das Haus verlassen?«

»Ich gehe immer um viertel sieben.«

»Auch am Montag? Obwohl es Ihrer Freundin nicht gut ging?«

»Was hätte ich denn tun sollen?« Plötzlich waren sie wieder da: die Wut, die Tränen, die Ohnmacht. »Ich weiß, ich habe Scheiße gebaut. Es wäre besser gewesen, einen Arzt zu rufen. Aber sie wollte nicht. Natürlich hätte ich es gegen ihren Willen einfach tun sollen. Ich habe sie geliebt! Ich wusste nicht, dass sie sterben wird. Am Dienstag dachte ich wirklich, es wäre ein gutes Zeichen, dass sie so tief und fest schläft.«

Hackenholt ging auf den Ausbruch nicht weiter ein. »Nadine wurde dreimal mit unterdrückter Nummer angerufen. Zuletzt am Montagmorgen. Den Anruf hat sie jedoch nicht angenommen. Ihr Dealer wird sich kaum damit zufriedengegeben haben. Ist der Kerl bei Ihnen aufgetaucht? Oder hat er Sie sonst wie kontaktiert?«

Florian Färber schüttelte schon den Kopf, bevor Hackenholt zu Ende gesprochen hatte.

»Hat er ihnen gesagt, was Sie mit der Leiche tun sollen? Hat er Ihnen Geld dafür angeboten, damit Sie sie entsorgen und den Mund halten?«

»Nein! Ich habe mit diesen Menschen nichts zu tun. Das mit dem Koffer war allein meine dumme Idee. Ich hätte die Polizei verständigen sollen, vielleicht hätten Sie die Leute dann irgendwie drankriegen können. Ich habe heute Nacht über alles nachgedacht. Da ist nämlich noch etwas: Nadine hat gesagt, der Mann vom Jobcenter hat sie dazu gezwungen. Sie wollte es eigentlich nicht mehr tun, nachdem sie mich kennengelernt hatte.«

Da war er wieder. Stefan Liedel.

»Wie genau hat er sie dazu gezwungen?«

»Er wollte Strafen gegen sie verhängen und ihr Geld streichen, weil sie angeblich Auflagen nicht nachgekommen wäre.«

Gut zwei Stunden, nachdem Hackenholt Florian Färbers Befragung beendet hatte, hörte er Baumanns Stimme aus dem Nachbarzimmer. Er erhob sich und ging hinüber.

»Und? Was ist bei euch herausgekommen.«

»Summa summarum haben wir niemanden im Haus gefunden, der bemerkt hätte, dass in der Wohnung jemand gegen seinen Willen festgehalten worden wäre«, sagte Wünnenberg. »Es gab keine Schreie, keinen Krach, kein Gepolter.«

»Bis auf Mondåchvuurmiddåch.«[44] Baumann griff nach einer angebrochenen Flasche Cola neben ihrem Schreibtisch und schenkte sich ein Glas ein.

»Da hat Frau Eichhorn«, Wünnenberg blätterte in seinem Notizbuch, »Monika Eichhorn, die Nachbarin, die mit Färber auf derselben Etage wohnt, gehört, dass jemand gegen die Tür der Nachbarwohnung getreten hat. Wie der Kerl ins Haus gekommen ist, weiß sie nicht. Sie hat ihn erst wahrgenommen, als er nebenan Sturm geklingelt und geklopft hat. Irgendwann hat er zu rufen begonnen und gegen die Tür getreten. Im selben Moment, als Frau Eichhorn ihre Tür öffnete, um zu fragen, ob er ein Problem hätte, hat Nadine ebenfalls aufgemacht. Die Nachbarin kannte das Mädchen vom Sehen. Nadine hat sich entschuldigt und den Kerl schnell in die Wohnung gelassen. Da Frau Eichhorn wusste, dass Nadine mit dem Typ allein war, weil Florian Färber am Morgen ganz normal zur Arbeit gegangen ist, hat sie aufgepasst. Der Fremde ist nach ein paar Minuten wieder gegangen. Sie ist dann rüber und hat geklingelt, um Nadine zu fragen, ob alles in Ordnung wäre.«

»Die Nadin hodd also definidief die Geleengheid zern Wechlaufm ghadd, wenns wolln hädd. Vonnerer Freiheidsberaubung kånn kaa Red sei.«[45]

»Um wie viel Uhr war das?«, fragte Hackenholt.

44 »Bis auf Montagvormittag.«

45 »Nadine hatte also definitiv Gelegenheit, wegzulaufen, wenn sie gewollt hätte. Von einer Freiheitsberaubung kann keine Rede sein.«

»Gegen elf.«

»Das würde passen«, sinnierte Hackenholt. Um zehn Uhr zweiundvierzig ruft der Dealer bei ihr an. Sie geht nicht ran, er fährt zu ihr und macht so lange Remmidemmi, bis sie öffnet.«

»Wouher sollerner gwissd homm, wou si däi aufghaldn hodd?«[46]

»Sie könnte es ihm bei seinem Anruf am Samstag gesagt haben. Da haben sie knapp drei Minuten lang gesprochen. Möglicherweise wollte er einen Übergabeort mit ihr vereinbaren, sie sagt, ihr geht es nicht gut, sie hat die Päckchen noch nicht ausgeschieden. Er fragt, wo sie ist, weil er vermutet, dass sie ihn übers Ohr hauen will.«

»Der Dealer hat die Adresse von ihrem Freund sicher bereits gekannt und wusste von vornherein, dass sie sich dort aufhalten wird. Die lassen eine Körperschmugglerin doch nicht einfach so ohne Aufsicht in der Weltgeschichte rumrennen«, widersprach Wünnenberg. »Dazu ist das Zeug viel zu viel wert.«

»Konnte die Nachbarin den Mann näher beschreiben?«

»Der Kerl war ein absolutes Klischee: Glatze, schwarze Kleider, schwarze Lederjacke mit Nürnberg-Aufschrift, Tätowierungen an Nacken und Hinterkopf. Aber: Turnschuhe – keine Springerstiefel. Eher der Typ Hooligan, Rocker, Türsteher als jemand aus der rechten Szene.«

»Dann bleibt uns jetzt nur eins: Ich spreche mit Dr. Holm. Mal sehen, was er zu dem Ganzen sagt.«

Hackenholt ging in sein Büro und rief den Oberstaatsanwalt an, der Jourdienst hatte. Er berichtete ihm von den Vernehmungen und fasste dann noch einmal knapp zusammen.

»Wir haben nichts gegen Florian Färber in der Hand. Allem Anschein nach hat er seine Freundin nicht gegen ihren Willen in der Wohnung festgehalten. Seine Aussage, er sei in der Apotheke gewesen und habe ihr Medikamente besorgt, wurde bei der Durchsuchung seiner Wohnung bestätigt. Wir können ihm allenfalls vorhalten, keinen Krankenwagen gerufen zu haben – aber dagegen steht seine Behauptung, das Opfer hätte unter keinen Umständen einen gewollt. Auch hinsichtlich der Drogen gibt es keinerlei Indizien dafür, dass er etwas damit zu tun hat.«

»Das klingt so, als ob wir damit beim Ermittlungsrichter nicht weit kommen.«

---

46 »Woher sollte er gewusst haben, wo sie sich aufgehalten hat?«

»Sehe ich genauso. Von unserer Seite ist die Sache damit abgeschlossen. Wir könnten am Montag noch mit dem Sachbearbeiter des Jobcenters sprechen und Nadines Freundin vernehmen, die beim ersten Mal in Prag dabei war. Aber dann sollten wir die Ermittlungen an die Kollegen von der Gemeinsamen Ermittlungsgruppe Rauschgift abgeben.«

»Einverstanden. Schicken Sie mir die Ermittlungsakte Anfang nächster Woche rüber, festhalten können wir ihn nicht länger.«

Hackenholt schloss die Wohnungstür auf. Alles war mucksmäuschenstill. Hätte der Kinderwagen nicht vor der Tür gestanden, hätte er angenommen, Sophie sei mit Ronja spazieren gegangen. So leise wie möglich hängte er seine Jacke auf. Plötzlich öffnete sich die Tür zu Sophies Arbeitszimmer. Bevor er sie begrüßen konnte, legte sie den Zeigefinger an ihre Lippen und winkte ihn zum Wohnzimmer hinüber. Vorsichtig öffnete sie die Tür einen Spaltbreit und ließ ihn hineinsehen. Ronja lag friedlich schlafend in ihrem Laufstall. Davor lag ebenso friedlich schlafend Christine Mur auf dem Fußboden. Sophie sah Hackenholt grinsend an und schloss die Tür wieder.

»Wie kommt Christine hierher?«, fragte er leise, nachdem sie in die Küche gegangen waren, wo Sophie begann, ein verspätetes Mittag- oder verfrühtes Abendessen aufzuwärmen.

»Sie hat vorhin angerufen und gefragt, ob sie vorbeikommen kann. Maurice will heute Abend mit ihr essen gehen. Da wäre es blödsinnig, wenn sie vorher nach Feucht raus fährt. Andererseits wollte sie nicht den ganzen Nachmittag im Büro verbringen. Eigentlich hatten wir vor, mit Ronja rauszugehen, aber dann sind die beiden beim Spielen eingeschlafen. Bei Ronja kann ich das verstehen, aber bei Christine? Habt ihr im Moment so viel zu tun?«

Hackenholt nickte und fragte sich, ob es ein guter Moment sei, Sophie zu sagen, dass er in Zukunft kürzertreten wollte, aber sie redete schon weiter.

»Jedenfalls konnte ich heute Nachmittag richtig gut arbeiten, während Christine mit Ronja gespielt hat. Vielleicht sollten wir einmal die Woche einen Babysitter engagieren, der sich um sie kümmert. Dann könnte ich wieder mit der einen oder anderen Übersetzung anfangen. Ich mag dem Verlag nicht so oft absagen. Am Ende suchen sie sich jemand anderen.«

Plötzlich ging die Tür auf, Mur kam herein und schnüffelte. »Mmmh! Was riecht hier denn so lecker?«

»*Unser* Essen«, antwortete Hackenholt belustigt. »*Du* willst mit Maurice essen gehen, wenn ich richtig informiert wurde.«

Mur sah auf die Uhr. Es war halb vier. »Ich glaube, so eine klitzekleine Portion würde ich trotzdem vertragen.«

Lachend nahm Sophie einen zusätzlichen Teller aus der Anrichte. »Wo steckt Maurice?«

»Wenn ich das wüsste. Seit zwei Wochen ist er ständig unterwegs und kommt fast immer zu spät, wenn wir uns irgendwo treffen.«

»Na, da ist er ja in bester Gesellschaft. Ralph und Manfred haben die Pünktlichkeit in letzter Zeit auch nicht gepachtet.«

Sonntag

Um vier Uhr morgens wurde Mur von der ungewöhnlichen Stille geweckt, die um sie herum herrschte. Weder lag ein gefühlte Tonnen schwerer Katzenkörper auf ihrer Brust, noch schnarchte ihr Barney laut ins Ohr.

Als sie am Samstagabend nach dem gemeinsamen Abendessen mit Maurice Puellen nach Hause gekommen war, war ihr Kater nicht wie üblich am Gartentor gesessen, um sie mit seinem lauten Maunzen zu begrüßen. Mur hatte sich zwar gewundert, war aber nicht sonderlich beunruhigt gewesen. Vielleicht stieg er gerade einer paarungswilligen Katzendame nach, von denen es in ihrer Umgebung die eine oder andere gab?

Zwei Stunden später war Barney noch immer nicht zurück. Mit einem Seufzen ging Mur mit einem Beutel Leckerli vor die Tür. Sie knisterte mit der Tüte, rief liebevoll nach ihrem Dickerchen, aber nichts passierte. Keine grünen Katzenaugen funkelten sie aus dem Apfelbaum an, kein leises Miauen kam von seinem Lieblingsplatz im Schaukelstuhl im Garten, kein Fellknäuel rieb sich an ihren Beinen. Nach einer Viertelstunde war Mur klar: Barney schmollte, weil sie ihn so lange alleingelassen hatte. Sie füllte seinen Fressnapf und verstreute ein paar Leckerlis hinter der Katzenklappe. Dann legte sie sich schlafen.

Nun setzte sich Mur auf. Plötzlich war sie sich sicher: Barney musste etwas zugestoßen sein. Er war kein Kater, der sein warmes Bett gegen eine nasse Wiese eintauschte.

Die aufkeimende Angst scheuchte sie aus den Federn. Barneys Fressnapf stand unangetastet auf dem Fußboden. Mur eilte zur Haustür, schlüpfte in ein Paar Gummistiefel, zog ihren gelben Friesennerz über und holte eine Taschenlampe von der obersten Ablage der Garderobe.

Zunächst lief sie ihren Garten ab und leuchtete in jeden Winkel. Sogar das baufällige Gartenhaus durchstöberte sie. Als sie den Kater nicht fand, verließ sie ihr Grundstück und lief in Richtung Wald. Was, wenn er auf einen Baum geklettert war und sich nun nicht mehr allein heruntertraute?

Ein ums andere Mal rief sie seinen Namen, während sie eine große Runde durch den Forst drehte. Nach einer Stunde erfolglosen Suchens kam sie wieder zu Hause an. Was sollte sie jetzt tun? Die umliegenden Straßen abfahren und schauen, ob sie einen toten Kater im Straßengraben fand? Fahren und suchen gleichzeitig war in der Dunkelheit kaum möglich. Konnte sie eine Suchmannschaft auf die Beine stellen? Mur sah auf die Uhr. Kurz nach fünf. An einem Sonntagmorgen. Sie musste zumindest bis um sieben Uhr warten.

Was bis dahin tun? Die Nachbargrundstücke absuchen? Zumindest die, von denen sie wusste, dass die Bewohner verreist waren. Dort würde niemand die Polizei rufen, wenn sie unbefugt durch den Garten schlich. Ihr Blick fiel auf das Haus gegenüber. Das, in dem vorgestern Abend Licht gebrannt und ein Handwerkerauto davor geparkt hatte. Nachdem es unbewohnt war, würde sie dort als Erstes nachsehen. Vielleicht entdeckte sie ein offenes Kellerfenster, durch das sich Barney gezwängt hatte und nun nicht mehr herauskam?

Wie es ihr bei der Untersuchung eines Tatorts in Fleisch und Blut übergegangen war, ging sie systematisch vor. Von der Gartenpforte aus suchte sie jeden Winkel des Grundstücks ab. Immer und immer wieder rief sie den Namen ihres Katers und raschelte mit der Verpackung seiner Leckerlis. Doch kein Maunzen antwortete ihr.

Schließlich stand sie vor der Garage. Der linke Flügel des maroden hölzernen Garagentors war unten zum Teil angefault, sodass das Holz stellenweise gesplittert war und nun an einer Stelle ein faustgroßes Loch hatte. Ein Einfallstor für Mäuse, Marder und was sonst noch in Waldnähe hauste. Für Barney war es realistisch betrachtet zu klein. Dennoch drückte Mur die Türklinke, der Flügel schwang mit einem leisen Quietschen auf.

Eigentlich hatte sie erwartet, die Garage sei leer. Doch dem war nicht so. Am hinteren Ende standen Kisten und Kartons aufgetürmt. Umzugskartons. An der Längswand stapelten sich vom Boden bis zur Decke Großkanister mit Putzmitteln.

Für Sekundenbruchteile stockte Mur der Atem. Sie musste an die Ermittlungen rund um den Tod eines Schülers denken, der in der Gartenlaube seines Großvaters Drogen hergestellt hatte. Liquid Ecstasy. Mur wusste aufgrund ihrer täglichen Lektüre des Lageberichts, dass die Kollegen im Kreis Nürnberger Land immer wieder Drogenlabors aushoben. War es nun auch in Feucht so weit? Hatte sich solch ein Typ in ihrer unmittelbaren Umgebung niedergelassen? War ihr neuer Nachbar ein Drogendesigner?

Ohne nachzudenken, zog Mur ihr Handy aus der Hosentasche und fotografierte die Kanister. Dann steckte sie es wieder weg und verließ eilig die Garage.

Als sie die Tür schloss, sah sie sich um. Niemand hatte sie beobachtet. Wahrscheinlich war es nicht ratsam, allein auf dem Grundstück herumzuschnüffeln, aber sie musste noch die Kellerfenster überprüfen, denn bei ihrer Suche nach Barney war sie keinen Schritt weitergekommen.

Sie lief zum Haus hinüber. Die Lichtschächte waren alle mit einem Rost ausgestattet, sodass keine Katze hindurch schlüpfen konnte. Dennoch ging Mur um das gesamte Haus herum. Auf der Rückseite entdeckte sie zu ihrer Verwunderung, dass das Toilettenfenster sperrangelweit offen stand. Auf den zweiten Blick merkte sie, dass es komplett fehlte.

Das Loch im Mauerwerk zog sie magisch an. Es war etwa fünfzig mal fünfzig Zentimeter groß und befand sich knapp über ihrem Kopf.

Rasch sah sie sich um, doch der Feldweg, der hinter dem Haus vorüberführte, lag verlassen da. Rechterhand begann der Wald, und die Nachbarn zur Linken hatten die Rollos noch heruntergelassen. Ihr Blick blieb an einem alten Holztisch unter dem großen Kirschbaum hängen. Ob der ihr Gewicht trug?

Später konnte Mur nie erklären, warum sie den Entschluss fasste, unerlaubterweise in das Haus einzusteigen. Sie tat es ganz einfach, ohne lange drüber nachzudenken.

Innen ließ sie sich vorsichtig vom Fenstersims hinunter auf den Rand der Toilettenschüssel gleiten, dann verharrte sie einen Augenblick reglos hinter der Tür, die einen Spaltbreit offen stand.

Was, wenn jemand sie erwischte? Es war Sonntag. Der Jemand würde mit Sicherheit kein Handwerker sein. Und der Kerl, dem das Haus gehörte und der Drogen herstellte, wäre wohl nicht sonderlich darüber amüsiert und machte womöglich kurzen Prozess mit ihr.

Ein Geräusch. Mur hielt den Atem an. Ihr Herz setzte für einen Wimpernschlag aus, dann begann es zu rasen. Angestrengt lauschte sie. Das Geräusch kam aus einem der Zimmer rechts von ihr. Es war ganz klar ein menschliches Atmen. Ihre Kehle war wie zugeschnürt.

Die Nackenhaare stellten sich ihr auf. Ein feines Zittern lief durch ihren Körper, sie bekam Gänsehaut.

In das schwere Atmen mischten sich Schnarchgeräusche.

Mur zwang sich, langsam und durch den Mund Luft zu holen. Vorsichtig tastete sie sich im Dunklen weiter zur Tür. Sie stand eine Handbreit offen. So behutsam wie möglich öffnete Mur sie, bis sie hineinsehen konnte.

Im schwachen Dämmerlicht, das durch die Fenster hereindrang, erkannte sie schemenhafte Umrisse. Eine Leiter, Farbkübel, Werkzeug.

Plötzlich hörte das Schnarchen auf.

Mur stockte der Atem, ihr Herz klopfte wie verrückt, Blut rauschte in ihren Ohren.

Ein lautes Geräusch durchbrach die Stille. Es klang, als habe man einen großen, schweren Sack auf den Boden geschmettert.

Mur zuckte zusammen.

Dann starrten sie zwei grüne Augen an.

»Miaauuuuuuu.«

Murs Knie gaben nach. Sie musste sich am Türstock abstützen.

»Barney!«, flüsterte sie.

Sekundenbruchteile später strich ein dicker, schwerer, warmer Katzenkörper um ihre Beine. Mur packte Barney und schloss ihn vor Freude so fest in die Arme, dass er umgehend seine Krallen ausfuhr und ihr deutlich zu verstehen gab, wie wenig er ihre überschwänglichen Gefühle teilte.

»Komm, lass uns hier abhauen«, flüsterte Mur leise. Obwohl er sich in ihren Armen hin und her wand, ließ sie ihn nicht los. Aber wie sollte sie so durch das enge Fenster wieder hinausschlüpfen? Sie rannte zur Haustür. Die Klinke ließ sich hinunterdrücken, es war nicht abgeschlossen.

Erst auf halbem Weg zum Gartentor erinnerte sich Mur an den Tisch, der verräterisch vor dem Toilettenfenster stand. Obwohl der Kater mittlerweile angefangen hatte, sie in die Hände zu beißen, machte sie noch einmal kehrt, lief zur Rückseite des Hauses und zerrte das wackelige Ding an seinen Platz unter dem Kirschbaum zurück.

Bevor sich Mur in die warme Badewanne legte und den Schrecken der Nacht zu vergessen versuchte, verrammelte sie Barneys Katzenklappe. Für die kommenden Tage stand er unter Hausarrest. Strafe musste sein.

Aus der Küche drangen unterdessen laute Schmatzgeräusche zu ihr. Der Kater leerte die Tüte Leckerli, die sie auf der Anrichte hatte liegen lassen, dann machte er sich über seinen Fressnapf her.

Am Nachmittag grübelte Mur noch immer, was sie wegen ihres Funds in der Garage unternehmen sollte. Abwarten, was für ein Typ dieser neue Nachbar war? Oder tat sie besser daran, auf der Stelle die zuständigen Kollegen zu benachrichtigen? Sie holte ihr Handy und sah sich die Bilder an, die sie in der Garage gemacht hatte. Die Qualität war unterirdisch; trotzdem konnte man die vielen Behälter erkennen.

Mur überlegte, wen sie von der Kriminalpolizeiinspektion Schwabach kannte, an den sie sich vertrauensvoll wenden konnte, ohne dass ihr Tun allzu hohe Wellen schlug. Die Einzige, die ihr einfiel, war Lisbet Belzl, mit der sie in den letzten Monaten bei Ermittlungen immer wieder zusammengearbeitet hatte. Mur schnitt eine Grimasse. Die Hauptkommissarin war wie Hackenholt beim KI und hatte nichts mit Drogen zu tun. Andererseits war sie dafür bekannt, dass sie ihre zwei Katzen Skylla und Charybdis vergötterte. Sie würde also vollstes Verständnis für Murs Vorgehen haben.

Kurzerhand rief sie in ihrem Handy die eingespeicherte Nummer der Beamtin auf und drückte die Sprechtaste. Sie hatte noch ein paar Muffins eingefroren, die Sophie ihr einmal mitgegeben hatte. Sie konnte Belzl also unter dem Vorwand, gerade frisch gebacken zu haben, zu einer Tasse Tee einladen.

Montag

Da Stellfeldt am Samstag wegen Migräne abwesend gewesen war und Groß frei gehabt hatte, begann Hackenholt die Lagebesprechung mit einer ausführlichen Zusammenfassung der Ereignisse. Er zeigte auf, was sie zu Florian Färbers Entlastung zusammengetragen hatten und widmete sich dann der vagen Spur, die ins Jobcenter zu dem Sachbearbeiter von Josef Walch und Nadine May führte.

»Irgendwie klingt das schon ein bisschen weit hergeholt, dass die beiden für einen Jobcentermitarbeiter Crystal geschmuggelt haben sollen«, meinte Stellfeldt, während er sich seine Glatze massierte. »Andererseits würde es erklären, woher Walch das Geld für seine Reisen hatte.«

»Manfred, wenn dir dein Kopf immer noch weh tut, kannst du gerne heimgehen. Wir schaffen das auch ohne dich.«

Stellfeldt runzelte die Stirn und musterte Hackenholt.

»So ein Eierkopf würde mir auch die ganze Zeit wehtun«, scherzte Wünnenberg und schlug dem Kollegen dabei freundschaftlich auf die Schulter. »Aber ein freier Samstag wirkt manchmal Wunder, um sich zu erholen.«

»Wie recht du hast!« Endlich grinste auch Stellfeldt.

Irritiert nahm Hackenholt seinen Faden wieder auf; er hatte Stellfeldt zu verstehen geben wollen, dass sie die Arbeit alleine stemmen würden, wenn er eine Auszeit brauchte. Aber der Kollege hatte dahinter offenbar eine Andeutung gesehen, dass er überflüssig war.

»Wir werden uns heute auf diesen Stefan Liedel konzentrieren und seine Rolle bei dem Ganzen beleuchten. Oder denkt ihr, wir sollten die Sache direkt an die Kollegen von der GER abgeben?«

Mur war die ganze Zeit unruhig auf ihrem Stuhl hin und her gerutscht, nun ergriff sie zum ersten Mal an diesem Morgen das Wort.

»Ich habe da gestern jemanden kennengelernt, der einen ganz vernünftigen Eindruck macht. Er arbeitet zwar in Schwabach, aber das –«

»Lass das bloß nicht Maurice hören, *Schnurzelchen*«, zog Wünnenberg die Kollegin auf. »Gerade jetzt wo er …« Er ließ den Satz in der Schwebe.

»Wo er was?«, schluckte Mur den Köder. »Was weißt du, was ich nicht weiß?«

Wünnenberg breitete die Arme aus und signalisierte, dass es nicht ihm oblag, das Geheimnis zu lüften.

»Dann erzähle ich euch eben nicht, was ich am Wochenende entdeckt habe!« Erbost wandte sich Mur ab.

»Da es offenbar etwas mit Drogen zu tun hat, würde ich es sehr gerne hören«, versuchte Hackenholt die Wogen zu glätten.

»Ach, es geht nur um meinen neuen Nachbarn«, murmelte Mur. »Ich bin ihm auf die Schliche gekommen. Er stellt wahrscheinlich Liquid Ecstasy her.«

Wünnenberg verschluckte sich an seinem Kaffee. Baumann klopfte ihm kräftig auf den Rücken, während Stellfeldt mit großen Augen fragte, wie sie das herausgefunden habe. Ein wenig verschämt berichtete Mur von ihrer Suche nach ihrem Kater und was sie dabei zufällig entdeckt hatte.

»Und dann bist du gleich zur Kripo Schwabach gefahren und hast denen von deinem Fund berichtet?«, fragte Wünnenberg ungläubig.

»Nein. Ich habe Lisbet Belzl zu einer Tasse Tee eingeladen und ihr davon erzählt, und sie hat dann wiederum einen ihrer Kollegen informiert. Ich glaube, sie wollen das Anwesen jetzt erst einmal überwachen und den Täter dann auf frischer Tat schnappen.«

»Das hat jetzt aber nichts mit unseren Ermittlungen zu tun, oder?«, fragte Martin Groß unsicher.

»Nein, mit Sicherheit nicht.« Stellfeldt massierte ununterbrochen seine Glatze. »Wenn ihr mir nicht böse seid, würde ich doch gerne nach Hause fahren. Mein Kopf wird einfach nicht besser.« Er erhob sich. »Vielleicht komme ich später wieder, aber jetzt muss ich mich erst ein bisschen hinlegen.«

»Gut, dann lasst uns zum Ende der Besprechung kommen, ich will so schnell wie möglich ins Jobcenter«, erklärte Hackenholt.

»Damit musst du dich noch etwas gedulden, ich habe für neun Uhr dreißig Frau Eichhorn vorgeladen«, sagte Wünnenberg.

»Kannst du den Termin übernehmen?«, fragte Hackenholt an Baumann gewandt.

»Das nutzt nichts«, entgegnete Wünnenberg. »Ich muss gleich los, ich habe heute Schießtraining – zusammen mit Martin.«

Hackenholt schnitt eine Grimasse.

»Ich sollte sie in deinem Namen für Montagmorgen vorladen«, stellte Wünnenberg klar, »damit du selbst mit ihr reden kannst. Immerhin ist sie die einzige Zeugin, die den Kerl gesehen hat, der möglicherweise in das Drogengeschäft verwickelt ist.«

Hackenholt nickte. »Schon gut. Beeil dich mit dem Training, wir fahren danach in die Nicolaistraße.«

»Da ist noch etwas, was ich dir die ganze Zeit schon sagen wollte.« Wünnenberg wedelte mit einem Stapel Ausdrucke vor Hackenholts Gesicht. »Ich habe inzwischen von allen angeschriebenen Internetportalen eine Rückantwort erhalten. Ein Josef Walch hatte bei ihnen keinen Mailaccount. Wirklich weitergekommen sind wir dadurch nicht. Wir wissen jetzt lediglich, dass er kein Postfach unter seinem eigenen Namen angelegt hat.«

»Dann wissen wir zumindest das«, sagte Hackenholt und erhob sich.

Um kurz nach neun rief die Pforte Jakobsplatz bei Hackenholt an und teilte ihm mit, eine Monika Eichhorn sei zum vereinbarten Termin erschienen.

Die kleine, schlanke Frau mit den ordentlich frisierten grauen Haaren und dem etwas zu dick aufgetragenen Lippenstift, die Hackenholt hinter der Glastür stehend erwartete, wirkte auf den ersten Blick nicht wie das Energiebündel, als das sie sich entpuppte. Doch schon der Händedruck ließ keinen Zweifel daran, dass sie eine energische Person war.

»Ich weiß gar nicht«, begann sie etwas zaghaft, »ob ich Ihnen wirklich helfen kann. Ich habe den Mann ja nur von hinten gesehen. Ich habe mir das ganze Wochenende Gedanken gemacht. Hoffentlich erwarten Sie sich nicht zu viel von mir. Also, falls Sie mir Bilder zeigen wollen, wie Ihr Kollege gesagt hat. Oder machen Sie die auch von hinten? Weil, dann würde ich ihn natürlich erkennen. Selbstverständlich. Aber das tun Sie doch sicher nicht, oder?«

Hackenholt lächelte. Offenbar war Frau Eichhorn nervös – so viel wie sie plapperte.

»Nein, das machen wir in der Tat nicht. Kommen Sie, hier entlang.« Er blieb an einer Tür stehen, während Monika Eichhorn ungerührt geradeaus weiterlief, dann jedoch Hackenholts Fehlen bemerkte und sich verwundert nach ihm umsah.

»Oh!« Hastig ging sie zu ihm zurück. »Sie müssen mich für jemand ganz Verdrehtes halten. Ich sage jetzt besser nichts mehr und laufe Ihnen einfach hinterher. Sie erklären mir dann schon, was ich zu tun habe.«

»Sie sollen sich einfach Fotos ansehen und sagen, ob Sie den Mann wiedererkennen, der am 15. September so lange gegen Herrn Färbers Tür trat, bis die junge Frau geöffnet hat.«

Monika Eichhorn zog ihre Brille aus der Tasche und setzte sie verschämt auf, dann beugte sie sich zum Bildschirm vor und betrachtete konzentriert ein Foto nach dem anderen. Alle Bilder zeigten einschlägig vorbestrafte Männer aus der Türsteher- und Hooliganszene.

Geraume Zeit später nahm sie die Brille wieder ab und schüttelte resigniert den Kopf. »Es tut mir leid, ich kann Ihnen überhaupt nicht helfen. Es war eine dumme Idee von mir herzukommen. Ich stehle Ihnen bloß Ihre Zeit. Ich habe den Mann nur ganz kurz von der Seite gesehen.«

»Woran würden Sie ihn erkennen, wenn Sie ihn vor sich hätten?«, fragte Hackenholt geduldig.

»Er hatte ein Tattoo am Hinterkopf. Flammen, die aus dem Jackenkragen hervorgezüngelt sind. In Gelb und Rot. Äußerst primitiv gemacht. Fast wie eine Kinderzeichnung. Es gibt ja auch sehr anspruchsvolle Tätowierungen mit Schattierungen, aber so eine war das nicht.«

»Wenn wir einen Zeichner bestellen, denken Sie, Sie könnten ihm die Kopfform und die Tätowierung so beschreiben, dass er eine Skizze fertigen kann?«

Eine Weile rang sie die Hände in ihrem Schoß, schürzte die Lippen, presste sie zusammen, saugte die untere ein. »Ich bin mir nicht sicher. Ich glaube, ich muss den Mann sehen. Wenn er hier steht, dann ist es etwas anderes. Dann lebt er und bewegt sich. Diese ungeheure Wut, mit der er gegen die Tür getreten hat. Mir ist ganz anders geworden.«

»Und trotzdem haben Sie nicht die Polizei gerufen, sondern sind hinausgegangen und haben ihn angesprochen?«

»Die Polizei wäre doch gar nicht so schnell zu uns gekommen, wie der die Tür eingetreten hätte. Der war zwar nicht sonderlich groß, aber sehr breit gebaut. Damit meine ich nicht dick. Der hatte einfach so viele Muskeln.« Sie hielt inne. »Das glaube ich zumindest, denn gesehen habe ich sie natürlich nicht.« Wieder schürzte sie geistesabwesend die Lippen. »Es waren eher die kraftvollen Bewegungen.«

Zurück in seinem Büro griff Hackenholt zu dem Ordner, in dem die Kopien der Briefe abgeheftet waren, die Nadine May vom Jobcenter erhalten hatte. Dann wählte er die im Briefkopf angegebene Telefonnummer. Er wollte sicherstellen, dass Liedel im Büro war. Zu seiner Verärgerung landete er nicht bei dem Sachbearbeiter, sondern wurde mit einer Tonbandansage konfrontiert.

»Wenn Sie Fragen zum Auszahlungstermin Ihres Arbeitslosengeldes haben, drücken Sie die Zwei. Bei allen anderen Anliegen, die das Arbeitslosengeld betreffen, drücken Sie die Acht.«

Hackenholt fragte sich, was er tun sollte, da sein Wunsch überhaupt nicht genannt wurde. Kurzentschlossen nahm er die Acht und atmete erleichtert aus, als es klingelte. Leider schaltete sich sofort wieder ein Tonband ein.

»Bitte haben Sie Geduld, die nächste freie Leitung ist für Sie reserviert.«

Hackenholt seufzte und begann nebenbei auf seiner Schreibtischunterlage herumzukritzeln. Wünnenberg kehrte zurück. Hackenholt hielt die Hand über die Sprechmuschel und fragte, wie es beim Schießtraining gelaufen sei.

»Durchwachsen.«

Hackenholt grinste. Wenn Wünnenberg das so sagte, hatte er wohl keine allzu gute Trefferquote gehabt.

»Eigentlich hatte ich alles ganz gut im Griff – bis Martin losgelegt hat. Danach haben wir alle wie Waisenkinder ausgesehen. Der hat da mit einer Leichtigkeit rumgeballert, das glaubst du nicht. Der hätte wahrscheinlich auch noch getroffen, wenn er die Augen dabei zugemacht hätte.«

»Es ist beruhigend, dass die Kollegen vom SEK nach wie vor sehr gut ausgebildet werden, findest du nicht? Vielleicht können wir uns etwas von ihm abschauen.« Plötzlich hörte Hackenholt eine Stimme an seinem Ohr. Ein echter Mensch. Hastig drückte er den Telefonhörer fester an sich und erklärte sein Anliegen. Der Mann teilte ihm kurz angebunden mit, er sei bei ihm falsch, was sich Hackenholt schon von vornherein gedacht hatte.

Da externe Gespräche offenbar nicht weiterverbunden werden

konnten, erhielt er eine andere Telefonnummer, unter der er es versuchen sollte.

»Herzlich Willkommen«, flötete ihm kurz darauf eine Stimme ins Ohr. »Bitte drücken Sie die Taste zwei.«

Hackenholt drückte, und es klingelte. Plötzlich hörte er zwei Stimmen, die eigentliche Ansage vom Band und deren Echo. Beide erzählten ihm, der Angerufene könne gerade keine Gespräche entgegennehmen, man solle eine Nachricht aufs Band sprechen. Hackenholt beendete die Verbindung, ohne etwas zu sagen, und wählte erneut die Nummer. Diesmal drückte er eine andere Ziffer, wieder klingelte es, wieder schaltete sich eine Bandansage ein, wieder wartete er auf den nächsten freien Platz – diesmal jedoch nur drei Minuten und einundvierzig Sekunden. Erneut erklärte ihm ein Herr, dass er bei ihm falsch war, gab ihm anschließend eine weitere Telefonnummer. Nachdem Hackenholt sie sich notiert hatte, wurde ihm noch freundlich gesagt, im Augenblick brauche er es gar nicht erst zu versuchen, da der Kollege mit Sicherheit zu Tisch sei. Hackenholt bedankte sich und legte auf.

»Warum versuchst du es nicht mit einem Fax?«, fragte Wünnenberg.

Hackenholt warf ihm einen resignierten Blick zu. »Dann hätte ich auch eine Nachricht auf Band hinterlassen können. Da erfahre ich genauso wenig, ob Liedel diese Woche da ist oder nicht.«

»Schreib ein Fax und sag, dass wir um halb drei auf der Matte stehen. Wenn er nicht da ist, sollen sie anrufen.«

Missmutig wandte sich Hackenholt seinem Computer zu und tippte ein kurzes Schreiben. Anschließend suchte er in Nadines Smartphone nach der Telefonnummer ihrer Freundin Melanie König.

Die junge Frau meldete sich nach dem zweiten Klingelzeichen mit einem knappen »Ja, hallo?«

Hackenholt stellte sich vor, aber noch ehe er den Grund seines Anrufs sagen konnte, fragte Melli: »Geht es um Nadine?«

»Ja. Ich würde gern mit Ihnen über Ihre Freundin sprechen. Könnten Sie bitte zu mir ins Polizeipräsidium am Jakobsplatz kommen?«

»Ich arbeite beim C&A und habe jetzt gleich Mittagspause. Wollen wir uns im Dalvia treffen?«

»Wo ist das?«

»Am Hefnersplatz, der Eingang ist in der Färberstraße – ganz leicht zu finden. Das Café ist winzig, aber dort bekommt man die leckersten Strudel der Welt. Sagen wir in einer Viertelstunde? Sie können mich gar nicht übersehen, ich bin die mit den grünen Haaren.«

Ein zarter Duft nach Vanille und Kaffee stieg Hackenholt in die Nase, als er zum vereinbarten Zeitpunkt das kleine Kaffeehaus betrat, das gerade mal die Größe eines Wohnzimmers hatte und sehr schlicht eingerichtet war. Melanie König saß an einem schmalen Tisch und rührte gedankenverloren in ihrer Tasse.

»Tut mir leid, ich erwarte noch jemanden«, sagte sie automatisch, als sie Hackenholt auf den freien Platz zusteuern sah.

»Der Jemand bin ich, Frau König. Es sei denn, grüne Haare sind gerade in Mode.«

»*Sie* sind von der Kripo?«, fragte sie ungläubig, während sie ihn von Kopf bis Fuß musterte.

Wortlos nahm er seinen Dienstausweis aus der Jackentasche und zeigte ihn ihr.

»Oh. Ich hätte nicht gedacht, dass Polizisten in echt so anders aussehen als im Fernsehen.«

»Nadine May. Was können Sie mir über ihre Freundin erzählen?«

»Wir waren schon seit einer ganzen Weile nicht mehr befreundet.«

»Warum ist die Freundschaft in die Brüche gegangen?«

»Ach, das war ...« Das Mädchen hielt inne, als die Bedienung ihren Apfelstrudel brachte und Hackenholts Bestellung notierte.

»Ja?«, ermunterte er sie zum Weitersprechen.

»Wir waren zusammen im Urlaub in Prag. Den hat sie irgendwo gewonnen – die erste Woche war total toll. Wir haben in einem geilen Luxushotel gewohnt. Aber dann hieß es plötzlich, dass ich heimfahren muss, weil Nadine noch in so eine Schönheitsfarm eingeladen war, wohin ich nicht mitkommen durfte. Das fand ich voll unfair. Darüber haben wir uns zerstritten. Und als sie wieder in Nürnberg war, wollte sie nichts mehr mit mir zu tun haben.«

»Was war das für eine Schönheitsfarm? Wo war die?«

»Sie hat mir überhaupt nichts davon erzählt. Ich dachte, wir machen zusammen zwei Wochen Urlaub, aber dann kam so ein Kerl, hat mir ein Ticket in die Hand gedrückt und mich in den Bus gesetzt. Ich wurde wie ein Paket zurückgeschickt.«

»Wo hat Nadine den Urlaub gewonnen?«

»Im Stardust.«

»Ihrer Stammdisco?«

Melli schüttelte den Kopf. »Wir waren vorher noch nie dort gewesen. An dem Abend wollte Nadine unbedingt hin. Am Eingang hat sie dem Türsteher von jemandem, den sie kannte, einen Gruß ausgerichtet. Da hat der Typ ihr zugezwinkert und gefragt, ob sie mitmachen will. Ich hab überhaupt nicht kapiert, worum es geht. Nach einer Weile ist sie mit ihm verschwunden. Ich dachte erst, die wären vögeln, aber sie kam nicht zurück. Am nächsten Tag hat sie mich angerufen und gesagt, dass sie eine Reise gewonnen hat. Ich hatte damals auch keinen Job, also haben wir schnell unsere Sachen gepackt und sind losgedüst.«

»Können Sie den Türsteher beschreiben?«

»Wie die Jungs halt immer so aussehen. Er hatte eine Glatze und eine schwarze Jacke. Mehr weiß ich nicht mehr.«

»Und von wem hat Nadine Grüße bestellt?«

»Keine Ahnung. Echt. Tut mir leid. Hat der Kerl irgendwas mit dem zu tun, was ...« Sie machte eine unbestimmte Handbewegung.

»Der Frage versuchen wir nachzugehen. Eins würde mich allerdings noch interessieren: Hatten Sie damals auch grüne Haare?«

»Ja, klar. Warum?«

»Nur so.« Hackenholt lächelte. Bei sich dachte er jedoch, dass das wahrscheinlich der Grund gewesen war, warum man Melanie nach Hause geschickt hatte.

Wäre der Bus, mit dem die Mädchen zurückfahren sollten, in eine Kontrolle geraten, hätte man Nadine und ihre Freundin mit Sicherheit eingehender gefilzt – die grünen Haare waren einfach ein zu sichtbares Merkmal einer eigenwilligen Lebensweise. Das Risiko hatten die Dealer garantiert nicht eingehen wollen.

»Eine allerletzte Frage: Wissen Sie, ob Nadine mit einem Josef Walch befreundet war? Oder haben Sie diesen Mann schon einmal gesehen?« Er zeigte ihr ein Foto, das sie von Walchs Nachbarn erhalten hatten.

Melanie König betrachtete es so lange, dass Hackenholt zu hoffen begann. Doch dann schüttelte sie den Kopf. »Nein, den habe ich noch nie gesehen. Das ist jedenfalls keiner von den Diskotypen.«

Wünnenberg erwartete Hackenholt bei seiner Rückkehr bereits im Hof der Dienststelle. Gemeinsam fuhren sie zum Jobcenter in die Nicolaistraße. Auch diesmal mussten sie ein ganzes Stück entfernt in der Muggenhofer Straße parken. Am Gebäude angekommen, klingelten sie, da die Eingangstür abgeschlossen war. Erst nach dem dritten Versuch meldete sich eine blechern klingende Stimme über die Sprechanlage. Hackenholt erklärte, sie seien von der Kripo und hätten per Fax einen Termin für halb drei mit Herrn Liedel vereinbart. Die Erwiderung der scheppernden Stimme war nicht zu verstehen. Die Beamten warteten. Eine Minute verging, dann noch eine, dann zwei weitere. Wünnenberg tigerte wie eine eingesperrte Raubkatze auf dem Bürgersteig auf und ab.

»Es ist doch nicht zu fassen, oder? Wenn eine Polizeidienststelle jemanden so lange vor der Tür stehen ließe, wäre der öffentliche Aufschrei immens. Aber hier –« Er hielt inne. Eine Frau kam im Inneren auf sie zu und sperrte die Tür auf.

Hackenholt zückte umgehend seinen Dienstausweis und erklärte knapp, er müsse im Rahmen seiner Mordermittlungen mit Stefan Liedel sprechen.

»Mein Name ist Marianne Smolka, ich bin die Amtsleiterin. Das Problem ist: Herr Liedel ist heute nicht mehr im Haus. Er hat Zahnschmerzen bekommen und musste dringend zum Arzt.«

Hackenholt starrte die große blonde Frau an. »Das darf doch wohl nicht wahr sein!«

»Das kann jedem passieren und war mit Sicherheit keine böse Absicht«, verteidigte sie ihren Mitarbeiter ohne zu zögern.

»Dann brauche ich seine Privatadresse.«

»Wie bitte?«, fragte die Dame sichtlich empört. »Sie können doch nicht ernsthaft glauben, dass ich private Daten von meinen Mitarbeitern herausgebe!«

»Herr Liedel ist möglicherweise der einzige Mensch, der einen weiteren Mord verhindern kann«, sagte Hackenholt gefährlich leise.

»Aber ... aber ...«, stotterte Marianne Smolka, fing sich jedoch schnell wieder. »Jetzt kommen Sie mal mit in mein Büro. Vielleicht kann ich Ihnen helfen.«

Eine gute halbe Stunde später standen die beiden Beamten wieder vor dem Jobcenter auf der Straße. In der Hand hielt Hackenholt einen Zettel mit Stefan Liedels Adresse. Umgehend schlugen sie den Weg nach Falkenheim ein. Ab der Saarbrückener Straße mussten sie sich vom Navi lotsen lassen, da weder Hackenholt noch Wünnenberg die genaue Lage der Landsweilerstraße kannten.

Wünnenberg parkte schließlich hinter einem BMW, der vor dem Nachbargrundstück stand. Die Doppelhaushälfte aus den siebziger Jahren erstreckte sich über zwei Stockwerke. Den Garten umgab ein niedriger Jägerzaun. Neben der Gartentür war eine Einfahrt, die zu einer vorgelagerten Garage führte. Der Rest des Grundstücks war mit Bäumen und Sträuchern so zugewachsen, dass man lediglich die Dachgauben im ersten Stock von der Straße aus sah.

Die Gartenpforte war nicht abgesperrt, und eine Klingel schien es nicht zu geben. Also betraten die beiden Ermittler das Grundstück.

Zur Straße hin gab es einen Wintergarten, dessen Jalousien heruntergelassen waren. Hätte die Sonne geschienen, hätte Hackenholt verstanden, dass Liedel etwaige Pflanzen vor der starken Einstrahlung schützen wollte. Bei dem derzeit herrschenden Grau musste es im Inneren eine düstere und ungemütliche Atmosphäre schaffen.

Wünnenberg hatte unterdessen die Haustür erreicht und klingelte. Nichts rührte sich. Er versuchte es noch einmal, doch das Ergebnis blieb dasselbe.

»Denkst du, er ist noch beim Zahnarzt?«

Hackenholt zuckte mit den Schultern. »Ich habe bislang nicht angenommen, dass er tatsächlich zu einem gegangen ist.«

Sie liefen zurück zum Gartentor.

»Soll ich?« Wünnenberg zeigte zur Garage.

Hackenholt sah die Straße hinauf und hinunter, dann nickte er. Wünnenberg griff nach dem Türknauf und zog das Tor ein Stück weit hinauf. Die verrosteten Angeln quietschten. Die Garage war leer.

Auf einmal rief jemand hinter ihnen: »Hallo? Was tun Sie denn da?«

Hackenholt sah sich um, gegenüber stand eine Frau am Fenster. »Mist!«, murmelte er und überquerte schnell die Straße. »Wir sind von der Polizei und müssen dringend mit Herrn Liedel sprechen. Wissen Sie, wo wir ihn finden können? Er scheint nicht zu Hause zu sein.«

»Moment.« Die Frau verschwand und kam kurz darauf an den

Zaun. »Herr Liedel ist um diese Zeit sicher noch im Büro. Er arbeitet im Jobcenter.«

»Seine Chefin war so freundlich, uns hierher zu schicken, weil er heute früher Feierabend gemacht hat. Aber wie wir gerade festgestellt haben, macht niemand auf, und in der Garage steht kein Auto. Hat er eine Freundin, bei der er sich aufhalten könnte?«

»Tut mir leid, so gut kenne ich ihn nicht.«

Hackenholt bedankte sich, dann ging er zu Wünnenberg und ihrem Dienstwagen.

»Und jetzt?«

»Zurück ins Präsidium. Aber halte in der Saarbrückener Straße bei der PI Süd. Ich will die Kollegen von der Streife bitten, von Zeit zu Zeit bei dem Anwesen vorbeizufahren und zu schauen, ob sie Liedel erwischen.«

Doch die wenigen noch verbleibenden Stunden des Nachmittags vergingen, ohne dass Stefan Liedel nach Hause kam. Auch Hackenholts Nachforschungen verliefen im Sand. Liedel war nicht verheiratet und seine Eltern wohnten in Regensburg. Es war also nicht anzunehmen, dass er sich dort aufhielt. Hackenholt blieb nichts anderes übrig, als die Sache auf den nächsten Tag zu verschieben.

Dienstag

Ursprünglich wollte Hackenholt pünktlich um sieben Uhr vor dem Arbeitsamt stehen und den Sachbearbeiter direkt bei dessen Ankunft abpassen. Dann gab es jedoch eine Verzögerung.

Es war kurz nach sieben, als Wünnenberg schließlich die Fürther Straße entlangfuhr, die – entgegen der Ankündigungen aus dem Rathaus – auf Höhe des Justizpalasts noch nicht in ein einspuriges Nadelöhr verwandelt worden war. Das Autoradio dudelte, am Funk war einiges geboten. Hackenholt hing seinen Gedanken nach und bemerkte daher nicht, dass Wünnenberg etwas sagte.

»Was hast du gemeint?«, fragte er erst, als der Kollege ihn mit dem Ellenbogen anstupste.

»Ob ich hier hätte abbiegen müssen.«

Hackenholt sah sich um. Sie hatten die Maximilianstraße hinter sich gelassen und waren auch schon an der Pestalozzistraße vorbeigefahren.

»Ja. Aber das macht nichts, dann nehmen wir eben die nächste und fahren zickzack.«

In der Fahrradstraße blockierte ein Lkw die Fahrbahn, statt links mussten sie rechts abbiegen und gelangten zurück auf die Pestalozzistraße, über die sie schließlich in die Muggenhofer Straße einbogen.

Dieser kleine Umweg kostete sie die alles entscheidenden Sekunden.

Während sie noch auf die Nicolaistraße zufuhren, hörten sie plötzlich einen lauten Knall.

»War das ein Schuss?«, fragte Wünnenberg alarmiert. Gleichzeitig ertönte das Geräusch noch zweimal.

Im nächsten Moment sahen sie einen Pulk kreischender Schüler in mehrere Richtungen rennen. Autos stoppten vor ihnen, Mütter schrien nach ihren Kindern. Hackenholts Eingeweide zogen sich zusammen. Schweiß brach ihm aus. Automatisch glitt seine Hand zu seinem Holster und zog die Dienstwaffe heraus. Menschen rannten über die Fahrbahn. Wünnenberg hielt an, Hackenholt riss die Beifahrertür auf.

»Ruf Verstärkung und Rettungswagen.«

An der Ecke zur Nicolaistraße hatte sich eine Menschentraube gebildet. Er rannte hin und drängte sich grob durch die Gaffer.

»Polizei! Lassen Sie mich durch!«

Ein paar Schüler hatten ihre Handys gezückt und filmten den am Boden liegenden Mann in seiner Blutlache. Neben ihm kniete eine Frau. Sie sah auf.

»Er atmet nicht mehr. Wir müssen ihn beatmen. Helfen Sie mir!« Sie sprach Hackenholt direkt an. »Wir brauchen einen Verbandskasten. Wir müssen die Blutung stoppen.«

»Der Rettungsdienst ist schon verständigt. Gibt es noch andere Verletzte?« Hackenholt ging neben dem Mann in die Hocke und tastete am Hals den Puls. Er war sehr schwach spürbar.

Ein Mann drängte sich durch die Umstehenden. Mit autoritärer Stimme schickte er die Kinder in die Schule. Viele kannte er mit Namen. Die Schüler ließen sich jedoch nicht so leicht verscheuchen. Die Frau beugte sich unterdessen über den Verwundeten und begann ihn zu beatmen. Eine andere Frau erschien am Rande von Hackenholts Gesichtsfeld. Sie hielt einen Verbandskasten umklammert.

»Was soll ich tun?« Sie blickte von einem zum anderen.

Hackenholt sah auf den blutgetränkten Pullover. »Drücken Sie eine Kompresse auf die Wunde.« Dann wandte er sich an die Umstehenden. »Ich muss wissen, was passiert ist.«

»Der Motorradfahrer hat auf ihn geschossen«, sagte ein Junge, während er die Szene ungerührt weiterfilmte. »Das war wie in einem Actionfilm.«

»Ein Motorradfahrer?«

»Ja«, bestätigte eine weitere Frau, die ein Kind an sich gedrückt hielt, aber keine Anstalten machte, ihren Platz in der ersten Reihe zu räumen.

»Beschreibung?«

»Eine Geländemaschine. Ich weiß nicht, wie man die beschreiben soll. Der Fahrer hatte jedenfalls schwarze Kleider an und einen schwarzen Helm.«

Wünnenberg nickte Hackenholt über die Köpfe der Umstehenden zu. Er hatte gehört, was der Junge gesagt hatte.

»Wohin ist das Motorrad geflüchtet?«

»Ich fühle keinen Puls mehr«, rief in dem Augenblick die Frau. Hackenholt kniete sich neben den Mann auf den Asphalt und begann, ihn zu reanimieren. Er wünschte, jemand würde endlich die restlichen Kinder wegbringen.

Plötzlich machten die Gaffer Platz. Zwei Sanitäter drückten sich durch die Menge. Hackenholt rückte von dem Mann ab, froh, dass die Profis übernahmen. Rasch richtete er sich auf, breitete die Arme aus und begann die Menschen mit seinem Körper zurückzudrängen. Einen Augenblick später waren Kollegen von der Streife da, die ihm halfen. Hackenholt ging zur Seite und fragte laut, wer etwas gesehen hatte.

»Hast du schon geschaut, ob der Mann einen Ausweis bei sich hat?«, fragte Wünnenberg.

Hackenholt schüttelte den Kopf. Wieder kam ein Auto mit Martinshorn. Der Notarzt. Endlich wurde der Verletzte auf eine Trage gelegt und in den Rettungswagen geschoben.

Ab dem Moment wurde das Chaos beherrschbar. Streifenbeamte riegelten weiter vorne die Muggenhofer Straße ab, andere begannen damit, den eigentlichen Tatort mit einem Trassierband abzusperren. Der Einsatzleiter Feuerwehr bot Hackenholt an, mobile Sichtschutzwände aufzubauen.

»Die Fahndung nach dem Motorrad läuft. Es soll ein Laufer Kennzeichen haben. Außerdem gibt es sicher nicht ganz so viele Menschen, die eine rein schwarze Lederkombi und Helm tragen«, sagte Wünnenberg. »Alles was Räder hat, sucht danach.«

»Hast du Christine verständigt?«

»Sie ist auf dem Weg hierher.«

»Wir sollten anfangen, die Leute zu befragen. Ich will, dass jemand mit dem Schuldirektor Kontakt aufnimmt. Die Kinder ... wir brauchen Psychologen. Und jemand muss die Aufnahmen der Handys sichten.« Er warf einen Blick zu dem Rettungswagen hinüber, dessen leichtes Schwanken anzeigte, dass im Inneren fieberhaft gearbeitet wurde. »Außerdem ist es wichtig herauszufinden, wer das Opfer ist.«

Ein weißer vw-Bus fuhr vor. Mur und eine ihrer Mitarbeiterinnen waren eingetroffen. Sie drückten sich unter dem Absperrband hindurch und liefen mit großen Schritten zu den Kollegen. Wünnenberg setzte sie über die Geschehnisse ins Bild, während der Hauptkommissar zu dem Rettungswagen ging und die Schiebetür öffnete. Der Fahrer des Notarztwagens fuhr herum und schnauzte ihn unwirsch an; sie kämpften gerade um ein Menschenleben.

»Wir müssen wissen, wer der Mann ist«, sagte Hackenholt um Ruhe bemüht.

Einer der Sanitäter wies wortlos auf eine Ablage. Darauf lag eine blutverschmierte Geldbörse.

»Ich fürchte, das wird nichts mehr.« Der Notarzt sah auf die Uhr. »Wir versuchen es schon seit zwanzig Minuten. Wir brechen ab. Der Mann ist tot.« Sein Blick schweifte zu Hackenholt. »Wo sollen wir ihn hinbringen? Zum Westfriedhof?«

Hackenholt nickte. »Aber verändern Sie bitte nichts mehr an ihm. Lassen Sie alles so, wie es im Augenblick ist. Dann tut sich der Rechtsmediziner leichter.« Er griff nach dem Portemonnaie. Es war kein typischer Geldbeutel für Herren, der üblicherweise in der Gesäßtasche getragen wurde, sondern ein größerer, mit einem Reißverschluss um drei Seiten. Hackenholt zog ihn auf. In einem der Fächer steckte der scheckkartengroße Personalausweis.

Stefan Liedel.

Hackenholt hatte es befürchtet, sich jedoch die ganze Zeit an den Gedanken geklammert, bei der Schießerei könne es um etwas ganz anderes gegangen sein.

»Warten Sie noch einen Moment«, bat Hackenholt die Sanitäter. »Eine Kollegin von der Spurensicherung kommt gleich zu Ihnen in den Wagen.« Er machte Mur ein Zeichen. »Nimm bitte Fingerabdrücke, und sieh zu, dass du seine Taschen überprüfst. Wir brauchen den Wohnungsschlüssel. Vielleicht hatte er auch eine Waffe einstecken«, murmelte er ihr leise zu.

Wortlos stieg die Beamtin in den Rettungswagen.

»Herr Kommissar!«, rief jemand in Hackenholts Rücken. Er fuhr herum. Frau Smolka stand mit weit aufgerissenen Augen am Trassierband. »Stimmt es –«

»Im Augenblick können wir noch nichts sagen!«, unterbrach er sie brüsk. Aus den Augenwinkeln hatte er den Fotografen mit den roten Haaren gesehen und wollte unter allen Umständen vermeiden, dass er mitbekam, was gesprochen wurde. Hackenholt beugte sich zur Leiterin des Jobcenters und sagte: »Gehen Sie bitte wieder ins Amt, wir kommen so bald wie möglich zu Ihnen. Schließen Sie einstweilen das Gebäude ab und machen Sie einen Aushang. Heute bleibt Ihre Geschäftsstelle für Kundengespräche geschlossen.«

»Heißt das, der Täter –?«

»Im Augenblick gehen wir nicht von einer Tat mit einem behördenfeindlichen Hintergrund aus.«

»Aber es ist Stefan Liedel, auf den geschossen wurde?«

»Wir werden so schnell wie möglich mit Ihnen sprechen. Vorher müssen wir noch ein paar Entscheidungen treffen. Ich bin in circa einer halben Stunde bei Ihnen.« Hackenholt sah auf die Uhr. Verwundert stellte er fest, dass es noch nicht einmal acht war. »Gehen Sie jetzt und sperren Sie die Tür ab. In Kürze wird es hier nur so vor Journalisten wimmeln.«

Am Ende dauerte es fast eine Stunde, bis Hackenholt und Wünnenberg ins Jobcenter gehen konnten. Zu viel Arbeit musste strukturiert und Beamte mussten koordiniert werden.

Hackenholt war froh, als sein Vorgesetzter am Tatort eintraf und ihm diese Arbeit abnahm, damit er sich auf die Vernehmung der Frau konzentrieren konnte, mit der zusammen er versucht hatte, Stefan Liedel zu reanimieren.

Wie sich herausstellte, war sie Krankenschwester und hatte ihre Tochter genau in dem Moment zur Schule gebracht, als der Motorradfahrer Liedel mit drei Schüssen niederstreckte.

Ihre Schilderung war sehr detailliert, sodass sich die Beamten einen genauen Eindruck vom Tatablauf machen konnten. Dann hatte sie sich allerdings um den Verletzten gekümmert und dem Flüchtenden keine weitere Beachtung geschenkt. Auch die Frage, woher der Motorradfahrer kam, konnte sie nicht beantworten. Aufgefallen war er ihr erst, als sie die Schüsse hörte und den Mann zusammenbrechen sah. Fest stand: Liedel war nicht versehentlich getroffen worden, sondern der Anschlag hatte ihm gegolten.

Im Jobcenter erwartete Marianne Smolka die Beamten bereits ungeduldig an der Tür.

»Ich weiß überhaupt nicht, was ich meinen Mitarbeitern erzählen soll.«

»Wie ich Ihnen schon gesagt habe, besteht im Augenblick kein Grund zu der Annahme, dass weitere Mitarbeiter Ihres Amts gefährdet sind. Wir vermuten hinter der Tat eine private Auseinandersetzung. Lassen Sie uns in Ihr Büro gehen und das weitere Vorgehen besprechen.«

Dort angekommen, eröffnete Hackenholt der Behördenleiterin

seinen Verdacht: »Wir müssen annehmen, dass Herr Liedel seine berufliche Tätigkeit dazu ausgenutzt hat, um einen Teil seiner Klienten für gesetzeswidrige Handlungen zu rekrutieren.«

Frau Smolka erbleichte, dann wurde sie rot. Schließlich biss sie sich auf die Unterlippe. Hackenholt erkannte sofort, dass hinter ihrer Reaktion mehr steckte. »Es ... ich ...«, stotterte sie und brach ab.

»Ja?«, ermunterte er sie.

»Vor ungefähr zweieinhalb Jahren habe ich einen anonymen Brief erhalten, in dem behauptet wurde, Herr Liedel würde seinen Klienten unmoralische Angebote machen.«

»Unmoralische?«

Smolka nickte.

»Was meinen Sie damit?«

Sie zuckte hilflos mit den Schultern. »Ich habe gedacht ...« Sie räusperte sich. »Er ist schließlich ein gutaussehender junger Mann.«

»Soll das heißen, er wollte Sex?«

Sie nickte. »Nach dem Erhalt des Briefes habe ich ein ausführliches Gespräch mit Herrn Liedel geführt. Ich habe ihm das Schreiben gezeigt und gefragt, was er dazu zu sagen hat. Er beteuerte, dass er nicht im Entferntesten etwas mit einer seiner Klientinnen angefangen hätte. Vielmehr glaubte er zu wissen, wer ihn angeschwärzt hatte und warum. Ein junges Ding. Ihrer Freundin konnte er einen Job bei C&A verschaffen. Es war der pure Neid, der das andere Mädchen, das keine solche Chance erhielt, den Brief schreiben ließ.«

»Wer sollen die beiden Damen gewesen sein?«

»Er glaubte, Nadine May hätte den Brief geschrieben.«

Hackenholt sog scharf die Luft ein. »Und wie ging die Sache weiter?«

»Gar nicht. Wir haben besprochen, dass er mir Bescheid gibt, falls das Mädchen weitere Eifersüchteleien zeigt. Aber es scheint sich alles gegeben zu haben. Als ich den Brief in die Ablage heften wollte, war er verschwunden.«

Hackenholts Handy piepte. Es war Mur. »Eine Streife hat das Motorrad gefunden.«

»Wo?«

»Unten am Wiesengrund, unmittelbar bevor die Adolf-Braun-Straße in die Wahlerstraße übergeht. Vom Fahrer weit und breit keine Spur. Wir nehmen an, er hatte dort einen Pkw stehen oder ein

Komplize hat an der Stelle auf ihn gewartet. Ich fahre mal hin und schau, ob es irgendwelche brauchbaren Spuren gibt.«

»Wie könnt ihr euch so sicher sein, dass es das Fluchtfahrzeug ist?«

»Manfred hat einen Schüler gefunden, der den Motorradfahrer auf der Flucht gefilmt hat. Alles sehr verwackelt und unscharf. Aber das Kennzeichen kann man identifizieren. Saskia hat es überprüft. Es gehört zu einer Yamaha. Außerdem haben die Kollegen, die sie gefunden haben, gesagt, sie wurde kurzgeschlossen.«

»Gut, dann kommen Ralph und ich auch zum Fuchsloch runter. Bis gleich.« Er legte auf und erhob sich. »Wir sind fürs Erste fertig, Frau Smolka. Aber das war mit Sicherheit nicht das Letzte, was Sie von uns gesehen haben. Wir brauchen die kompletten Akten von Herrn Liedels ehemaligen Klienten Josef Walch und Nadine May. Darüber hinaus benötigen wir Name und Anschrift von allen seinen Klienten. Ich werde Ihnen diesbezüglich eine richterliche Anordnung zukommen lassen.«

In den folgenden Stunden wünschte sich Hackenholt mehr als einmal die Fähigkeit, sich in mehrere Personen aufteilen zu können, um alle Arbeiten gleichzeitig zu erledigen. Zu keinem Zeitpunkt in den vergangenen Wochen waren sie dem Täter so nahe gekommen. Hackenholt war wie elektrisiert, und diese Stimmung übertrug sich auf das gesamte Team. Jeder arbeitete schnell und effizient die ihm übertragenen Aufgaben ab. Um vierzehn Uhr trafen sich alle zu einer Besprechung in der Dienststelle.

Hackenholt und Wünnenberg hatten die Spur des Motorrads zurückverfolgt, was nicht sonderlich schwierig gewesen war. Ein Blick in den Computer zeigte ihnen, dass das Motorrad ungefähr zur selben Zeit, als die Schüsse fielen, in der PI Lauf gestohlen gemeldet wurde. Der Eigentümer hatte die Yamaha in einer Sammeltiefgarage abgestellt, in der er noch eine weitere Maschine und sein Auto parkte. Ihr Fehlen bemerkte er am Morgen, als er in die Arbeit fahren wollte. Die Tatzeit konnte auf den Zeitraum zwischen zwanzig Uhr am Vorabend, als er das Auto auf seinem Parkplatz abgestellt hatte, und viertel acht am folgenden Morgen eingegrenzt werden.

Wie Wünnenberg bei einem Telefonat mit den Laufer Kollegen schnell herausfand, handelte es sich um die Tiefgarage eines großen Gebäudekomplexes, der mehrere Wohnhäuser umfasste. Eine Überwachungskamera gab es genauso wenig wie festes Personal, da es sich nicht um eine öffentliche Tiefgarage handelte. Er bat die Kollegen von der lokalen Schutzpolizei, Ermittlungen dahingehend aufzunehmen, ob ein Bewohner den Diebstahl beobachtet hatte oder jemandem eine verdächtige Person aufgefallen war. Dabei sollte auch herumgefragt werden, ob ein Mann mit einer auffälligen Tätowierung an Nacken und Hinterkopf bekannt war. Des Weiteren bat er darum, ihm eine Liste sämtlicher in den Anwesen amtlich gemeldeter Bewohner zu mailen.

Hackenholt widmete sich in der Zwischenzeit dem Eigentümer des Motorrades: Ein Mittfünfziger, der bei Siemens in der Nürnberger Südstadt arbeitete. Eine Streife hatte ihn nach Bekanntwerden der Situation umgehend ins Kommissariat gebracht. Der Mann konnte die sichergestellte Maschine eindeutig als die seine identifizieren und war überglücklich, sie so schnell und weitgehend unbeschädigt wiederzusehen – sein Gefühlszustand änderte sich jedoch sichtlich, als er erfuhr, wozu sie verwendet worden war.

Hackenholt unterzog ihn einem gründlichem Verhör, an dessen Ende er dazu tendierte, dem Mann zu glauben, er sei nicht in die Sache verwickelt und habe das Motorrad auch nicht ausgeliehen.

Christine Mur konnte zu dem Zeitpunkt bereits zwei wichtige Dinge berichten. Zum einen waren Stefan Liedels Fingerabdrücke nicht in der Datenbank gespeichert. Zum anderen hatte sie am Motorrad keinerlei Spuren gefunden – außer solchen, die der Eigentümer hinterlassen hatte.

Baumann und Martin Groß hatten die Aufgabe übernommen, Nadine Mays Freund Florian Färber ausfindig zu machen und sein Alibi für den Morgen zu überprüfen. Daher waren sie zunächst zu der Installationsfirma gefahren, bei der Färber beschäftigt war. Der Meister erklärte ihnen sichtlich überrascht, sein Mitarbeiter habe zusammen mit einem Azubi um sechs Uhr fünfundvierzig in einem Firmenfahrzeug das Gelände verlassen und sei zu einer Baustelle gefahren; damit meinte er eine Badezimmerrenovierung in einem Privathaushalt.

Die Wohnungseigentümer, die sich das neue Bad gönnten, fielen zunächst aus allen Wolken, als zwei Kripobeamte bei ihnen auftauchten und fragten, wann genau am Morgen die Handwerker auf der Matte gestanden hatten. Als sie erfuhren, dass es sich lediglich um eine Kontrolle hinsichtlich der Einhaltung der durch EU-Richtlinien vorgegebenen Arbeitszeiten handelte, erklärte die Ehefrau, die beiden Männer hätten um kurz vor sieben bei ihnen geklingelt und mit der Demontage ihrer Badewanne begonnen.

Stellfeldt war es zugefallen, die bei den Schülern sichergestellten Handyvideos auszuwerten. Dabei stieß er auf zwei Aufnahmen, die den Motorradfahrer unmittelbar nach Abgabe der Schüsse zeigten, als er mit dem Motorrad flüchtete. Den Anschlag selbst hatte keines der Kinder gefilmt. Zum Glück, wie Stellfeldt fand, denn es war schon übel genug, eine solche Szene live zu sehen; man musste sie nicht für alle Ewigkeiten in HD-Qualität festhalten. Die beiden Filmchen waren jedoch insofern hilfreich, als dass sie die Rückansicht des Flüchtenden zeigten, und dabei fiel Stellfeldt ein Schriftzug auf der Motorradjacke auf.

Er bat daraufhin Frau Eichhorn zu sich in die Dienststelle – Florian Färbers Nachbarin, die den Kerl im Treppenhaus beobachtet hatte. Sie war auch diesmal keine große Hilfe. Ihr spontaner Kommentar, nachdem sie das erste Video gesehen hatte, war: »Ja, das ist er, das passt absolut zu ihm.« Nach dem zweiten Video war sie jedoch verhaltener und stellte klar, sie könne sich gut vorstellen, dass der Mann, den sie beobachtet hatte, eine solche Maschine fuhr. Denn, ob er es wirklich war, konnte sie mitnichten bestätigen: Zum einen hatte er zum Zeitpunkt, als er Nadine besuchte, keinen Helm getragen, sodass sie das Tattoo am Hinterkopf sehen konnte. Zum anderen war er damals vor ihr gestanden. Das Einzige, was sie sicher sagen konnte, war: Der Schriftzug auf dem Rücken hatte zumindest große Ähnlichkeit mit dem, den Nadines Besucher trug – vielleicht war er sogar identisch.

In der Besprechung machte sich unter den Beamten Resignation breit. Der knappe Vorsprung, den der Täter am Anfang gehabt hatte, hatte sich nicht weiter verkürzen lassen, im Gegenteil: Sie hatten seine Spur verloren.

»Es war nicht zu erwarten, dass wir ihn auf der Flucht erwischen«, versuchte Mur ihren Kollegen Mut zuzusprechen. »Nicht, nachdem er so schnell das Fahrzeug gewechselt hat. Und das an einem Ort, an dem es offenbar niemandem aufgefallen ist.«

»Die Frage ist, wie wir jetzt weitermachen sollen«, sagte Hackenholt resigniert.

»Gibt es denn mehr als eine Möglichkeit?« Wünnenberg sah ihn stirnrunzelnd an.

»Sogar drei. Erstens: Wir tun das, was wir in einer solchen Situation immer tun – wir durchsuchen Liedels Haus auf Hinweise, reden mit Familie, Freunden, Nachbarn, Kollegen, überprüfen seine Telekommunikationsdaten, seinen Computer und sein Bankkonto. Die zweite Möglichkeit ist: Wir klappern sofort alle seine Klienten ab. Wenn er zwei angeworben hat, könnte er es auch noch bei anderen versucht haben. Sollte es ihm geglückt sein, schweben diese möglicherweise in Lebensgefahr.«

»Nadine May wurde nicht erschossen«, hob Groß hervor.

»Und ob Liedel mit derselben Waffe wie Josef Walch getötet wurde, wissen wir im Augenblick ebenfalls noch nicht«, unterstrich Stellfeldt.

»Was ist der dritte Ermittlungsansatz?«, fragte Wünnenberg.

»Wir versuchen, den ehemaligen Betreiber des Stardust ausfindig zu machen und so an eine Liste der damaligen Mitarbeiter zu kommen. Darüber können wir vielleicht den Kerl ermitteln, der Nadine May aufgesucht hat, und von dem wir annehmen, dass er heute auf dem Motorrad saß.«

»Es ist eine bloße Vermutung, dass es sich bei dem Mann um denjenigen handeln könnte, der bis vor zwei Jahren als Türsteher gearbeitet hat«, erwiderte Stellfeldt. »Ich denke, zum jetzigen Zeitpunkt würden wir zu hoch pokern, wenn wir uns auf diese Alternative einließen. Was haben wir denn, was ihn belastet? Den Freund der Toten, der erfahren haben will, dass Nadine über einen Türsteher als Bodypackerin angeworben wurde. Eine Zeugin, die einen Glatzköpfigen mit einer Tätowierung am Hinterkopf gesehen hat. Es ist ein weiter Weg, da eine Verbindung herzustellen.«

Wünnenberg nickte. »Diskotheken sind wunderbare Drogenumschlagplätze – das ist allseits bekannt. Aber im Augenblick sehe ich unsere Situation genauso wie Manfred. Ich denke, wir sollten daher versuchen, Plan eins und zwei möglichst parallel umzusetzen.«

Hackenholt spürte eine innere Unruhe. Die Kollegen hatten recht, und trotzdem fürchtete er, dass sie wertvolle Zeit vergeudeten.

»Dann teilen wir uns auf«, entschied er schließlich. »Ralph und ich fahren zu Liedels Haus und durchsuchen es. Manfred, du kümmerst dich um den Papierkram: Nimm Kontakt zu den jeweiligen

Zentralstellen auf und beschaffe uns eine Übersicht seiner Telefon-, Handy- und Bankdaten.«

»Ist es möglich herauszufinden, mit wem er vom Amt aus telefoniert hat?«, fragte Mur.

»Ich weiß nicht. Wahrscheinlich müssen sie genau wie wir einen persönlichen Code vorwählen, wenn sie Privatgespräche führen wollen.«

»Ich werde versuchen, das ebenfalls zu klären«, sagte Stellfeldt.

»Sein Handy habe ich dir auf den Tisch gelegt«, erinnerte Mur.

»Ich habe bislang nur nachgesehen, ob er seit gestern mit jemandem telefoniert oder eine SMS geschrieben hat«, antwortete Hackenholt.

»Und?«

»Er hat das Telefon nicht benutzt.«

»Dann kümmere ich mich auch noch um den Rest«, sagte Stellfeldt.

»Un iech? Wos sollnern iech dou?«, wollte Baumann wissen.[47]

»Du besorgst uns vom Jobcenter eine Liste mit Liedels Klienten. Ich habe Frau Smolka schon gesagt, dass ich mir eine richterliche Anordnung holen werde. Es dürfte also keine Probleme geben. Anschließend klapperst du mit Martin die Leute ab. Fahrt hin, schaut euch um. Vielleicht fällt euch jemand auf, der über seine Verhältnisse lebt. Sagt, dass es einen anonymen Brief gegeben hat, in dem behauptet wurde, Liedel würde Leute für kriminelle Machenschaften anwerben.«

»Glaubst du, wir finden auf diese Art wirklich jemanden, der freiwillig zugibt, Drogen zu schmuggeln?« Wünnenberg war die Skepsis deutlich anzuhören.

»Nein, aber vielleicht gibt jemand zu, dass Liedel ihn angesprochen, er oder sie das Angebot jedoch abgelehnt hat.«

»Hat Florian Färber nicht behauptet, Nadine May wäre von Liedel angeworben worden, nachdem er von ihrem illegalen Nebenjob erfahren hatte?«

Hackenholt nickte.

»Sollten wir dann nicht erst einmal Liedels Klientenliste dahingehend durchgehen, ob jemand Vorstrafen hat?«

»Josef Walch war nicht vorbestraft«, hob Hackenholt hervor.

---

47 »Und ich? Was soll ich machen?«, (...).

»Iech mach des gschwind, wenn däi Lisdn då is. Dauerd ja ned lang«, beschwichtigte Baumann.[48]

»Was ist mit der Presse?«, fragte Stellfeldt. »Musst du zu einer Konferenz?«

»Das übernimmt der Chef. Nachdem er heute Morgen zum Tatort gekommen ist und sich dort schon mit einer Pressesprecherin hat sehen lassen, bleibt ihm die Aufgabe für diesen Teil der Ermittlungen erhalten, worüber ich sehr froh bin.«

Hackenholt sperrte mit Stefan Liedels Schlüssel die Tür an der Stirnseite des Hauses auf. Augenblicklich drang ihm ein Schwall abgestandener Luft entgegen. Gleich rechts befand sich eine Treppe, die in den ersten Stock führte, parallel dazu verlief ein schmaler Gang, der sich nach wenigen Metern zu einer quadratischen Diele verbreiterte. Links ging es ins Wohnzimmer und den Wintergarten mit den heruntergelassenen Jalousien, rechts waren eine Toilette und die Küche untergebracht. Im Dachgeschoss befanden sich ein Bad, ein Schlafzimmer und ein leerer Raum.

Während Hackenholt die unteren Zimmer durchsuchte, widmete sich Wünnenberg dem Obergeschoss.

In der Küche herrschte Chaos. Obwohl Liedel eine Spülmaschine besaß, schien er schon ein paar Tage lang kein schmutziges Geschirr mehr weggeräumt zu haben. Die Abtropffläche neben der Spüle stand voller Teller, Tassen und Besteck. Auf dem Herd befanden sich benutzte Töpfe und eine Pfanne. Die Wäsche des ungemachten Bettes im Schlafzimmer war mit Sicherheit seit längerem nicht mehr gewechselt worden. Und der Berg Kleider, der in der Badewanne lag und darauf wartete, gewaschen zu werden, legte ebenfalls ein stummes Zeugnis davon ab, dass Liedel nicht der geborene Hausmann war.

Das Wohnzimmer war noch der am weitestgehend aufgeräumteste Raum. Liedel hatte in ein sündhaft teuer aussehendes Ledersofa investiert, das einem ebenfalls sehr teuren, riesengroßen Flachbildfernseher gegenüberstand. Auf dem Couchtisch befand sich ein leeres Glas und eine leergegessene Chipstüte. Auf dem Boden lag eine Colaflasche.

Plötzlich klingelte Hackenholts Handy. Es war Baumann. Sie hat-

48 »Ich mach das schnell, sobald die Liste da ist. Es dauert ja nicht lange«, (...).

te mittlerweile zwar die richterliche Anordnung an Frau Smolka weitergeleitet, von ihr jedoch erfahren, dass sie die Liste erst am nächsten Tag erhalten könne. Die Daten mussten manuell aus dem Behördenprogramm kopiert werden, was viel Zeit in Anspruch nahm.

Obwohl Hackenholt diese Entwicklung der Dinge ganz und gar nicht gefiel, konnte er sie nicht ändern. Er bat Baumann daher zusammen mit Martin Groß, Liedels Eltern in Regensburg zu besuchen und zu vernehmen.

Nach dem Telefonat setzte sich der Hauptkommissar an den Schreibtisch und schaltete die Stehlampe ein, dann zog er die oberste Schublade auf. Sie enthielt ein Sammelsurium an Stiften. Die darunter war voller Briefkuverts. Die dritte war vollgestopft mit Computerzubehör. Es gab viele Kabel, von denen Hackenholt nicht wusste, wofür man sie benutzte, zwei Kartenlesegeräte, eine Spindel mit DVD-Rohlingen, drei USB-Sticks, einen Kopfhörer, eine Digitalkamera und zusätzliche Speicherkarten. Er schaltete die Kamera ein und sah sich die Bilder an, die Liedel damit aufgenommen hatte. Sie zeigten ein Auto, das am Rande eines Kornfelds stand.

Die letzte Schublade enthielt Gebrauchsanweisungen. Hackenholt nahm alle heraus. Sie waren für den Kühlschrank, die Waschmaschine, den Herd, die Dunstabzugshaube, den Staubsauger, den Fernseher und … einen Safe. Überrascht zog er die Augenbrauen hoch, dann blätterte er die Broschüre durch. Es musste sich um ein kleines Exemplar handeln. Fünfunddreißig mal fünfundzwanzig mal fünfundzwanzig Zentimeter und ein Gewicht von neuneinhalb Kilo machten es mehr zu einer Spielerei als zu einer sicheren Aufbewahrungsoption. Dennoch war Hackenholts Jagdinstinkt geweckt.

Es dauerte knapp zehn Minuten, bis er den Tresor fand. Stefan Liedel hatte ihn in einen Küchenschrank gestellt. Nicht übermäßig professionell, aber doch besser als im Schlafzimmer, wo man ihn als Erstes vermutete.

Sinnigerweise hatte er ihn nicht verschraubt, sodass Hackenholt ihn nun aus dem Schrank heben und mit ins Wohnzimmer nehmen konnte. Dann konsultierte er erneut die Gebrauchsanweisung; auf der letzten Seite hatte Liedel eine achtstellige Zahlenkombination notiert. Hackenholt tippte den Code ein, der Safe gab einen lauten Piepton von sich und ließ sich öffnen.

Im Inneren lag ein Tütchen mit Schrauben und Dübeln. Hackenholt schüttelte den Kopf. Dann nahm er ein kleines Notizbuch heraus und acht Briefumschläge in Postkartengröße. Sie waren voller gebrauchter Fünfzig-Euro-Scheine. Jeweils zwanzig Stück. Achttausend Euro. Hackenholt legte die Kuverts zu dem Stapel mit Speicherkarten und DVDs, die er schon auf dem Schreibtisch zum Abtransport bereitgelegt hatte. Danach widmete er sich dem Büchlein.

Es enthielt seitenlange Auflistungen von Ziffern und Buchstabenabkürzungen. Mit einem schnellen Überfliegen war es hier nicht getan. Um zu verstehen, was Liedel notiert hatte, brauchte er Ruhe. Er legte das Notizbuch zu dem Geld und setzte die Durchsuchung fort.

Als sie in die Dienststelle zurückkamen, brachte Hackenholt das sichergestellte Geld direkt zu Christine Mur. Er hegte große Hoffnungen, dass man auf den Geldscheinen Fingerabdrücke finden würde. Wenngleich diese sie im Augenblick wahrscheinlich nicht weiterbrachten, wären sie am Ende ihrer Ermittlungen vielleicht entscheidend, sobald es darum ging, einem der mutmaßlichen Täter nachzuweisen, dass er Liedel gekannt und für seine Dienste bezahlt hatte.

Stellfeldt blickte auf, als Hackenholt ins Büro zurückkam. »Wo hast du Ralph gelassen?«

»Er bringt Liedels Computer in die Fachabteilung.«

»Habt ihr etwas Brauchbares gefunden?«

»Am interessantesten dürfte ein Safe sein, in dem Liedel ein Notizbuch und Bargeld aufbewahrt hat. Acht Kuverts à tausend Euro.«

Stellfeldt pfiff durch die Zähne. »Aber Drogen habt ihr keine gefunden?«

»Nein. Ich habe schon überlegt, ob wir vielleicht einen Kollegen mit einem Spürhund hinschicken sollten.«

»Könnte nicht schaden.«

»Was ist mit Saskia?«

Baumann war von ihrem Besuch in Regensburg noch nicht wieder zurückgekehrt. Stellfeldt hatte jedoch vor einer guten halben Stunde mit ihr telefoniert. Dabei hatte sie ihm erzählt, die Eltern seien völlig schockiert und felsenfest davon überzeugt, dass ihr Sohn von einem verrückten Klienten getötet worden war, dem er einen Antrag nicht bewilligt hatte. Stefan sei ein aufgeschlossener Mensch mit vielen Freundinnen und Freunden gewesen. Genaueres konnten die Eltern nicht sagen.

»Und was hast du in der Zwischenzeit herausgefunden?«, fragte Hackenholt.

»Ich habe mir Liedels Handy angesehen. Er scheint ein Partylöwe gewesen zu sein. In seinen Nachrichten geht es oft darum, was er am Wochenende unternimmt, wo angesagte Feten steigen.«

»Hat er die Nummer von seinem Zahnarzt eingespeichert?«

»Ich habe ihn sogar schon angerufen.«

»Und?«

»Ganz, wie wir es vermutet haben: Er war gestern nicht bei ihm.«

»Was ist mit den Einzelverbindungsnachweisen für sein Festnetz und das Handy?«

»Haben wir erhalten, aber die Namenszuordnung fehlt noch.«

»Und die Kontoauszüge?«

Stellfeldt schüttelte den Kopf.

Hackenholt sah auf die Uhr. Kurz vor sechs. Sie würden sich bis morgen gedulden müssen. Genau wie sie sich auch wegen der Liste der Klienten gedulden mussten. Dann konnte er jetzt wohl Feierabend machen. Es war ein langer Tag gewesen, der nicht ansatzweise so verlaufen war, wie er ihn sich vorgestellt hatte. Er vereinbarte mit Stellfeldt, dass der die Anwesenheit bei Stefan Liedels Obduktion am nächsten Morgen übernahm, dann machte er sich auf den Heimweg.

Erst als er das Präsidium verließ, erinnerte er sich, dass er einmal mehr vergessen hatte, den Psychologen wegen eines Termins anzurufen.

Zu Hause begrüßte Sophie ihn mit den Worten: »Ich war heute mit Ronja beim Kinderarzt.«

»Warum?« Sofort fühlte Hackenholt Angst in sich aufsteigen. »Geht es ihr nicht gut?«

»Ich wollte einfach sichergehen.«

»Ja, und? Was hat er gesagt?«

»Alles ist in bester Ordnung.«

Er atmete hörbar aus. Erst jetzt merkte er, wie still es in der Wohnung war.

»Schläft sie?«, fragte er überrascht.

Sophie nickte. »Ich glaube, mir ist heute der Durchbruch gelungen. Die Arzthelferin hat mir den entscheidenden Tipp gegeben: Ich soll es mal mit einem Fön oder Staubsauger versuchen, wenn ich sie hinlege. Viele Babys lassen sich dadurch beruhigen und schlafen besser ein.«

Hackenholt sah Sophie mit hochgezogenen Augenbrauen an. Er war sich nicht sicher, ob sie ihm gerade einen Bären aufband. Er hätte es verstanden, wenn Babys bei dem Krach, den die beiden Geräte von sich gaben, zu weinen begannen. Eine gegenteilige Wirkung konnte er sich kaum vorstellen.

»Ich war genauso skeptisch wie du«, lachte Sophie. »Aber Ronja ist innerhalb von zehn Minuten ganz friedlich eingeschlafen. Sie braucht anscheinend eine rauschende Geräuschkulisse. Viele Babys sollen sich so beruhigen lassen. Das kommt möglicherweise daher, dass sie im Mutterleib ständig von einem Rauschen und Gluckern umgeben waren und sich daher durch diese Geräusche sicher und geborgen fühlen.«

Mittwoch

Am Morgen fühlte sich Hackenholt zum ersten Mal seit Tagen ausgeschlafen. Ob es nun am Föhn lag, den Sophie auch in der Nacht einschaltete, um Ronja in den Schlaf zu wiegen, oder an etwas anderem, wusste er nicht. Es war ihm auch völlig egal. Sollte Ronja nur mit Fön schlafen können, dann würde sich die Stromrechnung eben erhöhen. Das war allemal besser, als das Kind im Auto spazieren zu fahren.

Wie so oft war er der Erste im Kommissariat. Er setzte sich an seinen Schreibtisch und griff zu Liedels kleinem Notizbuch. Systematisch ging er die Eintragungen durch. Nach einer Weile stand er auf und holte sich Josef Walchs Fotoalbum und Nadines Handy, um darin deren Reisedaten nach Tschechien herauszusuchen. Während er noch damit beschäftigt war, trudelten erst Wünnenberg und dann Baumann ein.

Letztere erstattete einen ausführlichen Bericht über ihr Gespräch mit Liedels Eltern. Hackenholt, der die Zusammenfassung schon von Stellfeldt wusste, rutschte unruhig auf seinem Stuhl hin und her. Er hätte lieber an seiner Aufstellung weitergearbeitet. Dennoch fasste er sich erst nach einer Weile ein Herz und unterbrach Baumann, indem er sie bat, einen Kollegen mit Spürhund zu organisieren und Liedels Wohnung noch einmal auf Drogen zu durchsuchen. Anschließend wandte er sich an Wünnenberg und bat ihn, zunächst bei Frau Smolka nachzuhaken, wann sie endlich mit der Liste der Klienten rechnen konnten, und anschließend Melanie König anzurufen und die junge Frau mit den grünen Haaren kurzfristig zu einer weiteren Befragung ins Präsidium zu bitten.

Dann konnte er sich wieder dem Notizbuch und Walchs Fotoalbum widmen. Rasch blätterte er die Seiten bis zum ersten Pragurlaub durch. Danach suchte er in dem kleinen Notizbuch den Zeitraum. Es gab ihn nicht. Aber vier Tage vor der Abreise fand er einen Eintrag: 04.09. JW – T (P).

Hackenholt suchte im Fotoalbum die nächste Reise in den Osten heraus. Auch diesmal wurde das eigentliche Reisedatum im Notizbuch nicht erwähnt, doch wenige Tage zuvor gab es einen Eintrag mit Datum, Namenskürzel und der Abkürzung T (P). Noch einmal blätterte Hackenholt in dem Album. Walch war nicht nur nach Prag gereist. Vor einem Jahr hatte er auch in Polen Urlaub gemacht. Im Notizbuch fand er dazu den Eintrag 11.12. JW – T (B). Konnte P für Prag und B für Breslau stehen?

Was meinte Liedel mit T? Termin? Treffen?

Nachdenklich griff Hackenholt zu Nadines Handy und suchte dort die drei Zeiträume heraus, in denen sie sich in Prag aufgehalten hatte, und verglich sie ebenfalls mit Liedels Notizbuch. Plötzlich fiel ihm auf, dass die im Handy vor der Reise vermerkten Besuche im Jobcenter mit denen übereinstimmten, die Liedel mit der Kennzeichnung T (P) in seinem Büchlein notiert hatte. Hastig zog Hackenholt einen Ordner mit Vernehmungsprotokollen heran, in dem Florian Färbers Aussage abgeheftet war. Der hatte behauptet, Nadine habe von Liedel bei den Terminen unmittelbar vor der Abreise das jeweilige Busticket erhalten.

Stand T für Ticket?

Wünnenbergs Telefon klingelte. Hackenholt beachtete es nicht. Systematisch notierte er sich sämtliche Eintragungen aus Liedels Buch bezüglich Nadine May auf seinen Block. Anschließend tat er dasselbe für Josef Walch. Nun ergab sich ein Muster. Der erste Eintrag lautete immer »Namenskürzel« und dann »vorgest.«. Vorgestellt?

Ein paar Tage später wiederholten sich die Initialen gefolgt von einer Zahl. Ein Geldbetrag? Dann kam das Namenskürzel in Verbindung mit T und möglicherweise dem Anfangsbuchstaben des Bestimmungsorts in Klammern. Danach wieder einer mit einem Geldbetrag.

Daneben fielen ihm noch zwei Dinge auf: Josef Walchs Initialen waren die allerersten, die in den Aufzeichnungen genannt wurden. Er war offenbar der Erste, der in diesem Zusammenhang Drogen nach Deutschland geschmuggelt hatte. Die andere Sache war: Wenn die Abkürzungen wirklich für das standen, was Hackenholt vermutete, musste Walch unmittelbar vor seinem Aufenthalt in der Roßtaler Pension in Prag gewesen sein. Hatte er Frau Höllerer deswegen erzählt, er habe einen Magen-Darm-Virus? Um in Wirklichkeit die Drogenpäckchen ungestört ausscheiden zu können?

Plötzlich riss Wünnenberg Hackenholt aus seinen Überlegungen. »Hast du mir zugehört?«

»Was?«

»Ich habe Melanie König unten am Empfang abgeholt. Sie wartet drüben im Vernehmungszimmer.«

Hackenholt hatte nichts mitbekommen. Eilig erhob er sich und ging über den Flur in den genannten Raum.

»Frau König, ich habe noch einmal ein paar Fragen an Sie«, begrüßte er die junge Frau. Sie wirkte in der fremden Umgebung nicht annähernd so selbstsicher wie am Montagmittag im Café Dalvia. »Und zwar hätte ich gern gewusst, wie Sie die Arbeit beim C&A bekommen haben.«

»Das Jobcenter hat mir die Ausbildungsstelle vermittelt.«

»Das Jobcenter? Nicht die Agentur für Arbeit?«, hakte er nach.

»Nein. Weil ich Hartz IV bekommen habe, war das Jobcenter für mich zuständig. Die haben zu dem Zeitpunkt ein Programm angeboten, und weil ich keine Ausbildung hatte, bin ich da reingerutscht.«

»Wie hieß der Sachbearbeiter, der Sie betreut hat?«

»Ich hatte mehrere«, antwortete sie ausweichend.

»Hat Stefan Liedel jemals zu diesem Personenkreis gehört?« Noch bevor Hackenholt die Frage ganz ausgesprochen hatte, erkannte er an Melanie Königs Reaktion, dass er richtig lag: Sie biss sich auf die Unterlippe, senkte den Blick und nestelte mit den Fingern nervös an ihrer Tasche herum. Hackenholt beobachtete sie schweigend.

»Ja, es war Herr Liedel, der sich für mich eingesetzt hat.«

»Warum?«

»Keine Ahnung. Er hat halt gefunden, ich sollte eine Chance bekommen und nicht Nadine.« Ihre Stimme klang auf einmal trotzig.

»Wann haben Sie Ihre Ausbildung begonnen?«

»September vor zwei Jahren.«

»Also ein paar Wochen, nachdem Sie mit Nadine May in Prag waren und so unzeremoniell nach Hause geschickt wurden.«

»Kann schon sein«, murmelte sie.

»Kann es so sein, oder war es so?«, hakte Hackenholt nach.

»Ja, es war so.« Mit einem Mal klang das Mädchen aggressiv.

»Als Sie aus Prag nach Hause geschickt wurden, waren Sie stocksauer auf Ihre Freundin. Das haben Sie selbst zugegeben. Was haben Sie dann getan? Und erzählen Sie mir jetzt nicht, Sie hätten Nadine einfach links liegengelassen.«

»Ich bin zu Liedel und habe ihm gesagt, dass ich auch so eine Reise wie Nadine haben will. An die Geschichte, sie hätte sie zufällig an dem Abend in der Disko gewonnen, habe ich nie geglaubt.«

»Wie hat Liedel reagiert?«

»Er hat mir gesagt, dass er versuchen könnte, mich in dieses Ausbildungsplatzprogramm aufzunehmen, wenn ich wollte.«

»Einfach so?«

Sie nickte.

»Ohne Gegenleistung?«

»Ja!«

»Das glaube ich nicht«, sagte Hackenholt, der eine ganz andere Vermutung hegte: Melanie König hatte den anonymen Brief an Frau Smolka geschrieben, in dem sie behauptete, Liedel würde seinen Klienten unsittliche Angebote unterbreiten. »Sie haben Stefan Liedel erpresst. Sie haben geglaubt, dass er etwas mit Nadine hatte. Deswegen haben Sie in dem anonymen Brief von einem unsittlichen Angebot gesprochen.«

Die junge Frau errötete und presste die Lippen aufeinander.

Als Hackenholt nach der Vernehmung in sein Büro zurückkam, wartete Christine Mur auf ihn. Einen Augenblick blieb er in der Tür stehen und beobachtete, wie sie da saß und ganz so wie früher seine Kugelschreiber zerlegte, um sie in neuen Kombinationen wieder zusammenzubauen. Er räusperte sich. Mur blickte auf und grinste.

»Das habe ich schon lange nicht mehr gemacht, nicht wahr? Aber mir war gerade danach.«

»Was gibt es Neues? Bist du mit dem Geld aus dem Tresor fertig?«

»Ja.« Eilig begann sie die restlichen Einzelteile zusammenzufügen. »Deswegen bin ich hier. Ich wollte es dir persönlich sagen: Wir konnten mehrere Fingerabdrücke sichern – ein Daumenabdruck stimmt mit einem überein, den wir in unserer Datenbank gespeichert haben.«

Hackenholt hielt die Luft an.

»Wir wissen keine Personalien«, fuhr Mur fort. »Aber er gehört demjenigen, der bei der Swiss Ammunition Group eingestiegen ist und die Waffen gestohlen hat.«

»Und damit schließt sich der Kreis«, murmelte Hackenholt. Mit wenigen Schritten war er an der Verbindungstür zum Nachbarzimmer. Stellfeldt saß an seinem Platz. »Die Geschosse, die ihr bei Liedels Obduktion sichergestellt habt, wo sind die?«

»Die hat Manfred mir übergeben«, rief Mur in seinem Rücken, noch bevor Stellfeldt den Mund aufmachte. »Und ich habe sie nach München weitergeleitet. Per Kurier. Ich dachte mir, dass du schnell Gewissheit darüber haben willst, ob Liedel mit derselben Waffe erschossen wurde wie Josef Walch.«

»Ist sonst noch etwas Interessantes bei der Obduktion herausgekommen?«

»Drei Schüsse aus weniger als fünf Metern Abstand, zwei Treffer im Rumpf, einer im Bein. Im Rumpf wurde eine Schlagader perforiert. Er ist innerlich verblutet«, fasste Stellfeldt die Ergebnisse zusammen.

»Keine schöne Sache. Ich geh dann mal wieder.« In der Tür drehte sich Mur noch einmal um. »Hast du in den letzten Tagen was von Lisbet Belzl gehört? Ich habe ein paarmal versucht, sie zu erreichen, aber nie geht jemand ans Telefon.«

»Vielleicht hat sie Urlaub«, brummte Hackenholt geistesabwesend. Dann wandte er sich an Stellfeldt: »Wo sind Ralph und Saskia?«

»Ralph ist ins Jobcenter gefahren, um die Unterlagen persönlich abzuholen. Saskia ist mit einem Drogenspürhund in Liedels Wohnung. Sie hat Martin mitgenommen.« Stellfeldt erhob sich. »Und ich gehe jetzt schnell in die Kantine und hole mir ein Brötchen. Nachdem ich nun das Schlimmste des Tages überstanden habe, habe ich Hunger.«

Plötzlich stand Hackenholt allein im Büro. Darauf hatte er seit Tagen gewartet. Sorgfältig schloss er die Verbindungstür zu Stellfeldts Zimmer und anschließend die zum Gang, dann setzte er sich an seinen Schreibtisch, nahm die Visitenkarte aus seinem Geldbeutel und wählte die Telefonnummer des Psychologen. Mit aller Macht hoffte er, diesmal nicht mit dem Anrufbeantworter verbunden zu werden. Er hatte Glück. Der Mann meldete sich nach dem vierten Klingelzeichen. Er hatte eine tiefe Stimme, die Hackenholt ein wenig an Stellfeldt erinnerte und ihm auf Anhieb sympathisch war.

Er schilderte ihm sehr knapp seinen bisherigen Krankheitsverlauf, erwähnte die Entführung, den Aufenthalt in Bad Bocklet, die von der dortigen Ärztin ausgesprochene Empfehlung und schließlich die anstehende Gerichtsverhandlung. Der Psychologe hörte sich alles ruhig an, dann teilte er Hackenholt mit, er sei eigentlich für ein Jahr ausgebucht, wäre aber bereit, alle vierzehn Tage seinen freien Freitagnachmittag zu opfern – unter der Voraussetzung, dass Hackenholt trotz seiner hohen Arbeitsbelastung die Termine einhielt.

Hackenholt zögerte einen Augenblick. Der Psychologe merkte es und lachte.

»Sehen Sie? Ich glaube, genau das ist eins Ihrer Probleme. Kommen Sie übermorgen um fünfzehn Uhr dreißig in meine Praxis. Dann sehen wir weiter.«

Eine halbe Minute, nachdem er aufgelegt hatte, ging die Bürotür auf und Wünnenberg kam herein.

»So ein Mistwetter!«, schimpfte er und warf einen großen braunen Umschlag auf seinen Schreibtisch, bevor er zum Geschirrhandtuch neben seiner Kaffeemaschine griff und sich damit die Haare trockenrieb. Erst jetzt merkte Hackenholt, dass es wieder zu regnen begonnen hatte. Dicke Tropfen schlugen gegen das Fenster.

»Sind das die Unterlagen vom Jobcenter?«

»Ja. Frau Smolka wollte sie keinem Kurierdienst anvertrauen.«

Hackenholt griff nach dem Umschlag und entnahm ihm einen dicken Stapel Papier. Im ersten Augenblick irritierte ihn die Menge, doch dann bemerkte er, dass jeder Datensatz auf einem separaten Blatt ausgedruckt worden war. Außer Papier enthielt das Kuvert nichts. »Hat sie dir keinen Datenträger mitgegeben? Eine Exceltabelle vielleicht?«

»Nein. Sie hatte Angst, wir würden die Daten irgendwie missbrauchen.«

»Wie bitte?«

»Ach, ich weiß es doch auch nicht. Sie hat eine völlig verquere Vorstellung, was wir hier eigentlich tun. Sie kapiert nicht, dass wir die Personen mit unseren Datensätzen abgleichen müssen. Aber bevor ich länger mit ihr herumdiskutiert hätte, dachte ich, es geht schneller, wenn wir alles selbst erfassen.«

»Das soll eine der Schreibkräfte erledigen. Dafür haben wir beim besten Willen keine Zeit. Wir suchen als Erstes die Leute heraus, deren Initialen in Liedels Notizbuch auftauchen. Danach überprüfen wir deren Vorstrafenregister, und dann fahren wir zu ihnen.«

»Einverstanden. Lass mich nur noch schnell einen Kaffee trinken.« Wünnenberg stand schon vor seiner geliebten Maschine.

Hackenholt nahm sich einen Teil der Datensätze, den Rest legte er seinem Kollegen hin. Als Stellfeldt aus der Kantine zurückkam, erhielt er ebenfalls einen Packen Blätter.

»Was haben wir eigentlich konkret gegen diese Menschen in der Hand?«, fragte er, während er sich einen Stuhl heranzog und an die Stirnseite von Hackenholts Schreibtisch setzte. »Initialen in einem Notizbuch eines Toten, der uns nicht mehr sagen kann, was sie zu bedeuten haben, sind meiner Meinung nach nicht sonderlich viel. Warum sollten die Leute ein Geständnis ablegen und sich damit selbst belasten? Immerhin haben sie eine beträchtliche Menge Rauschgift ins Land gebracht. Daneben dürfte eine ganze Reihe anderer Verfehlungen hinzukommen. Zum Beispiel Sozialversicherungsbetrug.«

Wünnenberg lachte auf. »Der fällt bei dem Strafmaß, das für die Einfuhr von Drogen fällig wird, nicht weiter ins Gewicht.«

»Ich meine es ernst«, sagte Stellfeldt noch einmal. »Warum sollten die Leute mit uns sprechen? Vor allem jetzt, wo Liedel tot ist?«

»Weil sie Angst bekommen. Wir werden ihnen vor Augen führen, dass Josef Walch einer von ihnen war, und wie elendig Nadine May gestorben ist. Liedels Tod kann ein Vorteil sein: Möglicherweise werden sie versuchen, ihren eigenen Tatbeitrag kleinzureden. Vielleicht behaupten sie, er hätte sie erpresst – so wie Florian Färber das schon bei Nadine angedeutet hat. Darüber hinaus könnten wir ihnen im Rahmen des Paragraf 31 Betäubungsmittelgesetz einen Deal in Aussicht stellen, wenn sie die Hintermänner preisgeben. Denn eins ist klar: Liedel kam selbst nicht direkt mit den Drogen in Berührung. Das hätte er in seinem Notizbuch vermerkt.«

»Aber warum wurde Liedel getötet, wenn er mit dem Rauschgift nichts zu tun hatte?«, fragte Wünnenberg.

»Er kannte die Hintermänner. Er wusste nicht nur, wer die Drogen bei seinen Klienten eingesammelt hat, sondern auch, wer die Fäden in der Hand hält. Davon bin ich überzeugt. Möglicherweise wurde er panisch, als wir mit ihm sprechen wollten und hat den Boss kontaktiert. Und der hat kalte Füße bekommen und geglaubt, Liedel würde in einer Vernehmung alles ausplaudern.«

Während sie die Datensätze durchgingen, kehrten Baumann und Groß von der nochmaligen Durchsuchung von Liedels Haus zurück. Hackenholt und Wünnenberg hatten am Vortag ganze Arbeit geleistet – auch der Spürhund hatte kein Rauschgift in den Räumen entdeckt.

Hackenholt übergab seine Unterlagen an die Kollegen und widmete sich wieder Stefan Liedels Notizbuch. Er erstellte auch für die anderen Namenskürzel eine chronologische Liste. So, wie er sie bereits für Josef Walch und Nadine May aufgeschrieben hatte. Dabei fiel ihm auf, dass es zwei Personen gab, deren Initialen erst seit kurzem in dem Büchlein auftauchten.

Nachdem die Ermittler alle Datensätze, die sie vom Jobcenter erhalten hatten, durchgegangen waren und diejenigen Personen aussortiert hatten, deren Initialen mit denen aus dem Büchlein übereinstimmten, blieben vierzehn Datensätze für zehn Personen übrig. JM gab es dreimal: Jan Meister, Jörg Müller, Janine Mayer. TS und AN je zweimal.

Hackenholt suchte in den Daten nach SA und fand unter den vierzehn Kandidaten eine Sina Ackermann. Anhand des Geburtsdatums rechnete er schnell aus, dass sie achtundzwanzig Jahre alt war. Dann drehte er sich zu seinem Computer und gab den Namen der Frau ein. Kein Treffer. Sie war bislang strafrechtlich nicht in Erscheinung getreten. Wenn seine Interpretation der Daten in Liedels Notizbuch stimmte, war Sina Ackermann vor kurzem in Prag gewesen. Den Termin zur Ticketübergabe im Jobcenter hatte sie erst in der zweiten Augusthälfte gehabt.

Das war jedoch nicht der letzte Eintrag. Für vergangenen Donnerstag hatte Liedel 18.09. NT – T (P) notiert. NT hieß vermutlich Nico Thoma, war vierundzwanzig Jahre alt und wegen Körperverletzung vorbestraft. Hackenholt sah auf seinen Kalender. Sollte Thoma am Montag nach Prag gereist sein, würde er heute oder morgen zurückkommen.

»Wie wollen wir jetzt vorgehen?«, riss Stellfeldt Hackenholt aus seinen Überlegungen.

»Wir müssen uns alle vierzehn genau ansehen. Vor allem bei den Herrschaften mit den Initialen JM, TS und AN ist viel Fingerspitzengefühl gefragt. Wir wissen nicht, wer von ihnen ein Schmuggler und wer ein völlig unbeteiligter Hartz-IV-Empfänger ist. Wir müssen die Menschen bei der Vernehmung sehr genau beobachten. Wie reagieren sie? Es wäre hilfreich, wenn wir sie unauffällig zu ihren Tätigkeiten in den Tagen nach dem Treffen mit Liedel befragen. Achtet darüber hinaus auf Dinge, die nicht wirklich ihrem sozialen Status entsprechen.«

»Vielleicht können wir die Leute auch anders ausschließen«, sagte Wünnenberg. »Sag mir mal schnell die Namen.«

Stellfeldt griff nach den Blättern und diktierte ihm einen nach dem anderen.

Schließlich schüttelte Wünnenberg den Kopf. »Schade. Keiner von ihnen befindet sich auf der Liste, mit denen Liedel telefonierte.«

»Wär ja aa zu schäi gween«, seufzte Baumann.[49]

»Dann lasst uns weitermachen«, trieb Hackenholt die Besprechung voran. Er hatte die Uhr im Auge, die unermüdlich die Minuten forttickte. »Ralph und ich fahren zu Nico Thoma. Mit viel Glück ist er gerade aus Prag zurückgekommen. Wenn wir ihn antreffen, werden wir ihn unter einem Vorwand in die Dienststelle bringen. Möglicherweise verunsichert ihn das so sehr, dass er einknickt. Sollte er tatsächlich Drogen im Körper haben, bringen wir ihn auf direktem Weg ins Klinikum und schalten die Kollegen von der Gemeinsamen Ermittlungsgruppe Rauschgift ein.«

»Das wäre der Idealfall. Wenn wir ihn mit einem Bauch voller Rauschgift erwischen, wird er sicher eher bereit sein, eine Aussage zu machen, als wenn wir ihm nur unsere Vermutungen vorhalten können.«

Hackenholt nickte. »Die zweite, bei der ich mir ganz gute Chancen ausrechne, ist Sina Ackermann.«

Als sie bei Nico Thoma klingelten, öffnete niemand.

»Und jetzt? Versuchen wir es bei den Nachbarn?«, fragte Wünnenberg.

Hackenholt schüttelte den Kopf. Bei der Personenabfrage hatte er festgestellt, dass der junge Mann zwar nicht mit seiner Oma zusammenwohnte, doch die beiden trennte nur ein Stockwerk.

Adelheid Ampferl war für Hackenholt der Inbegriff einer Großmutter; vielleicht, weil sie ihn an seine eigene erinnerte. Die Vierundachtzigjährige hatte schneeweiße, dauergewellte Haare und trug eine Kittelschürze. Um ihre geschwungene Brille hätte sie jeder Fünfzigerjahre-Fan beneidet. Um die dicken braunen Stützstrümpfe und die klobigen Schnürschuhe dagegen wohl eher nicht.

49 »Wäre ja auch zu schön gewesen«, (...).

»Ja, bitte?« Sie musterte Hackenholt und Wünnenberg durch den schmalen Schlitz, den die Türkette zuließ.

»Wir sind von der Kriminalpolizei und kommen wegen Ihrem Enkel Nico Thoma.«

Sofort schüttelte die Frau den Kopf. »Ich falle auf Ihren Trick nicht herein. Von mir bekommen Sie kein Geld. Gehen Sie weg, sonst rufe ich die Polizei.« Damit schloss sie die Tür.

Hackenholt stand einen Moment lang völlig baff da, dann klopfte er. »Frau Ampferl, das muss ein Missverständnis sein. Wir sind echte Polizisten.« Während er das sagte, fragte er sich, ob Betrüger nicht genau dasselbe behaupteten. »Ich kann Ihnen die Telefonnummer von unserer Dienststelle geben. Dort können Sie anrufen und sich bestätigen lassen, dass wir keine Betrüger sind. Ihrem Enkel ist nichts passiert und wir wollen auch kein Geld von Ihnen. Wir möchten lediglich mit Ihnen sprechen.«

»Ich rufe jetzt die 110 an.«

»Tun Sie das.« Um Missverständnisse von Vornherein auszuräumen, wählte Hackenholt die interne Rufnummer der Einsatzzentrale und erklärte der Beamtin, wer und wo er war.

»Einen Moment. Ich schau mal, wer die Dame in der Leitung hat«, sagte die Telefonistin. Im Hintergrund war Stimmengemurmel zu hören, dann war die Beamtin wieder am Apparat. »Eine Streife von der PI West ist unterwegs. Die Dame klang sehr aufgeregt. Am besten wartet ihr an der Haustür auf die Kollegen.«

Wünnenberg gluckste vor Lachen, während sie dem Ratschlag folgten. »Ist dir das schon mal passiert? Dass man dich für einen Betrüger hält, der versucht, eine alte Dame um ihr Erspartes zu bringen?«

»Ziemlich traurig, nicht?«

»Schon. Andererseits ist es gut, wenn die Dame so resolut ist. Es gibt immer mehr Täter, die es auf alte Menschen abgesehen haben und deren Gutgläubigkeit ausnutzen.«

»Hoffentlich ruft sie in der Zwischenzeit nicht ihren Enkel an und fragt ihn, ob alles in Ordnung ist. Wenn er erfährt, dass die Kripo vor der Tür steht, wird er am Ende panisch.«

Erst als die Beamten der PI West eintrafen und Hackenholt zur Wohnungstür begleiteten, öffnete Frau Ampferl.

»Und woher weiß ich, dass Sie echte Polizisten sind? Ständig liest man in der Zeitung von Menschen, die sich so verkleiden.«

»Die haben dann aber keinen Streifenwagen vor der Tür stehen«, erklärte der Schutzpolizist ernst. »Schauen Sie mal aus Ihrem Wohnzimmerfenster, dann sehen Sie unser Auto.«

Das schien die alte Dame zu überzeugen. »Na, dann kommen Sie herein.« Endlich gab sie die Tür frei, sodass die Ermittler eintreten konnten.

»Wie gesagt, es geht um Ihren Enkel Nico Thoma«, begann Hackenholt, sobald sie ins Wohnzimmer getreten waren. »Wir müssen dringend mit ihm sprechen, können ihn aber nicht erreichen. Wissen Sie, wo er sich im Augenblick aufhält?«

»Hat er etwas angestellt?«, fragte Frau Ampferl besorgt.

»Nein«, beruhigte Hackenholt sie. »Sie haben sicher gehört, dass gestern ein Mitarbeiter des Jobcenters auf offener Straße erschossen wurde. Ihr Enkel war einer seiner Klienten.«

»Das kann nichts mit Nico zu tun haben, der ist nämlich am Montag nach Prag gefahren.« Die alte Dame klang erleichtert.

»Sind Sie sicher?«, schauspielerte Hackenholt. »Haben Sie den Zugfahrschein gesehen? Vielleicht hat er das nur erfunden.«

»Also hören Sie mal! Mein Enkel würde mich doch nicht anlügen. Also wirklich!« Sie schüttelte entrüstet den Kopf. »Ich habe seine Fahrkarte gesehen. Er ist mit dem Bus gefahren. Das ist günstiger als mit dem Zug.«

»Wie lange wollte er denn bleiben?«

»Er kommt heute Nachmittag zurück.«

Hackenholt runzelte besorgt die Stirn. »Wann genau?«

»Das weiß ich nicht. Er hat nur gesagt, bis zum Abendbrot ist er wieder da.«

»Hat er einen Bahnbus genommen?«

Die alte Dame sah ihn verständnislos an. »Nein, er ist nicht mit der Bahn gefahren.«

»Ich meine, wer ist der Reiseveranstalter? Wem gehört der Bus?«

»Das kann ich Ihnen nicht sagen.«

Sowohl Josef Walch als auch Nadine May waren mit Bussen der Deutschen Bahn gereist. Wie hoch war die Wahrscheinlichkeit, dass Thoma dies ebenfalls tat? Hackenholt erhob sich, er hatte es eilig. »Wenn Sie sagen, dass er gar nicht hier war, kann er nichts damit zu tun haben, dann hat sich das wohl erledigt.«

Noch auf dem Weg zurück zum Dienstwagen wählte Hackenholt Gregor Theiss' Telefonnummer. Der Leiter der Gemeinsamen Ermittlungsgruppe Rauschgift war ganz Ohr, als Hackenholt ihm den Sachverhalt schilderte und von ihrem Verdacht berichtete, Nico Thoma könne am Nachmittag mit dem Bus und einer Ladung Drogen aus Prag zurückkehren. Es dauerte eine Weile, bis Hackenholt alles erzählt hatte, was sie in den vergangenen Stunden herausgefunden hatten. Sofort versprach der Zöllner, umgehend die erforderlichen Schritte in die Wege zu leiten.

Wünnenberg steuerte unterdessen das Dienstfahrzeug zu Sina Ackermanns Wohnung; zu der Frau, die erst vor kurzem von Stefan Liedel angeworben worden war.

Nachdem Hackenholt das Telefonat beendet hatte, stiegen sie aus und sahen an der Fassade hinauf. Sie standen vor einem scheußlichen Nachkriegsbau mitten an einer Hauptverkehrsstraße. Weit und breit war keine Grünfläche in Sicht – und auch kein Hinterhof, in dem Kinder spielen konnten.

Hackenholt schauderte beim Gedanken, Ronja müsse in solch einem Wohnsilo aufwachsen. Denn bei der Abfrage der Einwohnermeldedaten hatte er herausgefunden, dass Sina Ackermann zwei kleine Kinder hatte: Eine vierjährige Tochter und einen einjährigen Sohn. Ein Ehemann oder Lebensgefährte war nicht in der Wohnung gemeldet.

Als die Beamten gerade klingeln wollten, öffnete sich die Haustür und eine Frau mit einem Einkaufstrolley kam heraus. Sie schenkte den Ermittlern keine weitere Beachtung, sodass Wünnenberg die Tür unauffällig offenhalten konnte. Mit dem Aufzug fuhren sie in den fünften Stock und suchten nach der richtigen Tür. Dann ging alles sehr schnell.

Die Frau, die öffnete, wurde kreidebleich, als die beiden Männer ihr zwei Polizeiausweise entgegenhielten. Hackenholt sah förmlich, wie es ihr den Boden unter den Füßen wegzog, so sehr hatte sie sich erschreckt. Im nächsten Moment begann sie unkontrolliert zu zittern, und dann liefen ihr auch schon Tränen über die Wangen.

»Sie wollen mich verhaften, nicht wahr?«, flüsterte sie.

Hackenholt nickte. Er wollte nichts sagen und hoffte, sie würde von selbst weiterreden.

»Ich hätte das nicht tun dürfen.«

»Nein, das hätten Sie nicht. Das war gelinde gesagt eine riesengroße Dummheit.« Wieder versuchte er es mit einer möglichst allgemeinen Antwort.

»Komme ich jetzt ins Gefängnis?«

»Das entscheidet ein Richter. Aber wenn Sie ein Geständnis ablegen, schlägt sich das mit Sicherheit positiv im Strafmaß nieder.«

»Was wird aus meinen Kindern?«

»Haben Sie jemanden, der sie zu sich nehmen kann? Ihre Mutter? Ansonsten müssen wir das Jugendamt einschalten.«

»Meine Mutter wohnt in Fürth. Können Sie solange warten, bis sie hier ist?«

»Natürlich. Rufen Sie sie an. Danach setzen wir uns ins Wohnzimmer und Sie erzählen uns, wie das alles vor sich gegangen ist.«

Sina Ackermann nickte. Plötzlich piepte Hackenholts Handy. Er zog sich in den Flur zurück, um ungestört sprechen zu können.

»Die DB-Busse fahren ab dreizehn Uhr achtunddreißig stündlich in Prag los«, sagte Gregor Theiss. »Davor gehen sie alle zwei Stunden. Wenn der Mann zum Abendessen wieder zu Hause sein will, müsste er den genannten Bus nehmen, oder vielleicht den sechzig Minuten später. Dann wäre er planmäßig um achtzehn Uhr siebzehn in Nürnberg.«

»Gibt es eine Passagierliste?«

»Nein, aber wir kennen den Streckenverlauf der Bahnbusse und werden heute alle auf einem Rastplatz herauswinken und kontrollieren. Dabei werden wir natürlich auch die Ausweise einsehen. Die Kollegen in Waidhaus sind verständigt, sie stellen gerade Mannschaften zusammen. Ich werde selbst hinauffahren und melde mich, sobald es etwas Neues gibt.«

»Ich hätte noch eine andere Bitte: Hast du jemanden, der zu einer Vernehmung zu uns in die Dienststelle kommen kann? Wir haben eine weitere Schmugglerin verhaftet. Möglicherweise müssen wir zeitnah noch dreizehn weitere Personen vernehmen.«

Theiss war einen Augenblick still, dann verwarf er seinen ursprünglichen Plan. »Ich schicke meinen Stellvertreter nach Waidhaus, dann kann ich zu dir in die Dienststelle kommen. Es klingt nach einer größeren Sache, die wir da übers Knie brechen müssen.«

Nachdem Hackenholt das Telefonat beendet hatte, ging er zurück ins Wohnzimmer zu Sina Ackermann und Wünnenberg.

»Jetzt erzählen Sie mal: Womit hat alles angefangen?«, bat er schließlich.

»Ich wollte umziehen. Die Wohnung ist sehr klein, sie hat nur zwei Zimmer: Dieses und das, in dem Leon gerade schläft. Aber das ist feucht, und eine Wand schimmelt. Leon ist ständig krank. Der Kinderarzt sagt, ich muss hier raus. Also habe ich mir andere Wohnungen angeschaut, aber niemand will eine alleinerziehende Mutter mit zwei kleinen Kindern nehmen.

Nach langer Suche habe ich bei einer Wohnungsbaugesellschaft eine Dreizimmerwohnung gefunden. Ich hätte sie bekommen, wenn ich die Mietkaution hätte bezahlen können. Ich dachte, das wäre kein Problem, weil das Jobcenter die übernimmt. Als ich mit den Unterlagen zu Herrn Liedel gegangen bin, hat er mir gesagt, dass aus der Wohnung nichts wird, die Kaution war zu hoch. Und zwar um einen Euro fünfundsiebzig! Das müssen Sie sich mal vorstellen!

Er hat meinen Antrag wegen weniger als zwei Euro abgelehnt. Ich habe die Welt nicht mehr verstanden. Die Wohnungsbaugesellschaft konnte von dem Betrag angeblich nicht runtergehen. Ich hätte die eins fünfundsiebzig auch aus eigener Tasche bezahlt, aber wenn die Summe zu hoch ist, zahlt das Jobcenter überhaupt nichts. Dabei muss ich hier doch unbedingt raus!«

Sie schlug die Hände vors Gesicht und weinte. Es war eine der traurigsten Geschichten, die Hackenholt seit langem zu hören bekommen hatte. Er glaubte zu verstehen, warum sich die Frau auf den Drogenschmuggel eingelassen hatte.

»Wie ging es weiter?«

»Ich war völlig verzweifelt. Herr Liedel hat gesagt, er würde jemanden kennen, der in Notfällen hilft. Eigentlich hätte ich mir denken können, dass das nichts Gescheites sein kann. Wer hat schon Geld zu verschenken, wenn einem nicht einmal die Bank, bei der man seit Jahren ist, noch etwas gibt? Aber ich habe mich leider trotzdem auf ein Treffen eingelassen und mit dem Kerl geredet.«

Obwohl Hackenholt die Frage unter den Nägeln brannte, wen sie wo getroffen hatte, hakte er nicht nach. Das würde er später tun. Er wollte nicht den Eindruck erwecken, als wisse er nicht annähernd so viel, wie sie annahm. Daher sagte er nur: »Und dann sind Sie nach Prag gereist.«

Sie nickte.

»Das Ticket ...?«

»Habe ich von Herrn Liedel bei meinem letzten Besuch im Jobcenter bekommen.«

»Wussten Sie, was Sie in Tschechien erwartet?«

Sie schüttelte den Kopf. »Nur, dass ich etwas mit zurück nach Deutschland nehmen sollte. Aber ...« mit einem Mal war es um ihre Fassung geschehen, sie weinte hemmungslos. »Ich wollte das Zeug nicht schlucken. Ich hatte panische Angst davor, dass es mir im Hals stecken bleibt und ich ersticke. Deshalb habe ich ihnen angeboten, es in meinem Gepäck zu transportieren. Aber sie haben behauptet, die Polizei würde es finden, wenn ich es nicht in meinem Körper verstecke. Sie wollten mich nicht weglassen und haben mir gedroht. Ich würde meine Kinder nicht wiedersehe, wenn ich es nicht schlucke. Also habe ich es getan.«

»Und dann?«, ermunterte Hackenholt sie zum Weiterreden, als sie schwieg.

»Dann kam dieser furchtbare Mensch ständig zu uns und hat das Zeug bei mir abgeho–« Sie wurde vom Klingeln der Türglocke unterbrochen. Sofort sprang sie auf, verharrte dann aber noch einen Augenblick. »Das ist meine Mutter. Können Sie ihr bitte verschweigen, warum Sie hier sind?«

Hackenholt runzelte die Stirn. »Wie stellen Sie sich das vor?«

»Ich werde ihr erzählen, dass ich ...« Sie presste die Hände an die Schläfe. »Dass ich noch einmal weg muss. Nach Prag oder so. Ich kann es ihr jetzt einfach nicht sagen.«

Hackenholt sah sie lange an, dann nickte er langsam. Vielleicht konnten sie für die Frau Haftverschonung bis zum Prozessbeginn erwirken. Die Entscheidung oblag natürlich nicht ihm. Aber sie war bislang nicht vorbestraft und wirkte bei der Aufklärung mit. Andersherum würden ihre zwei kleinen Kinder sie nicht vor der Strafe schützen. Und vielleicht war es auch zu ihrem eigenen Schutz, wenn sie eine Weile von der Bildfläche verschwand. Wer wusste schon, was die Hintermänner mit ihr anstellten, wenn sie merkten, wer geplaudert hatte.

Vom Flur her drangen gedämpfte Stimmen zu ihnen. Wünnenberg war aufgestanden und behielt die beiden Frauen im Auge. Es kostete Sina Ackermann sichtlich Mühe, die Fassung zu bewahren.

In der Dienststelle wurden sie bereits von Gregor Theiss erwartet. Jemand hatte ihn in Hackenholts Büro gebracht und mit einer Tasse Kaffee versorgt.

Sina Ackermann berichtete, wie es zwei Tage nach dem verhängnisvollen Gespräch mit Stefan Liedel an ihrer Wohnungstür geklingelt hatte und ein Mann davor stand, den sie noch nie zuvor gesehen hatte, der sie jedoch vom ersten Augenblick an einschüchterte. Die Glatze, die Tätowierungen, der durchtrainierte, muskulöse Körper. Sie merkte ihm an, dass er sich von niemandem verarschen ließ. Er bat sie, etwas für ihn zu erledigen. Sie sollte nach Prag fahren und von dort ein paar Kleinigkeiten mit nach Deutschland zurückbringen. Sie würde dafür eine Belohnung bekommen: Die halbe Mietkaution. Also ließ sie sich darauf ein. Auf was genau, wusste sie zu dem Zeitpunkt noch nicht. Nur, dass sie eine Woche in Prag verbringen würde.

»Bloß eine Woche?«, hakte Hackenholt nach.

»Länger konnte ich meine Kinder nicht bei meiner Mutter lassen.« Sie schluckte und kämpfte mit den Tränen. Vielleicht wurde ihr gerade erst klar, dass sie ihre Kinder nun viel länger nicht mehr sehen würde.

»Wie ging es dann weiter?«, versuchte Theiss sie abzulenken.

Zwei Tage später kam ein Brief vom Jobcenter mit einem neuen Termin. Liedel gab ihr das Ticket. In Prag wurde sie von einer Frau am Bus abgeholt und in ein Hotel gebracht, wo sie das Wochenende verbrachte und verwöhnt wurde. Am Montagmorgen erschien die Frau im Frühstücksraum und sagte ihr, sie solle ihre Tasche packen. Mit dem Auto brachte sie sie in eine Art Kaserne. Wo genau, konnte Sina Ackermann nicht sagen. Die Frau fuhr fast zwei Stunden lang mit ihr kreuz und quer durch die Gegend, sie verlor völlig die Orientierung.

In der früheren Kaserne waren außer ihr noch andere Männer und Frauen. Endlich teilte man ihr mit, was von ihr verlangt wurde. Sie bekam Panik, eine Frau versuchte, sie zu beruhigen. Es sei nicht schlimm, sie würde es erst einmal mit Trauben und Tomaten trainieren. Aber Sina Ackermann steigerte sich immer mehr hinein. Deshalb wurde sie in ein Zimmer gesperrt, und ein Mann kam zu ihr. Er machte ihr klar, dass sie ihre Kinder nie wieder sehen würde, wenn sie nicht gehorchte. Danach gaben sie ihr Karottenstücke zum Schlucken, die immer ein kleines bisschen größer wurden, bis sie schließlich die Drogenpäckchen hinunterbrachte, ohne sie gleich wieder herauszuwürgen.

Sie musste auch eine Legende auswendig lernen. Falls der Bus auf dem Rückweg von Schleierfahndern angehalten wurde, sollte sie sagen, sie habe ein Kunstseminar besucht. Man ging sogar so weit, ihr eine gefälschte Bescheinigung der Universität zu geben, die sie vorzeigen sollte, damit ihre Geschichte plausibel klang. In Nürnberg sollte sie nach Hause fahren und warten, bis die Päckchen herauskämen.

Am Tag nach ihrer Rückkehr tauchte der Glatzköpfige bei ihr auf. Und dann zu verschiedenen Uhrzeiten immer wieder. Bis sie ihm alle Päckchen übergeben hatte. Bei seinem letzten Besuch erhielt sie einen Briefumschlag mit Geld.

»Wie viel?«

»Fünfhundert Euro«, flüsterte Sina Ackermann.

Und dafür hatte sie ihr Leben riskiert, ihre Zukunft, ihre Freiheit. Hackenholt musste sich zusammenreißen, um sich nichts anmerken zu lassen. »Haben Sie das Kuvert und das Geld noch?«

»Beides liegt in meiner Nachttischschublade.«

»Wir werden Ihre Wohnung durchsuchen müssen. Bleibt Ihre Mutter mit Ihren Kindern dort?«

»Nein, sie nimmt sie mit zu sich.« Sina Ackermann sah auf die Uhr. »Leon wacht meistens um drei Uhr auf, danach werden sie weggehen.«

»Lassen Sie uns noch einmal auf den Mann zurückkommen, der die Drogen bei Ihnen abgeholt hat. Wie heißt er?«

»Er hat seinen Namen nie genannt.«

»Haben Sie ihn zuvor schon einmal gesehen?«

Sie schüttelte den Kopf.

»Wie hätten Sie ihn im Notfall erreichen können?«

»Gar nicht. Er hat mir gesagt, dass er mich wieder kontaktieren wird und ich mich bis dahin genau an die Anweisungen halten muss.«

»Wir brauchen eine exakte Personenbeschreibung.«

Plötzlich piepte Gregor Theiss' Handy. Er erhob sich und ging auf den Flur. Nachdem er fertig war, kam er ins Zimmer zurück. »Die Kollegen fahren gerade zum Röntgen ins Krankenhaus.«

Hackenholts Augen weiteten sich für einen Moment. Die Zöllner hatten Nico Thoma tatsächlich in dem Bus aufgegriffen. Gern hätte er Theiss nach den näheren Umständen gefragt. Vor Sina Ackermann konnte er das nicht tun, und die Vernehmung wollte er nicht unterbrechen, da sie den Mann beschrieb, den Nadine May als Türsteher vom Stardust kennengelernt hatte.

Eine Stunde später wurde die junge Frau in eine Haftzelle gebracht, und die Beamten setzten sich zu einer Besprechung zusammen. Auch die restlichen Ermittler waren inzwischen von ihren Besuchen bei Liedels anderen zwölf Klienten zurückgekehrt.

Niemand hatte so verschreckt reagiert wie Sina Ackermann, aber mindestens vier waren sehr nervös gewesen. Stellfeldt war sich relativ sicher, bei den Personen mit den Initialen TS und AN die beiden herausgefiltert zu haben, die nichts mit der Sache zu tun hatten. Bei den drei, die die Initialen JM trugen, sah die Sache anders aus. Da war alles offen.

»Trotzdem müssen wir alle zwölf einkassieren. Nicht, dass wir durch einen dummen Zufall doch falschliegen. Das sollten wir allerdings erst tun, wenn wir näher an die Hintermänner herangekommen sind«, sagte Gregor Theiss. »Hoffentlich gelingt uns das über Thoma. Sein Bus wird in einer Stunde Nürnberg erreichen. Höchstwahrscheinlich überwacht jemand die Ankunft. Oder zumindest seine Wohnung. Wenn er nicht nach Hause kommt, wird unser Unbekannter sicher versuchen, Kontakt zu ihm aufzunehmen. Möglicherweise finden wir so heraus, wer er ist.«

»Das heißt, ihr habt Thoma beim Schmuggeln erwischt?«, fragte Stellfeldt, der über die aktuellen Ereignisse nicht informiert war.

»Er liegt auf der Intensivstation in Weiden. Eine reine Vorsichtsmaßnahme. Das wird bei Körperschmugglern immer so gehandhabt. Sollte allerdings eines der Päckchen reißen, kann niemand etwas für den Mann tun«, erklärte Gregor Theiss in seiner ruhigen Art.

»Wurde er schon vernommen?«, wollte Hackenholt wissen.

»Ja. Er ist bereit zu kooperieren und wird das Gespräch annehmen, wenn ihn der Kerl anruft.«

»Ist das nicht ziemlich gefährlich? Nicht, dass er etwas Falsches sagt und den Täter warnt.« Groß klang skeptisch.

»Er wird die ganze Zeit von Kollegen bewacht, die sich dann auch um die Drogen kümmern, sobald er sie ausscheidet.«

Stellfeldt verzog das Gesicht. Er wollte nicht mit den Zöllnern tauschen, die diesen Job erledigen mussten.

»Allerdings hat auch Nico Thoma behauptet, die Hintermänner nicht zu kennen. Im Grunde genommen hat er meinen Beamten etwas ganz Ähnliches erzählt wie Sina Ackermann. Der Täter scheint sich gut zu schützen. Keiner der Schmuggler kann ihn kontaktieren. Auch Thoma konnte uns nur eine Personenbeschreibung geben.«

»Und die gibt nicht viel mehr her als die, die wir von Frau Eichhorn erhalten haben«, erklärte Hackenholt an die Kollegen gewandt.

»Was wird Thoma dem Anrufer erzählen?«

»Dass der Bus in eine Kontrolle geraten ist und er einen Schwächeanfall hatte. Daraufhin hat man ihn ins Krankenhaus gebracht, wo er sich unauffällig verdrückt hat. Nun ist er in einer Pension untergeschlüpft. Morgen will er versuchen, auf eigene Faust nach Nürnberg zurückzukommen. Wenn der Täter ihn dann wieder kontaktiert, wird er sagen, er hätte Durchfall und muss deshalb noch einen Tag in der Pension bleiben.«

»Klingt plausibel. Wie sieht unser weiteres Vorgehen aus?« Stellfeld blickte zur Uhr. Es war schon nach fünf.

»Wir müssen Sina Ackermanns Wohnung durchsuchen. Sie hat ein Kuvert mit Geld dort versteckt, das sie von dem Unbekannten erhalten hat. Vielleicht finden wir daran Fingerabdrücke.«

»Des kenner der Maddin un iech ieberneemer«, schlug Baumann vor. »No kennd ihr Feierämd machn.«[50]

»Und ich kümmere mich um Nico Thoma. Sobald jemand anruft, informiere ich euch«, sagte Gregor Theiss.

»Ich muss noch mit dem Staatsanwalt telefonieren. Dr. Holm ist extra im Büro geblieben, damit ich ihm die Ergebnisse unserer Befragungen durchgeben kann«, erklärte Hackenholt.

»Er muss Haftantrag für Sina Ackermann stellen. Wir dürfen sie nicht in ihre Wohnung zurückkehren lassen, solange wir nicht wissen, wer die Hintermänner sind«, bekräftigte Theiss seinen Standpunkt.

Das erste Mal piepte Hackenholts Handy, als er dabei war, Ronja zu wickeln. Es war Baumann, die ihm mitteilte, dass sie außer dem

50 »Das können Martin und ich übernehmen«, (...). »Dann könnt ihr Feierabend machen.«

Kuvert mit dem Geld auch noch die Fahrkarte nach Prag gefunden hatte.

Eine Viertelstunde später piepte das Telefon wieder. Hackenholt brachte gerade Ronja ins Bett und wollte den Fön einschalten. Diesmal war es Christine Mur.

»Sag mal, wie dringend sind denn die Fingerabdrücke auf den Geldscheinen? Muss ich das unbedingt jetzt noch erledigen? Ich bin nämlich schon nach Feucht gefahren. Heute Abend will ich das Haus gegenüber im Auge behalten. Bei Lisbets Kollegen ist etwas dazwischengekommen. Genügt es dir, wenn ich mir die Scheine morgen Früh anschaue? Es sind doch nur zehn Stück.«

»Das reicht voll und ganz. Du musst nicht extra noch einmal nach Nürnberg fahren.«

Der dritte Anruf kam um kurz vor acht, und der Anrufer war Gregor Theiss.

»Der Typ hat sich bei Thoma gemeldet und wollte wissen, was los ist. Warum er nicht im Bus war, und warum der Bus Verspätung hatte. Er war am Anfang ziemlich vorsichtig. Thoma hat ihm die verabredete Geschichte erzählt. Wie es aussieht, hat der Kerl keinen Verdacht geschöpft. Er hat Thoma Anweisungen gegeben, sich unauffällig zu verhalten. Morgen will er ihn wieder kontaktieren.«

»Konntet ihr zurückverfolgen, von wo der Anruf kam?«

»Ja. Aus einer öffentlichen Telefonzelle in der Breiten Gasse.«

»Mist.«

»Du sagst es. Wir müssen uns etwas anderes überlegen, wie wir ihn kriegen. Ich fahre gerade nach Weiden und rede mit Thoma. Vielleicht können wir etwas austüfteln, damit der Kerl ihm seine Handynummer gibt.«

Sobald Hackenholt aufgelegt hatte, sah Sophie ihn böse an. »Wenn dein Telefon jetzt noch ein einziges Mal piept, schicke ich dich postwendend zurück in die Arbeit.«

Zum Glück blieb es nach dieser Drohung stumm.

Donnerstag

Hackenholt saß noch keine fünf Minuten an seinem Schreibtisch, als Christine Mur laut gähnend sein Büro betrat.

»Wie lange bist du denn schon hier?«, begrüßte er sie.

»Seit kurz vor sechs – ich habe dir doch versprochen, mich um die Geldscheine zu kümmern.« Sie wedelte mit einem Asservatenbeutel in der Hand. »Da hast du nochmal einen Treffer gelandet. Ich glaube, langsam kommen wir dem Kerl ein bisschen näher, oder?«

»Von wem redest du?«

»Von dem, der diesen Jobcentermitarbeiter und den anderen erschossen hat. Seine Fingerabdrücke sind auch auf diesen Scheinen.«

»Haben die Ballistiker schon etwas von sich hören lassen?«

»Nein.«

»Dann können wir das nicht sagen.«

»Warum nicht? Mister X bricht bei der Swiss Ammunition Group ein und klaut die beiden Pistolen. Mit einer davon wird nachweislich Josef Walch erschossen – und höchstwahrscheinlich auch Stefan Liedel.«

»Letzteres ist bislang reine Spekulation.«

»Bei dem Einbruch hinterlässt Mister X Fingerspuren. Diese Fingerspuren finden wir auf Geldscheinen wieder. Scheine, die zum einen eine Körperschmugglerin erhalten hat und zum anderen Stefan Liedel für seine Anbahnungstätigkeit. Das kannst du durch sein Notizbuch nachweisen. Also: Für mich hängt das ganz klar zusammen.«

»Tja, dann müssten wir nur noch in Erfahrung bringen, wer dieser Mister X ist«, ergänzte Hackenholt trocken.

Mur gähnte noch einmal herzhaft. Hackenholt musterte ihre dunklen Augenringe.

»Vielleicht solltest du ein bisschen mehr schlafen.«

»Könntest du nachts ruhig schlafen, wenn gegenüber kriminelle Subkulturen einziehen? Bei jedem noch so kleinen Geräusch wache ich auf und renne ans Fenster, um nachzusehen, was vor sich geht. Außerdem bringt mich Barney um den Verstand. Seit ich ihn nicht mehr hinauslasse, randaliert er, egal wo ich ihn einsperre.«

»Das ist doch kein Zustand! Warum passiert da nichts?«

»Lisbet behauptet, sie hätte bislang nicht genügend gegen die Typen in der Hand. Nach derzeitiger Lage würde kein Richter eine Durchsuchungsanordnung unterschreiben. Sie will die Täter auf frischer Tat ertappen. Mir ist nur das Wie noch nicht so ganz klar, wenn nie jemand da ist, um das Haus zu observieren.«

»Hast du die Nachbarn inzwischen schon mal gesehen?«

Mur schüttelte verdrossen den Kopf. »Würden da nicht ständig Handwerker ein und aus gehen, könnte man glatt glauben, dass sich die neuen Eigentümer absichtlich nicht in der Nähe des Hauses blicken lassen. Aber jemand muss den Arbeitern aufschließen. Ich habe mir schon überlegt, ob ich nicht mal beim Grundbuchamt anrufe und frage, wem das Haus jetzt gehört.«

Sie wurden von Hackenholts Telefon unterbrochen.

»Er hat wieder angerufen«, sagte Gregor Theiss,.

»So früh?«

»Hat uns auch überrascht. Er scheint Schiss um seinen Stoff zu haben.«

»Aber er hat nicht gemerkt, dass wir Thoma verhaftet haben?«

»Nein. Allerdings verhält er sich sehr geschickt. Thoma hat vorgegeben, Probleme mit dem Darm zu haben, und wollte eine Nummer, unter der er ihn erreichen kann.«

»Und? Was hat er darauf geantwortet?«

»*Don't call us, we call you.*«

»Mist.«

»Er ist auch nicht näher darauf eingegangen, als Thoma ihn gefragt hat, wie er nach Nürnberg kommen soll. Der Kerl will mit den Drogen nichts zu tun haben, so lange sie so nah im Grenzgebiet sind.«

»Und wenn wir Thoma hierherbringen?«

»Das wird frühestens morgen klappen. Bislang hat er kein einziges Päckchen ausgeschieden. Normalerweise ist er ein, zwei Tage lang zu Hause, bevor er auf Toilette kann.«

»Kann man ihm kein Abführmittel geben?«

»Das tun die Ärzte nicht gern, weil man nicht weiß, ob das die Verpackung angreift. Wir müssen abwarten.«

»Oder versuchen, anderweitig an den Typ ranzukommen«, murmelte Hackenholt. Irgendwo in seinem Kopf flüsterte eine Stimme, dass Mur etwas Hilfreiches gesagt hatte.

»Der Anruf kam übrigens wieder aus einer öffentlichen Telefonzelle. Diesmal vom Fürther Hauptbahnhof.«

»Dort gibt es mit Sicherheit Videokameras.«

»Darum wollte ich dich bitten: Könnt ihr das übernehmen?«

Hackenholt machte sich eine Notiz auf seinem Schreibblock. Wünnenberg kam herein. »Wissen wir eigentlich nach wie vor keinen Namen? Nicht einmal seinen Vornamen?«

»Am Telefon meldet er sich nur mit ›Hallo, ich bin's.‹«

»Das ist wenig aufschlussreich. Nun gut, ich kümmere mich um die Überwachungskameras und halte dich auf dem Laufenden.« Nachdem Hackenholt aufgelegt hatte, wandte er sich an Mur. »Was hast du als Letztes gesagt, bevor wir unterbrochen wurden?«

Die Kollegin dachte nach. »Ich habe die neuen Eigentümer noch nie zu Gesicht bekommen und wüsste gar nicht, dass das Haus verkauft wurde, wenn da nicht die vielen Handwerker wären.«

»Das war es nicht.« Hackenholt presste die Augen zusammen und konzentrierte sich. »Du wolltest …«

»Beim Grundbuchamt in Hersbruck anrufen und fragen, wer der neue Eigentümer ist.«

»Richtig!« Hackenholt drehte sich zu seinem Computer und tippte etwas auf der Tastatur.

Mur sah ihn überrascht an. »Das verstehe ich jetzt nicht.«

»Kennst du das Stardust?«

»Meinst du die Disko, die vor zwei Jahren zugemacht hat?«

Hackenholt nickte. »Die Freundin von Nadine May hat ausgesagt, dass der Kerl, der sie angeheuert hat, dort Türsteher war. So wie sie ihn beschrieben hat, könnte er unser Mister X sein.«

»Und was hat das mit dem Grundbuchamt zu tun?«

»Das Gebäude, in dem das Stardust untergebracht war, muss jemand gehört haben, der es an den Betreiber vermietet hat. Vielleicht können wir über ihn etwas herausfinden. Eine Mitarbeiterliste oder so.«

Hackenholt suchte in seinem Computer das Register mit der Telefonnummer des Nürnberger Grundbuchamts heraus.

»Ralph, für dich habe ich auch eine Aufgabe: Stell bitte sämtliche Videos der Überwachungskameras vom Fürther Hauptbahnhof sicher.«

»Fürth hat einen *Hauptbahnhof*?«, stichelte Wünnenberg.

»Komm, lass den Quatsch!«

»Ach, stimmt ja, jetzt wo du bald der stolze Besitzer eines Tagestickets für den Fürther Nahverkehr sein wirst, dürfen wir die Westvorstadt nicht mehr so nennen.«

Mur konnte sich ein Lachen nicht verkneifen. »Das verstehst du nicht, Frank. Als Nürnberger muss man einfach ein bisschen über die Fürther lästern – das machen die doch nicht anders.«

»Nicht jetzt. Ruf die Kollegen von der Bundespolizei an und bitte sie, uns die Videoaufzeichnungen zu übermitteln. Und dann schau mal, wie du herausfinden kannst, ob es sonst jemanden gibt, der dort Überwachungskameras betreibt. Ein Fast-Food-Restaurant oder wer weiß was.« Ohne Wünnenberg Gelegenheit zu einer Erwiderung zu geben, griff er zum Telefonhörer und wählte die Nummer des Grundbuchamts.

Trotz der frühen Stunde meldete sich eine freundliche Mitarbeiterin, die sich sein Anliegen anhörte, seinen Namen und Dienststelle notierte und einen umgehenden Rückruf versprach. Sie wollte sich absichern und überprüfen, ob er wirklich von der Kriminalpolizei war. So viel war klar. Eine Minute später klingelte sein Telefon.

»Eigentlich darf ich telefonisch keinerlei Auskünfte geben, aber weil es um einen Mordfall geht: Vor zwei Jahren gehörte das Grundstück der MM Fun 'n' Dance GmbH.«

»Und wer verbirgt sich dahinter?«

»Das kann ich Ihnen leider nicht sagen, dazu müssten Sie beim Registergericht anrufen. Soll ich Sie durchstellen?«

Hackenholt bat darum. Diesmal erwischte er einen deutlich mürrischeren Mitarbeiter, der sich darüber aufregte, dass der Hauptkommissar außerhalb der Geschäftszeiten anrief.

»Wir ermitteln in einem Mordfall und sind dringend auf die Auskünfte angewiesen«, parierte Hackenholt. »Es geht darum, wer die Gesellschafter der MM Fun 'n' Dance GmbH waren, die bis vor zwei Jahren die Diskothek Stardust betrieben hat.«

»Telefonische Auskünfte über Registereinträge sind gesetzlich nicht vorgesehen. Steht alles auf unserer Homepage. Sie können während der Öffnungszeit zur persönlichen Einsichtnahme bei uns vorbeikommen, einen schriftlichen Antrag stellen oder am einfachsten: Sie bemühen die Online-Auskunft und erhalten die Infos sofort. Den Link finden Sie ebenfalls auf unserer Homepage.«

Hackenholt legte grußlos auf.

Entgegen seiner Annahme war es ein Kinderspiel, sich die benötigten Informationen über das gemeinsame Registerportal der Länder zu beschaffen. Insgesamt fand er drei Veröffentlichungen.

In der ersten hatte das Amtsgericht Nürnberg vor neun Jahren die Gründung der MM Fun 'n' Dance GmbH mit Sitz in der Schafhofstraße, Nürnberg, bekannt gegeben. Die Gesamtprokura gemeinsam mit einem Geschäftsführer lautete auf Dr. Johann Metzger, Nürnberg, geboren am 28. Februar 1971.

Hackenholt starrte auf den Namen.

Dr. Johann Metzger. Josef Walchs Bruder. Der Wirtschaftsprüfer. Konnte das Zufall sein?

Gespannt rief der Hauptkommissar die zweite Veröffentlichung auf, die sieben Monate später entstanden war und überflog sie.

MM Fun 'n' Dance GmbH ... Nürnberg ... Gesellschafterversammlung ... Änderung des Paragraf 2 (Gegenstand des Unternehmens) beschlossen. Neuer Gegenstand: Der Betrieb gastronomischer Einrichtungen, Tanzbetriebe, Vergnügungsstätten, Freizeiteinrichtungen aller Art, sowie der Betrieb der Zweigniederlassung in Nürnberg, Berliner Platz, unter der Firma MM Fun 'n' Dance Stardust GmbH.

Der dritte Eintrag gab eine Änderung der Geschäftsadresse bekannt. Die Gesellschaft mit beschränkter Haftung residierte nun nicht mehr in der Schafhofstraße, sondern am Berliner Platz. Gleichzeitig waren der Betrieb der Zweigniederlassung als Unternehmensgegenstand gestrichen und neue Tätigkeiten eingefügt worden: Hinzugekommen war die Vermietung und Verpachtung gastronomischer Objekte und gastronomischer Einrichtungen sowie sämtliche damit zusammenhängende Geschäfte.

Vor zwei Jahren war die Firma schließlich erloschen.

Hackenholt lehnte sich in seinem Stuhl zurück und versuchte zu begreifen, was das bedeutete.

In der morgendlichen Lagebesprechung gab der Hauptkommissar noch einmal sein Gespräch mit Theiss wieder, dann skizzierte er seine neugewonnenen Erkenntnisse bezüglich des Gesellschafters der MM Fun 'n' Dance GmbH.

»Was hat das zu bedeuten?«, sinnierte Stellfeldt. »Die Disko und die Firma gibt es nicht mehr. Aber die ersten Kuriere wurden von

Stefan Liedel angesprochen, als die Disko noch existierte, und zu einem der dortigen Türsteher geschickt.«

»Wer war dieser Türsteher? Was wurde aus ihm? Ist er der Hintermann, den wir suchen? Gibt es vielleicht gar kein Netzwerk? Was geschieht mit den Drogen? Auf welchem Weg gelangen sie zu den Konsumenten?«, zählte Hackenholt eine Reihe von Fragen auf.

»Wir brauchen also jemanden, der seinerzeit in der Disko gearbeitet hat, um ein bisschen mehr über den Club zu erfahren«, meldete sich Groß zu Wort.

Hackenholt nickte.

»Vielleicht kann ich euch da weiterhelfen. Ich kenne jemanden.« Es klang beiläufig. Zu beiläufig?

Hackenholts natürliches Misstrauen war augenblicklich geweckt. Martin Groß wäre nicht der erste Beamte, der sich mit den falschen Leuten angefreundet hatte. Vor allem im Kraft- und Kampfsport kamen sich Gangmitglieder der Rockerszene und Beamte das eine oder andere Mal näher, da so mancher Besitzer einer Muckibude selbst in der Szene verkehrte. Viele der Männer teilten zudem eine ähnliche Lebenseinstellung: Sie waren draufgängerische Abenteurer und schlossen sich zu reinen Männerbünden zusammen. Hackenholt stand die Skepsis ins Gesicht geschrieben.

»Ich weiß, welchen Ruf wir vom SEK haben – und ein Teil davon mag durchaus berechtigt sein. Aber wenn du glaubst, ich würde jemandem etwas von unseren Ermittlungen stecken, bist du auf dem Holzweg. Ich bin genauso integer wie alle anderen Anwesenden. Im Übrigen ist es eine Frau, die an der Theke gearbeitet hat, und kein Türsteher, den ich aus dem Kampfsportstudio kenne. Ich hatte mal was mit ihr, sie ist nett, mehr ist nicht daraus geworden. Sie könnte mir wahrscheinlich ein paar Auskünfte geben, wenn ich sie frage.«

»Und danach warnt sie flugs die Leute, für die wir uns interessieren …«

»Sicher nicht.«

Hackenholt musterte den Beamten noch einmal eindringlich, dann nickte er. »Wir werden sie zusammen besuchen.«

»Ich habe mit den Kollegen von der Bundespolizei gesprochen«, sagte Wünnenberg, der das Gespräch offenbar in eine andere Richtung lenken wollte. »Videoaufzeichnungen vom Fürther *Hauptbahnhof* können wir vergessen. Es werden ausschließlich die Bahnsteige überwacht. Da niemand mit Problemen gerechnet hat, weil gerade kein Fußballderby stattfand, wurde nichts aufgezeichnet.«

»Dann brechen wir an dieser Stelle ab«, entschied Hackenholt. »Martin und ich fahren zu der Bardame. Ralph, du hältst Kontakt zu Gregor Theiss. Vielleicht tut sich von seiner Seite etwas. Saskia, du kümmerst dich bitte um die Vorführung von Sina Ackermann beim Haftrichter.«

Vivian Conrad war nicht begeistert, als die Beamten sie vor neun Uhr aus dem Bett klingelten, denn sie arbeitete mittlerweile in einer Kneipe und kam nach eigener Aussage nie vor zwei oder drei Uhr ins Bett. Trotz des mürrischen Tonfalls spürte Hackenholt, dass sein Begleiter eine starke Anziehung auf die Frau ausübte. Sie schüttelte im Verlauf des Gesprächs öfter als nötig ihre langen, schwarzgefärbten Haare zurück und machte auch nicht die geringsten Anstalten, ihren Bademantel zurechtzurücken.

»Viv, wir brauchen Infos über das Stardust«, kam Groß rasch auf den Punkt. »Wem hat der Laden gehört?«

»Einem Arschloch.«

Hackenholt zog die Augenbrauen hoch.

Vivian Conrad bemerkte es. »Sie brauchen gar nicht so pikiert zu schauen. Johnny hat uns nach Strich und Faden ausgebeutet.«

»Reden Sie vom Geschäftsführer oder dem Gesellschafter?«

»Johnny hat der Laden gehört. Manu war nur seine Marionette, die er immer vorgeschickt hat, wenn etwas gemacht werden musste, wozu er zu feige war. Also praktisch immer.«

»Und wer ist Johnny, wenn er zu Hause ist?«, fragte Groß.

»Dr. Johann Metzger.« Vivian Conrad spie den Namen nur so aus.

»Weißt du, wer im Stardust die Tür gemacht hat?«

»Wie meinst du das?« Die Frau runzelte die Stirn. »Willst du Namen?«

»Waren die Jungs Angestellte oder von einer Securityfirma?«

»Die meisten hatten einen Minijob-Vertrag, den Rest gab's *cash* auf die Hand.«

»Hast du noch Kontakte zu den Leuten?«

»Kaum. Manche sind völlig aus der Szene verschwunden, nachdem das Stardust zugemacht hat. Andere sehe ich hin und wieder, wenn ich weggehe.«

Hackenholt musterte die Frau eindringlich. Er konnte sie nicht einschätzen. Durften sie sich auf sie verlassen? Was, wenn sie dem Kerl steckte, dass sich die Kripo für die Türsteher einer seit zwei Jahren geschlossenen Disko interessierte?

»Viv, wir suchen jemand, von dem wir glauben, er könnte früher im Stardust die Tür gemacht haben«, sagte Groß, bevor Hackenholt ihn stoppen konnte. »Meine Größe, ordentlich Muckies, Glatze. In letzter Zeit soll er eine Lederjacke mit der Aufschrift Nürnberg getragen haben. Außerdem hat er eine Tätowierung am Hinterkopf.«

Hackenholts Handy piepte, er achtete nicht darauf, sondern behielt die Frau scharf im Auge: Für Sekundenbruchteile war ihr anzusehen, dass sie wusste, von wem die Rede war.

»Was hat er angestellt?«

»Das können wir dir nicht sagen.«

»Dann kann ich dir auch nicht helfen.«

»Frau Conrad –«, begann Hackenholt, wurde jedoch von Groß unterbrochen.

»Viv, du weißt wo ich arbeite. Lass die Spielchen. Es ist eine verdammt ernste Sache.«

»Gehst du mal wieder mit mir essen?«

Groß zögerte kurz, dann nickte er.

»Ihr sucht Sven. Sven Nagel. Damals hatte er noch kein Tattoo am Hinterkopf. Das hat er sich erst letzten Sommer stechen lassen.«

»Was macht er jetzt?«

»Keine Ahnung.« Sie verschränkte die Arme vor der Brust.

»Was sagt der Buschfunk?«

Sie ließ die Arme wieder sinken. »Ich glaube, er dealt, aber ich weiß nichts Definitives. Ist nur ein Gerücht. Andere sagen, er hat ein paar Frauen laufen.«

»Weißt du, wo wir ihn finden?«

»So gut kenne ich ihn nicht.« Sie machte eine Pause. »Wirklich.«

»Okay. Ich hoffe, du kannst deine Klappe halten.«

»Früher warst du deutlich freundlicher zu mir.« Sie zog einen Schmollmund. »Vergiss nicht, dass du mich zum Essen eingeladen hast.«

»Sobald die Sache erledigt ist. Du weißt doch, man soll Privates nie mit Beruflichem vermischen.«

Die Beamten wandten sich zum Gehen. Bevor sie die Tür erreichten, hielt Vivian Conrad Martin Groß am Jackenärmel fest. »Sei vorsichtig. Es ist zwar nur ein Gerücht, aber Sven soll eine Knarre haben.«

»Danke.« Der Beamte gab ihr einen flüchtigen Abschiedskuss auf die Wange.

Nachdem sie die Wohnung verlassen hatten, zog Hackenholt sein Handy aus der Tasche. Es war Wünnenberg gewesen, dessen Anruf er nicht angenommen hatte. Er drückte die Rückruftaste.

»Was gibt's?«

»Gregor Theiss hat sich gemeldet. Irgendetwas muss schiefgelaufen sein. Nico Thoma hat noch einmal einen Anruf erhalten. Der Wortlaut: Du bist so gut wie tot.«

»Wann war das?«

»Mittlerweile vor ungefähr zehn Minuten. Theiss glaubt, der Dealer hat sämtliche Pensionen durchtelefoniert und ihn nicht gefunden. Nico Thoma hat ungefähr ein gutes halbes Kilo Crystal im Darm. Dafür könnte er um die fünfzigtausend Euro bekommen, wenn er direkt an Endverbraucher verkauft. Offenbar befürchtet Mister X jetzt, dass Thoma genau das vorhat.«

»Mister X heißt vermutlich Sven Nagel. Kümmere dich um eine Telekommunikationsüberwachung und Handyortung. Ruf Dr. Holm an. Er soll das absegnen. Wir müssen wissen, wo Nagel steckt und was er plant.«

Bislang hatte Groß schweigend zugehört, nun sagte er: »Wir brauchen die Adresse. Und zwar sofort.«

Anderthalb Minuten später schoss das Zivilfahrzeug mit Blaulicht und Martinshorn in Richtung Stein davon. Hackenholts Magen verkrampfte sich. Er überprüfte, dass sein Sicherheitsgurt fest saß, mit der rechten Hand packte er den Türgriff.

»Keine Sorge, ich hab das schon öfter gemacht«, lachte Groß. In seinen Augen blitzte so etwas wie Freude auf.

Wie ein Slalomfahrer schlängelte er sich durch den fließenden Verkehr – streckenweise mit Tempo hundert. Plötzlich zog ein Auto vor ihnen nach rechts. Es fehlte nicht viel und sie hätten den Kotflügel touchiert, aber der ehemalige SEK-Beamte ließ den Dienstwagen mit einer leichten Lenkbewegung sachte zur Seite gleiten. Er beherrschte das Auto und hatte es zu jeder Zeit unter absoluter Kontrolle, obwohl er raste, wie Hackenholt es in seinem bisherigen Leben noch nicht erlebt hatte. Aber Groß' ruhige und hochkonzentrierte Art ließen die anfängliche Angst verebben. Der Mann wusste, was er tat. Das jahrelange Training, das hinter seinem Fahrstil steckte, machte sich bezahlt. Nach einer Weile stellte Hackenholt überrascht fest, dass er sich nicht mehr am Türgriff festklammerte.

»Ruf noch mal bei dem Kollegen an und frag ihn, was Nagel für ein Auto hat. Es wäre saublöd, wenn er uns entgegenkommt und wir es nicht mitkriegen.«

Hackenholt drückte die Wahlwiederholung. Wünnenberg erklärte ihm, dass auf Sven Nagel ein roter Ford Mustang mit Oldtimerkennzeichen und ein weißer BMW Kombi zugelassen waren.

Kurz bevor sie die Straße erreichten, in der Nagel laut Einwohnermelderegister wohnte, schaltete Groß den Kompressor ab, bremste auf ein moderates Tempo herunter und hielt sich plötzlich wieder an die Straßenverkehrsordnung. »Hol das Blaulicht rein. Er muss ja nicht sofort sehen, dass wir Bullen sind.«

Schließlich bogen sie in Nagels Straße. Groß fuhr in gemäßigtem Tempo an dem Haus vorbei, wendete in einer Seitenstraße und stellte den Wagen schräg gegenüber in eine Parklücke. Erst in diesem Moment wurde Hackenholt klar, dass er nicht wusste, was sie hier eigentlich tun sollten.

»Wir warten, bis die Telekommunikationsüberwachung steht und wir erfahren, was er vorhat.«

»Und wenn er in der Zwischenzeit ...«, begann Hackenholt, ließ den Satz jedoch in der Schwebe, denn genau in diesem Moment öffnete sich das Tor zur Tiefgarage des Anwesens, in dem Nagel wohnte. Hackenholt hielt den Atem an. Heraus kam jedoch nur ein schwarzer VW Golf.

»Bleib da und behalte den Hauseingang im Auge.« Bevor Hackenholt fragen konnte, was Groß vorhatte, war der schon aus dem Dienstwagen gesprungen und rannte über die Straße. Das Gitter der Ausfahrt zur Tiefgarage war zu zwei Drittel heruntergefahren, als er mit einer Flugrolle darunter hindurchhechtete.

Der hat zu viele Actionfilme gesehen!, dachte Hackenholt und atmete tief durch. Unbewusst hatte er die Luft angehalten. Sein Herzschlag ging schnell. Was sollte er tun, wenn Nagel ausgerechnet jetzt herauskam? Doch dann fiel ihm ein: Es war wahrscheinlicher, dass der Mann in die Tiefgarage zu seinem Auto ging. Hackenholt prägte sich die Uhrzeit ein. Zehn Minuten würde er dem Kollegen geben, dann … Was? Sollte er ihn dann anrufen und fragen, was er gerade tat? Was sollte er unternehmen, wenn Nagel mit dem BMW herauskam und Groß noch nicht zurückgekehrt war? Wie konnte er in die Tiefgarage gelangen, um seinem Kollegen zu Hilfe zu eilen? Nagel war mit Sicherheit bewaffnet. Es war unverantwortlich, was sie hier taten. Groß hätte niemals allein in die Tiefgarage gehen dürfen! Was wollte er da überhaupt? Hackenholt brach der Schweiß aus. Er sah auf die Uhr. Es waren erst zwei Minuten vergangen. Dennoch hatte ihn eine Unruhe gepackt, die er kaum aushalten konnte.

Auf einmal hatte er wieder Bilder seiner Entführung vor Augen. Die dunkle Unterführung. Der Mann, der seine Autotür aufriss. Der Schlag auf den Kopf. Alles wurde schwarz. Hackenholt keuchte.

Plötzlich piepte sein Handy.

»Beide Fahrzeuge stehen hier. Ich –« Groß verstummte abrupt. Im Hintergrund war ein Geräusch zu hören. Dann schlug eine Tür zu. Die Verbindung brach ab. Hackenholt sprang aus dem Wagen und rannte über die Straße. Er musste ins Haus gelangen und dem Kollegen beistehen. Mit der flachen Hand drückte er so viele Klingelknöpfe, wie er auf einmal erreichen konnte. Es knackte in der Sprechanlage.

»Paketdienst!«

Ein Summen ertönte. Hackenholt stieß die Tür auf und stürmte die Stufen hinab in den Keller. Seine Hand zitterte, als er seine Dienstwaffe zog. So leise wie möglich öffnete er die Kellertür. Im selben Augenblick piepte sein Handy. Er fluchte. Genauso gut hätte er wie ein Elefant in die Tiefgarage poltern können. Dann blieb er wie angewurzelt stehen.

Vor ihm auf dem schmutzigen Betonboden lag ein Mann. Beine gespreizt, Hände auf den Rücken gefesselt. Von dem Nürnberg-Schriftzug auf dem Rücken der Lederjacke waren nur wenige Buchstaben zu lesen. Groß' linkes Knie drückte den Mann zwischen den Schulterblättern auf den Boden, das rechte fixierte seinen Kopf. Nagel stöhnte. Groß blickte auf. Hackenholts Handy verstummte.

»Er wollte zu seinem Auto. Die Gelegenheit konnte ich mir nicht entgehen lassen. So leicht hätten wir ihn kein zweites Mal festnehmen können.«

Hackenholt merkte, wie seine Hände zitterten. Um es zu verbergen, drehte er sich weg und tat so, als würde er sich den weißen BMW ansehen, während er die Dienstwaffe zurück ins Holster steckte. Er spürte, dass Groß ihn durchschaute, aber er ließ es sich nicht anmerken.

»Wenn du mir hilfst, stellen wir ihn auf die Füße, dann können wir ihn anständig durchsuchen. Bislang habe ich ihm nur eine Pistole abgenommen. Vielleicht hat er noch mehr bei sich. Und danach nichts wie ab in den Dienstwagen.«

Hackenholt nickte und atmete noch einmal tief durch. Dann fassten sie Nagel an den Oberarmen und hoben ihn auf die Füße. Während Hackenholt ihn festhielt, tastete Groß ihn gründlich ab. Triumphierend zog er schließlich ein Springmesser aus der vorderen rechten Hosentasche.

Im Polizeipräsidium brachten sie Nagel zunächst zum Erkennungsdienst, ließen ihn fotografieren und seine Fingerabdrücke nehmen. Anschließend gingen sie mit ihm ins Kommissariat im zweiten Stock.

»Herr Nagel, Sie haben jetzt die einmalige Chance, zu all den gegen Sie erhobenen Anschuldigungen Stellung zu nehmen«, begann Hackenholt die Vernehmung, nachdem er ihn über seine Rechte belehrt, die Tatvorwürfe aufgezählt und die Personalien aufgenommen hatte. »Jetzt können Sie quasi noch aus freien Stücken ein Geständnis ablegen. Wenn wir begonnen haben, Beweise gegen Sie zusammenzutragen, wird ein Geständnis nicht mehr diese Bedeutung haben wie zu diesem Zeitpunkt.«

»Von mir erfahren Sie nichts.«

»Denken Sie wirklich, Sie tun sich damit einen Gefallen?« Keine Reaktion. »Dann schauen Sie sich eben eine unserer Haftzellen von innen an.«

Während Groß und Wünnenberg Nagel wegbrachten, trommelte Hackenholt die Kollegen zusammen. Es galt, sehr viel Arbeit in möglichst kurzer Zeit zu erledigen.

»Christine, setz dich bitte mit dem LKA in Verbindung und frag nach, ob sie inzwischen eine Übereinstimmung der Projektile festgestellt haben, durch die Josef Walch und Stefan Liedel ums Leben gekommen sind. Kündige den Kollegen außerdem an, dass wir ihnen eine Pistole schicken, von der wir dringend wissen müssen, ob es sich dabei um die Tatwaffe handelt.«

»Soll ich auch gleich die Abholung durch einen Kurierfahrer organisieren?«

»Ja, bitte. Außerdem musst du Nagels Fingerabdrücke abgleichen. Ich möchte schnellstmöglich wissen, ob wir ihm den Einbruch bei der Swiss Ammunition Group anlasten können und ob es seine Fingerspuren sind, die wir auf den Geldscheinen gefunden haben.«

Dann richtete er seinen Blick auf Stellfeldt.

»Manfred und Saskia, ihr kümmert euch bitte um die Durchsuchung von Nagels Wohnung. Zum einen müsst ihr nach Spuren rund um den Drogenschmuggel suchen. Das Crystal selbst, aber auch Bargeld und alles, was damit zu tun haben kann: Namenslisten, Terminkalender, Computerdateien, Handys und so weiter. Wie kam es zu ihm? An wen hat er es weitergegeben? Zum anderen seht zu, ob ihr etwas entdeckt, was Nagel mit den Tötungsdelikten an Josef Walch und Stefan Liedel in Verbindung bringt. Zum Beispiel der Inhalt von Walchs Rucksack, der Motorradhelm und so weiter. Drittens: Sucht nach der zweiten Schusswaffe, die damals bei der SAG gestohlen wurde.«

»Solli widder ern Droongschbürhund ånfordern?«[51]

»Ja, aber erst nachdem ihr selbst die Wohnung in Augenschein genommen habt.«

Er wandte sich den nächsten beiden Kollegen zu.

»Ralph, du fährst mit Martin in die JVA. Bringt Sina Ackermann her. Ich will, dass sie Sven Nagel identifiziert.«

»Was ist mit Frau Eichhorn? Die Nachbarin, die den Mann beobachtet hat, den Nadine May am Tag vor ihrem Tod in Florian Färbers Wohnung ließ.«

»Sie soll auch herkommen. Ich weiß zwar nicht, wo wir Leute mit einer Tätowierung am Hinterkopf als Vergleichsprobanden finden sollen, aber wir werden uns schon etwas für eine Gegenüberstellung einfallen lassen.«

Einen weiteren Beamten wies Hackenholt an, Sven Nagels Festnetz- und Handyprovider zu kontaktieren und Einzelverbindungsnachweise anzufordern. Wieder ein anderer sollte die Mitschnitte der Telefonanrufe organisieren, die in den letzten Stunden auf Nico Thomas Mobiltelefon eingegangen waren. Die Fachleute vom LKA sollten sie mit Nagels Stimme vergleichen und so nachweisen, dass er

---

51 »Soll ich wieder einen Drogenspürhund anfordern?«

der Anrufer war. Darüber hinaus sollte er Nagels Lichtbilder an die Kollegen in Weiden weitergeben, damit Thoma ihn ebenfalls identifizieren konnte.

Hackenholt wollte sich doppelt und dreifach absichern. Nur, wenn er es schaffte, Nagel die Ausweglosigkeit seiner Situation klarzumachen, konnte er auf ein Geständnis hoffen.

Während die Beamten ausströmten, um die ihnen übertragenen Aufgaben zu erledigen, rief Hackenholt Gregor Theiss an und besprach mit ihm, wie sie nun gegen die anderen Schmuggler vorgehen wollten. Zu Hackenholts Erleichterung erklärte ihm der Zollfahnder, dass er mit seinen Leuten die Festnahmen und Vernehmungen übernehmen werde. Er hatte schon am Vortag seine Vorbereitungen getroffen und mehrere Fahnder in Alarmbereitschaft versetzt.

Theiss war es nicht schwergefallen, eine ansehnliche Mannschaft zusammenzustellen, die nun ausschwärmen und die Schmuggler verhaften würde. Denn neben der aus Zoll- und LKA-Beamten zusammengesetzten Gemeinsamen Ermittlungsgruppe Rauschgift war auch eines der beiden Rauschgifteinsatzkommandos in Nürnberg untergebracht, das die Nordbayerischen Fachdienststellen bei Ermittlungen unterstützte. Gleiches galt für die neugegründete SOKO Crystal.

Hackenholt widmete sich derweil Sven Nagels Handy. Unter der Rubrik Kontakte fand er eine Unmenge von Personen. Stichprobenartig suchte er nach Namen, die ihm im Zusammenhang mit dem Drogenschmuggel in den Sinn kamen. Er fand jeden einzelnen. Sogar Nadine May und Josef Walch waren noch eingespeichert. Mit Interesse stellte Hackenholt fest, dass es auch Dr. Metzgers Kanzlei- und Privatnummern gab.

Auf einmal hatte er eine Idee.

Er suchte in den abgehefteten Unterlagen die Klienten, die von Liedel betreut worden waren und seines Wissens nach nichts mit den Drogen zu tun hatten. Wahllos gab er fünf Namen ein. Kein einziger war im Handy zu finden. Anschließend suchte Hackenholt im Ordner diejenigen Klienten heraus, von denen sie aufgrund der Initialen mehr als eine Person verdächtigten.

Nach wenigen Augenblicken zeigte sich, dass Nagel weder einen Jan Meister noch eine Janine Mayer kannte – Jörg Müller war allerdings verzeichnet. Hastig überprüfte Hackenholt auch noch die beiden Personen mit den Initialen TS und AN. Anschließend rief er erneut bei Theiss an und berichtete ihm von seinem Fund.

Als er aufgelegt hatte, sah er Wünnenberg in der Tür stehen. »Wir haben Sina Ackermann hergebracht.«

Hackenholt erhob sich und folgte dem Kollegen in den Flur.

»Wie wollen wir es handhaben?«

»Wir nehmen eins der Zimmer mit einem Einwegspiegel. Es wäre nicht sonderlich klug, ihn sehen zu lassen, wer ihn identifiziert.«

Hackenholt ging in das Vernehmungszimmer, in dem Groß mit der Gefangenen wartete. Sina Ackermann sah blass aus. Offenbar waren die Bedeutung ihres Handelns und die daraus resultierenden Folgen inzwischen in ihrem Bewusstsein angekommen.

»Frau Ackermann, wir werden Ihnen jetzt eine Person zeigen. Sagen Sie mir bitte, ob Sie sie kennen.«

»Ich weiß nicht, ob ich überhaupt noch etwas ohne meinen Anwalt sagen soll. Ich … ich habe nicht gedacht, dass ich dafür so lange ins Gefängnis kommen kann.«

»Es gibt im deutschen Strafverfahren eine Reihe von Gründen, warum das Gericht die Strafe mildern kann. Sie haben bei uns ein umfassendes Geständnis abgelegt und uns bei den Ermittlungen unterstützt. Das Gericht wird das mit Sicherheit positiv bewerten. Bleiben Sie auf dem Weg, den Sie eingeschlagen haben. Dann werden Sie Ihre Kinder umso schneller wiedersehen.«

Sina Ackermann zupfte eine Weile an der Nagelhaut ihres rechten Zeigefingers herum. Schließlich nickte sie.

»Kommen Sie.« Hackenholt und Groß führten sie in einen Raum. Wünnenberg zog einen Vorhang zurück und gab die Sicht auf das Nachbarzimmer frei.

»Ist Ihnen dieser Mann schon einmal begegnet?« Noch bevor Hackenholt die Frage ausgesprochen hatte, wusste er Bescheid.

Sina Ackermann zuckte zusammen, die feinen Härchen auf ihren Unterarmen stellten sich auf, unbewusst wich sie vom Fenster zurück.

»Er kann Sie nicht sehen.« Hackenholt hielt sie sachte am Ellbogen fest.

»Das ist er. Der Mann, der …« Tränen begannen ihr über das Gesicht zu laufen.

»Ja?«, ermunterte Hackenholt sie, den Satz zu vollenden.

»Er war es, der zu mir gekommen ist und mir gesagt hat, dass ich das Geld für die Mietkaution verdienen kann, wenn ich nach Prag fahre und ein paar Kleinigkeiten mit nach Hause bringe.«

»Haben Sie ihn außer zu der Gelegenheit noch einmal gesehen?«

»Nachdem ich zurück war, ist er dreimal bei mir gewesen, bis ich ihm die Päckchen geben konnte.«

»Und ist er die Person, die Ihnen das Geld gebracht hat, das wir in Ihrem Nachttisch beschlagnahmt haben?«

»Ja.«

»Gut. Lassen Sie uns in das andere Zimmer zurückgehen. Wir müssen Ihre Aussage protokollieren.«

Als Hackenholt nach der Vernehmung in sein Büro trat, fand er einen Zettel auf seinem Schreibtisch: Christine Mur hatte versucht, ihn zu erreichen.

Im selben Moment, in dem er nach dem Hörer griff, knackte es in der Leitung und er hörte Manfred Stellfeldts Stimme. Offenbar war die Verbindung Sekundenbruchteile, bevor es klingelte, zustande gekommen.

»In seinem Gefrierschank haben wir dreiundachtzig Päckchen gefunden, von denen wir annehmen, dass es Bodypacks mit Crystal sind.«

»Sehr gut. Wie schaut es mit der zweiten Pistole aus, die bei der Swiss Ammunition Group gestohlen wurde?«

»Bislang negativ. Aber was nicht ist, kann noch werden. Wir haben auch noch nichts gefunden, das wir Josef Walch zuordnen können. Oder wie Nagel die Drogen weiterverteilt hat. Aber er besitzt einen Computer, den wir uns in Ruhe vornehmen müssen.«

Jemand klopfte an den Türstock. Hackenholt drehte sich um. Es war Christine Mur. Er machte ihr ein Zeichen, hereinzukommen, bevor er sich wieder dem Telefonat widmete. »Sucht weiter. Vielleicht findet ihr noch etwas Brauchbares.«

»Irgendwo muss Nagel Bargeld versteckt haben, da bin ich mir sicher. Das finden wir.«

»Denkt auch an seine zwei Autos unten in der Tiefgarage.«

»Darum kümmert sich Saskia.«

Hackenholt legte auf und sah zu Mur. »Was gibt's Neues?«

»Ich habe im Internet nach Bildern von Männern mit tätowierten Hinterköpfen gesucht.«

Hackenholt hob die Augenbrauen.

»Ralph hat mich darum gebeten. Damit wir eine Bildvorlage für Frau Eichhorn haben und ihr nicht nur das Foto von Nagel zeigen müssen. Sein Anwalt könnte uns sonst vor Gericht in der Luft zerreißen.«

»Das wird nicht passieren. Dazu gibt es zu viele Zeugen, die ihn eindeutig identifizieren können.« Hackenholt lächelte. »Es ist trotzdem lieb von dir, dass du dir die Mühe gemacht hast.«

»Es gibt noch mehr Neuigkeiten. Die Geschosse, die wir nach München geschickt haben, sind identisch. Josef Walch und Stefan Liedel wurden mit derselben Waffe getötet.«

»Was ist mit den Fingerabdrücken?«

»Da haben wir einen Volltreffer gelandet. Sven Nagels Fingerabdrücke stimmen mit denjenigen überein, die die Kollegen bei dem Einbruch bei der Swiss Ammunition Group gesichert haben. Außerdem ist die Seriennummer auf der Pistole, die Nagel heute bei sich hatte, identisch mit der Seriennummer der Waffe, die bei der SAG gestohlen wurde.«

»Halleluja! Gute Arbeit, Christine.« Hackenholt lehnte sich zurück und schloss für einen Augenblick die Augen. Erleichterung durchströmte ihn. Sie hatten den richtigen Mann festgesetzt. Blieb nur noch die Frage nach dem Warum. Aber das würden sie noch herausfinden.

Außerdem hatte Mur ja schon im Vorfeld gesagt, die Fingerabdrücke des Einbruchs bei der SAG stimmten mit denen auf dem beschlagnahmten Geld überein. Damit wurde das Bild, das sich ihnen bot, immer beweisbarer.

Wieder wurde Hackenholt durch das Klingeln seines Telefons aus den Gedanken gerissen. Der Kollege vom Empfang meldete Frau Eichhorn.

Die Vernehmung hielt Hackenholt so kurz wie möglich. Er legte der Nachbarin die von Christine Mur zusammengestellte Lichtbildvorlage vor und fragte sie, ob derjenige darunter sei, den sie gesehen hatte. Ohne zu zögern, deutete sie auf den Ausdruck, der Sven Nagels Hinterkopf zeigte. Auch seine Jacke konnte sie zweifelsfrei identifizieren.

Im Anschluss an die Befragung rief Hackenholt bei Gregor Theiss an und berichtete ihm von den Fortschritten, die sie machten, bevor er sich nach dem Stand der Dinge bei der GER erkundigte.

»Wir haben mittlerweile die restlichen Tatverdächtigen eingesammelt. Drei der Personen, von denen du gesagt hast, sie stünden nicht in Nagels Kontaktliste, können wir ausschließen. Bei einer Person sind wir uns noch nicht sicher, was Sache ist. Die Frau verhält sich so auffällig, dass sie irgendetwas gemacht haben muss. Vielleicht konsumiert sie gelegentlich. Wir werden das weiterverfolgen.«

Am anderen Ende der Leitung raschelte Papier. »Vier Herrschaften haben erst einmal beschlossen, keine Angaben zur Sache zu machen. Ich denke, es ist nur eine Frage der Zeit, bis sie ihre Meinung ändern. Die sechs Personen, die zur Aussage bereit waren, haben alle Sven Nagel zweifelsfrei als denjenigen identifiziert, der sie für die Reisen angeworben und danach das Gift bei ihnen abgeholt hat. Nico Thoma übrigens auch.«

»Wie geht es ihm?«

»Soweit ganz gut. Ungefähr die Hälfte der Päckchen hat seinen Körper verlassen.« Theiss machte eine Pause. »Was mich beunruhigt, ist, dass wir keinerlei Hinweise darauf haben, wie und an wen Nagel das Rauschgift vertickt hat. Darauf müssen wir jetzt unser volles Augenmerk richten.«

Am Spätnachmittag trafen sich alle Beamten noch einmal zu einer Lagebesprechung.

Baumann und Stellfeldt konnten damit glänzen, in Nagels Wohnung insgesamt siebzehntausendachthundertfünfzig Euro Bargeld und einhundertdrei Plomben mit rund eins Komma zwei Kilo Rauschgift entdeckt zu haben. Daneben stellten sie eine Menge Ordner, Kalender, Datenträger und Nagels Computer sicher. Von der zweiten gestohlenen Waffe fehlte allerdings jede Spur. Im Schreibtisch fand Baumann ein uraltes, aber funktionstüchtiges Nokia-Handy mit eingelegter SIM-Karte. Eine Überprüfung ergab, dass es sich um eine Prepaidkarte handelte, die vor dreieinhalb Jahren gekauft und auf eine damals bereits verstorbene Frau registriert worden war.

Nachdem jeder Beamte seine Ergebnisse vorgestellt hatte, versuchte sich Hackenholt an einer Zusammenfassung.

»An einem nicht mehr genau zu bestimmenden Tag nach dem

30. August wird Josef Walch erschossen. Der Täter beschwert seinen Rucksack mit Sand und wirft den Toten in die Pegnitz, wo er rund zwei Wochen später von Polizeitauchern gefunden wird. Die Leiche wird geborgen, unsere Ermittlungen beginnen. Es fällt uns schwer, den Mann zu identifizieren.

Als wir es endlich schaffen, stehen wir vor einem Rätsel, weil seine Wohnung leergeräumt ist. Eine Frau, die eine kleine Pension in Roßtal betreibt, meldet sich, und wir erfahren, dass Josef Walch seine letzten Lebenstage bei ihr verbracht hat. Er behauptet, sich den Magen verrenkt zu haben, woran die Zimmerwirtin aber nicht so recht glauben mag, da er ganz normal isst. Später finden wir heraus, dass er unmittelbar vor seinem Aufenthalt in der Pension aus Prag zurückgekehrt ist und vermutlich den Darm voller Drogen hatte.

Parallel zu unseren Ermittlungen fährt Nadine May nach Prag, schluckt dort in Kondome verpacktes Crystal und schmuggelt es nach Deutschland. Sie fährt zum Ausscheiden zu ihrem Freund. Obwohl es ihr von Tag zu Tag schlechter geht, weigert sie sich, einen Arzt zu rufen. In dieser Zeit erhält sie drei Anrufe. Alle stammen von einer öffentlichen Telefonzelle. Eine Nachbarin beobachtet Sven Nagel dabei, wie er Nadine May am Tag vor ihrem Tod besucht.

Die junge Frau stirbt schließlich an einem Darmverschluss. Florian Färber, ihr Freund, dem sie erst kurz vor ihrem Tod gestanden hat, dass sie Drogen schmuggelt, gerät in Panik. Er zieht los, kauft einen Koffer, packt die Leiche hinein und zündet sie im nahegelegenen Annapark an. Im Laufe unserer Ermittlungen entdecken wir, dass Stefan Liedel, ein Angestellter des Jobcenters, Nadine May als Drogenkurierin akquiriert hat. Er ist derselbe Sachbearbeiter, der auch für Josef Walch zuständig war.

Als wir mit ihm sprechen wollen, bekommt er angeblich Zahnschmerzen. Er gibt vor, seinen Arzt aufzusuchen, was er jedoch nicht tut. Unsere Versuche, ihn zu Hause anzutreffen, bleiben erfolglos. Als wir am nächsten Morgen zum Jobcenter fahren, um ihn dort abzupassen, wird er vor unseren Augen von einem Motorradfahrer erschossen, den wir später als Sven Nagel identifizieren.

Durch ein Notizbuch, das wir in Stefan Liedels Tresor finden, erfahren wir, dass wir einem Drogenschmugglerring auf die Spur gekommen sind, dem ursprünglich zwölf Bodypacker angehört haben. Wahrscheinlich wurden alle von Stefan Liedel angesprochen und an

Sven Nagel vermittelt, der den Herrschaften individuelle Angebote unterbreitet hat. Liedel ist es auch, der den Kurieren stets die Fahrkarten übergibt. Dem Notizbuch können wir ferner entnehmen, dass Josef Walch der erste Schmuggler war.«

»Nagel muss sich sehr sicher gefühlt haben, sonst hätte er nicht sämtliche Kontakte in seinem Handy gespeichert«, sagte Theiss. »Das ist enorm unvorsichtig und ungewöhnlich.«

»Wenn wir das bei unseren weiteren Überlegungen zugrunde legen, könnte es dann nicht auch sein, dass er die Kleindealer, die ihm das Zeug abgekauft haben, ebenfalls eingespeichert hat?«, fragte Wünnenberg.

»Das habe ich überprüft«, meldete sich Groß zu Wort, den Hackenholt damit beauftragt hatte, sämtliche Kontakte in eine Tabelle zu übertragen. »Die wenigsten der gespeicherten Personen sind bislang strafrechtlich auffällig geworden. Und die, die mit dem Gesetz in Konflikt geraten sind, haben Strafen wegen Betrug, Diebstahl oder Körperverletzung erhalten.«

»Möglicherweise kommt an der Stelle das uralte Nokia-Handy ins Spiel, das wir in seiner Wohnung gefunden haben«, mutmaßte Stellfeldt.

Hackenholt nickte.

»Das Problem ist nur: Auf dem Handy ist keine einzige Telefonnummer gespeichert und kein Anruf aufgelistet.«

»Wir müssen natürlich einen Einzelverbindungsnachweis anfordern und versuchen, so an die Personen zu kommen, mit denen Nagel darüber Kontakt hatte«, sagte Hackenholt.

»Diesen Teil können meine Leute übernehmen«, bot Theiss an. »Ich denke, das sollte äußerst zeitnah ermittelt werden. Wenn sich Nagels Verhaftung erst herumgesprochen hat, haben wir verloren.«

Hackenholt nickte. »Wir müssen auch zusehen, dass wir den Kollegen aus der Fachabteilung die Brisanz der Situation klarmachen, damit sie sich umgehend um Nagels Computer kümmern.«

»Bin edz iech die Aanziche, däi ned kabierd hodd, wårum der Josef Walch gedöded worrn is?«, fragte Baumann in die Runde.[52]

»Nein, Saskia. Denn darauf wollte ich mit meiner Zusammenfassung hinaus: Josef Walch schmuggelt Drogen nach Deutschland.

---

52 »Bin ich jetzt die Einzige, die nicht verstanden hat, warum Josef Walch getötet wurde?«, (...).

Zum Ausscheiden geht er nicht in seine leergeräumte Wohnung, sondern in eine Pension. Kurz nachdem er diese wieder verlässt, wird er von Sven Nagel erschossen und in die Pegnitz geworfen.

Gemäß Christines Untersuchungen wurde er nicht in unmittelbarer Nähe des Fundorts umgebracht. Während unserer Ermittlungen haben wir uns immer wieder gefragt, warum seine Wohnung leergeräumt war. Wir haben angenommen, dass er nach Thailand gehen wollte. Hat ihn Sven Nagel also im Streit getötet, weil er seinen langjährigsten Kurier nicht verlieren wollte? Oder hat Josef Walch versucht, die Drogen, die er nach Deutschland geschmuggelt hatte, auf eigene Rechnung zu verkaufen, um sich Geld für seine neue Zukunft zu sichern?«

»Un wårum hodder dann aa nu in Liedel umbrachd?«[53]

»Das ist wohl am offensichtlichsten: Liedel wurde panisch, als er erfahren hat, dass wir mit ihm sprechen wollen«, antwortete Wünnenberg.

»Aber faktisch hätten wir nichts gegen ihn in der Hand gehabt, oder?«, fragte Groß.

»Das wusste er aber nicht«, sagte Theiss. »Die allermeisten Dealer gehören zu der Gruppe Straftäter, die nach einer Weile äußerst paranoid werden und hinter allem und jedem die Staatsmacht vermuten. Lass ihn einfach beim Einkaufen zweimal derselben Frau begegnet sein. Oder es hat jemand bei ihm angerufen und aufgelegt, anstatt zu sagen, er sei falsch verbunden. Oder er hat ein fremdes Auto in seiner Nachbarschaft entdeckt. Manche Dealer fangen nach einer Weile an, Angst vor ihrem eigenen Schatten zu bekommen.«

»Sollen wir Sven Nagel jetzt gleich noch einmal mit den Beweisen konfrontieren, die wir gegen ihn zusammengetragen haben?«, wollte Stellfeldt wissen. »Nur so können wir uns über unsere Vermutungen Klarheit verschaffen.«

»Nein. Das machen wir morgen. Es wird Nagel guttun, eine Nacht über das, was ihn erwartet, nachzudenken. Du darfst nicht vergessen: Er war noch nie eingesperrt, hat noch nie erlebt, wie es ist, wenn man plötzlich nicht mehr tun und lassen kann, was man will. Morgen wird er gewillter sein, mit uns zu sprechen.«

---

53 »Und warum hat er dann auch noch Stefan Liedel umgebracht?«

Freitag

Der schmucklose Raum, in dem die Vorführung vor den Haftrichter stattfand, gab einen Vorgeschmack auf die Tristesse, die einen Häftling auf der anderen Seite des Flurs erwartete, wo sich die JVA-Aufnahme befand. Da das Zimmer kein ständiges Büro eines Amtsrichters war, sondern mal von diesem, mal von jenem Ermittlungsrichter genutzt wurde, war es bar jeglicher persönlicher Gegenstände. Linoleumboden, verstaubte Jalousien, Tische, Stühle, ein Computer, zwei Bildschirme, ein Drucker – fertig.

Trotz oder vielleicht gerade wegen des schäbigen Raums wirkte Richter Jürgen Thalhofer in seinem dunklen Anzug und der roten Fliege autoritär. Er war ein stattlicher Mann mit einer schmalen Goldrandbrille, einem üppigen Schnauzbart und kräftigen Augenbrauen. Nur seine kurzgeschnittenen dunkelblonden Haare, die sich nicht über die tiefen Geheimratsecken legten, sondern keck in alle Richtungen abstanden, verliehen ihm einen spitzbübischen Ausdruck.

Nachdem Hackenholt die Situation geschildert und die bislang vorhandenen Beweise vorgetragen hatte, wandte sich Thalhofer an den Beschuldigten und dessen jungen Pflichtverteidiger, der jedes Wort mitzuschreiben schien.

»Wie Sie gehört haben, erhebt die Polizei sehr schwere Anschuldigungen gegen Sie und führt dazu eine umfangreiche Beweislage ins Feld. Gibt es etwas, das Sie dazu sagen möchten, Herr Nagel?«

»Mein Mandant möchte sich im Moment nicht weiter zur Sache äußern«, antwortete der Anwalt.

Thalhofer nickte ein paarmal. So, als wolle er sein Verständnis für diese Haltung ausdrücken. Doch dann schürzte er die Lippen und sah von seinen Unterlagen auf. Sein Blick fixierte Sven Nagel. »Aufgrund der derzeitigen Sachlage bleibt mir gar nichts anderes übrig, als den Haftbefehl gegen Sie zu bestätigen. Zwei Menschen sind tot. Beide wurden mit einer Pistole erschossen, die bei der Swiss Ammunition Group gestohlen und gestern in Ihrem Besitz sichergestellt wurde.«

Er lehnte sich zurück und faltete die Hände über dem dünnen Stapel Akten vor sich. »Wir reden hier also nicht über Lappalien.

Die Opfer waren Mitglieder eines Drogenschmugglerrings. Daher ist nicht völlig von der Hand zu weisen, dass die beiden Männer getötet wurden, um eine andere Straftat zu verdecken. Damit wären wir bei Mord und nicht mehr bei Totschlag. Wenn der Täter sich dazu noch uneinsichtig zeigt, keine Reue an den Tag legt und keinerlei Kooperationsbereitschaft signalisiert, der Polizei bei der Aufklärung des Verbrechens zu helfen, stellt sich im Allgemeinen sehr schnell die Frage nach der besonderen Schwere der Schuld. Und fünfundzwanzig Jahre können verdammt lange sein.«

Hackenholt hatte Sven Nagel scharf beobachtet, während Thalhofer ihm die Situation auseinandersetzte. Schweiß war ihm auf die Stirn getreten, seine Hände rieben immer wieder rhythmisch über seine Oberschenkel. Nun beugte er sich zu seinem Anwalt und flüsterte ihm etwas zu. Dieser schüttelte entschieden den Kopf und redete im Flüsterton energisch auf seinen Mandanten ein. Dennoch platzte es plötzlich aus Nagel heraus.

»Ich wurde dazu gezwungen.«

Thalhofer zog die Augenbrauen hoch. »Wozu?«

»Zu allem.«

»Das ist sehr allgemein ausgedrückt. Ich schlage vor, wir beginnen beim Anfang. Wann ging das mit den Drogen los? Und warum?« Im Zimmer war es so still, dass man eine Nadel hätte fallen hören. Alle warteten gespannt, was nun kommen würde. Noch einmal schüttelte der Verteidiger energisch den Kopf.

Schließlich begann Nagel mit leiser Stimme zu erzählen.

Während seines Studiums an der betriebswirtschaftlichen Fakultät der Technischen Hochschule in Nürnberg hatte er einen Nebenjob gesucht, um seine Kasse aufzubessern. Dadurch landete er bei Johnny – Dr. Johann Metzger, dem Betreiber des Stardust, das damals kurz vor seiner Eröffnung stand.

Hackenholt glaubte seinen Ohren nicht zu trauen, denn der vor ihm sitzende, glatzköpfige und tätowierte Mann entsprach optisch so gar nicht der gängigen Vorstellung, die man sich von einem BWL-Studenten machte.

Thalhofer schien es ähnlich zu gehen, er hakte nach.

Nagel erläuterte, dass er seit seiner Jugend ein Faible für Kampfsport gehabt habe. Über das Fitnessstudio lernte er andere Männer kennen, die in der Security- und Türsteherszene arbeiteten. So kam er an seinen ersten Job in der Branche. Dort gab es jedoch immer wieder Differenzen mit dem Chef. Als er von einer neuen Disko erfuhr, die in Nürnberg eröffnen sollte, bewarb er sich und verstand sich sofort super mit Johnny, dem Chef.

Thalhofer nickte und bedeutete ihm fortzufahren.

Johnny Metzger war von Natur aus jemand, dem die Profitoptimierung sehr am Herzen lag und der ein Vergütungsmodell einführte, das sich in erster Linie für ihn als Betreiber der Disko rechnete, aber auch Vorteile für die Mitarbeiter barg: Er stellte alle als geringfügig Beschäftigte ein und vermied damit die vollen Lohnnebenkosten – den Rest bekamen die Leute bar auf die Hand. Das benötigte Schwarzgeld wurde von den Eintrittsgeldern abgezwackt. So gelang es, nach Nagels Schätzungen, die realen Kosten um mehr als ein Drittel zu senken, bei gleichzeitig geminderten Einnahmen.

Alle waren zufrieden. Goldene Zeiten brachen für den BWL-Studenten an. Aufgrund seines Verdiensts konnte er nicht nur seinen klapprigen Golf gegen einen BMW eintauschen, sondern auch den alten Ford Mustang kaufen. Er genoss das Leben und seine Arbeit.

Doch dann kamen plötzlich Zeiten, in denen es ständig Stress im Stardust gab. Eine Gruppe junger Russen sorgte regelmäßig für Krawalle. Es gab Schlägereien, die Polizei rückte an, der Ruf der Diskothek litt. Schließlich wurde bei einer Razzia eine größere Menge Drogen gefunden. Drei von Nagels Türsteherkumpels wanderten in den Knast. Und auch das Finanzamt fand sich zu einer Buchprüfung ein. Metzger wurde vorsichtiger und bezahlte weniger unter der Hand. Nagel geriet in finanzielle Nöte. Dazu gesellte sich noch ein ganz anderes Problem: Vor lauter Geldverdienen und Leben genießen hatte er ein paar Prüfungen an der FH geschwänzt und stand unmittelbar vor der Exmatrikulation.

Als ihm das Wasser bis zum Hals stand, redete er mit seinem Chef und legte ihm die Situation dar. Johnny Metzger gewährte ihm einen großzügigen Vorschuss und versprach ihm, sich etwas einfallen zu lassen.

Ein paar Wochen später hatte er einen Spezialauftrag für ihn. Er sollte zu einem Mann fahren und dort etwas für ihn abholen. Mehrere kleine Päckchen. Nagel war nicht dumm und erkannte die Bodypacks augenblicklich. Das Einzige, was ihn irritierte, war, dass sie sich komisch anfühlten. Johnny Metzger lüftete das Geheimnis bei

Nagels Ankunft in seinem Haus: In den Päckchen befand sich kein Kokain, sondern Crystal – die Droge der Zukunft.

Bei dieser Zusammenkunft machte Metzger Nagel einen Vorschlag. Da das Ende der Disko absehbar war, sollte er sich überlegen, ob er fortan einen anderen Job für Metzger erledigen wollte. Im Grunde genommen ging es um viel Beinarbeit – die jedoch sehr gut bezahlt wurde. Nagel sollte die Leute abchecken, die ihm von einem Bekannten von Metzger, der bei der ARGE arbeitete, vermittelt wurden. Außerdem würde es zu seinen Aufgaben gehören, regelmäßig Fahrkarten zu besorgen und bei Stefan Liedel vorbeizubringen. Wenn die Bodypacker dann aus Tschechien oder Polen zurückkamen, musste er sie beschatten, damit keiner mit der wertvollen Fracht abhaute oder sonst einen Blödsinn anstellte. Sobald die Drogen ausgeschieden waren, bezahlte er die Kuriere und nahm das Crystal mit zu sich nach Hause. Metzger rief ihn dann regelmäßig an und sagte ihm, bei welchem Dealer er wie viel vorbeibringen sollte.

»Habe ich es richtig verstanden, dass Dr. Johann Metzger sozusagen der Drahtzieher war?«, fragte Thalhofer noch einmal nach.

Nagel nickte.

»Was genau passierte in Prag und Breslau?«

»Keine Ahnung, das hat alles Johnny organisiert. Ich wollte davon gar nichts wissen.«

Der Richter schürzte die Lippen, kommentierte die Antwort jedoch nicht. »Und an wen haben Sie das Rauschgift weitergegeben?«

»Das war ganz unterschiedlich.«

»Wenn es etwas genauer ginge?«

»Johnny hat mich angerufen und mir Menge, Preis und Kontaktperson für die Übergabe genannt.«

»Und daran haben Sie sich gehalten?«

»Natürlich.«

»Die Personen kannten Sie nicht?«

Nagel schüttelt den Kopf.

»Dann lassen Sie uns mal über den Einbruch bei der Swiss Ammunition Group sprechen.«

»Ich musste dort einsteigen und für Johnny zwei Pistolen klauen. Er meinte, er würde sich sicherer fühlen, wenn er eine Waffe hätte. Und ich sollte auch immer eine dabeihaben. Ich war ja oft mit viel Geld unterwegs.«

»Wie genau darf man sich Ihr Vorgehen vorstellen? Sie sind zufällig bei der Firma vorbeigefahren, haben dort ein Fenster offenstehen sehen und sind mal schnell reingeklettert?«

»Nein, so war es natürlich nicht. Johnny hat dort die Bücher geprüft. Seinen Job hat er neben dem Stardust weitergemacht. Die SAG ist sein bester Kunde. Der Werksleiter hat ihn von Zeit zu Zeit die einzelnen Abteilungen überprüfen lassen. Dabei sah er die Waffen und die Munition. Am letzten Tag vor den Betriebsferien hat er ein Fenster aufgemacht. Ich musste also nur das Gitter davor aufsägen und konnte problemlos einsteigen, ohne dass die Alarmanlage losgegangen ist. Johnny gab mir auch die Wegbeschreibung zum Labor. Dort habe ich dann die zwei Pistolen gefunden.«

»Eine hat die Polizei bei Ihnen sichergestellt. Wo ist die zweite abgeblieben?«

»Also, das war so: Zunächst hatte ich die Waffen. Dann sind Johnny und ich in den Wald gefahren und haben schießen geübt. Dabei habe ich gemerkt, dass mir das nicht liegt. Deshalb hat Johnny am Ende beide Waffen eingesteckt.«

»Und wann haben Sie die eine Pistole wieder an sich genommen?«

»Am Sonntag vor vier Wochen. Johnny hat mich angerufen und gesagt, ich soll zu ihm in sein Haus kommen.«

»Von welchem Datum sprechen wir bitte genau?«, fragte Thalhofer.

»Das war der 31. August.«

»Was geschah da?«

»Johnny hat mich angerufen. Ich war ziemlich überrascht, weil ich ihn erst am Montag zurückerwartet hatte. Er war in den Staaten gewesen. Am Abend hat er mich angerufen und verlangt, dass ich auf der Stelle zu ihm fahre. Worum es ging, hat er am Telefon nicht erwähnt. Er hat mich in sein Arbeitszimmer geführt und gesagt, dass etwas schiefgelaufen ist. Einer von den Schmugglern war zu ihm gekommen und hatte versucht, ihn zu erpressen. Irgendwie hat sich das hochgeschaukelt, bis ein Schuss gefallen ist und der Mann tot war.«

»Es waren drei Schüsse, die auf Josef Walch abgegeben wurden«, verbesserte Thalhofer.

Nagel zuckte mit den Schultern. »Dann halt so. Ich war nicht dabei. Johnny wollte jedenfalls, dass ich den Toten fortbringe. Irgendwohin, wo man ihn nicht findet. Das war ihm sehr wichtig.«

»Und da haben Sie ihn in die Pegnitz geworfen? Mitten in der Stadt, wo jeden Moment Passanten vorbeikommen konnten?«, fragte Thalhofer ungläubig.

»Das war das Einzige, was mir eingefallen ist. Wo man ihn sicher nicht entdecken würde.«

»Wie kamen Sie denn zu dieser Erkenntnis?«

»Wegen der Studentin, die man vor ein paar Jahren auf Höhe der Insel Schütt tot in der Pegnitz gefunden hat. Hätten die Taucher nicht nach ihr gesucht, wäre sie nie wieder zum Vorschein gekommen.«

Hackenholt erinnerte sich an den traurigen Fall der jungen Frau, der sich im Herbst vor ein paar Jahren zugetragen hatte. Es dauerte über einen Monat, bis man die Leiche entdeckte, obwohl das Mädchen zuletzt genau an jener Stelle gesehen worden war.

»Gehen wir noch einmal einen Schritt zurück: Dr. Metzger rief Sie an, Sie fuhren zu ihm, er zeigte Ihnen die Leiche. Wie sind Sie dann weiter vorgegangen?«

»Ich habe den Toten ins Auto gepackt und bin losgefahren.« Nagel ließ es klingen, als sei es die selbstverständlichste Sache der Welt.

»Einfach so?«

»Johnny hatte ihm schon die Taschen geleert. Ich wollte den Rucksack von dem Kerl mit Kies füllen, aber Johnny hatte keinen. Also habe ich Sand genommen, aus dem Sandkasten vom Nachbargrundstück. In der Garage habe ich noch einen alten Jutesack gefunden, den ich der Leiche überstülpen konnte. Dadurch hat der Kerl nicht mehr ganz so wie ein Mensch ausgesehen. Anschließend bin ich zur Maxbrücke gefahren und habe ihn ins Wasser geworfen.«

»Wie spät war es da?«

»Drei, halb vier. Das ist die beste Zeit.«

»Aha.« Thalhofer runzelte die Stirn. »Woher kannte der Mann Dr. Metzgers Adresse?«

»Das habe ich mich auch gefragt. Ich habe keine Ahnung. Wirklich.«

»Ich hätte noch eine andere Frage«, meldete sich Hackenholt zu Wort. »Josef Walch war kurz zuvor in Prag, um Crystal nach Nürnberg zu schmuggeln. Wann genau hat er Ihnen die Päckchen übergeben?«

Die Frage war Nagel sichtlich unangenehm. Er senkte den Blick und begann wieder unruhig auf seinem Stuhl hin und her zu rutschen. »Gar nicht. Er war nicht in dem Bus, in dem er hätte sein sollen. Und zu Hause war er auch nicht. Ich habe ihn gesucht, aber nirgendwo gefunden, und dann stand er plötzlich bei Johnny auf der Matte.«

Die Geschehnisse rund um Nadine Mays Tod gingen sie relativ zügig durch. Nagel behauptete, er habe nichts von ihrem schlechten Gesundheitszustand bemerkt. Sie erzählte ihm, sie könne nicht aufs Klo gehen. Er akzeptierte das und riet ihr, es mit einem Hausmittel zu versuchen. Die Möglichkeit, das Mädchen könne an einem Darmverschluss sterben, zog er nicht in Betracht. Erst als nach Nadines Freund gefahndet wurde, war ihm klargeworden, dass sie die Tote im Koffer sein musste, die im Annapark verbrannt worden war. Da die Zeitungen das Thema jedoch alsbald fallenließen, nahmen sie alle – Nagel, Metzger und Liedel – an, das Rauschgift sei ebenfalls verbrannt. Umso schockierender war es gewesen, als Liedel völlig aufgelöst bei Johnny Metzger anrief, weil die Polizei ihn verhören wollte.

Der Chef zitierte Nagel daraufhin zu sich nach Hause, und gemeinsam überlegten sie, was sie tun sollten. Es schien nur eine einzige Lösung zu geben: Liedel musste zum Schweigen gebracht werden – ohne dass man seinen Tod mit ihnen in Verbindung brachte. Da es immer wieder gewalttätige Übergriffe in Arbeitsagenturen und Jobcentern gegeben hatte, setzte Metzger Nagel unter Druck und zwang ihn, eine der beiden Waffen an sich zu nehmen, ein Motorrad zu klauen und Liedel vor seinem Arbeitsplatz aufzulauern.

»Womit hat er Sie gezwungen?«, hakte Thalhofer nach.

»Er sagte, ich würde für mehrere Jahre in den Knast gehen, wenn Liedel auspackt. Außerdem hatte er bei Walch die Kastanien für uns aus dem Feuer geholt, und nun wäre ich dran.« Nagel zögerte einen Augenblick. »Und er hat gewusst, dass ich Geld brauche.«

»Schon wieder?«

»Spielschulden«, antwortete Nagel knapp.

Thalhofer schüttelte stumm den Kopf.

In der folgenden Stunde ging er mehrmals einzelne Teile der Aussage mit Sven Nagel durch. Hackenholt staunte über zwei Dinge: Zum einen, dass sich der Haftrichter so viel Zeit nahm. Zum anderen, dass der Strafverteidiger nicht eingriff.

»Mich würde jetzt noch Ihr Fluchtweg interessieren, den Sie nahmen, nachdem Sie Stefan Liedel erschossen haben«, hakte der Richter einmal nach.

»Ein Kumpel hat neben dem Klärwerk mit seinem Auto auf mich gewartet. Johnny meinte, die Polizei würde sich darauf konzentrieren, nach einem Motorradfahrer zu suchen – da fallen zwei Männer in einem Auto nicht auf.«

»Und wer ist dieser Kumpel, der Ihnen bei der Fluch geholfen hat?«

Wieder begann Sven Nagel seine Hände über seine Oberschenkel zu streichen. »Das möchte ich lieber nicht sagen.«

»Gehört ihm das Motorrad, das Sie angeblich geklaut haben?«

Nagel schwieg.

»Na, das werden wir sicher noch herausfinden.«

Als Hackenholt schließlich eine Ausfertigung der Niederschrift für seine Akten in der Hand hielt, atmete er erleichtert auf. Schon von unterwegs rief er in der Dienststelle an und bat Wünnenberg, die Kollegen zusammenzutrommeln. Alle waren verwundert, dass der Termin so lange gedauert hatte.

Als sie sich versammelt hatten, erklärte Hackenholt so knapp wie möglich, was Sven Nagel vor dem Haftrichter preisgegeben hatte und wie sie nun weiter vorgehen mussten.

Christine Mur begleitete mit einem ihrer Teams Baumann und Stellfeldt zu Metzgers Haus, um dieses zu durchsuchen und die vermutlich noch vorhandenen Spuren zu sichern, die von Josef Walchs Tötung zurückgeblieben waren. Unterdessen fuhren Hackenholt, Groß und Wünnenberg mit einem anderen Team in die Kanzlei. Für sie stand im Vordergrund, Josef Walchs Halbbruder festzunehmen. Die Kollegen sollten anschließend die dortigen Räumlichkeiten durchsuchen.

Die Sekretärin schnitt eine Grimasse, als sie die Beamten durch die Glastür hereinkommen sah. Setzte dann jedoch ein Lächeln auf und sagte, sie könnten heute leider nicht mit Herrn Dr. Metzger sprechen, da dieser bei der Swiss Ammunition Group sei, um mit dem Geschäftsführer einige Unterlagen durchzusprechen.

Hackenholt und Groß machten auf den Hacken kehrt und fuhren nach Fürth. Wünnenberg blieb in der Kanzlei, leitete die Durchsuchung und achtete darauf, dass die Sekretärin keine Möglichkeit erhielt, ihren Chef zu warnen.

Dr. Urs Stückli, der Niederlassungsleiter der SAG, reagierte äußerst ungehalten, als die Tür zu seinem Büro aufflog und Groß gefolgt von Hackenholt in sein Zimmer stürmte, während die Sekretärin händeringend im Vorzimmer stand und eine Fülle von Entschuldigungen vor sich hin stammelte.

Dr. Johann Metzger war ebenfalls von seinem Stuhl aufgesprungen und fiel in das Gepolter seines Geschäftspartners ein. Sobald Hackenholt ihm den Haftbefehl reichte und Groß gleichzeitig Handschellen zückte, ließ sich Metzger wieder in den Sessel fallen. Zeile für Zeile, die er den richterlichen Beschluss las, schien sein Blutdruck anzusteigen, bis er knallrot war und hörbar nach Atem rang.

»So eine bodenlose Unverschämtheit!«

»Das werden wir alles im Lauf der nächsten Wochen klären«, antwortete Hackenholt gelassen. »Wenn Sie nun bitte die Hände ausstrecken würden, damit mein Kollege Ihnen Handschellen anlegen kann.« Der Hauptkommissar hatte den Satz noch nicht zu Ende gesprochen, da klickte schon die erste Handschließe und wenige Sekunden später die zweite. Groß griff Johann Metzger am Ellbogen und führte ihn aus dem Raum. Hackenholt folgte. In der Tür drehte er sich noch einmal zu Dr. Stückli um.

»Ich gehe davon aus, dass sich die Staatsanwaltschaft hinsichtlich des Einbruchs demnächst bei Ihnen melden wird. Wir konnten die Angelegenheit zwischenzeitlich aufklären.«

Obwohl Hackenholt Johann Metzger mit Sven Nagels Darstellung der Situation konfrontierte, lehnte der eine Aussage kategorisch ab. Er werde sich gegebenenfalls zu einem späteren Zeitpunkt äußern, wenn sein Anwalt ausreichend Möglichkeit zur Akteneinsicht gehabt habe. Hackenholt blieb nur, Metzger bis zum nächsten Tag in Polizeigewahrsam zu nehmen und für Samstagvormittag einen Vorführtermin beim Haftrichter zu vereinbaren.

Um vierzehn Uhr trafen sich alle Ermittler im Präsidium. Wünnenberg hatte aus Metzgers Kanzlei sämtliche Computer und mehrere Aktenordner mit Abrechnungen mitnehmen lassen. Es würde Wochen dauern, bis das Material gesichtet und ausgewertet war.

In Metzgers Haus fanden die Ermittler jedoch eindeutige Beweise, die gegen den Wirtschaftsprüfer sprachen: In der obersten Schublade des Nachtkästchens neben dem Bett lag eine Pistole. Anhand der eingestanzten Seriennummer ermittelte Stellfeldt umgehend, dass es sich dabei um die zweite Waffe handelte, die Sven Nagel bei der SAG gestohlen hatte.

Darüber hinaus entdeckte Baumann in Metzgers Schreibtisch im Arbeitszimmer eine billige Digitalkamera. Die Beamtin wurde stutzig, als sie darauf Bilder aus Prag und Roßtal fand. Christine Mur, die Frau Höllerers Pension von innen kannte, bestätigte, dass zwei Bilder von dort stammten. Später konnten die Beamten anhand der EXIF-Daten, die Digitalkameras zu jedem Bild speichern, Josef Walchs letzte Reiseroute und -daten nachvollziehen, was ihre Ermittlungen erheblich voranbrachte.

Christine Mur und ihr Team bearbeiteten im Wohnzimmer schier jeden Zentimeter mit speziellen Chemikalien und fanden so einige minimale Blutanhaftungen, die die Vermutung aufkommen ließen, dass in dem Zimmer nachträglich etwas verändert worden sein musste.

Schließlich stieß ein Beamter in der Garage neben anderem Gerümpel auf einen zusammengerollten Teppich, auf dem man trotz des orientalischen Musters schon mit bloßem Auge eine große Menge Blut sehen konnte. Die Haushälterin bestätigte schlussendlich, die Brücke habe bis vor ein paar Wochen im Wohnzimmer gelegen.

Das letzte wichtige Fundstück, das die Beamten entdeckten, war ein nur zur Hälfte gefüllter blauer Müllsack: Er enthielt die Dinge, die Josef Walch in seinem Rucksack und den Hosentaschen bei sich getragen hatte. Der hohe Geldbetrag, den Frau Höllerer im Portemonnaie gesehen haben wollte, war verschwunden, aber Ausweis und Führerschein bewiesen eindeutig, wem die Gegenstände gehört hatten.

Als die Kriminaler so gut wie am Ende der Besprechung angekommen waren, piepte Hackenholts Handy. Überrascht nahm er das Gespräch an, obwohl er die Fürther Telefonnummer nicht zuordnen konnte.

»Ich wollte Sie nur erinnern: In einer halben Stunde haben Sie einen Termin bei mir«, sagte eine freundliche tiefe Männerstimme. »Es wäre also an der Zeit, dass Sie sich auf den Weg machen.«

Hackenholt konnte ein Lachen nicht unterdrücken. Der Psychologe, den ihm die Ärztin in Bad Bocklet empfohlen hatte, gefiel ihm.

Ohne seinen Kollegen zu sagen, was er vorhatte, verabschiedete er sich und verließ das Polizeipräsidium.

Epilog

In den folgenden Wochen versuchten die Beamten in akribischer Kleinarbeit, so viele Indizien wie möglich zusammenzutragen. Schließlich konnten sie sich ein klares Bild vom Ablauf der Geschehnisse machen.

Mithilfe von Einzelverbindungsnachweisen fanden sie heraus, dass Josef Walch von Frau Höllerers Pension aus insgesamt dreimal bei seinem Halbbruder angerufen hatte. Da die Telefonate drei, fünf und einhundertdreizehn Sekunden dauerten, gingen die Ermittler davon aus, dass er bei den ersten Versuchen den Anrufbeantworter erreicht hatte. Beim letzten musste er jedoch mit jemandem gesprochen haben, denn so lange Nachrichten zeichnete das Gerät nicht auf. Am Ende gab Dr. Metzgers Haushälterin zu, ein Gespräch mit Josef Walch geführt zu haben, der seinen Halbbruder unbedingt sprechen wollte und dem sie schließlich mitteilte, ab wann sie ihn zurückerwartete. Außerdem gab sie an, der Teppich sei am Tag nach Johann Metzgers Rückkehr aus den USA aus dem Wohnzimmer verschwunden.

Während einer Vernehmung im Beisein seines Anwalts schilderte Dr. Metzger den Abend, an dem sein Halbbruder in seinem Wohnzimmer starb, aus seiner Sicht und behauptete, Sven Nagel sei während Josef Walchs Besuch plötzlich bei ihm aufgetaucht und habe den alten, wiederaufgeflammten Erbrechtsstreit zwischen den Brüdern missverstanden.

Als Walch in seiner Wut, weil Metzger ihm kein Geld geben wollte, angefangen habe, wüste Drohungen gegen ihn auszusprechen, habe Nagel seine Pistole aus der Jackentasche gezogen – die er angeblich seit dem Einbruch ständig bei sich trug – und plötzlich Schüsse auf Josef Walch abgegeben. Metzger sei zu dem Zeitpunkt klargeworden, dass Nagel ein unkontrollierbares Pulverfass sei. Er habe ihn seit der Schließung des Stardusts nur hin und wieder getroffen, wenn er kleine Gelegenheitsjobs für ihn als Dokumentenkurier hatte.

Einen Stefan Liedel wollte Dr. Metzger nicht gekannt haben. Und mit Drogen hatte er auch noch nie etwas zu tun.

Ersteres ließ sich zwar anhand mehrerer Einzelverbindungsnachweise widerlegen, dennoch sah es für Sven Nagel äußerst schlecht aus, da Metzger im Hinblick auf den Drogenschmuggel mit größtmöglicher Umsicht agiert hatte.

Über sechs Wochen, nachdem die Beamten Josef Walchs Leiche gefunden hatten, klingelte Hackenholts Telefon. Zu seiner Überraschung meldete sich am anderen Ende eine Rechtspflegerin des Nürnberger Nachlassgerichts und bat ihn, in der Nachlasssache Josef Walch umgehend zu ihr in die Flaschenhofstraße zu kommen.

Als er im Büro der jungen Frau erschien, händigte sie ihm eine Kopie eines Schreibens aus, das sich zusätzlich zum Testament im Kuvert befunden hatte. Hackenholt setzte sich auf einen der Besucherstühle und begann das aufgrund der steilen und unregelmäßigen Handschrift schlecht zu entziffernde Dokument zu lesen.

Darin legte Josef Walch dar, wie sehr ihm seine Halbgeschwister von Kindesbeinen an das Leben zu Hölle gemacht hatten. Besonders schlimm war es nach dem Tod des Vaters geworden, als Johann sich zum Familienoberhaupt auserkoren hatte. Ab dem Zeitpunkt wurde er so herrschsüchtig, dass es nicht einmal mehr seine Schwester aushielt und in die USA auswanderte.

Als Walchs Mutter starb, nahm er wieder Kontakt zu seinem Halbbruder auf, doch der ließ ihn am langen Arm verhungern und behauptete, die alte Dame habe nicht nur kein Hab und Gut zu vererben gehabt, sondern die letzten Lebensjahre auf seine Kosten gelebt.

Nachdem Josef Walch nicht locker ließ, machte Johann ihm schließlich einen anderen Vorschlag. In seiner Diskothek hatte man bei einer Razzia Drogen gefunden und ein paar Türsteher festgenommen. Offenbar war Metzger in diesem Zusammenhang mit zwielichtigen Typen in Kontakt gekommen. Jedenfalls bot er Walch an, sich ein bisschen was unter der Hand dazu zu verdienen, wenn er für ihn nach Prag reiste und von dort Crystal nach Deutschland schmuggelte.

In seiner finanziellen Not nahm Walch das Angebot an – allerdings traute er seinem Bruder nicht über den Weg. Deswegen hinterlegte er das Begleitschreiben mit seinem Testament beim Nachlassgericht. Falls ihm etwas zustoßen sollte, wollte er, dass sein Halbbruder nicht ungeschoren davonkam.

Hackenholt starrte fassungslos auf das Blatt Papier, das er in Händen hielt. »Josef Walchs Leiche wurde vor über sechs Wochen identifiziert. Warum zum Teufel habe ich das hier nicht schon viel früher bekommen?«

»Wenn eine Person ein Testament beim Nachlassgericht hinterlegt, meldet das Gericht das dem Geburtsstandesamt der betreffenden Person. In diesem Fall also dem Nürnberger Standesamt. Erlangt das Standesamt dann Kenntnis vom Tod dieser Person, informiert dieses wiederum das Nachlassgericht. Wir haben erst vor zwei Tagen vom Tod des Testators erfahren und umgehend ein Nachlassverfahren in die Wege geleitet und die Testamentseröffnung veranlasst.«

Hackenholt drehte sich um und verließ das Gebäude. Nun war es sowieso zu spät. Man konnte die Zeit nicht zurückdrehen und die Dinge ungeschehen machen. Allerdings hatte er jetzt etwas Handfestes gegen Johann Metzger in der Hand, was sich so leicht nicht entkräften lassen würde, wenngleich er sich wünschte, Walch hätte mehr als nur einen Brief hinterlassen. Warum er beispielsweise den Karton mit den Fotoalben und den Winterpullovern in seinem Keller stehen ließ, würde ein ewiges Rätsel bleiben. Vielleicht hoffte er, seine Vermieterin werde ihn an sich nehmen. Oder er hatte ihn schlicht und ergreifend vergessen.

Am selben Nachmittag erschien Dr. Puellen in der Dienststelle. Hackenholt fiel sofort das ungewöhnlich feierliche Verhalten des Rechtsmediziners auf. Als er darauf bestand, dass man Christine Mur zu dem kurzen Treffen hinzurief, an dem außer Hackenholt nur noch Wünnenberg, Stellfeldt und Baumann teilnahmen, dachte der Hauptkommissar zunächst, Puellen wolle eine äußerst private Ankündigung machen.

Dieser Eindruck wurde noch verstärkt, als er jedem Beamten feierlich ein farbiges Kuvert überreichte. Erst als Hackenholt sah, dass auch Mur eins erhielt, verwarf er den Gedanken an eine Hochzeit – denn sicher wäre sogar Maurice Puellen auf den Gedanken gekommen, Mur vorher davon in Kenntnis zu setzen. Umso neugieriger öffnete Hackenholt den Umschlag.

Er enthielt eine Einladung zu einer Einweihungsparty.

Schnell blickte Hackenholt auf die Adresse – es war Murs Anschrift. Auf seinem Gesicht breitete sich ein fröhliches Grinsen aus.

Endlich wagten die beiden den Schritt in eine gemeinsame Zukunft. Das wurde aber auch Zeit! Hackenholt blickte auf. Wünnenberg, Stellfeldt und auch Saskia Baumann strahlten um die Wette. Die Einzige, die das nicht tat, war Christine Mur.

»Könnte mir mal jemand erklären, warum du hier Einladungen zu einer Einweihungsfeier in mein Haus verteilst? Gibt es da etwas, das ich verpasst habe? Ich dachte, wir wären uns einig, dass du *nicht* bei mir einziehst!« Sie sah Puellen böse an.

»Seit wann wohnst du denn in Nummer zwölf?«, fragte Stellfeldt betont überrascht. »Ich dachte immer, du hättest die Hausnummer dreizehn.«

Mur erstarrte. Hackenholt runzelte die Stirn. Nun, da Stellfeldt es erwähnte, sah er es auch. Es war gar nicht Murs Adresse.

»Das darf nicht wahr sein!«, murmelte die Beamtin nach einer gefühlten Ewigkeit und blickte Puellen an. »*Du* hast das Haus gegenüber gekauft?«

Der nicht übermäßig große Rechtsmediziner schien in dem Moment zehn Zentimeter zu wachsen. »Nachdem du deinen Freiraum brauchst, ich aber die ewige Fahrerei zwischen Erlangen und Feucht leid bin, habe ich mich entschieden, mich gegenüber einzuquartieren.«

»Aber …«, stammelte Mur. »Aber da machen sich doch diese Kerle breit, die wir seit Tagen zu überwachen versuchen. Die Drogendealer, die aus dem Putzmittel Liquid Ecstasy herstellen wollen.«

Maurice Puellen wurde rot wie eine Tomate.

»Du weißt gar nicht, was du uns mit deiner Suche nach Barney für einen Ärger eingebrockt hast«, stöhnte Wünnenberg. »Dabei habe ich Maurice noch gesagt, dass es unklug ist, den Kater das Leberwurstbrot fressen zu lassen, weil wir ihn dann nicht mehr loswerden.«

Mur sah ihren Kollegen verständnislos an.

»Na, das mit dem Haus sollte doch eine Überraschung für dich werden. Und nachdem es aufgefallen wäre, wenn Maurice plötzlich erst ab zehn Uhr für Sektionen bereit gestanden hätte, haben wir es übernommen, die Handwerker reinzulassen und zu beaufsichtigen, bis Maurice sich mittags im Institut unauffällig aus dem Staub machen konnte.«

»Aber die ganzen Kanister mit dem Reiniger?«

Puellen lachte auf. »Die brauchen wir in der Arbeit. Maximilian und ich sind Hygienebeauftragte. Das weißt du doch. Nachdem wir im Institut in den letzten Monaten einen außergewöhnlich hohen Verbrauch festgestellt haben, der durch nichts zu erklären ist, haben Max und ich jeweils die Hälfte unseres Vorrats bei uns zu Hause eingelagert«, erklärte Puellen.

Mur wurde mit einem Mal genauso rot, wie Puellen es geworden war. Offenbar erinnerte sie sich, dass er ihr vor geraumer Zeit etwas von der Sache erzählt hatte.

»Und ... Lisbet?«, fragte sie kläglich.

»Die war ein harter Brocken«, seufzte Stellfeldt. »Maurice musste persönlich bei ihr antanzen und diverse Dokumente vorlegen, um zu beweisen, für wen er die Putzmittel erworben hat und was er mit dem ganzen Vorrat zu tun beabsichtigt.«

»Du hast uns alle ganz schön auf Trab gehalten, liebe Christine. Aber das haben wir ja nun hinter uns.« Wünnenberg streckte sich zufrieden. »Endlich muss ich mir keine Ausreden mehr merken. Ihr könnt euch gar nicht vorstellen, wie schwierig es ist zu lügen. Wie Verdächtige das schaffen, ist mir ein echtes Rätsel.«

»Und du?«, wandte sich Mur an Hackenholt. »Hast du auch gewusst, dass ich mich zum Vollidioten mache?«

Hackenholt schüttelte den Kopf. »Ich höre gerade zum ersten Mal davon, was unsere lieben Kollegen und die liebe Kollegin hinter unserem Rücken getrieben haben.«

Danksagung

Autoren brauchen jede Menge Unterstützung von Menschen, die ihnen helfen, Ideen zu spinnen, die durch kleine Anekdoten inspirieren, mit Fachwissen erleuchten, in ihr Leben und ihre Arbeit Einblick gewähren, durch Erlebtes beeinflussen, mit Anregungen bestärken, aber auch mittels Kritik verändern.

Kurz: An der Entstehung eines Buchs ist niemals nur der Autor beteiligt.

Mein größter Dank gilt Herrn ZOAR Thiel von der GER Nordbayern. Ohne seine tatkräftige Unterstützung wäre dieses Buch nicht möglich gewesen.

Ein herzlicher Dank geht an Herrn Fitzthum vom Wasserwirtschaftsamt, der mit großer Geduld und Engagement meine Fragen rund um die Pegnitz beantwortet hat.

Wolf Sander hat mir die Funktion der Einzelhandelskasse und das EC-Karten-Bezahlverfahren nähergebracht. Michael Schönemann von der Congress- und Tourismus-Zentrale Nürnberg hat mir in puncto Beherbergungsbetreibe in Nürnberg weitergeholfen. Vielen Dank dafür.

Gunter Hackel hat auch diesmal wieder Saskia Baumann zur Fränkin gemacht und mich nebenbei noch fachmännisch über die Nägeleinsmühle aufgeklärt. Recht herzlichen Dank.

Meiner Facebook-Gemeinde danke ich für ihre kreative Unterstützung, als es u. a. darum ging, Happy Traveler, Roll-James und die Swiss Amunition Group zu erfinden.

Ohne meine Testleser wäre mit Sicherheit die eine oder andere Ungereimtheit geblieben. Ich danke euch für eure Mühe.

Ein letztes dickes Dankeschön geht an Susanne Wengrzik und Dr. Petra Kirsch: Ohne eure korrigierende Mithilfe wäre das Lesevergnügen nicht annähernd so ungetrübt.

In dieser Reihe bereits erschienen:

Die vergessenen Schwestern
Das letzte Lächeln
Die dunkle Seite des Sommers
Frauentormauer
Glasscherbenviertel
Reichskleinodien
Tödliche Kristalle

31673013R00170

Made in the USA
Charleston, SC
25 July 2014